W0202910

UT

metro

Brian Lecomber

Letzter Looping

UT *metro* wird
herausgegeben von
Thomas Wörtche

Zu diesem Buch

Ken Holland ist Kunstflieger. Spektakuläre Unfälle, Knochenbrüche und Narben gehören zum Alltag. Nebenbei kauft er mit seinem Geschäftspartner Bill Charlton alte Flugzeuge, möbelt sie auf und verkauft sie weiter. Aber seinen schönsten alten Flieger will Holland nicht an diesen geschniegelten und unsympathischen Herrn verkaufen. Seltsam, dass kurz danach der Motor von Hollands getreuer Tiger Moth aussetzt. Zuletzt muss er auch allerlei über den Wert von Briefmarken und die Mafia lernen – während die Jagd über Frankreich bis in die Karibik führt.

»Es passiert nicht oft, dass ein Schriftsteller mit seinem Erstling gleich an die Spitze seiner Klasse springt. Dem ehemaligen Luftakrobaten Brian Lecomber ist es mit ›Turn Killer‹ gelungen.«
Sunday Mirror

Der Autor

Brain Lecomber, geboren 1945 in London. Automechaniker, Journalist, Fluglehrer und Rumtreiber in der Karibik, bis er drei Bestseller schrieb, die in sechzehn Sprachen übersetzt wurden. Er gründete die »Firebird Aerobatics Ltd.«, die wohl erfolgreichste Flugshow Europas. Mit Preisen, Ehrungen und Auszeichnungen überschüttet, lebt er in England.

Mehr über Buch und Autor im Anhang
oder auf *www.unionsverlag.ch*

Brian Lecomber

Letzter Looping

Aus dem Englischen von Peter Friedrich

Unionsverlag

Die Originalausgabe erschien 1975
unter dem Titel *Turn Killer*
bei Hodder and Staughton, London.

Deutsche Erstausgabe

Auf Internet
Aktuelle Informationen
Dokumente, Materialien
www.unionsverlag.ch

Unionsverlag Taschenbuch 182

Rieterstrasse 18, CH-8027 Zürich
Telefon 0041-1 281 14 00, Fax 0041-1 281 14 40

Umschlaggestaltung: Heinz Unternährer, Zürich
Umschlagfoto: © Firebird Aerobatics Ltd.
Druck und Bindung: Clausen & Bosse, Leck
ISBN 3-293-20182-2

Die äußersten Zahlen geben die aktuelle Auflage
und deren Erscheinungsjahr an:
1 2 3 4 5 - 04 03 02 01 00

Für Jackie,

die nie den Glauben verlor

Danksagung

Mein besonderer Dank gilt Mr. Maurice Williams, dem Briefmarkenexperten aus London, der in mühseliger Kleinarbeit eine beinahe authentische Sammlung wertvoller Briefmarken für mich erfand, ebenso Mrs. Browning, der Witwe von Neville Browning, die mir gestattete, den Namen ihres verstorbenen Gatten zu verwenden. Außerdem danke ich Tony Cheshire, der die Kiste immer ruhig hielt, wenn ich draußen auf dem Flügel stand, und Wing Commander Charles James Chabot (dem *echten* Jedrow), der mich immer wieder davon überzeugte, dass ich nicht herunterfallen würde.

Buch 1

1

Der alte Gypsy-Major-Motor stotterte, hustete einen Moment lang asthmatisch und nahm dann sein gleichmäßiges Donnern wieder auf, als die Schwerkraft frisches Benzin in den Vergaser drückte. Ich musste energisch ins Ruder steigen, um die Nase oben zu halten, bevor Himmel und Erde wieder auf ihren Platz zurück rotierten. Langsame Rollen gehören nicht gerade zu den bevorzugten Flugmanövern einer Tiger Moth.

Ich drückte die Nase nach unten, bis ich neunzig Knoten drauf hatte, dann zog ich den Steuerknüppel zurück und blickte haarscharf über die Flügelspitze, um die Maschine senkrecht nach oben zu ziehen. Als die Geschwindigkeit wieder unter fünfzig Knoten sank, gab ich Vollgas und trat energisch ins rechte Seitenruder. Die Tiger schwang im Morgenhimmel herum, und im Licht der Frühsonne wanderten die Schatten der Tragflächenstreben über mein Gesicht, während die Flugzeugnase den Horizont durchschnitt und nach unten glitt. Als wir aus diesem Turn heraus waren und kopfüber nach unten hingen, zeigte der Rumpf direkt auf das Wrack von Bills Stampe. Ich konnte weiße Gesichter erkennen, die sich zu mir empor wandten und sich um die kläglichen Überreste der zerschmetterten Maschine versammelt hatten. Das anfänglich eher seufzende Fluggeräusch schwoll mit wachsender Geschwindigkeit zu einem stürmischen Brausen an. Ich drehte die Szenerie und nahm den Cockpitausschnitt als Rahmen, indem ich eine halbe Querruder-Rolle flog. Dann riss ich die Tiger zu einem letzten Looping empor.

Ich war auf dem besten Weg, mich bei diesen blassen Gesichtern unbeliebt zu machen. Vermutlich waren sie gerade dabei, Bills Leiche in Stückchen aus den Trümmern des Flugzeugs zu klauben, als ich auftauchte; das machte sie für eine Darbietung von Tiefflug-Aerobatik nicht gerade empfänglich. Sollten sie sich doch zum

Teufel scheren! Dieses Mal kümmerte ich mich einen Pfifferling darum, was die Zuschauer dachten. Der Horizont tauchte unter dem oberen Flügel auf, und ich riss die Tiger mit einer Rolle aus dem Gipfel des Loopings, überlegte es mir anders, setzte die Rolle fort, bis ich wieder mit dem Kopf nach unten hing, und zog dann hart am Knüppel, um den Looping zu Ende zu fliegen. Als die Maschine durch die Vertikale schwang, verringerte ich den Druck, sodass ich in etwa dreißig Metern Höhe über die Unglücksstelle hinwegraste.

Noch mehr bleiche Gesichter, die sich zu mir empor wandten. Aus den Augenwinkeln sah ich, dass sie über das Cockpit der zerfetzten Stampe eine Plane gelegt hatten. Also war die Leiche noch nicht geborgen. Oder die Plane diente nur dazu, das Blut und die Fleischfetzen in den Überresten des Cockpits zu verbergen. Hübsch geknickte Tragflächen, zerbrochene Spanten, eine in bizarre Formen zerknüllte, bunte Bespannung und dann noch der Motor, der sich einen Meter tief in den Boden gebohrt hatte: ein tolles Spektakel für die Schaulustigen! Man musste bloß darauf achten, dass sie nicht doch einen Blick auf das erhaschten, was sie eigentlich sehen wollten.

Jetzt aber mal halblang, Ken Holland! Das sind ja verdammt kranke Gedanken!

Ich fühlte mich elend. Die Leute da unten würden es wahrscheinlich nicht verstehen, dass ich mich eben auf meine Art von Bill verabschiedete. Es war ein milder Sommermorgen, genau wie die vielen anderen, an denen Bill und ich aus unseren Zelten gekrochen waren, die wirren Gespinste des Schlafs abstreiften und uns mit schmerzenden Gliedern in die beiden Doppeldecker schwangen, um mit einem frühmorgendlichen Training über irgendeinem Seebad die Urlauber in unsere Flugschau zu locken. Acht Uhr morgens ist eine schlechte Zeit für Flieger, die nicht von Natur aus mit Federn ausgestattet sind. Aber es ist die beste Reklame, wenn es schon an den Frühstückstischen nur *ein* Gesprächsthema gibt: zwei Tiefflieger, die den Strand unsicher machen. Dann denken die Urlauber schon »Flugschau«, bevor sie überhaupt angefangen haben, Pläne für den Tag zu schmieden. Gewöhnlich machten Bill und ich diese Flüge, denn wir tranken nicht viel und litten daher morgens selten unter einem Kater. Und überhaupt liebten wir beide die frühen Morgenstunden.

Jetzt heißt es also Lebewohl zu sagen, Bill. Hier oben, während ich durch den Himmel wirble, kann ich zu dir sprechen, und es ist niemand hier, der sieht, dass ich heule wie ein Kind.

Ich glitt in etwa hundert Metern Höhe an den Hügeln der Isle of Wight entlang und hielt auf das Grasfeld zu, das sich Sandown-Flughafen nennt. Inzwischen hatte sich die alte Kunstflug-Adrenalinpumpe beruhigt, und ich fühlte mich bleiern müde und sehr einsam. Ich war beim ersten Morgengrauen aufgestiegen, um von Blackpool herüberzufliegen. Nach dem Anruf, der uns von Bills Absturz unterrichtete, hatte ich eine schlaflose Nacht gehabt. Ich war ungewaschen, unrasiert, hatte nichts im Magen, und ein dumpfer Spannungskopfschmerz, den die Enge des Brillenriemens und der kalte Aufprall des Flugwindes nicht gerade linderten, pochte hinter meinen verklebten Augenlidern. Es war meine eigene Entscheidung gewesen, als Erster der Truppe auf der Isle of Wight einzutreffen, und nun musste ich eben Ruhe bewahren und höflich zu den ganzen Wichtigtuern sein, die sich nach der Landung auf mich stürzen würden. Hol sie der Teufel!

Ich schwenkte zum Landeanflug ein und spulte fast unbewusst die ganze Litanei der Landevorbereitungen ab, Vorflügel-Sprit-Gurte-Klappen.

Warum hatte nicht ich in der Stampe gesessen? Ich wäre bestimmt nicht abgestürzt, denn man nennt mich Ken Holland mit den neun Leben. Alle sagen das. Und sogar bei einem Absturz wäre ich auf eigenen Füßen von der Unfallstelle weggelaufen, denn nach der letzten offiziellen Zählung bleibt mir noch mindestens ein Leben übrig. Mir wäre es ohnehin ziemlich egal gewesen.

Ich setzte mit einer seidenweichen Drei-Punkt-Landung auf, wie sie einem nur gelingt, wenn man es nicht darauf anlegt, verdarb dann aber den Eindruck, indem ich Gas gab und rücksichtslos mit abgehobenem Heck auf den Parkplatz neben dem grün gestrichenen Hangar düste.

Ich parkte schräg neben einem Unfallwagen, öffnete den Gurt und verstaute die Landkarte und andere Utensilien, während der Motor seine übliche Imitation eines sterbenden Traktors von sich gab und wahrscheinlich »gleichmäßig abkühlte«, wie es in den Büchern heißt. Dann stellte ich ihn ab und kletterte steifbeinig aus dem Cockpit.

Nachdem das Dröhnen der Tiger in meinen Ohren auf zivile Lautstärke abgeklungen war und nach einem vergeblichen Versuch, die Knoten im Rückgrat zu entwirren, die ein Flug in der Tiger beinahe zwangsläufig nach sich zieht, schlingerte ich auf das Klubhaus zu. Ein grimmiger Schmerz wütete in meinem Oberschenkel, wie immer, wenn ich erschöpft bin.

Der Flugleiter-und-Manager in einer Person vermutete, dass ich wohl ein Freund des Mannes wäre, der letzte Nacht gegen den Hügel geknallt sei – nicht gerade eine detektivische Meisterleistung, da auf der Flanke meiner Tiger in großen Lettern »The Old Time Flying Circus« gepinselt stand.

Ich quittierte seinen Scharfsinn mit einem Grunzen und schloss ein etwas freundlicheres Knurren an, als er meinte, ich solle mir keine Sorge wegen Landegebühr und Wiederauftanken machen, darum würde er sich schon kümmern. Er nahm wohl an, ich würde ziemlich viel zu tun haben, sobald Polizei und Konsorten eintrafen.

Die Einzigen, die sich sonst noch im Klubhaus aufhielten, waren zwei Burschen und ihre Mädels, die, nach der Anzahl ihrer

Landkarten zu urteilen, einen Ausflug zu den Antipoden vorhatten oder wenigstens bis Portsmouth, wahrscheinlich in der Cessna 172, die meiner Tiger draußen Gesellschaft leistete. Sie schienen gerade zwei Sekunden vor meinem Eintreten aufgehört zu haben, über den Unfall zu reden, und suchten jetzt nach einer unverfänglichen Alternative.

Ken Holland, das Narbengesicht, verbreitet Frohsinn, wo auch immer er seinen Fuß hinsetzt. Ich fürchte, mein Anblick kratzte das Chefpiloten-Image ein wenig an, mit dem sie Eindruck auf die holde Weiblichkeit zu machen versuchten. Richtige Piloten kamen einfach nicht aus bunten, aber offensichtlich ziemlich heruntergekommenen Tiger Moths herausgeklettert, hinkten wie Long John Silver und trugen ziemlich abgewetzte Stiefel, Jeans und lederne Fliegerjacken und schneiten einfach so herein. Als ich meine Lederhaube abnahm, zeigte sich die Narbe auf der einen Seite meines Gesichts in ihrer ganzen, fahlen Länge. Ich warf die Fliegerjacke auf den Boden und schmiss den abgewetzten Rollkragenpullover hinterher, weil er meinen Hals aufzuscheuern begann und lästig wurde. Dann stand ich in einem einstmals weißen T-Shirt da, das dekorativ um mein schiefes Schlüsselbein drapiert war und außerdem die blasse Haut freigab, die sich auf den Stichen einer zwanzig Zentimeter langen Naht entlang meines rechten Unterarms gebildet hatte.

Mein Anblick war sicher bestens geeignet, jedermanns Sonntagmorgen zu verschönen – aufgedunsene Gesichtshaut wegen Schlaflosigkeit, die leeren Augen eines Menschen, der tiefen Schmerz empfindet, und Tränenspuren, die mit dem Brillenrand darum wetteiferten, Hieroglyphen in den Schmutz auf meinem Gesicht zu malen. Ich bin nicht gerade groß, und auch bevor die akrobatischen Kunststücke, die ich flog, ihre Male auf mir zu hinterlassen begannen, war ich kein Adonis gewesen. Aber wenn ich nach einem harten Arbeitstag mitten in der Nacht erfahre, dass mein bester Freund tot ist, und anschließend zu einem Dreihundert-Meilen-Flug aufbreche, sobald es hell genug ist, dass ich ohne Navigationslichter fliegen kann, dann neige ich dazu, bei der Ankunft wie das Opfer eines schweren Verkehrsunfalls auszusehen.

Ken Holland verbreitet Fröhlichkeit – wann immer er geht.

Ich überlegte gerade, ob ich es mir für ein kleines Nickerchen im Sessel bequem machen sollte, bevor die Cops anrückten, als schon ein Polizei-Austin mit funkelndem Blaulicht draußen vorfuhr.

Er spuckte einen Inspektor, einen Polizisten und ein Pärchen Zivilbeamter aus, die mit ihrem besten »Leugnen hat keinen Sinn!«-Ausdruck auf dem Gesicht ins Klubhaus stürmten. Ich hatte den untrüglichen Instinkt, es handle sich bei diesen Leuten um einen Teil des Publikums von der Absturzstelle – einen Teil, der Blaulicht und Sirene benutzt hatte, um seine Fänge mit geringst möglicher Verzögerung in mich schlagen zu können.

»Sind Sie Kenneth Holland?« fragte der Inspektor.

Ich nickte müde.

»Waren Sie das in der Maschine, die vor ein paar Minuten über die Unfallstelle geflogen ist?«

Ich nickte wieder. Wenn sie ein wenig Paragraphen reiten wollten, dann hatten sie mich am Wickel, aber im Augenblick war mir das verdammt noch mal egal. Gut, war ich eben näher als hundertsechzig Meter an eine Person, ein Fahrzeug oder ein Haus herangeflogen. Sollten sie mich doch wegen rücksichtsloser Fliegerei anzeigen. Dann kassierte die Industrie- und Handelskammer eben meine Lizenz. Dann hatte ich eben genug vom Leben, ging spazieren und ließ mich von einem Bus überfahren. Na und?

Es gab eine angespannte Pause, und der Inspektor erwog, ob er mich hinauszerren und standrechtlich erschießen lassen sollte. Doch dann gab er sich mit einem durchbohrenden Blick zufrieden und sagte: »Kommen Sie mit.«

Vielleicht hatte er schon einmal jemanden unter Schock gesehen. Oder er kannte das Luftverkehrsrecht einfach nicht gut genug, um zu wissen, womit er mir drohen sollte.

Ich las meine Fliegerjacke vom Boden auf, schob Pullover, Handschuhe und Brille mit dem Fuß zu einem ordentlichen Häuflein zusammen und humpelte hinaus zu dem Polizeiwagen. Einer der Zivilbeamten hielt mir die hintere Tür auf, und ich stieg ein. Er folgte mir, und der zweite Zivilbeamte stieg von der anderen Seite zu. Ich wurde mit den Füßen auf dem Kardantunnel in der Mitte zwischen den beiden eingeklemmt, und meine Hüfte schmerzte höllisch wegen dieser verkrampften Haltung. Geschickte Zangentechnik.

Der Inspektor setzte sich auf den Beifahrersitz, der Polizist glitt hinter das Steuer, und wir schossen davon auf dem holprigen Weg in Richtung Flughafentor. Bei jedem Schlagloch stach es schmerzhaft in meiner Hüfte.

Als wir in die Straße einbogen, wehte eine Brise mit salzigem Beigeschmack zu den geöffneten Fenstern herein, so wie Seeluft immer riecht, bevor die Hitze des Tages einsetzt.

Diese Luft erinnerte mich an all die anderen mit gut gelaunten Urlaubern vollgepackten Ferienorte. Sie erinnerte mich an Bill, und einen bitteren Augenblick lang musste ich an Janie denken. Mit schmerzendem Schädel schloss ich die Augen und dachte, es wäre nett, ein afrikanischer Eingeborener zu sein oder etwas in der Art. Irgendetwas.

2

Am Boden wirkte die Absturzstelle genauso fürchterlich wie aus der Luft. Es war erst acht Uhr fünfundvierzig, als der Wagen durch das Weidetor bog und sich das steil ansteigende Feld zum Wrack hinauf kämpfte – doch es waren bereits jede Menge Gaffer eingetroffen. Da die Polizisten erkannt hatten, dass sie nicht alle Löcher in der Hecke zustopfen konnten, gaben sie sich damit zufrieden, um die Trümmer herumzustehen und wichtig auszusehen. Eine erprobte Methode, um das Publikum auf mindestens Armeslänge vom Schauplatz einer Katastrophe fern zu halten.

Der Wagen fuhr unmittelbar an den zerschmetterten Rumpf heran, und meine Begleiter, die sich wie ein Ei dem anderen glichen, glitten vom Rücksitz nach draußen. Ich kletterte steif hinterher und lehnte mich an den Wagen.

Die Stampe war in ziemlich flachem Winkel mit hoher Geschwindigkeit aufgeschlagen. Die ersten drei Meter des Rumpfes, einschließlich beider Cockpits, hatten sich wie eine Ziehharmonika zu einer scheußlich verbeulten, etwa einen Meter langen Masse zusammengeschoben. Die Stampe hat einen hölzernen Rahmen, und der Rumpf war beim Aufprall hinter dem Achtern-Cockpit sauber in zwei Teile zerbrochen. Der hintere Teil, einschließlich des Leitwerks, war über den Rest des Rumpfes geklappt und über der Stelle zusammengeknittert, wo einmal der Mittelteil der oberen Tragfläche des Doppeldeckers gewesen war. Die oberen Tragflächen selbst waren nach vorne katapultiert worden und zersplittert, während die unteren praktisch nicht mehr existierten. Das größte Überbleibsel des rechten unteren Flügels war ein etwa ein Meter zwanzig langes Stück der Tragflächenhinterkante, das anklagend zwischen den Resten der vorderen Rumpfhälfte aufragte. Das fröhliche Rot und Gelb der zerknüllten Bespannung wirkte wie ein makabres Leichentuch: eine Leiche im Pierrot-Kostüm. Es stank hier nach Öl, Benzin und frisch ausgehobener Friedhofserde.

Ich stieß mich vom Wagen ab und humpelte langsam zu der Stelle, wo die Nase der Stampe hätte sein sollen. Vom Motor selbst war nichts mehr zu sehen, aber ich wusste aus Erfahrung, dass sich die Propellernabe etwa einen Meter in die Erde gebohrt haben musste. Die Vorderkante der hinteren Kabine hatte sich irgendwie um den rückwärtigen Teil des Motorblocks gewickelt, und die Reste des Cockpits waren voll braunem, angetrocknetem Blut.

Bills Blut.

Wenigstens hatten sie den Anstand besessen, die Leiche wegzuschaffen. Die Plane, die ich aus der Luft gesehen hatte, war jetzt auf dem Boden ausgebreitet und wölbte sich über einer Gestalt, die einen nicht einmal in den schlimmsten Albträumen an einen Menschen erinnert hätte. Ein buckliges Bündel, das ausgesprochen endgültig wirkte. Beim Absturz musste Bill sich jeden einzelnen Knochen gebrochen haben.

Ich weiß nicht, wie lange ich dastand und das Wrack und die Plane anstarrte. Deswegen war ich von Blackpool hergeflogen, und jetzt war ich überrascht, dass ich fast überhaupt nichts empfand. Ich fühlte mich nur ausgebrannt und sehr allein. Nach einer Weile erst drang die Stimme des Inspektors zu mir durch: »... sehr Leid, aber ich muss Sie bitten, die Leiche zu identifizieren. Nur eine Formalität, aber es muss leider sein. Wir könnten warten, bis es – er – ah, zurechtgemacht ist, wenn Sie möchten?«

»Tot ist tot«, knurrte ich. »Ich will nicht, dass Sie ihn ausstopfen wie eine verdammte Jagdtrophäe!«

Das Gesicht des Inspektors erstarrte. Augenblicklich bedauerte ich meine Worte, aber es schien mir andererseits auch nicht wichtig genug, nach einer Entschuldigung zu suchen.

Ich schlurfte zu der Plane hinüber und schlug sie zurück.

Bill war praktisch nicht mehr zu erkennen. Sein Kopf war gegen die Instrumententafel geknallt, die sich zu dem Zeitpunkt zwar auch in dieselbe Richtung wie er bewegte, aber etwa achtzig Kilometer pro Stunde langsamer. Sein Genick war gebrochen und der Kopf so schrecklich zugerichtet, dass die Knochensplitter der zerschmetterten Schädeldecke sich mit dem Futter der Fliegerhaube zu einem unansehnlichen Brei vermischt hatten. Seine Glieder waren eigenartig verrenkt, und sein ganzer Körper war voll mit Blut. Blut durchtränkte seine Hosen und verklebte den Pelzkragen seiner Fliegerjacke. Beide Arme und Beine waren offensichtlich gebrochen, Rippen und Brustbein unter der Lederjacke wahrscheinlich eingedrückt. Reste von Erbrochenem klebten an ihm, und sein Gesicht war eine schwarze, blutige Masse unter den Splittern der Fliegerbrille.

Ich ließ die Plane fallen, bevor mir schlecht wurde. Ich hatte bereits Tote gesehen, aber niemals so schrecklich zugerichtet. Wie aus weiter Ferne nahm ich wahr, dass die Gaffer, die am weitesten vorne standen, mit kalkweißen Gesichtern zurückwichen. Das war nicht der hübsche kleine Absturz, den sie hatten sehen wollen, sondern das ungeschminkte Ergebnis eines Absturzes mit mehr als 160 km/h. Und das war alles andere als hübsch.

»Das ist der Mann, den ich unter dem Namen William Charlton kannte. Er wohnte in Ickenham Gardens Nr. 23, Slough, und soviel ich weiß, ist die einzige Angehörige seine Frau, die ihn vor einem Jahr verlassen hat. Er war letzte Nacht von Redhill hierher geflogen. Wir geben hier diese Woche eine Vorstellung. Wollen Sie sonst noch etwas wissen?«

Der Inspektor hustete wieder. Er hielt mich immer noch für ein relativ unerwünschtes Mitglied der Gesellschaft. Aber das taktvolle Hüsteln schien ihm zur zweiten Natur geworden zu sein.

»Unser Arzt hat sich den – ah, Mr. Charlton angesehen«, sagte er. »Aber bei dem Zustand der Leiche konnte er nicht viel sagen. Natürlich wird es noch eine Leichenschau geben.«

Aber ja, natürlich. Eine Autopsie musste sein. Er war ja bloß mit hundertsechzig Sachen gegen die Hügelflanke geknallt. Da war es schon besser, ihn aufzuschneiden, um ja sicherzugehen, dass er nicht am Schluckauf gestorben war.

Der Inspektor haspelte weiter. »Wir möchten natürlich so

schnell wie möglich die Unfallursache herausfinden. Ich nehme an, dass die offizielle Untersuchung eine Weile dauern wird. Deshalb haben wir Sie hergebeten. Wahrscheinlich ist Ihnen aufgefallen, dass an Mr. Charltons Jacke Spuren von Erbrochenem sind. Natürlich ist die Annahme nahe liegend, dass ihm in der Luft schlecht geworden ist. Aber da Sie selbst Pilot sind und auch ein Freund von Mr. Charlton, hätte ich es gerne, wenn Sie sich einmal ein wenig umschauen.«

»Irgendwelche Augenzeugen?«, fragte ich.

Soll ja Glücksfälle geben. Vielleicht hatten zwei Boeing-707-Piloten und ein Untersuchungsbeamter der Luftfahrtbehörde zugesehen. Oder, wenn hundert Laien dabei gewesen waren, konnten sie sich vielleicht darauf einigen, wie viele Flügel das Flugzeug gehabt hatte. Alles, was man darüber hinaus erfahren würde, war, dass Teile weggebrochen wären, es eine Explosion gegeben hätte und die Maschine außer Kontrolle geraten sei. Zeugen eines Flugzeugabsturzes, die nicht selbst Flieger waren, schienen sich geradezu betrogen zu fühlen, wenn die Kiste nichts dergleichen getan hatte.

»Ja, wir haben einen. Ein Bauer sagt, er habe den Absturz beobachtet. Er behauptet, dass der Motor noch lief und kein Versuch unternommen wurde, die Maschine hochzuziehen. Das war gestern in der Abenddämmerung. Sonst gibt es keinen Zeugen – jedenfalls keinen, den wir bis jetzt gefunden hätten.«

Ich sah mir die Absturzstelle noch einmal genauer an.

»Das klingt logisch«, sagte ich. »Sieht so aus, als wäre er kerzengerade in einem Winkel von etwa zwanzig Grad mit ziemlich hohem Tempo aufgeprallt. Wenn er eine Kurve geflogen hätte, wäre das Heck in einer anderen Richtung weggebrochen.«

Eigentlich wollte ich nur noch so weit wie möglich weg von der Absturzstelle, aber der Mann hatte mich freundlich gebeten, also durchstöberte ich die Überreste und beugte mich über das, was einmal das hintere Cockpit gewesen war.

Der Gestank des Todes traf mich wie ein Schlag.

Wenn man häufig unterschiedliche Flugzeuge fliegt, vor allem alte, mit Stoff bespannte, dann entwickelt man ein Gefühl für ihren Geruch. Nicht nur für den üblichen Duft von verbranntem Benzin, altem Öl und Leim, sondern tatsächlich für das Gefühl, die Stimmung der Maschine. Man kann zum Beispiel Furcht riechen. Auf dem Gebiet bin ich Experte. Manchmal konnte ich meine eigene Angst noch vierundzwanzig Stunden später in einem Flugzeug riechen.

Aber der Geruch des Todes ist unverkennbar. Ich hatte ihn erst ein paar Mal in einem Flugzeug verspürt. Man vergisst ihn nicht so leicht: Er riecht wie eine Mischung aus frisch umgepflügter Erde, zersplittertem Holz, zerrissenem Gewebe, Öl, Benzin – und Blut. Vor allem riecht er nach Blut.

Und an Blut hatte es in diesem ziehharmonikaartig zusammengeschobenen Wrack eines Cockpits keinen Mangel. Außen gab es nur ein paar braune Flecken. In den zerfetzten Überresten aber war es allgegenwärtig. Wenn Ihnen jemals einer weismachen will, dass eine Leiche nicht blutet, richten Sie ihm von mir aus, dass er keinen blassen Schimmer hat. Sie blutet gewaltig, solange sie nur genügend Löcher hat.

Blut klebte auf der Instrumententafel, auf den Seitenwänden und am Boden. Beim Trocknen nahm es überall dieselbe widerlich bräunliche Farbe an. Nur auf dem Pilotensitz gab es kaum Blutflecken, und darauf lagen die Schultergurte. Die waren sauber.

Was die Aufprallgeschwindigkeit anbetraf, hatte ich mich nicht geirrt. Die Nadel des Geschwindigkeitsmessers hatte sich beim Aufschlag tief in der 110-Knoten-Marke eingedrückt. Ich schaute nach dem Gashebel, aber der war beim Absturz durch das Verbindungskabel erst voll geöffnet und dann verbogen worden. Der Trimmungsregler stand in seinem Gehäuse knapp vor »Halb«, und die Magnetzündung war immer noch eingeschaltet. Automatisch und ohne nachzudenken schaltete ich sie aus und zog meinen Kopf wieder aus dem Cockpit. Meine Kopfschmerzen pochten wie ein Ein-Zylinder-Kompressor, und der Geschmack von Galle stieg mir in die Kehle.

Ich humpelte zum Polizeiwagen zurück, wo der Inspektor mir erwartungsvoll entgegenblickte.

»Ich glaube, Sie haben Recht. Bill ist übel geworden. Die Zündung war noch eingeschaltet, und die Trimmung stand auf normalem Horizontalflug unter Antrieb. Wenn er Motorprobleme gehabt hätte, wären die Zündschalter auf ›Aus‹ gestanden, und er hätte die Trimmung zum Gleitflug etwas nach hinten verstellt. Außerdem wäre er dann viel langsamer gewesen.« Dann fiel mir noch etwas ein. »Haben Ihre Leute die Gurte aufgemacht, um ihn herauszuholen, oder waren die schon offen?«

»Sie waren offen.«

»Das beweist es also. Normalerweise hätte er sich während des Fluges keinesfalls losgeschnallt. Wahrscheinlich hat er sich vor Schmerzen gekrümmt, bevor er ohnmächtig wurde.«

Der Inspektor nickte. Darauf war er vermutlich selbst schon gekommen. »Wir müssen die Obduktion abwarten, dann wissen wir, wovon ihm schlecht geworden ist«, meinte er. »Hatte er irgendein chronisches Leiden?«

Ich schüttelte den Kopf. Die zuständigen Behörden neigen nicht gerade dazu, Epileptikern Fluglehrer- und Personenbeförderungslizenzen zu erteilen. Soweit ich wusste, hatte Bill nie etwas Schlimmeres gehabt als eine Erkältung.

Plötzlich überfiel mich eine albtraumhafte Vision von Bill, wie er sich im Cockpit der Stampe im Todeskampf krümmte. Wie er mit den Unterarmen seinen Leib umklammerte und fieberhaft an den Gurtschlössern zerrte, damit er seine lange Gestalt nach vorne beugen und so die Qual lindern konnte. Es musste ganz in der Nähe passiert sein, und wahrscheinlich war er schon in Sichtweite von Sandown gewesen, als ihn die letzte Schmerzwelle überflutete und er ohnmächtig geworden war.

Ich meinte fast sehen zu können, wie er sich an die letzten Fasern seines Bewusstseins klammerte und verzweifelt versuchte, lange genug durchzuhalten, um noch landen zu können. Und dann – Nichts. Der Anfall musste sehr schnell gekommen sein.

Betäubt und fast teilnahmslos überlegte ich, was das Skalpell des Pathologen wohl finden mochte.

3

Gegen Mittag saß ich an der Bar des Klubhauses in Sandown und soff einsam zu Mittag. Normalerweise trinke ich wenig, besonders wenn ich allein bin, aber im Augenblick konnte ich nichts tun, als meinen Schmerz mit dem Inhalt der Flasche Black and White, die der Manager mir hingestellt hatte, zu betäuben.

Der Morgen war nicht gerade vergnüglich verlaufen. Von der Absturzstelle hatte die Polizei mich zwischen Urlaubermassen hindurch zur Wache in der Innenstadt von Sandown chauffiert: durch ein Spalier von krebsrot sonnenverbrannten Familienvätern und -müttern mit ihren vorlauten Gören, vorbei an rot-schwarzen Plakaten, die »Die größte Luftfahrtschau der Welt« ankündigten, nämlich den »Old Time Flying Circus«. Illegale Plakatierung, Menschenaufläufe und jetzt der Absturz – die Gesetzeshüter der Isle of Wight behandelten mich, als hätte ich die Pest. Wenn sich im Lauf der nächsten Woche irgendein aufgebrachter Bürger über Tiefflieger beschwerte, würden sie uns allen Mühlsteine um den Hals binden und uns am Ende der Pier über die Planke springen lassen.

Auf der Polizeistation hatte ich ein paar unangenehme Minuten mit dem Oberinspektor zu überstehen. Ich erzählte ihm, dass Bill am Abend vorher von unserem Stützpunkt in Denham über Redhill, wo er ein paar Ersatzteile und Auspuffdichtungen abholen sollte, nach Sandown geflogen sei. Ich sagte ihm, dass wir im Rahmen einer Feierlichkeit der örtlichen Industrie- und Handelskammer am Freitag auf dem Flugplatz eine Flugschau veranstalten wollten. Natürlich wusste er das schon, da er sich wahrscheinlich schon seit Tagen Beschwerden über die illegal geklebten Plakate anhören musste.

Trotz aller Fragen und seines berufsbedingten Misstrauens wusste der Oberinspektor offensichtlich ebenso viel über die Vorgehensweise bei Flugzeugabstürzen, wie ich von Blumenarrangements verstand. Er schaffte es gerade noch, die Flugsicherheitsbehörde des Verkehrsministeriums zu verständigen, aber gegen Ende des Verhörs fischte er schon ziemlich unsicher nach Hinweisen, was er denn als Nächstes tun sollte. Ich sagte ihm geradeheraus, dass seine Männer ihre Plattfüße von den Überresten fern halten sollten, dass er eine Autopsie anordnen, den örtlichen Leichenbeschauer verständigen und, abhängig davon, was die Ermittler herausfanden, eine Untersuchung in die Wege leiten müsse. Er quittierte das mit einem Blick, der normalerweise denjenigen vorbehalten blieb, die ihm Dienstaufsichtsbeschwerden androhten, und anschließend fand sich Ken Holland ganz unzeremoniell auf der Straße wieder, wie unsere großen Schriftsteller es gesagt hätten.

Später wanderte ich durch die Stadt und nährte meine Niedergeschlagenheit mit dem Anblick der vielen fröhlichen Menschen, bis meine Laune und meine kaputte Hüfte genug hatten und ich mir ein Taxi zurück zum Flugplatz nahm. Der Fluglotse teilte mir mit, dass Ted angerufen habe und gegen drei Uhr eintreffen würde. Also hatte ich noch ein paar Stunden Zeit, um meinen Mandeln in der wenig frequentierten Bar das Brustschwimmen beizubringen.

Mein Gewissen sagte mir, dass ich mich, Tragödie hin oder her, am Beginn einer vermutlich arbeitsreichen Woche nicht auf die faule Haut legen sollte. Wenigstens könnte ich mich auf dem Flugplatz umsehen und feststellen, wo man die Organisatoren auf jeden Fall davon abhalten musste, Zelte aufzustellen. In einer kleinen Firma wie der unseren musste jeder ständig mit höchster Konzentration bei der Sache sein, oder das Geschäft ging den Bach runter. Meine Hauptaufgaben waren Stuntman und Ersatzpilot, aber wenn das Gewerbeaufsichtsamt gerade mal wegschaute, zerlegte ich auch Motoren, schrieb Geschichten für die Lokalzeitungen, wenn unser PR-Mann gerade anderweitig beschäftigt war, oder bereitete auf Campingkochern die Mahlzeiten zu, während Leute mit gesunden Hüftgelenken die Schwerarbeit erledigten.

Also ließ ich mich in bester Absicht in einen Barsessel fallen, um den kleinen grauen Zellen zu ermöglichen, sich an ein paar konstruktiven Gedanken genüsslich zu tun. Aber nach dem Morgen, den ich gerade hinter mir hatte, schien die Abteilung für konstruktives Denken in den Streik getreten zu sein. Ich genehmigte mir einen weiteren Whisky, dann noch einen und glitt schließlich in einen unruhigen Halbschlaf, durch den die Erinnerungen spukten. Nagende Erinnerungen an Janie. Es war ungefähr so konstruktiv, wie in dreihundert Metern Höhe abzutrudeln und an den Fallschirm zu denken, den man im Hangar vergessen hatte.

Mein benebeltes Hirn stocherte willkürlich in der Asche verpasster Gelegenheiten herum und irrte zum zehntausendsten Mal zu jenem Morgen vor vier Monaten zurück, als meine Welt in Stücke brach.

Ich erinnerte mich noch an jede Einzelheit. Wie wir am Morgen in diesem schrecklichen, kalten Schweigen nebeneinander aufgewacht waren, während ich verzweifelt um ein Wunder betete, das uns wieder zusammenbrächte, bevor einer von uns sprach oder sich rührte und alles endgültig vorüber war.

Ich beobachtete die Zeiger der Uhr, wie sie dahinkrochen und schließlich auf acht standen. Gab ihnen noch fünf Minuten und betete inbrünstig: Lieber Gott, wenn sie nur die Hand ausstreckt und mich berührt, bevor es fünf nach ist, wird alles in Ordnung kommen. Wir werden uns nicht trennen müssen. Ich werde das Fliegen aufgeben, und wir werden heiraten. Ich will alles tun – nur, lass sie die Hand ausstrecken und mich berühren. Bitte, Gott, lass sie die Hand ausstrecken …

Fünf nach.

Sie hatte mich nicht berührt. Ich stand auf.

Wir bewegten uns wie Automaten, während wir uns mürrisch schweigend anzogen. Janie kochte Kaffee, und wir tranken ihn nebeneinander auf dem Bett. Die Uhr tickte gnadenlos weiter. Neben der Tür standen säuberlich getrennt unsere Koffer. Ende des Winters. Beginn der Zirkussaison. Heute war der Tag, an dem ich mein Winterappartement aufgab, um den Sommer in Schlafsäcken zu verbringen. Ein wirklich schöner Frühlingstag.

Der Tag, an dem sich unsere Wege trennen sollten.

In diesem Augenblick hätte ich ihr alles versprochen. Die Bitterkeit, die immer häufiger werdenden Streitereien angesichts dieses einen Tages, der stetig näher rückte, sie waren bedeutungslos geworden. Stunden und Wochen und Monate waren plötzlich zu diesen letzten paar Minuten geronnen.

»Janie …«, sagte ich heiser. Nur Minuten. »Janie, schau, angenommen ich besorge uns einen Camper? Einen von diesen schönen, großen. Nur für diese eine Saison. Dann höre ich auf. Und fang wieder mit dem Journalismus an.«

Sie sah weg. Schüttelte den Kopf. Ihr braunes Haar kräuselte sich. Tränenerstickt klang ihre Stimme. »Nein. Sag das nicht. Du weißt, dass du nicht aufhören kannst. Deine Flugzeuge bedeuten dir mehr als ich.«

Nicht in diesem Augenblick, nein.

»Bitte … Liebes. Hör zu. Nur für fünf Monate. Ich könnte

schon morgen einen dieser großen Wohnwagen besorgen. Wir könnten heiraten. Es wäre wie ein langer Urlaub. Im September verkaufe ich ihn dann, besorge uns ein Haus und suche mir einen Zeitungsjob. Es wäre doch idiotisch, wenn wir so auseinander gehen würden.«

Sie sah mich aus geweiteten und verweinten Augen an. Ihre Stimme klang hoch und überschlug sich beinahe. »Nein, das tust du nicht. Du würdest den Winter mit irgendwelchen Gelegenheitsjobs rumbringen, und im Frühjahr wärst du wieder auf und davon. Wenn du wirklich einen Zeitungsjob wolltest, würdest du ihn dir heute suchen, statt zum Flughafen zu rennen.«

Der bittere Klang der Wahrheit.

»Du weißt, dass das nicht geht. Wir haben unsere Verpflichtungen. Diese Filmleute kommen heute. Ted könnte so schnell niemand anderes für die Saison finden.«

Sie wandte den Blick wieder ab. Ich haspelte weiter, griff verzweifelt nach Strohhalmen.

»Aber in ein paar Wochen ginge es. Schau, Liebling, ich sage Ted heute Morgen, dass er sich jemand anderes suchen muss, und bleibe dann einfach noch so lange, bis er den eingearbeitet hat …«

»Nein! Sag so was nicht. Du weißt genau, dass es dir nicht ernst damit ist. Wir haben das doch schon so oft durchgemacht. Wenn du wirklich wolltest, würdest du heute nicht zum Flugplatz gehen. Du hättest dir vor einem Monat Arbeit gesucht. Aber du gehst. Und du wirst immer wieder gehen. In ein paar Wochen wirst du sagen, dass ihr niemanden gefunden hättet und du die Saison durchmachen musst. Dann die nächste Saison und die übernächste. Weil du der berühmte Ken Holland bist. Sie könnten dich nicht innerhalb von ein paar Wochen ersetzen. Jedenfalls nicht mit jemandem, den sie sich leisten können. Wenn du über den Winter jemanden eingearbeitet hättest, dann vielleicht, aber du hattest nicht die geringste Absicht aufzuhören.«

Ich versuchte, etwas einzuwerfen, aber sie fuhr mich an, und Tränen rannen ihr übers Gesicht. »Hör endlich auf mit deinen Versprechungen, dafür ist es zu spät. Du wirst dich nicht ändern, und ich kann dieses Leben nicht mit dir teilen.«

»Aber warum nicht? Wenn ...«

»Oh Gott, du weißt, warum nicht!« Die Tränen quollen jetzt heftiger hervor. »Welche Frau könnte den verrückten Risiken ruhig zusehen, die du zwei-, dreimal am Tag eingehst? Wer könnte mit einem Mann verheiratet sein, den sie ›Neun Leben‹ nennen, und nicht mitzählen, wie sie flöten gehen? Welche Frau würde Jahr für Jahr ihre Kinder in einem Wohnwagen großziehen wollen, während ihr Mann sich zweimal am Tag mit einer anderen Geliebten davonmacht? Mein Gott, ich habe dich doch gesehen, wenn du fliegst. Ich habe zugesehen, wie du deinen Hals riskierst und dich halb umbringst. Du liebst das. Du fliegst zu gerne und liebst deine Flugzeuge. Und du brauchst das Risiko. Mit dir stimmt etwas nicht, du hast irgendeine Macke, etwas, was keine Frau jemals mit dir teilen könnte. Eine Frau wäre nur mit der einen Hälfte von dir verheiratet. Schau dich doch an: Du willst mich zwar, aber was auch immer geschieht, du wirst heute zu diesem Flugplatz fahren. Ich weiß es, und du weißt es.«

Ihre Stimme erstickte in einem Schluchzer. Sie saß da, starrte mich wortlos an, und die Tränen flossen ihr über die Wangen. Ich versuchte, den Arm um sie zu legen, doch sie entzog sich mir. Ich wusste, sie wartete nur darauf, dass ich die Zauberworte sprach. Sagen würde, dass ich heute nicht zum Flughafen ging. Dass ich alles über den Haufen schmeißen würde.

Ich schaute weg. Sie hatte Recht. Ich würde zum Flugplatz fahren.

Ein paar Minuten später brachen wir auf. Nahmen einfach unsere Koffer und gingen in verschiedene Richtungen davon. An dem Tag brachte ich mich beinahe um, als ich eine doppelte, langsame Rolle in Bodennähe flog.

Erst später merkte ich, dass ich einen zu hohen Preis bezahlt hatte. Der Schmerz wurde schlimmer, statt nachzulassen. Ich hatte das Fliegen geliebt, aber jetzt hasste ich es auch. Hasste es, weil es mich Janie gekostet hatte, und liebte es gleichzeitig, weil mir nur noch das geblieben war. Das und das »Was-wäre-wenn?« und die kalte Einsamkeit tief drinnen, die Freunde nicht einmal erahnen können.

Ich trank noch ein Glas und glitt in einen heißen, unruhigen Schlummer.

Das ohrenbetäubende Geknatter eines Gypsy Major, der in sechs Metern Höhe über die Landebahn donnerte, weckte mich. Als ich mich hochgerappelt und den Geschmack nach altem Putzlumpen in meinem Mund mit einem Schluck Scotch hinuntergespült hatte, herrschte wieder Stille, aber ich wusste Bescheid: Ted Reeves war mit unserer zweiten Tiger angekommen.

Ich konnte mir sogar vorstellen, wie er langsam und niedrig über der Landebahn hing, bei gegenläufigem Ausschlag von Seiten- und Querruder, sodass die Tiger beinahe seitlich flog und bei Vollgas gerade so die Höhe hielt. In den letzten drei Jahren hatte ich ihn das oft machen sehen, bevor er auf unbekannten Graspisten landete. Auf die Art verschaffte er sich einen Überblick und begutachtete die Oberfläche der Piste, bevor er ihr das Fahrgestell und seinen Hals anvertraute.

Wenn man ihm zusah, wie er mit einer an der Flügelspitze befestigten, sechzig Zentimeter kurzen Angelrute in vollem Flug ein Taschentuch vom Boden aufpickte, konnte man ihn für den waghalsigsten Flieger seit Lincoln Beachey halten – aber wenn er nicht gerade in der Show auftrat, war er der vorsichtigste Pilot, dem ich je begegnet bin. Und der Beste. Vielleicht denkt er, wenn er fünfundneunzig Prozent der Zeit übervorsichtig ist, baut er sich damit für die restlichen fünf eine Glücksreserve auf.

Meine Kopfschmerzen tuckerten immer noch im Leerlauf vor sich hin, als ich aus dem Klubhaus und in die heiße Sonne trat. Ted schwebte gemächlich über den Grenzzaun und flog mit Minimalgeschwindigkeit weiter, bis der Hangar nur noch etwa fünfzig Meter entfernt war. Dann nahm er das Gas weg und setzte mit einer sauberen Drei-Punkt-Landung auf. Als er nach links abbog und auf meine Tiger zurollte, glitt Mark in unserer nun einzigen Stampe mit leise grollendem Renault-Motor über den Zaun hinweg. Die beiden Doppeldecker parkten Seite an Seite, und nachdem sie sich ausgiebig gekratzt und die Augen gerieben hatten, kletterten die Helden der Lüfte heraus und kamen auf mich zu.

Wir drei stellten jetzt das gesamte fliegende Personal des Old Time Flying Circus dar. Ich nahm an, dass es für den Rest der 71er-Saison auch dabei bleiben würde. Es bestand kaum eine Chance, zu dieser Jahreszeit einen Ersatz für Bill zu finden. Es gibt eine Menge Piloten, die nach Zirkusjobs suchen, dafür aber nicht gut genug sind, während die meisten, die gut genug wären, das Ganze für zu gefährlich und schlecht bezahlt halten. Die Anhänger der letzteren Schule haben gute Gründe für ihren Standpunkt: Es ist ein großartiges Leben, bis nach ungefähr drei Tagen der Lack ab ist. Dann ist es nur noch ein endloser Schlauch aus Fliegen, Flugzeugreparieren und Weiterziehen. Ständig am Rande der Erschöpfung, ungewaschen, ausgelaugt, dazwischen hastige Mahlzeiten aus der Bratpfanne über dem Campingkocher. Die letzten vierundzwanzig Stunden vor dem Flugtag sind geprägt von stetig steigender Anspannung, unterbrochen von endlosen kleinen Missgeschicken mit dem Ablauf der Flugnummern und den zugehörigen Requisiten. Plötzlich ist der Spielzeughase für die Wilddieb-Sequenz verschwunden. Oder jemandem fällt auf, dass wir keine einzige 9-mm-Platzpatrone mehr für die Sten-Maschinengewehre haben. Gleichzeitig merke ich, dass die Kiste mit den Rauchbomben für die Absturzszene noch in meinem Schlafzimmer in Denham steht.

Also schwinge ich mich schnell entschlossen in die Tiger, die wir gerade nicht für Rundflüge einsetzen, um nach Denham zu düsen und alle unsere Probleme auf einen Schlag zu lösen. Bis ich dann herausfinde, warum wir sie gerade nicht für Rundflüge einsetzen – ein Zündmagnet ist ausgefallen, und John Hawkin hat das Ding bereits zerlegt und über das halbe Feld verteilt. Und so geht es in einem fort. Bei der letzten Einsatzbesprechung eine Stunde vor der Veranstaltung erreicht die Anspannung ihren Höhepunkt. Danach bleiben nur noch ein paar nervöse Züge an der Zigarette, lahme Witze und zum Zerreißen gespannte Nerven, bis wir in Aktion treten.

Ted war der Einzige, dem die Belastung anscheinend nichts anhaben konnte. Nach fünfzehn Jahren Zirkus und achttausend Flugstunden hatte er sich eine fatalistische Ruhe zugelegt, um die ich ihn beneidete, wenn ich ihn nicht gerade dafür ohrfeigen wollte. Ich nahm an, dass er gelegentlich auch seine Nerven spürte, aber wenn's Schwierigkeiten gab, reagierte er bloß etwas höflicher als üblich. Was zugegebenermaßen nicht schwierig war.

Er war fast zwei Meter groß, athletisch gebaut, pflegte inzwischen einen kleinen Bierbauch und trug immer Rollkragenpullover und antike Fliegerstiefel. Mit seinen gewellten, schwarzen Haaren, dem ungepflegten Bart und dem wettergegerbten Gesicht mit zahllosen Fältchen um die blauen Augen wirkte er wie der gemütliche Urvater aller Piraten. Obwohl er brummig und kurz angebunden war, verstand er sich darauf, jedem das Gefühl zu vermitteln, er wäre ein lange verloren geglaubter Kumpel, den er wie einen Bruder in die Arme schließen wollte. Manchmal dauert es Monate, bis die Wirkung nachließ, und dann stellte das Opfer fest, dass es, keine fünf Minuten nachdem Ted in sein Leben getreten war, ihm irgendeinen Dienst erwiesen hatte, den es sich bei seinem langjährigen Nachbarn zehnmal überlegt hätte.

Mark Grandis, den anderen Piloten, konnte man auf den ersten Blick für eine verkleinerte Ausgabe von Ted halten. Auch sein Haar und Bart waren schwarz, wenn auch gelegentlich etwas besser geschnitten, aber er hatte dieselben durchdringenden Augen wie Ted und dasselbe Talent, mit Menschen umzugehen. Genau wie ich war er jedoch nur etwa halb so alt wie Ted. Manchmal hielt man ihn für Teds Sohn, und wenn die Leute erfuhren, dass die beiden nicht verwandt sind, konnte man sie beinahe denken hören, dass hier wohl der Schüler den Meister imitierte. Natürlich war das nicht fair, denn jede Ähnlichkeit im Aussehen und Verhalten war rein zufällig. Außerdem reichte sie nicht gar so weit. Mark versteckte seine Gefühle nicht so wie Ted. Vor einer Show war er, wie wir alle, nervös wie eine Katze. Im Augenblick war er traurig wegen Bill. Also sah er traurig aus.

Ted hingegen wirkte nur gereizt.

Trübsinn ging bei ihm einher mit schlechter Laune. Auf seine verquere Art dachte er wahrscheinlich, dass, wenn er trauerte, es besser wäre, jedes andere Gefühl, nur eben nicht Trauer zu zeigen.

»Schon mit der Polizei gesprochen?« fragte er kurz, als er vor mir stand.

»Ja.«

»Was ist passiert?«

Ich berichtete ihm, was ich herausgefunden hatte, was die Polizei herausgefunden und der Farmer gesagt hatte, und erzählte ihm von der derzeitigen Theorie, dass Ted in der Luft übel geworden war. Ich fügte hinzu, dass wir noch auf das Ergebnis der Obduktion warteten.

»Mein Gott«, sagte Ted. »Was für eine Art zu sterben. Feiner Kerl, der alte Bill. Guter Flieger.«

Diese letzte und höchste Anerkennung hätte Ted keinem von uns zu Lebzeiten je zuteil werden lassen, und damit war das Thema für ihn abgeschlossen. Ich respektierte das: Weil das Kompliment aus Teds Mund kam, war es eine Grabrede, wie sie besser nicht hätte sein können.

»Hat die Stampe Totalschaden?«, fragte er.

»Komplett«, sagte ich. »Der Motor genauso. So etwas Fürchterliches habe ich noch nie gesehen. Überlass es den Leuten von der Versicherung. Es ist ziemlich … schlimm.«

Ted warf mir einen scharfen Blick zu, bemerkte die glasigen Augen, die totale Erschöpfung und wie angeschlagen ich aussah. Unerwartet sanft legte er seinen Arm um meine heile Schulter und sagte: »Ken, alter Junge, heute Nacht lässt du dich am besten voll laufen.« Ted Reeves, der begnadete Psychologe.

Er wandte sich zu Mark. »Ken hat im Moment genug durchgemacht«, sagte er. »Sieh zu, dass du heute Abend den Zug nach London erwischst und gleich morgen früh die Auster hierher fliegst. Ich setze dich nachher in Portsmouth ab. Ken und ich werden erst mal die Ortschaften in der Umgebung abklappern. Du solltest auf jeden Fall zurück sein, bevor die ersten Zuschauer kommen.«

Das bedeutete, dass ich am nächsten Morgen mit den Hühnern aufstehen und anschließend versuchen musste, so viele Leute wie möglich halb zu Tode zu erschrecken. Nach dem Frühstück würden dann die Urlauber zu den Rundflügen herbeiströmen, und zu diesem Zeitpunkt mussten wir einen dritten Piloten an Ort und Stelle haben, außerdem die Auster, die wir normalerweise dafür einsetzen.

Ein solches Programm klang nicht gerade nach Kuraufenthalt, aber immer noch besser, als eine dreistündige nächtliche Zugfahrt mit einer anschließend trübseligen, schlaflosen Nacht in Denham, und dann, am nächsten Morgen, ein Rückflug in der dröhnenden und scheppernden Folterkammer, die sich die Kabine der Auster nannte. Ich hinkte mit Mark davon, um das Wiederauftanken zu beaufsichtigen, während Ted sich daranmachte, seinen ganzen Charme an dem Flughafenmanager auszulassen.

Drei Stunden später hatte sich die gesamte Truppe in Sandown zusammengefunden.

Lyn Mallet, unser Organisator, PR-Manager und illegaler Plakatkleber, kam in einer Wolke aus Staub und kleinen Steinchen zum Stehen, die von den Rädern meines Jaguar XK-120 aufgewirbelt wurde. Bills Unfall hatte ihn ziemlich mitgenommen, aber er trug es mit mehr Fassung als wir anderen. Da er von uns allen am wenigsten mit der eigentlichen Fliegerei zu tun hatte, war er Bill nicht ganz so nahe gestanden.

Ich musste ihm die ganze Geschichte noch einmal von vorn erzählen, aber nachdem er einige passende Laute der Betroffenheit von sich gegeben hatte, drang sein überschäumendes Naturell wieder durch, und er setzte mir eine neue Idee auseinander, wie ich von Mark, der im Jaguar fuhr, einen Benzinkanister übernehmen sollte, während ich an einer Strickleiter unter der Tiger baumelte.

Ich fragte ihn, wie zum Teufel ich mit einem Benzinkanister in der Hand die Strickleiter wieder hinaufkommen sollte, aber er meinte, mir würde schon etwas einfallen. Meine von Kopfschmerzen und Scotch gedämpfte Laune wurde auch dadurch nicht besser, als mir klar wurde, dass er wahrscheinlich Recht hatte. Mir würde etwas einfallen. Mein Hirn hat die verquere Angewohnheit, verrückte Ideen so lange herumzuwälzen, bis es eine Möglichkeit ausgebrütet hat, die nicht zwangsläufig zu einem tödlichen Ende führt. Irgendwann werde ich mir einmal zu viel etwas einfallen lassen. Und dann wird nur noch ein rostbrauner Schmierer auf einer verlassenen Graspiste an mich erinnern.

Als nächste und letzte kamen John Hawkin und Rick Hale mit dem Zirkuslaster an. Ich war froh, den gelb-roten Zehntonner zu sehen, denn das hieß, dass er unterwegs ausnahmsweise kein wichtiges Teil verschluckt und verdaut hatte. Das tut er nämlich auf jeder dritten Tour, wodurch nicht nur sechsundsechzig Prozent unseres Bodenpersonals festsitzen, sondern auch alle Gerätschaften, angefangen bei den Absperrungen, den Feuerwaffen und dem

Campingherd bis hin zu dem Kassenhaus, das auf dem Anhänger festgezurrt war.

Ich musste die Ereignisse nochmals mit John und Rick durchkauen, die von der Sinnlosigkeit von Bills Tod ziemlich geschockt waren, bis Ted vorbeikam und ihnen dringend empfahl, nicht länger Trübsal zu blasen, sondern endlich die Zelte aufzuschlagen und unseren Abschnitt der Landepiste abzusperren.

Lyn startete mit dem Jaguar XK zu einer Blitztour über die Insel, um nachzuschauen, ob eine weitere Plakataktion nötig wäre. Seit seinem nächtlichen Besuch vor einer Woche mit John und einem Topf voll Kleister waren die örtlichen Behörden zweifellos nicht untätig geblieben. Er steckte ein paar Einladungen zu Freiflügen ein, die den Lokalzeitungen ins Haus flattern sollten, damit sie unsere Großzügigkeit zu würdigen wussten und uns in der Freitagsausgabe mit einer freundlichen Vorankündigung bedachten. Nach Bills Absturz hielt ich das irgendwie für ziemlich überflüssig: Morgen würde es auf dem Flugplatz sowieso von Reportern und Fotografen nur so wimmeln, ob uns das passte oder nicht.

Wie auch immer, wenn er mit dem Wagen nur lange genug auf der Insel herumkurvte, würden wir weder Plakate noch Presseberichte brauchen. Der Jaguar war mein persönliches Lieblingsstück, das einzig Wertvolle, was ich – abgesehen von ein paar Flugzeuganteilen – besaß, und ich hatte mir geschworen, dass er eines Tages auch wieder wie ein Jaguar aussehen würde. Im Augenblick war er allerdings eine Mischung aus rollender Litfasssäule und Allzweckfahrzeug. Über der leuchtend rot-gelben Lackierung war auf beiden Seiten »The Old Time Flying Circus« gepinselt, auf der Haube prangte ein Paar paralleler Metallbügel, an denen wir normalerweise Lautsprecher befestigten, wenn wir ein wenig Rabatz machen wollten. Auf dem rechten vorderen Kotflügel war eine gepolsterte Blechmulde angeschweißt, in die John Hawkin sein rechtes Knie stützte, wenn das Drehbuch forderte, dass er mit einem Sten-Maschinengewehr auf die Tiger feuerte, während der Wagen mit knapp hundert Stundenkilometern über den Grasboden donnerte. Außerdem war der Wagen mit u-förmigen Klampen übersät, in die wir die Sicherheitsleinen einklinken konnten. Vor dem Kofferraum befand sich ein Paar schmaler Vertiefungen für Ricks Füße, wenn er dort aufrecht stand und einen Ballon steigen ließ, den ich, indem ich eine Strickleiter unter der Tiger hinunterkletterte, mit dem Fuß platzen ließ, während wir über den Wagen hinwegflogen.

Die Frontscheibe fehlte, an ihrer Stelle befand sich ein winziger Windabweiser für den Fahrer. Vor dem Kofferraum wuchs ein massives Gebilde aus Stahlrohren über der Fahrgastzelle empor, das einem Überrollbügel ähnelte. Dort konnte ich mich festhalten, wenn ich die Strickleiter los- und mich in den Jaguar fallen ließ – bis dato unser gefährlichster Stunt.

Lyn war weg, und alle anderen hatten zu tun, also kam ich mir ziemlich überflüssig vor. Ted hatte zwar gesagt, dass ich mich betrinken sollte, aber ich wusste genau, dass ich mein Quantum bereits intus hatte, wenn ich die »Morgenpatrouille« fliegen sollte, ob ich mich nun betrunken fühlte oder nicht. Ich wollte jemandem zur Hand gehen, und sei es nur als zeitweilige Therapie gegen den kalten, düsteren Ring aus Einsamkeit, der sich um mein Inneres gelegt hatte. Aber John und Rick stellten die Absperrgitter auf, was meiner Hüfte zurzeit nicht gut bekommen wäre, und Ted startete gerade mit seiner Tiger, um Mark in Portsmouth am Bahnhof abzuliefern.

Ich seufzte und sah mich nach den Konservendosen und dem Campingkocher um. Jener kalte, düstere Ring zog sich schmerzhaft zusammen.

4

Um acht Uhr früh spannte ich meine Muskeln gegen die beißende Kälte im Cockpit der Stampe, knapp zwanzig Meter über dem Strand von Sandown.

Zwanzig Meter zu meiner Rechten und knapp hinter mir flog Ted mit der Tiger. Weitere sechzig Meter weiter rechts, auf dem trockenen Sand knapp oberhalb der Hochwassermarke, machten zweibeinige Haifische ihre Ausflugsboote fertig, um sie zu Wasser zu bringen, bevor die Urlaubermassen den Strand überschwemmten. Sie hielten jedoch inne und starrten nach oben, als unsere grellbunt bemalten Doppeldecker über dem Strand heranbrausten.

Als der Strand aufhörte, winkte ich mit der linken Hand und schwang in einer steilen Wendekurve herum. Als der Strand unter meinem linken Flügel auftauchte, rollte ich die Stampe auf den Rücken und schob den Hebel für Kopf stehende Benzinzuführung nach vorne. Eine halbe Minute lang hing ich kopfunter in den Gurten und blickte auf die gekräuselte, blaue See. Dann begann der Öldruckanzeiger zu flackern und teilte mir damit mit, dass der Schmierstoff von dem Versuch genug hatte, nach oben zu fallen, weshalb ich eine halbe Rolle flog und wieder in aufrechte Position zurückkam. Am anderen Ende des Strandes flog ich einen Turn, zog die Maschine steil nach oben, ließ sie dann seitlich über eine Tragfläche abkippen, bis sie in den Sturzflug überging. Ich hielt die Nase nach unten gedrückt und fing die Stampe ab, als das Fahrwerk einen Meter über der Wasseroberfläche war.

Vor mir wuchs die Pier von Sandown ins Riesenhafte, bis sie den gesamten Horizont zwischen den Flügeln ausfüllte. Ich biss die Zähne zusammen und wartete, bis ich einzelne Risse in den hölzernen Stützpfeilern erkennen konnte, dann zog ich den Steuerknüppel bis zum Anschlag zurück. Die Nase der Stampe zeigte gen

Himmel, und ich erhaschte den flüchtigen Eindruck eines metallenen Geländers nur drei Meter unter mir – und schon schoss die andere Tiger aus der entgegengesetzten Richtung mit einem ohrenbetäubenden Donnern auf mich zu, das sogar das Knattern meines eigenen Motors übertönte.

Während wir aufeinander zurasten, sah ich für einen Augenblick Teds Gesicht über dem Cockpit, ausgeschnitten wie im Sucher einer Kamera – dann war er vorbei, und ich schloss für eine lange Sekunde die Augen und atmete tief durch.

Dieser Trick macht mir jedes Mal Angst. Obwohl ich genau weiß, dass Ted über das Ende der Pier fliegen wird, während ich mehr als dreißig Meter landeinwärts fliege, bleibt mir jedes Mal das Herz stehen, wenn ich auf so ein Bauwerk zufliege und genau weiß, dass von der anderen Seite her ein zweites Flugzeug dasselbe tut. Egal, wie oft man es macht, man hat immer den fürchterlichen Gedanken, dass es vielleicht dieses eine Mal ein Missverständnis geben wird und beide an derselben Stelle aufeinander knallen …

Wie auch immer, dieser Stunt würde seinen Zweck erfüllen: Noch bevor die Frühstückstassen abgespült waren, würde die Geschichte eines Beinahe-Zusammenstoßes von zwei Flugzeugen in der Stadt die Runde machen. Möglicherweise mussten wir mit dem Besuch eines wütenden Ordnungshüters rechnen, aber das fundierte Interesse, das die Stadt an unserer Anwesenheit hatte, würde jede ernsthafte Beschwerde über zu tiefes Fliegen bereits im Keim ersticken. In diesen Ferienorten kann man sich beinahe alles erlauben, vorausgesetzt, man bringt niemanden um – oder hält die Leute davon ab, ihr Geld auszugeben.

Ich flog ein zweites Mal über den Strand und drehte unterwegs eine Rolle nach der anderen. Ganz zum Schluss probierte ich eine senkrechte Schraubenrolle, nur um zu sehen, ob ich sie noch hinkriegte, und gondelte dann gemütlich zum Flugplatz zurück.

Der Himmel war ein Baldachin aus verwaschenem Blau, der sich über den ganzen Horizont erstreckte.

Von meinem Standort aus konnte ich die säuberlich nebeneinander aufgereihten Flugzeuge in Bembridge erkennen, dem zweiten und häufiger benutzten Flugplatz der Insel. Weiter entfernt, jenseits des Solent, sah ich die Hafengebäude und Kräne von Portsmouth. Der Renault-Motor schnurrte gleichmäßig vor sich hin, der Wind drückte kalt gegen meine Wangen unter der Brille, und die Stampe unter mir fühlte sich wach und lebendig an, wie sich eben nur eine Stampe anfühlen kann. In diesem Augenblick war ich glücklich. Keine Einsamkeit, keine Depressionen, keine schmerzende Hüfte. Aber nur die Vögel können fliegen, solange sie wollen, und die Betriebsstunde kostet sie auch keine fünf Pfund. Ich landete in Sandown.

Eine Stunde später saß ich im Schatten von den Backbordflügeln der Stampe und hielt eine improvisierte Pressekonferenz für zwei Reporter mit ziemlich grünlicher Gesichtsfarbe ab. Ich fragte mich, wem von ihnen wohl zuerst schlecht werden würde, während sie mit glasigem Blick zusahen, wie ich meinen Frühstückstoast und die gebackenen Bohnen verspeiste. Ted hatte darauf bestanden, dass ich mich diesmal um die Presse kümmerte, denn er war der Ansicht, dass sie mich als Zeugen von Bills Absturz sowieso sprechen wollten und ich dann den ganzen PR-Kram gleich mit erledigen konnte. Um ihnen gleich den richtigen Eindruck zu vermitteln, hatte Lyn Mallet sie nacheinander in den Vordersitz der Stampe geschnallt, worauf ich sie jeweils zehn Minuten lang durch den Himmel wirbelte, um sie ein wenig weich zu kochen.

Nun waren sie entsprechend mürbe, und nachdem ihnen die Fragen über den Unfall ausgegangen waren, interessierten sie sich für die üblichen Dinge, den Zirkus und unsere Vorführungen. Ich hatte die Nase gründlich voll von ihnen, denn ich hatte wieder an

Bill denken müssen, und hoffte bei Gott, dass sie sich bald auskotzen und endlich verdrücken würden. Ihre Fotografen waren schon gegangen, nachdem sie Bilder von einem Tiefstflug geschossen und ein paar Fotos der heldenhaften Reporter gemacht hatten, wie sie kläglich grinsend in die Stampe kletterten. Schließlich machten sie auch ein paar Schnappschüsse von Ken Holland, der mit der unbeschädigten Seite seines Gesichts zur Kamera im Cockpit saß.

Sie quasselten immer noch, als die ersten Fluggäste in einem zwölf Jahre alten Ford Consul anrollten. Sie sehen und sich auf sie stürzen war eins für Ted, und ein paar Sekunden später sprang eine der Tiger an und schwang sich geschäftig in die Luft. Dann kam ein zweiter Wagen an, dem ein junger Mann und ein Mädchen entstiegen. Sie sahen sich um und visierten die Stampe an.

Das war das Stichwort für Ken Holland, seine Brötchen zu verdienen.

Ich stemmte mich hoch, schlang die Reste meines Frühstücks hinunter und sagte den Journalisten, dass ich in Kürze wieder für Auskünfte zur Verfügung stehen würde, aber ob sie mich wohl in der Zwischenzeit entschuldigen wollten, während ich mir mein Mittagessen verdiente? Sie verdrückten sich, entweder in ihre Büros oder zu dem Freibier, mit dem sie ihren Todesmut für den Rest des Tages begießen konnten.

Der Junge und das Mädchen studierten die zwei Meter hohe Schrift, die für »Außergewöhnliche Kunstflüge für nur 2.50 Pfund« warb. »Mindestens 15 Flugminuten und drei verschiedene Figuren!« Unter dem Schriftzug waren Zeichnungen eines stilisierten Flugzeugs, dessen Flugbahn durch ein Looping, einen Turn und eine Rolle führte. Normalsterbliche gaben sich mit dem üblichen Rundflug in einer Auster oder Tiger zufrieden, der 1.50 Pfund kostete, während die wahrhaft Furchtlosen noch ein Pfund mehr für das Privileg bezahlten, sich währenddessen auch noch durchschütteln zu lassen.

Die beiden jungen Leute hatten beschlossen, zu den wahrhaft Furchtlosen zu zählen.

Zuerst nahm ich den Jungen mit, und er schien es tatsächlich zu genießen. Das Mädchen traute ihrem Sechs-Punkt-Gurt offensichtlich keinen Zentimeter, denn sie klammerte sich die ganze Zeit mit weißen Knöcheln an den Verstrebungen des Mittelteils fest. Ich machte den Looping und den Turn und landete dann.

Während wir ausrollten, brüllte ich über den Motorenlärm hinweg: »Jetzt habe ich die Rolle vergessen. Sollen wir noch einmal aufsteigen?«

Sie schüttelte den Kopf und bedachte mich mit einem dankbaren Blick aus den Augenwinkeln. Die negative Schwerkraft einer Rolle hätte ihr wahrscheinlich den Rest gegeben. Ken Holland, der »edle Ritter«, ließ sich elegant aus dem Cockpit fallen, sobald der Propeller zum Stehen gekommen war, um ihr beim Losschnallen zu helfen. Und als ihr Freund auftauchte, vergaß sie mich augenblicklich und fing an, ihm zu erzählen, wie wundervoll es gewesen sei.

Der nächste Kunde war ein würdiger Herr, der erzählte, dass er vor zwanzig Jahren in der R. A. F geflogen und es großartig sei, wieder mal in einer Tiger Moth zu sitzen, und ob er wohl mal das Steuer übernehmen dürfe? Ich wies ihn taktvoll darauf hin, dass er in einer Stampe saß, nicht in einer Tiger, und dass der vordere Steuerknüppel ausgebaut war, weil wir uns während der Rundflüge nicht mit Passagieren herumschlagen konnten, die es mit dem Fliegen selber ausprobieren wollten. Er schaute ein wenig beleidigt drein, also fügte ich hinzu, dass der Steuerknüppel im Lastwagen am anderen Ende des Rollfelds läge und ich natürlich nicht das Geringste dagegen hätte, ihn ans Steuer zu lassen. Aber es fehle einfach die Zeit, das Ding zu holen. Tatsächlich war der Steuerknüppel in dem Fach direkt hinter meinem Cockpit sicher verstaut, und da würde er auch bleiben. Nachdem er seinen Flug gehabt hatte, war der alte Luftwaffenheld etwas blass um die Nasenspitze, und er sagte mir, dass ich ihn an die Piloten in seinem Geschwader vor zwanzig Jahren erinnerte, ha ha, und ging.

Soweit ein ganz normaler Morgen.

Ungewöhnlich wurde es mit Anthony Haydons Ankunft. Natürlich wusste ich da seinen Namen noch nicht. Er war einfach ein dunkelhaariger, mittelgroßer Mann, der aus der Auster kletterte, die Mark endlich zu unserer Sonneninsel zu fliegen geruht hatte.

Mein erster Gedanke war, dass Mark einem Inspektor der Flugaufsichtsbehörde über den Weg gelaufen war und sich schlecht hatte weigern können, ihn zur Untersuchung der Absturzstelle mitzunehmen. Das war natürlich sehr unwahrscheinlich, denn Mark hatte sich nur letzte Nacht und am frühen Morgen in unserem Stützpunkt in Denham aufgehalten, und ein Mann von der Flugaufsicht hätte ihm wohl kaum in der Kabine der Auster aufgelauert. Aber ich konnte mich des Eindrucks nicht erwehren, denn Haydon sah eher aus wie ein typischer Beamter als der durchschnittliche typische Beamte selbst. Er trug einen dunkelblauen Nadelstreifenanzug mit Weste und allem Drum und Dran, sein konservativ geschnittenes Haar war sorgfältig gekämmt und hatte genau den richtigen Anteil Grau. Er musste um die Vierzig sein, hatte ein glattes Gesicht, war frisch rasiert, und er bewegte sich mit der gelassenen Zuversicht, die einem ein Gehalt verleiht, das vom Steuerzahler finanziert wird. Während Mark ihn zu mir herüber begleitete, ging ich in Gedanken noch einmal die letzten Tage durch und beschloss, jeden Vorwurf der Tieffliegerei dreist abzuleugnen.

»Das ist Mr. Anthony Haydon«, sagte Mark, als die beiden bei mir ankamen. »Er hat mich in Denham gerade noch erwischt, bevor ich abfliegen wollte. Er interessiert sich für die Auster, die du und Bill in Frankreich habt. Er wollte so bald wie möglich mit dir sprechen, also hab ich ihn mitgenommen.«

Ich hörte auf, mir Verteidigungsstrategien zurechtzulegen, und betrachtete Haydon mit etwas mehr brüderlicher Nächstenliebe. Um die Wahrheit zu sagen, ich hatte mir in den paar ruhigen Augenblicken, die mir seit gestern Morgen gegönnt waren, schon Gedanken über diese Auster gemacht. Bill und ich hatten des Öfteren unsere kärglichen Ersparnisse zusammengelegt, um billige Flugzeuge in Frankreich einzukaufen, die wir dann so weit herrichteten, dass sie ein britisches Flugtauglichkeitszeugnis bekamen, worauf wir sie mit durchschnittlich 100 Prozent Gewinn weiterverkauften. So waren wir auch zu der Stampe gekommen, die ich an diesem Morgen geflogen hatte.

Unsere letzte Errungenschaft war die besagte alte und klapprige Auster, die Bill und ich auf irgendeinem Flugplatz in der Gegend der französischen Meeralpen entdeckt hatten. Ich hatte Bill meine neunzig Pfund – die Hälfte des Kaufpreises – übergeben, er hatte die Maschine bezahlt und mit den gegenwärtigen Besitzern vereinbart, dass sie sich rechtzeitig um eine Ausfuhrgenehmigung kümmerten, bis wir nächste Woche zu einer Flugschau in Frankreich gastierten. Ich hatte das Flugzeug nie selbst gesehen, aber Bill hatte gemeint, dass wir den französischen Behörden vielleicht mit knapper Not eine Überführungsgenehmigung abschwatzen konnten, um sie nach England zu fliegen, wenn wir während unseres Aufenthalts jede freie Minute an der Kiste arbeiteten. Und nun, wo Bill tot war, der eine ganze Reihe von Zulassungen als Monteur besessen hatte, war ich ziemlich ratlos, was ich mit der Auster anfangen sollte.

Vielleicht war das Problem gerade dabei, sich von selbst zu lösen. Haydon begann zu reden. Er sprach ein glattes, akzentfreies Englisch. »Ich möchte Ihnen mein Beileid zu Mr. Charltons Unfall aussprechen«, sagte er. »Ich fürchte, ich komme zu einem ungelegen Zeitpunkt, aber ich wusste nichts von dem Unglück, bis ich Mr. Grandis heute Morgen auf dem Flugplatz in Denham traf.«

»Mr. Haydon hätte mich beinahe verpasst«, warf Mark ein. »Er rannte gerade auf das Flugfeld, als ich starten wollte. Er dachte, du wärst es selbst.«

»Die Leute im Kontrollturm meinten, dass Sie sich gerade zum Start fertig machten«, sagte Haydon. »Nach der langen Fahrt bis Denham wäre es ein Jammer gewesen, Sie so knapp zu verpassen, und da Mr. Grandis mir freundlicherweise eine Mitfluggelegenheit angeboten hat, konnte ich der Versuchung nicht widerstehen, gleichzeitig ein bisschen Flugpraxis zu sammeln und mich mit Ihnen zu treffen.«

»Mr. Haydon lernt fliegen«, erklärte Mark. »Wenn er die Prüfung bestanden hat, will er gleich ein eigenes Flugzeug haben.«

»Ich habe gerade erst angefangen, müssen Sie wissen«, sagte Haydon und fing den Ball auf, »ich suche nach einer billigen Maschine, die ich im nächsten Sommer fliegen kann. Ein paar Mechaniker, die ich kenne, würden sie während des Winters in ihrer Freizeit überholen. Nun kam ich gerade vor ein paar Tagen durch St.- Jean-sur-Saône und sah die Auster, die Sie und Mr. Charlton gekauft haben. Sie wäre geradezu ideal für mich, und ich würde sie Ihnen gerne abkaufen, so, wie sie dasteht.«

Na schön, da war etwas dran – falls man die Unwägbarkeiten außer Acht ließ, die die Überholung eines alten Flugzeugs durch »ein paar Mechaniker in ihrer Freizeit« mit sich brachte. Aber das war sein Problem.

»Wie sind Sie auf mich gekommen, Mr. Haydon?«

»Über die Leute in Frankreich, von denen Sie die Auster gekauft haben«, meinte er gleichgültig. »Der Aero Club von Mont Vivaral. Schauen Sie, ich bin bereit, Ihnen für die Auster, so wie sie ist, dreihundertfünfzig Pfund auf die Hand zu geben. Sie ist genau das, was ich suche.«

Es klang verlockend. Dreihundertfünfzig Pfund war weit mehr als der Wert einer klapprigen, alten Auster ohne Zulassung.

»Warum nehmen Sie nicht eine von den anderen Austers dort? Bill sagte, dass es insgesamt drei wären, alle ungefähr gleich teuer.«

Haydon setzte ein wissendes Lächeln auf. »Sie taugen nicht so viel wie Ihre. Die Reparatur würde viel mehr kosten – und außerdem haben Sie bereits eine Exporterlaubnis beantragt.«

Anscheinend hatte er seine Hausaufgaben gemacht. Der französische Zoll ist der Ansicht, dass jedes Flugzeug mit einem stärkeren Motor als 120 PS potenziell Kriegsmaterial darstellt. Also bestehen sie auf einer Frist von vier Monaten zwischen dem Antrag auf eine Exportgenehmigung und der tatsächlichen Ausfuhr der tödlichen Waffe. Ich weiß zwar nicht, was für eine Art von Luftwaffe sie sich dabei vorstellen, die zwanzig Jahre alte Austers als Schlagwaffe einsetzt, aber der Gypsy-Major-10-Motor hat eine Nennleistung von 130 PS, also muss man sich mit der Verzögerung abfinden. Wahrscheinlich hoffen sie, wenn einer den dritten Weltkrieg vom Zaun brechen will, dass der während der Wartezeit schon von jemandem über den Haufen geschossen wird, damit sie das Geld einstecken können, ohne dafür wichtige luftfahrttechnische Errungenschaften des Landes preisgeben zu müssen. Wie dem auch sei, die Leute vom Aero Club in Mont Vivaral hatten Mitte April die Ausfuhrgenehmigung beantragt, also waren die vier Monate beinahe um.

Ich dachte kurz nach. Irgendetwas roch an dieser Geschichte verdächtig, aber ich konnte den Finger nicht darauf legen.

»Na kommen Sie, ich gebe Ihnen sofort einen Scheck auf die Hand, oder auch Bargeld, wenn Ihnen das lieber ist«, drängte Haydon. Er griff nach seiner Brieftasche.

Ich traf meine Entscheidung.

»Nein«, hörte ich mich zu meinem eigenen Erstaunen sagen. »Ich kenne diese Auster nicht. Ich will sie mir erst ansehen, bevor ich mir Ihr Angebot überlege.«

Haydons Gesicht verhärtete sich unmerklich. Normalerweise entgeht einem so etwas, aber ich hatte ihn genau beobachtet, und meine Jahre als Reporter hatten mich gelehrt, auf solche Kleinigkeiten zu achten. Er war verdammt scharf auf diese Auster.

»Ich bin bereit, bis vierhundert Pfund zu gehen«, sagte er. »Wenn ich etwas kaufe, muss es schnell gehen.«

Vierhundert war eine Menge Geld für dieses Flugzeug. Der gesunde Menschenverstand riet mir, das Angebot anzunehmen, aber ich zögerte. Da war so ein Funkeln in Haydons Augen. Er glaubte, mit mir leichtes Spiel zu haben.

Und auf einmal hatte ich etwas dagegen, so überrumpelt zu werden. Haydon bot viel zu viel. Die Sache stank allmählich zum Himmel.

»Nein. Erst, wenn ich sie mir angeschaut habe. In ein paar Wochen fahre ich sowieso rüber. Wenn Sie mir Ihre Adresse und Telefonnummer geben, sage ich Ihnen Bescheid, sobald ich zurück bin.«

Haydons Kinnmuskeln spannten sich an, und er presste die Lippen zusammen. Aber als er sprach, klang seine Stimme genauso ebenmäßig wie vorher. »Na schön«, sagte er. »Ich setze mich wieder mit Ihnen in Verbindung. Es hätte wenig Sinn, wenn Sie mich zu erreichen versuchen. Das ist meistens ziemlich schwierig.«

Er nickte mir und Mark zu, setzte ein gekünsteltes Lächeln auf und marschierte in Richtung Flughafentor. Da ging ein Mann, der sich viel zu sehr angestrengt hatte, eine vergammelte alte Auster in die Finger zu kriegen.

Und ich blieb zurück als ein Mann, der sich fragte, warum zum Teufel er die Gelegenheit nicht beim Schopf gepackt und sich die verdammte Kiste vom Hals geschafft hatte. Vielleicht begann die Augusthitze der Isle of Wight mir zuzusetzen.

Den ganzen restlichen Vormittag dachte ich darüber nach, und so um die Mittagszeit hatte ich es.

Haydon hatte behauptet, er hätte meinen Namen vom Aero

Club in Mont Vivaral erfahren. Da hatte er gelogen, denn niemand vom Aero Club wusste von meiner Existenz. Das Geschäft war ausschließlich in Bills Namen gemacht worden. Er hatte die Kiste alleine entdeckt und keinen Grund gehabt, mich überhaupt zu erwähnen.

Trotzdem hatte sich Haydon in Denham namentlich nach mir erkundigt. Nicht nach Bill – sondern nach mir. Woher kannte er also meinen Namen? Ich hatte keine Ahnung – genauso wenig, wie ich wusste, warum er für diese klapprige alte Auster mehr als den doppelten Marktpreis zahlen wollte. Er hatte nicht den Eindruck eines Mannes gemacht, der Dinge über Wert kauft.

Ich würde dieses lächerliche kleine Geheimnis wohl nicht lösen, indem ich mir darüber den Kopf zerbrach, bis sich Haydon wieder mit mir in Verbindung setzte. Falls er das überhaupt tat. Also gab ich es auf, mir Gedanken zu machen, und verlagerte meine Aufmerksamkeit auf das Geschäft mit den Rundflügen.

5

Ich behielt Recht mit der Annahme, dass es eine anstrengende Woche mit diesen Rundflügen sein würde. Tatsächlich war diese Woche in jeder Beziehung ziemlich hart. Nach Haydons Abgang setzte der Montag Maßstäbe für den Rest der Woche. Die Zuschauer fielen in Horden auf dem Flugplatz von Sandown ein, um den gefährlichen Sprung in den grenzenlosen, blauen Himmel zu riskieren. Der grenzenlose Himmel allerdings blieb blau und ungefährlich, bis auf die unvermeidlichen Hitzeturbulenzen und die Meeresbrise, die sich an den Küsten der Insel aufbäumte. Wir waren vom Frühstück bis zum Einbruch der Dunkelheit mit einer der Tigers, der Auster und der Stampe in der Luft. Am Abend wuschen wir die Kisten, überprüften sie gründlich, schleppten unsere müden Knochen zu einem späten Abendessen nach Sandown und kehrten dann zum Flugplatz zurück, wo wir erschöpft in unsere Schlafsäcke krochen. Wir schliefen wie die Toten.

Zwischen Montag und Donnerstag flog ich über hundert Einsätze, praktisch ohne Pause, außer zum Auftanken oder für ein schnelles Coke. Drei Passagieren wurde während des Fluges in der Stampe übel, zwei davon waren noch geistesgegenwärtig genug, sich hinauszulehnen, der dritte nicht. Und John Hawkin hätte beinahe eine unerfreuliche Begegnung mit dem Propeller der Auster gehabt, während er versuchte, einen neugierigen Cocker-Spaniel daran zu hindern, sich filetiern zu lassen. Gemeinsam machten wir die feiste Besitzerin des Spaniels nach allen Regeln der Kunst zur Schnecke. Am Mittwoch und Donnerstag behinderte die Anlieferung einiger Zeltdächer für das Fest den Flugverkehr nur leicht. Es gelang uns, die Handelskammer zu überzeugen, dass es nicht von Vorteil wäre, ihre Zelte direkt auf der Landebahn aufzuschlagen, aber wie üblich konnte man die Arbeiter weder mit Engelszungen noch mit Drohungen davon abhalten, landenden oder startenden Flugzeugen in den Weg zu laufen. Wenn sie nicht gerade mit fest geschlossenen Augen und abgeschalteten Gehirnzellen über die Rollbahn schlurften, durfte man erwarten, dass sie den Weg der Flugzeuge mit ihren Lastwagen so geschickt kreuzten, dass ein Zusammenstoß fast unvermeidlich schien. Donnerstag Nacht, am Vorabend der Show, waren wir alle an den Rändern ein wenig ausgefranst.

Vielleicht war ich noch etwas schlechter dran als die anderen, denn am Morgen hatte ich vor der Kommission, die den Absturz untersuchte, aussagen und Bill identifizieren müssen. Der Pathologe, der die Obduktion durchgeführt hatte, sagte aus, dass Bill vermutlich infolge einer Vergiftung mit Staphylokokken-Bakterien während des Flugs das Bewusstsein verloren habe – mit anderen Worten: durch eine simple Lebensmittelvergiftung. In Bills Verdauungstrakt hatte er die Reste einer Schweinepastete gefunden, deren Analyse genügend Staphylokokken zu Tage gefördert hatte, um ein ganzes Panzerbataillon außer Gefecht zu setzen.

Staphylokokkus, so erläuterte der Arzt, sei geschmacklos und die Reaktion müsse nicht unmittelbar nach dem Essen eintreten. Der Effekt könne sich schlagartig innerhalb von zwei Stunden nach dem Verzehr einstellen, sobald die Magensäfte den Stoff zersetzt hatten, der das Gift enthielt. Er erwähnte, dass es sich um jenes Gift handelte, das aus brandig gewordenen Wunden floss. Man konnte beinahe zusehen, wie die Rädchen im Kopf des Untersuchungsrichters und der Geschworenen sich in Richtung eines saftigen Lebensmittelskandals zu drehen begannen.

Der Pathologe führte weiter aus, dass Bills Tod augenblicklich durch eine Vielzahl von Verletzúngen eingetreten sei, die er sich beim Aufprall zugezogen hatte: das Gift wäre nicht tödlich gewesen, und hätte er die Attacke auf festem Boden gehabt, wäre Bill wahrscheinlich mit einer Magenauspumpung und ein paar Tagen Bettruhe davongekommen.

Nach dem ärztlichen Gutachten kam der Bauer zu Wort, in dessen Feld Bill abgestürzt war. Er sagte, dass die Stampe in flachem Winkel direkt in den Boden hineingerast sei. Als er den Unfallort erreicht hatte und sah, was sich in den Überresten des Cockpits befand, habe er sich augenblicklich übergeben müssen. Das konnte ich ihm nachfühlen.

Der Untersuchungsrichter, ein kleiner, gepflegter Mann mit penibel gestutztem Spitzbart, riet den Geschworenen, für Unfalltod zu plädieren. Das taten sie auch prompt, wonach der Spitzbart die Gelegenheit ergriff, die Polizei zu befragen, ob eine Untersuchung im Gange sei, um den Ursprung der vergifteten Pastete zu ermitteln.

Der Inspektor bejahte, worauf der Spitzbart meinte, er sei froh, das zu hören, und damit hatte es sich auch schon. Geheimnisvoller Flugzeugabsturz enträtselt: Polizei durchkämmt das Land nach Killerpastete.

Ich fuhr zurück und stürzte mich in die Kunstflug-Rundflüge, um die dumpfe Niedergeschlagenheit zu betäuben.

Später am Nachmittag munterte mich die Ankunft eines Leichenbestatters vom Ort zusätzlich auf, der die Einzelheiten von Bills Verbrennung besprechen wollte. Da es keine Verwandten gab, die die sterblichen Überreste hätten beanspruchen können, hatte Ted beschlossen, es gleich in Sandown erledigen zu lassen. Der Mann erwischte mich in einem Augenblick tiefer Depression und Flugmüdigkeit, die sich mit den ersten Stichen von Lampenfieber wegen der morgigen Vorführung mischten. Zehn Minuten lang war ich sehr unhöflich zu ihm und krönte das Ganze, indem ich ihn zu einem kostenlosen Flug in der Stampe einlud. Irgendwie brachte er es fertig, entsetzt und ehrlich entrüstet zugleich auszusehen, und als er davonstolzierte, quoll ihm die Missbilligung aus jeder einzelnen Pore.

Nach dem Abendessen saßen wir noch beisammen und redeten bis tief in die Nacht hinein, schlugen nach den Stechmücken, die um die Petroleumlampe surrten, und hielten uns gegenseitig zum Besten. Wir waren alle müde, aber am nächsten Tag gab es keine Rundflüge, also konnten wir ein bisschen länger schlafen. Mein Lampenfieber schaukelte sich langsam hoch, und ich war froh, dass es anscheinend niemand eilig hatte, ins Bett zu kommen. Das verringerte die Stunden, die ich wach auf dem Rücken lag, Zigaretten rauchte und das Zeltdach anstarrte.

6

Ich knallte den Benzinhebel der Stampe auf Vollgas und hielt die Maschine einen knappen Meter über dem niedergetrampelten Gras. Der Festwagen, der unbeirrbar meine Landebahn kreuzte, wuchs und wuchs, bis er den gesamten Horizont auszufüllen schien. Ich hatte immerhin die Genugtuung, einen schreckensbleichen Fahrer auf die Bremse treten zu sehen, nur einen Sekundenbruchteil lang bevor ich den Knüppel an den Bauch zog und wieder nach vorne stieß, sodass ich knapp über den fahrbaren Thron der frisch gekürten Schönheitskönigin hüpfte.

Einige Leute, vor allem jene Stützen der Gemeinde, die Wohltätigkeitssammlungen veranstalten und Festwagen kutschieren, haben offensichtlich nicht einmal genügend Verstand, um rechts und links zu unterscheiden. Sonst würden sie ziemlich sicher auf die Idee kommen, dass es – wenn man schon unbedingt eine viel beflogene Landebahn kreuzen muss – recht sinnvoll wäre, auch mal nach oben zu schauen, statt nur stur geradeaus. Es wird mir ein ewiges Rätsel bleiben, dass nicht mindestens einer von uns bei jeder Show als Hackfleischeinlage in einem Flugzeug-Lastwagen-Sandwich endet.

Ich hielt die Stampe unten, um Geschwindigkeit aufzunehmen, flog am Ende des Flugfeldes einen Turn und brauste, die Flügel lüpfend, zwischen den Zeltdächern der Schaustellerbuden zurück. Mit einer schnellen Wende landete ich bei Rückenwind wieder über der Rollbahn, gerade rechtzeitig, um dem Festwagen noch eine Lektion zu erteilen, bevor er sich verdrücken konnte.

Das war natürlich alles ziemlich kindisch und überflüssig, aber wenn es etwas gibt, was mich auf die Palme bringt, dann sind es fremde Leute, die aus schierer Dummheit meinen Hals in Gefahr bringen. Ich wendete mit einem weiteren Slip-Turn und landete schließlich. Niemand wagte es mehr, auch nur den großen Zehen auf die Rollbahn zu setzen. Ich rollte aus, drehte dann um und fuhr mit kurzen, heftigen Stößen zu den beiden geparkten Tiger. Dann schaltete ich die Zündung aus, und der Propeller kam nach ein paar Umdrehungen blubbernd zum Stehen. Ich schälte mir die Lederhaube vom Kopf und schwang mich aus dem Cockpit.

Da der Motorenlärm noch in meinen Ohren dröhnte, hörte ich

den Lastwagenfahrer zu spät, um ihm auszuweichen und auf der anderen Seite auszusteigen.

Es war ein sehr zorniger Lastwagenfahrer. Außerdem gehörte er zu der Sorte Lastwagenfahrer, die die längste Zeit des Jahres lediglich einen Direktorensessel steuert und sich nur hinters Lenkrad klemmt, wenn die halbe Stadt auf den Beinen ist, um zuzusehen, wie er die Schönheitskönigin herumkutschiert. Dieser Typ Lastwagenfahrer leidet gelegentlich unter Anfällen von Selbstgerechtigkeit. Noch vor einer Minute war er totenbleich geworden, als ich auf ihn zuflog. Jetzt war seine Gesichtsfarbe rot vor Wut und ging langsam in tiefes Lila über.

»Sind Sie bescheuert!?«, schrie er. »Wollen Sie mich umbringen? Wie kommen Sie eigentlich dazu, mit dem Flugzeug auf mich loszugehen? Wenn ich nicht gebremst hätte, wären wir jetzt beide tot! Man kann sich ja nicht mehr hinters Steuer setzen, ohne seinen Kopf zu riskieren! Und Sie waren das doch auch, den ich vor ein paar Minuten über der Stadt gesehen habe! Ich schicke Ihnen die Polizei auf den Hals, so wie Sie über die Uferpromenade geflogen sind! Kein Wunder, dass es Ihren Freund erwischt hat. Ihr Laden ist eine öffentliche Gefahr!«

Seine Stimme verlor sich, entweder weil ihm die Luft ausgegangen war oder weil ihm mein Gesichtsausdruck aufgefallen war, während ich mich von der unteren Tragfläche des Flugzeugs herabgleiten ließ.

Normalerweise lege ich es nicht darauf an, mich mit dem Dorftrottel auf einen Wortwechsel einzulassen, besonders, wenn die Vorstellung auf Einladung des Festkomitees dieses Idioten stattfindet – aber die Anspielung auf Bill war unklug gewesen: Noch ein einziges Wort von diesem Kerl, und sein Zahnersatz würde teuer werden.

Wir standen uns mit wildem Blick gegenüber – bis eine Stimme zu meiner Linken plötzlich die Spannung durchbrach.

»He, he«, schnarrte sie. »Leute, seid doch nicht so verdammt dumm. Macht euch doch bloß lächerlich!«

Die Ansprache hatte die schauspielerische Klasse eines Dialogs in einer Pfadfinder-Broschüre. Außerdem passte die Stimme zu den Worten: Sie klang wie ein paar Kubikmeter feingesiebter Kies, der von einem Kipplader fröhlich hinunterhüpfte.

Aber der Tonfall tat seine Wirkung. Meine Wut sank unter den Siedepunkt, und dann war der Augenblick vorüber. Sandowns Lastwagenfahrer Nr. 1 ging es nicht anders – also riskierte ich einen Seitenblick auf den Inhaber der Stimme.

Es war ein alter, sehr alter Mann. Ein kleingewachsener, rundlicher, grimmiger alter Mann, der so kahl war wie eine Fliegerhaube und ungefähr genauso ledrig. Er trug ausgebeulte Flanellhosen und mehrere Lagen aus der Form geratene Pullover. Ein schweres Klappmesser baumelte unterhalb seiner Wolljacke, die er über die Pullover gezogen hatte, an einer Kette vom Gürtel herab und verlieh ihm die Erscheinung eines überalterten Pfadfinders.

Doch dieser Eindruck verwischte sich, wenn man ihm in die Augen sah. Er mochte alt sein, aber diese Augen sprühten noch Feuer und konnten einen ins Visier nehmen. Unter der faltigen Haut hatten seine Kinnbacken den entschlossenen, zuversichtlichen Ausdruck, den man sich nur in Jahren der Befehlsgewohnheit erwirbt. Er war einer jener Männer, zu denen man automatisch »Sir« sagt.

»Sie!«, bellte er den Lastwagenfahrer an, der sichtlich zusammenschrumpfte. »Haben Sie den Verstand verloren, dass Sie nicht links und nicht rechts schauen, wenn Sie eine Landebahn überqueren? Sie haben Glück, dass Sie noch am Leben sind. Hauen Sie ab, und suchen Sie sich eine nützliche Beschäftigung.«

Vor dreißig Sekunden hätte ich noch darauf gewettet, dass jeder, der das zu unserem Ein-Mann-D-Zug sagte, es riskierte, dass ihm Haar- und Fleischfetzen um die Ohren flogen, wenn der Mann vor Wut explodierte. Aber sein großer Augenblick war vorbei. Unter dem unerbittlichen Blick des alten Herrn und da sich ein Kreis von Zuschauern um uns zu bilden begann, brachte er nur noch ein kurzes Schnauben hervor und stolzierte dann steifbeinig vor Wut davon. Ich versuchte vergeblich, ein Grinsen zu unterdrücken.

»Danke«, sagte ich zu dem alten Mann. »Ich …«

»Sie sind genauso ein Idiot«, unterbrach er mich. »Sie waren drauf und dran, dem Kerl eine zu verpassen, oder nicht? Und dann hätten Sie ganz schön in der Tinte gesessen. So einer hat doch beste Beziehungen. Manchmal muss man sich eben mit Dummköpfen abfinden. Können doch nicht jedes Mal die Beherrschung verlieren. Ist es einfach nicht wert.«

Ich stand mit offenem Mund da und versuchte, irgendetwas vorzubringen. Aber nichts wirklich Sinnvolles wollte mir einfallen.

»Gefällt mir, wie Sie fliegen, junger Mann«, sagte er und wechselte abrupt das Thema. »Brauchbarer Pilot, wenn Sie sich zusammenreißen. Zeit für ein Glas Bier mit einem alten Flugveteranen? Heiße übrigens Jedrow.«

Wir schüttelten uns die Hände, und ich betrachtete ihn mit neuem Interesse. Er hatte sich nicht ganz vollständig vorgestellt, aber vielleicht fand er Wing Commander James Jedrow, Träger des D.S.O, D.F.C. and Bar, M.C., im Alltag etwas zu umständlich. Ich war ihm vorher noch nie begegnet, hatte aber hie und da von ihm gehört. Und über ihn gelesen. Machte 1915 seinen ersten Alleinflug nach nur vierzig Minuten Unterricht. Kampfflieger des Royal Flying Corps, einer jener allerersten »Pelikane«, die den Luftkrieg erfanden. Begann im Mesopotamien-Feldzug mit vier Maschinengewehren, die er an das Fahrwerk seiner BE 2c band. Abenteurer zwischen den Kriegen, gründete eine Fluglinie in Siam, einen Luftpostdienst in Indien und fand zwischendrin noch die Zeit zu verschiedenen erfolglosen Versuchen, einen der Flugweltrekorde zu brechen, die damals so schnell purzelten, wie sie aufgestellt wurden. Zeitgenosse von Bert Hinkler, Alan Cobham, Kingsford-Smith und all den anderen. War nie einer der ganz Großen, aber andererseits immer noch quicklebendig, was man von den meisten der legendären Gestalten nicht behaupten konnte. Ich glaubte mich zu erinnern, dass er eine Zeit lang sogar Zirkusflieger gewesen war. Dann wieder zurück in der R.A.F., während des Zweiten Weltkriegs, wo er in Spitfires und ähnlichen Maschinen als Aufklärer flog und schließlich als Wing Commander seinen Abschied nahm. Er blieb mit der Fliegerwelt noch soweit in Kontakt, dass man gelegentlich die eine oder andere Jedrow-Geschichte zu hören bekam. Das war es auch, woher ich den Großteil meiner Kenntnisse hatte. Die Fliegergemeinde in England ist ohnehin nicht besonders groß und erst recht nicht unsere Branche.

Das Letzte, was ich von ihm mitbekommen hatte, war ein Zeitungsbericht darüber, wie er bei einem Veteranentreffen seines Geschwaders ein paar Beziehungen hatte spielen lassen, um sich einen Flug im neuesten Victor-Düsenjäger zu verschaffen. Der Artikel hatte damals ziemlich viel Aufhebens von seinen achtundsiebzig Jahren gemacht. Da das inzwischen schon wieder ein paar Jahre her war, musste er jetzt über achtzig sein.

Achtzig oder nicht, er war ein Energiebündel. Er schleppte mich in ein Bierzelt, verschwand in der Menge, die die Bar umlagerte, und kam mit zwei vollen Krügen zurück, bevor die anderen Gäste überhaupt registriert hatten, dass er sich vorgedrängt hatte. Wir tranken unser Bier draußen im Sonnenschein, wo Jedrow sich sofort mit untergeschlagenen Beinen ins Gras setzte. Ich ließ mich hinterher plumpsen und lehnte mich mit dem Rücken gegen ein Spannseil. Hollands linkes Bein schätzt es nicht, untergeschlagen zu werden, und eine wunde Hüfte, die mehr schmerzte als sonst, konnte ich am Nachmittag ungefähr so gut brauchen wie ein Loch im Kopf.

»Hab schon mit Ihrem Kollegen Ted Reeves gesprochen«, sagte Jedrow plötzlich nach einer kurzen Pause. »Sagte mir, dass Sie nächstes Wochenende allesamt zu einer Vorführung nach Lyon fliegen. Kleiner Frankreichurlaub könnte mir auch nicht schaden. Wird mir allmählich langweilig, das Rumsitzen. Dachte, ich könnte mitkommen, wenn keiner was dagegen hat. Lange keine gute Fliegerei mehr gesehen. Geht in Ordnung mit Reeves, denke ich. Werd natürlich die Ärmel aufkrempeln und mich nützlich machen. Will nichts geschenkt haben, aber ein kleiner Urlaub in netter Gesellschaft käme mir gerade recht.«

Ich brauchte ein oder zwei Sekunden, um das zu verdauen. Der alte Knabe redete wie ein Telegramm. Aber nachdem es mir dämmerte, war ich sehr dafür. Er mochte zwar alt sein, aber nur, wenn man die Jahre zählte. Seine Gesellschaft würde mich viele Stunden lang von meinen Grübeleien abhalten.

»Das sind gute Neuigkeiten, Sir«, sagte ich. »Ich habe schon eine Menge von Ihnen …«

»Nennen Sie mich nicht Sir«, unterbrach er mich. Es war anscheinend nicht mein Tag, um Sätze zu beenden. »Ich heiße Jedrow. Jeder nennt mich Jedrow. Einfach nur Jedrow.«

So langsam kam ich dahinter. Er wollte Jedrow genannt werden.

»Mag es nicht, Sir oder Wingco genannt zu werden«, fuhr er fort, »denn ich war nie ein Sir, und Wingco bin ich mal gewesen. Ein Haufen Mist, die alten Ränge und all das. Jetzt machen Sie sich aber auf die Socken, die Vorstellung fängt gleich an, und Reeves hat mich gebeten, Sie nicht aufzuhalten. Können später noch ein Bier zusammen trinken.«

Ich machte mich auf den Weg und dachte, was für ein gerissener alter Fuchs Ted doch war, dass er Jedrow unmittelbar vor der Show auf mich losließ, wenn ich am dringendsten etwas brauchte, was die Spannung milderte. Und Jedrow war genauso ein gerissener alter Fuchs, denn er hatte seine Sache gut gemacht. Persönlichkeiten wie ihn trifft man nicht oft.

Hätte ich gewusst, wohin sein »Ärmelaufkrempeln« führen würde, wäre mir eine tickende Zeitbombe lieber gewesen.

Neunzig Minuten später, nachdem der größte Teil der Show hinter mir lag, schloss ich die Reißverschlüsse eines leuchtend gelben Overalls, setzte mich ins Gras und lehnte mich mit dem Rücken gegen das Vorderrad des Jaguars. Droben am Himmel wirbelten Mark und Ted in einem simulierten Luftkampf durcheinander. Das Brummen der Motoren wurde vom Knattern des Maschinengewehrfeuers akzentuiert und vom gelegentlichen Wuuf-Bäng der »Flak« unterbrochen, mit der uns eine Feuerwerksfirma belieferte. Ich rollte die elastische Manschette des Overalls zurück und sah auf die Uhr: noch drei Minuten bis zum Beginn des großen Finales. Ich zündete mir mit zitternden Fingern eine Zigarette an und zog zum fünften Mal den Kinnriemen meines Sturzhelms nach. Um nicht anzufangen, die Sekunden zu zählen, betrachtete ich die Zuschauermenge.

Ich erkannte sie sofort.

Noch im gleichen Moment, als mein Herz aussetzte, wusste ich, dass es ein Irrtum war. Janie gehörte der Vergangenheit an, und das Letzte, was sie getan hätte, war, sich unsere Show anzusehen. Aber das Mädchen in der Menge, das frisch und keck in ihren Shorts und der weißen Bluse dastand, war ihr so ähnlich, war so sehr sie, dass es mich wie ein Faustschlag traf. Es dauerte mehrere Sekunden, bis mein Gehirn wieder in Gang kam und mir bewusst wurde, dass da einfach irgendein Mädchen mit langen braunen Haaren, schönen Beinen und festen, kleinen Brüsten stand. Und neben sich ihren fröhlich dreinschauenden Freund, der besitzergreifend den Arm um ihre Taille legte, genau wie ich Janie immer in den Arm genommen hatte.

Das Mädchen trug einen Verlobungsring. Wahrscheinlich machten sie gemeinsam Ferien. Ich fragte mich, ob das Mädchen auch wie Janie Liebe machte …

Wütend auf mich selbst riss ich mich von diesem Anblick los. Wieder einmal streckte der Trübsinn seine Finger nach mir aus. Der große, tapfere Ken Holland würde sich noch einmal ins Grab grübeln. Ich wandte meinen Blick von dem Pärchen ab und stellte auf einmal fest, dass meine Augen auf einem Mann mit geblümtem Hemd und Sonnenbrille ruhten, der ein paar Reihen hinter den beiden stand. Ich war mir sicher, das Gesicht hinter der Sonnenbrille schon einmal gesehen zu haben. Einen Augenblick lang kam es mir so vor, als wäre es wichtig, mich zu erinnern, wo das gewesen war – doch dann lenkte mich ein Geräusch ab, als alle in der Menge scharf den Atem einsogen, und ich wandte mich der Landebahn zu. Ich sah gerade noch, wie Teds Tiger, aus deren Motor dichte Rauchschwaden quollen, knapp über dem Boden aus einem steilen Schiebeflug herauskam und eine holprige Landung hinsetzte. Die Tiger rollte mit angehobenem Leitwerk an mir vorbei, und der Rauch verflüchtigte sich, als Ted den Hahn schloss, durch den das Dieselöl unter Druck in den glühend heißen Auspuffkrümmer gepresst wurde.

Gereizt zog ich mich am Kotflügel des Jaguars hoch, humpelte zum Fahrersitz, wendete den Wagen und folgte der Stampe, die hinter Ted gelandet war. Ich musste mir diese Anfälle von Geistesabwesenheit während der Show abgewöhnen. Ich verdrängte das Mädchen, an das ich mich nur allzugut erinnerte, und den Mann, an den ich mich gar nicht erinnern konnte, aus meinem Bewusstsein und wirbelte zwei Wolken von Grashalmen auf, als ich auf der Landebahn beschleunigte.

Mark und Ted hatten Seite an Seite am anderen Ende der Rollbahn angehalten. Sie stiegen aus, während John mit der zweiten Tiger heranrollte. Ich schlitterte mit dem Jaguar zu ihnen hin und stand still. Mark zerrte sich Helm und Brille herunter und sprang in den Wagen. Ted tauschte seinen Platz mit John, und ich kletterte auf die Tiger, wo ich mich mit dem Gesicht nach hinten neben das vordere Cockpit stellte und gegen den Benzintank im Mittelteil des oberen Flügels lehnte. Ted machte es sich inmitten der vielen Gurte bequem, und dann zerrte auch schon der Fahrtwind an mir, während wir an den Zuschauern vorbei zum letzten Stunt der Show rollten.

Hinter dem Leitwerk sah ich den Jaguar, der uns folgte, und über dem Geknatter des Gypsy Major konnte ich gerade noch undeutlich Lyn Mallets Stimme aus der Lautsprecheranlage hören.

»Und jetzt, meine Damen und Herren, werden wir Ihnen den gefährlichsten Trick in der Geschichte der Fliegerei zeigen. In all den Jahren, seit es Kunstflug-Vorführungen gibt, haben nur die wenigsten gewagt, ihn zu zeigen. Ken Holland, den Sie neben dem Rumpf der Tiger Moth sehen, die gerade startet, wird im Flug an einer Strickleiter herunterklettern und bei einer Geschwindigkeit von beinahe hundert Stundenkilometern in einen fahrenden Wagen umsteigen. Ein einziger Ausrutscher, nur ein winziger Fehler, und er stürzt in den sicheren Tod. Ich muss Sie daher bitten, während dieser Nummer besonders auf Kinder und Hunde Acht zu geben. Die kleinste Störung könnte ein schreckliches Unglück zur Folge haben.«

Die Gesichter der Menge wandten sich mir zu, als wir langsam die Startbahn entlang rollten. Ich grinste und winkte, hatte ein hohles Gefühl in der Magengrube und hasste all die Augen, die mich anstarrten. Das war es, was sie eigentlich sehen wollten – einen zerschmetterten Ken Holland, der direkt vor ihren Augen auf der Startbahn verblutete. Als Individuen wünschten sie mir nichts Böses: Aber wenn man eine Menge Leute auf einem Haufen zusammenbringt und sie eine Stunde lang mit Gefahr unterhält und sie Geschmack daran finden, dann hat man am Ende eine Meute vor sich, die Blut sehen will. Meines zum Beispiel.

Am Ende der Landebahn wendeten wir, und Ted zeigte mit dem Daumen nach oben. Ich erwiderte die Geste und hielt mich fester an den Verstrebungen des Mittelteils fest. Er gab Gas. Nachdem wir die halbe Startbahn hinter uns hatten, hoben wir ab, und ich winkte der Menge abermals zu, während wir gen Himmel donnerten. Ted flog eine sanfte Hundertachtzig-Grad-Kurve, und wir flogen mit dem Wind in etwa dreißig Metern Höhe über den Flugplatz hinweg. Ich beobachtete über das Heck hinweg, wie der Horizont sanft auf und ab tanzte und wie Ted mit kleinen Ausschlägen des Höhenruders die Turbulenzen ausglich. Ich stemmte mich gegen den Sturmwind, zwinkerte Ted halbherzig zu und versuchte, nicht an die hungrigen Augen dort unten zu denken.

Wir wendeten noch einmal, und während wir uns der Menge näherten, ließ ich mich vorsichtig von meinem Standort auf dem Rumpf herunter, setzte meine Füße auf den schmalen Laufgang der unteren Flügel und hielt mich an einer Strebe des Mittelteils fest. Der Fahrtwind zerrte mit brausenden Händen an mir, presste den Overall wie eine zweite Haut gegen meinen Körper und zwang mich, jede meiner langsamen, schwerfälligen Bewegungen sorgfältig zu planen.

Ich wechselte die Hände und griff nach einem Bügel, der an der Seite des Rumpfes eingelassen war, kniete mich auf den Flügel und langte unter die Hinterkante. Meine tastende Hand fand den eingelassenen Ring, und als wir wieder über die Startbahn dröhnten, zog ich daran. Die Strickleiter entfaltete sich gehorsam hinter dem Flugzeug und schlängelte sich im Fahrtwind wie eine giftige Natter. Ich bildete mir ein, hören zu können, wie die Menge den Atem anhielt – jedes Mal, wenn sich die Strickleiter entrollt, denken sie einen Moment lang, dass ich heruntergefallen wäre.

Nur Geduld, dachte ich. Die Stelle, wo ich herunterfalle, kommt noch.

Ich zog mich langsam auf die Füße und drehte mich gegen den donnernden Wind um die eigene Achse, während wir wieder die Zuschauermenge passierten. Der Sturmwind zerrte meine Wangen zu einem totenkopfähnlichen Grinsen zurück.

Dann begann ich, mich Zentimeter für Zentimeter auf dem Laufsteg nach hinten zu schieben. Wie immer versuchte ich, mein linkes Bein zu schonen, solange ich noch weit genug von der Hinterkante des Flügels entfernt zu sein glaubte. Luft hat keine Balken. Dann beugte ich das linke Knie, schob meinen rechten Fuß unter den Rumpf und begann, damit nach der ersten Leitersprosse zu suchen.

Der dunstige Horizont kippte, als Ted vor der nächsten Kurve in Schräglage ging. Ich tastete mit meinem Fuß einen größeren Radius ab.

Wo war die verdammte Sprosse?!

Ich stellte gerade die Vermutung an, dass das vermaledeite Ding sich mitsamt dem verdammten Rest der Leiter verabschiedet hätte, als meine Zehen endlich Kontakt fanden. Ich klemmte die Sprosse fest unter den Innenrist und verlagerte den größten Teil meines Gewichts darauf. Ich stöhnte, als der Schmerz in meiner linken Hüfte nachließ.

Nach wenigen Sekunden hatte ich beide Füße auf der Leiter. Ich kletterte ein paar Sprossen tiefer, während ich mich mit den Händen noch an dem Haltebügel festklammerte. Der Fahrtwind heulte und kreischte in den Ohrstücken meines Sturzhelms, als ich mit dem Kopf in die Luftströmung über dem unteren Flügel geriet.

Als wir wieder an den Zuschauertribünen vorbeiglitten, löste ich den Blick vom Horizont und legte den Kopf in den Nacken, sodass ich über mir das hintere Cockpit sehen konnte. Himmel und Erde verschoben sich während dieser Bewegung Übelkeit erregend gegeneinander, aber Schwindelanfälle waren alte Bekannte von mir, und ich hatte einen guten Halt. Ein Lederhelm schob sich über die Silhouette des Rumpfes, als Ted sich herausbeugte, um zu sehen, ob ich schon heruntergefallen war. Er grinste ermutigend, als er merkte, dass ich noch dranhing. Keine große Kunst, da er fest in dem Teil des Flugzeugs angeschnallt saß, der für Menschen vorgesehen ist. Ich konzentrierte meine Aufmerksamkeit darauf, ganz auf die Strickleiter überzuwechseln und sie hinunterzuklettern, bevor die Gewalt des heulenden Windes zu viel Kraft aus Hollands Muskeln gesogen hatte. Es ist einer meiner Albträume, am Fuß der Leiter anzukommen und dann zu erschöpft zu sein, um sie wieder hinaufzuklettern, falls der Umstieg schief gehen sollte.

Zwei Minuten später, nachdem ich äußerst vorsichtig Hand unter Hand und Fuß unter Fuß gesetzt hatte, war ich endlich unten. Ich hakte beide Beine über ein paar Sprossen, hängte mich mit einem Arm über zwei weitere und befahl mir, mich zu entspannen. Fand mich allerdings wenig überzeugend.

Die Gesichter der Menge waren kleine blasse Punkte, die sich mir zuwandten, während wir in fünfzehn Metern Höhe an ihnen vorbeiflogen. Der Boden schien jetzt so nahe zu sein, als ob ich ihn hätte berühren können, wenn ich die Hand ausstreckte. Da ich nun aus dem Propellerstrom heraus war, heulte der Wind gleichmäßig in meinen Ohren. Die Farben der Graspiste und der riesigen Zelte unter mir erschienen besonders leuchtend, während wir uns in eine sanfte Kurve neigten und die Leiter sachte von der Maschine wegschwang.

Ich riskierte noch einen Schwindelanfall und sah zu der Tiger drei Meter über meinem Kopf hinauf. Aus meinem Blickwinkel wirkte sie reglos wie ein Fels, ein Fixstern, den das gleichmäßige Dröhnen des Motors vor dem blauen Hintergrund des Himmels festhielt, aber ich konnte die Stöße fühlen und beobachtete, wie die Steuerflächen vibrierten, wenn wir auf Turbulenzen stießen.

Ich sah zwischen den Nylonseilen mit je tausend Kilo Tragkraft hindurch wieder geradeaus nach vorne und versuchte, die Leere um mich herum zu ignorieren. Der schräge Horizont hüpfte sanft auf und ab, und dann ließen wir uns aus der Kurve hinaustragen, und die Landebahn lag wieder vor uns. Wie ein riesiges menschliches Pendel schwang ich von links nach rechts, als Ted die Tiger genau auf die Mittellinie ausrichtete.

Das Knattern der Auspuffrohre veränderte sich ein wenig, und wir sanken dem Boden und dem Jaguar entgegen, der uns am Anfang der Landebahn erwartete. Ich konnte Marks Gesicht erkennen, wie er über die Schulter schaute und unseren Anflug einzuschätzen versuchte.

Als sich der Abstand zwischen uns auf hundert Meter verringert hatte, schnellte er herum, und der Wagen schlingerte lautlos, mit schwänzelndem Heck nach vorne, und die durchdrehenden Räder hinterließen zwei dunkle Streifen.

Ich wechselte meinen Griff, sodass ich mich problemlos fallen lassen konnte, und entwirrte meine Beine aus den Sprossen der Leiter. Von nun an hing mein Überleben von Marks Fahrkunst ab, von Teds fliegerischem Können und von meinem eigenen Timing beim Absprung. Ich ließ meine Füße auf der untersten Sprosse und ging mit den Händen noch eine Stufe tiefer. Auf die Art konnte ich mich herunterlassen und mit den Zehen einen festen Stand auf dem Wagen finden, um mein Gleichgewicht herzustellen, bevor ich endgültig losließ.

Als wir über den Wagen flogen, baumelte ich etwa drei Meter über dem Boden. Von oben ertönte das raue Bellen des Gypsy-Motors, während Ted mit dem Gashebel jonglierte, um Höhe und Geschwindigkeit exakt zu halten. Ich blickte über die Schulter und beobachtete, wie die Motorhaube des Wagens näher kroch.

Aus den Augenwinkeln sah ich die Hundert-Meter-Markierung vorbeisausen.

Die Motorhaube glitt unter mir hindurch, keinen Meter weit entfernt, und fiel dann wieder zurück.

Die Zweihundert-Meter-Marke. Mach schon, Mark, sonst müssen wir wieder von vorne anfangen.

Die Haube war wieder da, und dann lag der Beifahrersitz beinahe senkrecht unter mir. Ich nahm einen Fuß von der Leiter und tastete mit den Zehen nach dem Haltegriff …

Der Motor der Tiger setzte aus.

Einen Moment lang konnte ich den Jaguar im dritten Gang aufjaulen hören. Dann bremste der Wagen. Meine Füße schlugen gegen die Haube, als sie hinter mir zurückblieb. Eine Sekunde lang hing ich reglos an der Leiter und starrte die Landebahn entlang. In jener merkwürdigen Zeitdehnung, die man bei einem Unfall erlebt, erinnerte ich mich, dass ich mich festhalten musste, bis ich Boden unter den Füßen hatte: Es ist die Höhe, die einen umbringt, nicht die Geschwindigkeit.

Festhalten also. Festhalten …

Ein dumpfer, betäubender Aufprall. Der Geschmack von Erde und Gras. Werde mitgeschleift. Die Haut geht in Fetzen … Loslassen, du Idiot. Die Finger brechen … die Welt schlägt wilde Purzelbäume … kein Halten … ein schmetternder Schlag auf den Kopf, der Körper wie eine Gliederpuppe verdreht. Sturz auf den Arm, auf die Hüfte. Mein Gesicht schlägt auf dem Rasen auf, Glassplitter im Mund, von der zerbrochenen Brille …

Das Rollen nimmt kein Ende. Finger wieder zurückgebogen …

Dann, plötzlich, endlich, Stille. Alles ruhig, bis auf das Dröhnen in meinen Ohren und das heftige Schwanken der Welt, während meine verwirrten Sinne versuchen, wieder ins Lot zu kommen.

Schließlich ein Knirschen wie von einem Lastwagen, der über eine Teekiste fährt. Das Geräusch eines hölzernen Flugzeugs, das auf ein massives Hindernis prallt. Blicklos, während die Welt weiter wankte und hin- und herrollte, erhob ich mich schwankend auf die Füße. Das Wrack der Tiger lag etwa hundert Meter entfernt hinter dem Zaun am Ende der Landebahn. Das Heck ragte in die Höhe. Ich sah eine kleine Gestalt herausspringen und davonrennen.

Der Rasen schien sich aufzubäumen und mir entgegenzufallen.

In meinem Kopf hämmerte es, und ich schmeckte Blut, als ich versuchte, wieder aufzustehen. Ich sah den Mann im geblümten Hemd mit der Sonnenbrille in der Menge auf das Wrack zurennen.

Alles wurde schwarz um mich.

Das Erste, was ich wahrnahm, waren Stimmen. Ich schwamm in einem warmen, schwarz-roten Nichts, und alles war friedlich, bis auf die Stimmen, die, irgendwo weit in der Ferne, einfach nicht verstummen wollten. Nach und nach verstand ich, was sie sagten. »Geben Sie ihm doch Platz zum Atmen … Arzt … eine Bahre … schlimme Blutung … muss auf dem schnellsten Weg ins Krankenhaus.«

Krankenhaus? Ich war früher schon in Krankenhäusern gewesen. Es hatte mir nicht gefallen, nie. Der diffuse, stechende Schmerz gebrochener Knochen. Der Geruch nach Äther und Tod. Das Pochen der Nadelstiche, mit denen sie die frischen Wundränder zusammenzogen. Da wollte ich nicht hin. Besser, ich sagte ihnen das gleich. Ich versuchte, mich zu bewegen, doch von der Anstrengung brummte mir der Schädel, und alles begann sich zu drehen.

Ich gab es auf. Vielleicht gehörte ich einfach ins Krankenhaus.

»Legt ihn auf die Tragbahre.«

Sanfte Hände rückten mich zurecht. Auf eine distanzierte Art wusste ich es zu schätzen, hatte aber nicht die Energie, selbst etwas zu tun. Vielleicht ging es mit mir zu Ende.

»Sterbe ich?« Der Klang meiner eigenen Stimme überraschte mich.

»Reden Sie keinen Unsinn, junger Mann.« Eine tiefe, beruhigende Stimme irgendwo aus der rötlichen Schwärze. »Sie sind bloß ein bisschen durchgerüttelt. Machen Sie sich keine Sorgen. Wir kriegen Sie schnell wieder auf die Beine.«

Irgendwo, irgendwie nagte der Gedanke, dass da was war, worüber ich mir Sorgen hätte machen sollen, aber es schien der Mühe nicht wert. Ich driftete wieder in die Ohnmacht hinüber.

7

Am nächsten Morgen um zehn humpelte ich vorsichtig am Empfangsschalter des Krankenhauses vorbei, öffnete die Tür und blieb in einem sonnenhellen Flecken oben an der Eingangstreppe stehen.

Ich hatte mehr schmerzhafte Abschürfungen und Prellungen, als ich bis dato hatte lokalisieren können. Unterhalb des Auges zog sich eine brandneue Reihe von Stichen über die linke Wange, während ein interessantes Netzmuster aus Kratzern den Rest meines Gesichts bedeckte. Bei der kleinsten Bewegung rief sich meine linke Hüfte mit Schmerzwellen in Sturmhöhe in Erinnerung. Eines Tages werde ich mir die rechte Hüfte lädieren, damit ich wieder ins Gleichgewicht komme.

Am schlimmsten war meine linke Hand dran. Daumen und Zeigefinger schauten aus einer dicken Bandage heraus, in der vom Gelenk abwärts die ganze Hand drinsteckte. Drei gebrochene Finger waren darin aufbewahrt, die im Moment darum wetteiferten, welcher am heftigsten pochen konnte. Ich tippte auf den kleinen Finger, der allen Grund dazu hatte, denn er war an der Wurzel beinahe abgetrennt und in der Mitte auch noch gebrochen, aber da der

Schmerz sich großzügig über die ganze Hand und den Unterarm ausbreitete, war die Frage im Wesentlichen akademischer Natur.

Ich stand also da in der Sonne und vermied die geringste Bewegung, die Schmerzen hätte verursachen können – das war so ungefähr alles –, und sah zu, wie die Krankenschwestern über den Krankenhaushof hin- und hergingen. Manche von ihnen waren sehr hübsch. Einige warfen mir neugierige Blicke zu, während sie an mir vorbei ins Haus gingen. Ich gab mir keine Mühe, ihnen nachzusehen. Das tat meinem steifen Hals nicht gut.

Nachdem ich fünf Minuten lang so dagestanden war, kam Ted, um mich abzuholen. Natürlich fuhr er ausgerechnet den Jaguar. Ich zuckte zusammen. Der Mann hatte die Feinfühligkeit eines angreifenden Nashorns. Zwischen all den Morris Minors auf dem Krankenhausparkplatz wirkte der Jaguar wie eine Stripperin in einem Nonnenkonvent.

Ted war nicht gerade in Bestform, aber nahe dran. Wir mochten zwar in einer Woche unsere halbe Luftflotte verloren haben, aber wenn er darüber zu Tode betrübt war, ließ er es sich jedenfalls nicht anmerken. Das einzige äußere Zeichen für den gestrigen Absturz war ein kleines Pflaster auf seiner Wange.

Ich ließ mich vorsichtig die Stufen herab, und er kam mir entgegengesprungen. »Hallo, Ken«, dröhnte er. »Wie geht's meinem alten Kumpel Ken? Hast es wieder mal vermasselt, was?«

»Hallo, Ted. Bist du in Ordnung?«

»Ja, ich hatte ja überhaupt kein Tempo mehr drauf. Hätte es fast bis aufs nächste Feld geschafft, aber der Zaun war im Weg. Hab mich mit den Rädern drin verfangen und den Flieger auf den Kopf gestellt. Dann aber bloß den Schädel am Kompass angeschlagen, das ist alles.«

Ich wollte ihn nach der Tiger fragen und ob er den Grund für den Motorausfall gefunden hatte, aber zuallererst wollte ich weg von diesem Krankenhaus. Ich öffnete die Beifahrertür mühsam mit der rechten Hand und ließ mich langsam in den Sitz sinken, was recht schmerzhaft war. Ted stand unschlüssig daneben, hätte gerne geholfen, wusste aber aus früherer Erfahrung, dass er mit ziemlicher Sicherheit meine schlimmste Blessur erwischen würde, wenn er mich anfasste.

Wir hätten es beinahe geschafft. Ich hatte mein rechtes Bein bereits im Wagen und arbeitete gerade an der Durchführung eines brauchbaren Plans, auch das linke irgendwie hineinzubugsieren, als der Doktor mit flatterndem weißen Kittel und empörtem Gesichtsausdruck die Treppen herunterstürmte. »Mr. Reeves? Ich bin Dr. Arnold, und ich muss Ihnen mitteilen, dass Mr. Holland keinesfalls gesund genug ist, das Krankenhaus zu verlassen. Ich habe ihm gesagt, dass ich die Verantwortung für seine Entlassung nicht übernehmen kann. Bitte bringen Sie ihn jetzt wieder hinein. Er sollte noch mindestens zwei, drei Tage dableiben.«

Teds Augen verengten sich, während er den Doktor anstarrte und nachzudenken schien. Ich setzte die Operation »Linkes Bein« fort, schaffte es, kriegte die Tür zu und wühlte nach der Schutzbrille, die wir immer als Ersatz für die fehlende Windschutzscheibe auf der Beifahrerseite dabeihaben.

Ted betrachtete kritisch die unterste Treppenstufe, schließlich hob er den Blick wieder zum Gesicht des Arztes. »Dann hat sich Mr. Holland wohl selbst entlassen?«

»Ja. Ich würde das keinen Augenblick lang auch nur in Erwägung ziehen.«

Ted schwang zu mir herum. »Würdest du lieber hier bleiben?«

»Nein«, sagte ich. »Mir geht's gut.«

»Also gut.« Sein durchdringender Blick glitt wieder zum Arzt. »Sie haben es gehört. Ken hatte wahrscheinlich schon mehr gebrochene Knochen, als Sie jemals behandelt haben. Er weiß, ob er auf dem Damm ist oder nicht. Er weiß, wann er die Bandage an der Hand wechseln und wann er wiederkommen muss, um die Fäden ziehen zu lassen. Wenn ich Sie wäre, Kumpel, würde ich's einfach ihm überlassen.«

Der Arzt wirkte wie vom Donner gerührt. Offenbar war er es nicht gewohnt, dass man ihm Patienten unter der Nase weg entführte.

Ted ging um den Wagen herum und stieg ein. Er drehte den Zündschlüssel und blickte wieder zum Arzt hoch. »Außerdem«, sagte er gelassen, »gibt es ja noch mich, der sich um ihn kümmert.«

Er drückte den Starter, der Motor sprang an, und wir schossen mit durchdrehenden Hinterreifen quietschend vom Parkplatz.

Auf der Straße angelangt, drehte Ted den Kopf zu mir und bedachte mich mit seinem durchdringenden Blick. »Fühlst du dich wirklich gut, Ken?«

»Ja, klar.«

»Schön, aber sag Bescheid, wenn es dir nicht gut geht.«

Er wandte sich wieder dem Verkehr zu. Thema beendet – aber nicht vergessen. Wenn ich in den nächsten Tagen auch nur eine halbe Schattierung blasser wurde als gewöhnlich, würde Ted mich zu einem Quacksalber schleppen, bevor ich noch wusste, wie mir geschah. Diesen durchdringenden blauen Augen entging nichts, und wann immer ich verletzt war, wachte er über mich wie eine Glucke. Er war schließlich ganz gut darin, das machte die reichliche Erfahrung, nehme ich an.

Wir ließen die Straße zum Flugplatz hinter uns, und der kalte Fahrtwind stach auf mein zerschundenes Gesicht ein. Ich fragte mich, was wir vorfinden würden. »Ist die Tiger ein Totalschaden?«

»Fürchte ja. Der Motor könnte noch brauchbar sein. Muss aber auf Risse gecheckt werden. Der Propeller hat sich noch gedreht, als sie runterkam.«

Das war unangenehm. In den Augen des Luftfahrtaufsichtsamtes gibt es zwei Arten von Unfällen in Bezug auf den Motor – einmal mit stehendem Propeller und einmal mit laufendem. Im ersten Fall darf man den Motor wieder verwenden, nachdem geprüft wurde, ob die Kurbelwelle noch rund läuft. Aber bei drehendem Propeller müssen der Motor zerlegt und die Kurbelwelle und der Pleuel auf Haarrisse untersucht werden, was teuer kommt.

Pech, dass sich dieser Propeller noch gedreht hatte. Wenn die Maschine wegen Treibstoff- oder Zündungsproblemen ausfällt – was meistens die Ursache ist –, dann dreht sich der Propeller im Fahrtwind weiter, bis man langsam genug ist, dass das Flugzeug fast überzieht. Dann erst bleibt er stehen. Offensichtlich hatte Ted überzogen, als er versuchte, noch über den Zaun zu hüpfen: Trotzdem hatte dieser Propeller sich weitergedreht. Riesenpech.

»Habt ihr die Ursache für den Ausfall gefunden?«

»Nein. Aber wir haben auch noch nicht gründlich nachgeschaut. Gab eine ganze Menge anderes zu tun. Die Leute von der Industrie- und Handelskammer haben gestern Nacht überall ihre Nase hineingesteckt, und heute früh sind wir erst kurz vor meinem Anruf bei dir aus dem Bett gekommen.«

Wir bogen zum Flugplatz ein. »Was machen wir jetzt?«, fragte ich.

»Ich weiß noch nicht.« Zum ersten Mal huschten kleine Sorgenfältchen über sein Gesicht. »Wenn wir die Show ein bisschen umstellen, können wir eine Weile mit dem weitermachen, was wir haben. Ich hoffe nur, dass die Versicherung das Geld ausspuckt. Gleich zwei auf einmal zu verlieren, wird die Prämien höllisch hochtreiben, aber ich sehe nicht, wie sie sich ums Zahlen drücken könnten. Bloß den Frankreich-Trip müssen wir abschreiben, denke ich. Das ist so ungefähr das Einzige. Sieht so aus, als hätten wir hier noch zu viel zu regeln, um rüberfahren zu können.«

Ted war besorgter, als er zugab. Man wird nicht reich mit einem Flugzirkus, und alle unsere Kisten sind unterversichert, weil die Prämien sonst absurd hoch wären. Die beiden Flugzeuge zu ersetzen, würde in jedem Fall ein böses Loch in unser Budget reißen, und es konnte Monate dauern, bis die Versicherung für die Wracks zahlte. Die Tatsache, dass er bereit war, den Frankreich-Trip abzublasen, war ein schlechtes Zeichen – wir hatten uns ziemlich lange um Verträge auf dem Kontinent bemüht, und dies war der Erste gewesen. Wenn wir jetzt nicht auftauchten, konnte es lange dauern, bis sie uns noch mal ins Ausland einluden, wenn überhaupt. Das würde davon abhängen, wie viel Einfluss die verärgerten Organisatoren des »Meeting Arien de Lyon« auf den Rest der Flugszene drüben hatten.

Andererseits erinnerte sich Ted offensichtlich daran, dass wir unsere Gagenforderung bis zur Grenze runtergeschraubt hatten, um den Job überhaupt zu kriegen, und ein Draufzahl-Geschäft konnten wir jetzt so gut gebrauchen wie ein Loch im Kopf. Allerdings hatten wir ja schon Löcher im Kopf. Ich jedenfalls.

Wir bogen durch das Flugplatztor ein und holperten die Auffahrt entlang. Die Arbeiter bauten überall die Zelte ab und schienen dabei noch mehr Chaos anzurichten als beim Aufstellen. Die Überreste der Tiger lagen teilweise unter einer großen Plane, und einer der Flügel ragte heraus wie der Arm einer Leiche, der steif geworden ist, bevor man sie richtig hinlegen konnte. Unser Trupp saß um die kleinen Zelte herum, trank Kaffee und sah aus wie Hiroshima nach der Bombe. Mark machte mir die Tür des Jaguars auf, und ich zog mich beschwerlich heraus.

»Morgen, Ken«, begrüßte er mich. Seine Augen glitten über meine neuesten, erfolgreichen Schönheitsoperationen. »Wieder mal daneben gehüpft?«

Keiner grinste, ich schon gar nicht. Es war ein alter Witz, der auf eine Zeit zurückging, als ich versucht hatte, im gepolsterten Anzug aus einer sehr tief fliegenden Tiger auf ein Dutzend alter Matratzen zu springen. Durch ständiges Wiederholen hatte der Spruch sich zu einer Art Glückwunschformel abgenutzt, aber manchmal schien er mächtig fehl am Platze. Wie zum Beispiel an diesem besonders schlimmen und schmerzhaften Morgen, weil es nämlich zum zweiten Mal in einer halben Stunde war.

»Hat sich schon jemand die Tiger angesehen?«, fragte ich. Niemand hatte. Es schien auch keiner besonders scharf darauf zu sein, was nicht sonderlich überraschte. Wir hatten alle das Gefühl, dass uns abgestürzte Flugzeuge bis zum Hals standen.

»Ich schau sie mir jetzt an«, verkündete ich. »Ich will wissen, warum der Motor stehen geblieben ist. Hat mir ein paar ziemlich unangenehme Augenblicke verschafft, das Ding.«

Ich humpelte zu dem zugedeckten Wrack hinüber. John leerte seine Kaffeetasse und folgte mir. Nach zweihundert endlos scheinenden Metern bis zur Tiger hatte ich stechende Kopfschmerzen. Die Nadelarbeit des Doktors auf meinem Gesicht schien jeden Moment unter Schmerzwellen aufplatzen zu wollen. Mir war schlecht, mir war schwindlig, und ich bemerkte, wie mich die am Nächsten stehenden Arbeiter komisch ansahen.

Die Tiger war ein Schrotthaufen, aber nicht so schlimm wie bei Bills Stampe. Die unteren Tragflächen sahen ziemlich zerknautscht aus, aber der Metallrohr-Rahmen des Rumpfes war nur ein bisschen verbogen und nicht geknickt. Der Motorträger an Steuerbord war am Brandschott abgerissen, und die Maschine hing schräg nach links. Die Verkleidung war nur noch ein Haufen verbeulten Leichtmetalls, das sich um den Motor gewickelt hatte, aber nachdem John ein paar Minuten daran herumgezerrt hatte, bekam ich freie Sicht.

Ich entdeckte es fast sofort. Es war doch kein Motorschaden gewesen.

Das Gasgestänge hing lose, sodass sich die Drosselklappe geschlossen hatte. Darum also hatte sich der Propeller zum Zeitpunkt von Teds Absturz noch gedreht – der Motor hatte fröhlich im Leerlauf vor sich hin getuckert, war aber ohne Gas völlig kraftlos gewesen.

Ich sah mir die Verbindung genauer an. Die Gashebel im Cockpit einer Tiger sind mit einer Stange verbunden, die durch das Brandschott läuft und über einen Umlenkhebel sowohl Gas als auch die Zündverstellung steuert. Die Verbindung zwischen Gestänge und Umlenkhebel besteht aus einem Bolzen, der durch einen Splint gesichert ist – und dieser Bolzen fehlte vollständig. Beim Absturz konnte er sich nicht gelöst haben, also musste er bereits in der Luft herausgefallen sein. Was wiederum bedeutete, dass der Splint nicht an Ort und Stelle gewesen war.

Und das war schon verdammt eigenartig.

Ich richtete mich auf und deutete stumm auf das Gestänge, das lose neben dem Umlenkhebel hing.

John beugte sich hinunter, um es genauer zu inspizieren. »Ah, ja«, sagte er. »Der verdammte Splint muss herausgerutscht sein, und dann hat sich der Bolzen losvibriert.«

Ich nickte geistesabwesend: Mit angestrengtem Nachdenken tat ich meinen Kopfschmerzen keinen Gefallen, aber es musste sein. Ich schaute das Flugfeld entlang und sah die Arbeiter, ohne sie wahrzunehmen. Ihre Stimmen drangen wie durch einen Nebel zu mir durch.

»Hey, Don«, schrie einer von ihnen, »jetzt nimm schon das gottverdammte Halteseil.«

Und ganz plötzlich wusste ich, was ich zu tun hatte.

Ich musste nach Frankreich.

Ted war verständlicherweise nicht sehr angetan von meiner Idee. Ich wartete bis zum Abendessen, bevor ich sie aufs Tapet brachte, denn es wäre idiotisch gewesen, ihm mit so einem Thema zu kommen, solange er beschäftigt war. Er gehört zu den Menschen, die erst einmal zu allem »Nein« sagen, wenn sie keine Zeit zum Nachdenken haben, und danach ist es furchtbar schwer, ihn dazu zu bringen, seine Meinung zu ändern.

Deshalb hatte ich ein schlechtes Gewissen, dass ich ihn ausgerechnet dann damit behelligte, als er sich zum ersten Mal an diesem Tag ausruhen konnte. Ich wartete bis nach dem Abendessen in einem gemütlichen Pub mit niedriger Balkendecke und Natursteinwänden, das wir für unsere letzte Mahlzeit auf der Insel ausgesucht hatten. Unter dem Einfluss des guten Essens und einiger Biere begann die Anspannung der letzten Tage von uns abzufallen. Der alte Jedrow war bei uns geblieben und tat das seinige, indem er uns pausenlos mit lustigen Anekdoten aus seinem Leben unterhielt.

Ich wartete, bis der alte Knabe mal Luft holen musste, und sagte dann: »Ted, ich möchte eine Woche Urlaub. Es wird vierzehn Tage dauern, bis wir wieder in Gang kommen, und in dem Zustand kann ich sowieso nicht viel tun. Ich hätte gerne nächste Woche frei, wenn du nichts dagegen hast.«

Teds Augen verengten sich zu bedrohlichen Schlitzen und richteten sich wie zwei Gewehrläufe auf mein Gesicht. Die Stille dehnte sich schmerzhaft, bevor er zu sprechen begann. »Nein, mein Freund«, sagte er langsam. »Ich kann dich nicht weglassen. Vielleicht können wir noch ein paar Wochen lang nicht arbeiten, aber es geht nicht, dass die Leute mitten in der Saison verduften, wie's ihnen gerade passt. Könnte sein, dass wir ja einen Filmjob kriegen oder so – außerdem brauche ich dich, weil es in Denham jede Menge zu tun gibt. Tut mir Leid, aber du kannst nicht weg. Ich frage mich, wie du überhaupt auf die Idee kommst.«

Ich beugte mich vor und fuhr die schweren Geschütze auf. »Jetzt hör mal zu, Ted. Ich hab eine Idee, wie ich uns mit meinem Urlaub helfen kann. Wenn ich die Stampe nach Frankreich fliege und da ein paar Tage Ferien mache, kann ich zu der Flugshow nach Lyon hinunterkommen. Rick und John müssten den Jaguar mit genügend Material für zwei oder drei Stunts beladen und mich dort treffen, dann können wir zumindest mit einem Rumpfprogramm auftreten. Das ist das Mindeste, wenn wir jemals wieder einen Job auf dem Kontinent bekommen wollen, und das weißt du.«

Das stimmte auch – bis zu einem gewissen Grad –, aber Ted gefiel es nicht. Ich wusste auch, warum.

»Du hast das nicht richtig durchgerechnet, Kumpel«, sagte er sanft. »Nach Lyon und zurück sind es acht oder zehn Flugstunden. Das allein kostet uns fünfzig Pfund. Dann wäre da die Fähre für Rick, John und den Jaguar, sagen wir noch mal fünfundzwanzig Pfund, plus eure Ausgaben drüben – mein Gott, wir kommen nicht unter zweihundert Pfund davon, egal, wie ihr es anstellt. Und wenn wir uns gerade dafür entschuldigt haben, weil wir nicht in voller Stärke antreten, können wir für die zwei, drei Stunts kaum mehr als das verlangen, oder? Nein, Freund – wir können's uns einfach nicht leisten. Tut mir Leid.«

Na schön, ich hatte nicht erwartet, dass es einfach sein würde. Ich bereitete mich darauf vor, meine beste Karte auszuspielen, aber Jedrows knirschende Stimme fiel mir ins Wort.

»Wartet mal, wartet mal«, sagte er. Und wir warteten. »Sehe ich das richtig, Ken, Sie wollen die Maschine nach Frankreich fliegen, Urlaub machen und dann ein bisschen in Lyon auftreten?«

Ich nickte.

»Na, sehen Sie. Dann haben Sie doch einen Sitzplatz frei, oder?«

Ich nickte wieder.

»Also, hören Sie. Ich habe ihnen doch erzählt, dass ich nach Frankreich will, nicht? Wie wär's denn, wenn ich die ganzen Flugkosten für den Ausflug übernehme und selber mit unserem jungen Ken hier fliege? Dann könnten Sie für die verflixten Franzosen Ihre Show abziehen, die Unkosten verringern, und wir hätten beide unseren Urlaub. Wie wär's damit? Eh?«

Ich machte den Mund zu, denn Jedrow hatte mir die Worte aus

dem Mund genommen. Worte im Wert von sechzig Pfund – denn genau denselben Vorschlag hatte ich gerade machen wollen.

Hut ab vor dem alten Knaben – ein Urlaub im offenen Cockpit, und das mit einundachtzig!

Teds zusammengekniffene Augen studierten die Tischdecke. Ich schwieg, weil alles, was ich noch vorgebracht hätte, seine Ablehnung eher verstärkt hätte. Die Stille erstreckte sich über mehrere Minuten. Endlich glätteten sich die Falten um seine Augen, und er sah auf. »In Ordnung«, sagte er. »So könnt ihr es machen.«

Buch 2

8

Zwei Tage später hoben Jedrow und ich von Lympne aus ab. Wir überquerten den Kanal auf der Luftstraße für Kleinflugzeuge und erreichten die Küste etwa zwei Kilometer südlich von Cap Gris Nez. Die See und der blaue Himmel verschwammen zu einem endlosen weißen Dunst, der uns von allen Seiten umgab, mit einem milchigblauen Dach und einem gekräuselten, hellblauen Boden. Fünf Minuten hinter der Küste von Kent fand ich es einfacher, nach den Instrumenten zu fliegen, als zu versuchen, einen Horizont in dem Dunst auszumachen. Also dröhnte die Stampe die restlichen zwanzig Minuten der Überquerung durch einen weiß leuchtenden leeren Raum, der Millionen Kilometer vom Rest der Welt entfernt schien. Ich war froh, als wieder Land auftauchte: Ich fühle mich nicht wohl bei Meeresüberquerungen in einmotorigen Maschinen ohne Funkgerät. Über Cap Gris Nez drehten wir nach Süden ab und folgten der Küstenlinie nach Le Touquet, wo der Tower uns zehn Minuten lang mit wilden Lichtsignalen auf einer Warteschleife hielt. Das war wohl die Rache dafür, dass ich vorausschauenderweise vergessen hatte, ihnen von Lympne aus telefonisch durchzugeben, dass wir nicht über Funk verfügten.

Die Leute vom Zoll hatten anscheinend auch ihren schlechten Tag. Zwei der schlimmsten Exemplare, die sie auf dem Flugplatz hatten, beschlossen, uns von oben bis unten zu filzen, um sicherzustellen, dass wir nicht etwa einen Chieftain-Panzer in unseren Reservesocken schmuggelten. Sie fanden keinen Chieftain – aber es gab einen ziemlichen Aufruhr, als ich eines der Zirkus-Maschinengewehre anmelden wollte. Ich legte meinen Waffenschein vor und wies darauf hin, dass der Lauf teilweise zugelötet war, sodass man nur Platzpatronen abfeuern konnte. Aber sie waren offenbar überzeugt, dass wir eine kleine Revolution anzetteln wollten. Sie schnatterten voll auf Französisch los und steckten uns dann in ein kleines, cremefarbenes Zimmer, wo uns ein Gendarm bewachte, während sie mit der schlechten Telefonverbindung nach Lyon kämpften, um unsere Geschichte bestätigen zu lassen.

Der Gendarm war ein junges, ehrgeiziges Exemplar und nahm die Hand nicht von seinem Pistolenhalfter. Er wirkte enttäuscht, als ich eindöste und Jedrow einfach weiter Jedrow blieb. Wahrscheinlich hatte er erwartet, dass wir nach Selbstmordpillen griffen, sobald sich die Tür schloss.

Mir war es ganz recht, eine Weile vor mich hin dämmern zu können. Die letzten Tage waren ziemlich anstrengend gewesen, mit dem Flug zurück nach Denham und den Vorbereitungen für die überarbeitete Show in Lyon. Nur weil ich von früh bis spät auf den Beinen blieb, konnte ich die Zeit abzweigen, um Bills Habseligkeiten zu sortieren und ein paar andere Kleinigkeiten zu erledigen. Die Papiere für die Auster in Vivaral hatte ich seltsamerweise nicht gefunden, aber ich hatte es geschafft, seiner geschiedenen Frau seinen Anteil abzukaufen – die Maschine gehörte jetzt also mir, mit oder ohne Papiere. Danach hielt ich ein Schwätzchen mit den Leuten im Kontrollturm von Denham und fand anschließend noch eine Ausrede, mit der Tiger nach Redhill zu fliegen. Dann war ich nach London gebraust, hatte mich mit einem etwas zwielichtigen Bekannten getroffen und war dann nach mehrstündigem Aufenthalt in der Werkstatt eines anderen Bekannten in Watford nach Denham zurückgekehrt. Das gemeinsame Ergebnis dieser Bemühungen war derzeit in der rechten Fahrwerksverkleidung der Stampe versteckt – wo es dem prüfenden Blick der übereifrigen Zollbeamten hoffentlich entgehen würde.

Das Räuber-und-Gendarm-Spielchen dauerte etwa eine Stunde, dann kamen die Zollbeamten ziemlich verdrossen mit der Waffe zurück. Sie hatten mit Lyon gesprochen und festgestellt, dass wir dort tatsächlich eine Show veranstalteten. Würden wir also jetzt bitte mitsamt unserer Waffe und dem Flugzeug verschwinden und sie nicht länger von der Arbeit abhalten? Ich gähnte, streckte mich, schlenderte mit dem Sten-Maschinengewehr aufs Vorfeld und fühlte mich wie Che Guevara. Wir stiegen in die Stampe und schnallten uns an, aber natürlich wollte der Motor mit dem Pressluftstarter nicht anspringen, sodass ich wieder aussteigen und den Propeller mit der Hand anwerfen musste. Nach fünf schweißtreibenden Minuten knatterte er hustend los, und ich erwartete fast, dass die Fahrwerksverkleidung abfallen würde, während wir zur Startbahn rollten. Sie tat es nicht, und fünf Minuten später gab man uns widerwillig grünes Licht, und wir dröhnten davon, Richtung Orléans-Bricy, wo wir auftanken wollten.

Um sieben Uhr abends schwebten wir auf Lyons riesiger Landepiste ein und parkten die Stampe im Gras inmitten der geschäftigen Vorbereitungen für die Luftshow am Samstag. Mit meinen zehn Worten Französisch schaffte ich es, innerhalb einer halben Stunde zum Veranstalter der Show vorzudringen, der gerade die Errichtung des Hauptzeltes überwachte. Er war ein fettleibiger, tief gebräunter Mann und hieß Monsieur Merlin.

Natürlich wusste Monsieur Merlin, warum unsere Truppe nur in halber Stärke auftauchte, aber dennoch schien er seinen Unmut an mir auslassen zu wollen, bis er einen näheren Blick auf mein Gesicht und meine Hand geworfen hatte. Dass ich in diesem Zustand von England hergeflogen war, nahm ihm ein bisschen den Wind aus den Segeln, und am Ende war er doch ganz hilfsbereit. Er zeigte uns einen Platz, wo wir das Zelt aufschlagen konnten, half uns, einen ziemlich klapprigen Simca 1301 zu mieten, und spendierte uns sogar noch einen Muskateller in der Flughafenbar.

Am nächsten Morgen um sechs war das Wetter klar, frisch und sonnig – was man von mir nicht behaupten konnte. Ich rieb mir die verklebten Augen und kritzelte eine Nachricht für Jedrow, der vernünftigerweise noch schlief, dass ich zum Flughafen nach St. Jean fahren wollte, um meine Auster zu begutachten. Dann bastelte ich ein wenig an der Stampe herum, schleppte meine schlappen Glieder zum Simca und fuhr Richtung Süden.

Ich erreichte Mont Vivaral kurz vor acht. In der klaren, hellen Morgenluft glaubte ich, nie ein schöneres Städtchen gesehen zu haben. Mont Vivaral liegt fünfhundert Meter hoch in den Bergen gleichen Namens in einem grünen Tal und zieht sich an dessen Ende ein wenig den Berghang hinauf. Die Straße von Lyon windet sich in hochalpinen Haarnadelkurven durch die Berge und streift unterwegs den Flugplatz von St. Jean im Saône-Tal. Ich hielt nicht am Flugplatz an, sondern brummte gleich weiter zum Dorf hinauf, wo sich gerade die letzten Morgennebel im kristallklaren Sonnenlicht auflösten, als ich ankam. Es war ein bezaubernder Flecken mit den Häusern wie sanftes Gold im frischen Grün der Umgebung. Ich lenkte den Simca um den Marktplatz herum und begann, nach Straßenschildern zu suchen.

9

Vingt-huit Rue d'Avignon entpuppte sich als großes, solides, einzeln stehendes Haus in einer »besseren« Gegend – nicht, dass es in Mont Vivaral andere Umgebungen gegeben hätte –, und Monsieur Paul Sante, der Sekretär des Aero Club von Mont Vivaral, war ein kleiner, schlaffer Mann. Die unerwartete Ankunft eines ziemlich ramponiert aussehenden Engländers, der mitten in sein Frühstück platzte, brachte ihn offensichtlich ein bisschen aus der Fassung, aber er führte mich gleich mit gallischer Leutseligkeit in sein aufgeräumtes, kleines Büro. Leutseligkeit zu dieser Morgenstunde war wahrscheinlich Berufsgewohnheit. Ein kleines Schild am Torpfosten teilte mit, dass er »Avocat« war, und er legte ein Freundlicher-Onkel-Gehabe an den Tag, das bei gerissenen Rechtsanwälten zum Berufsbild zu gehören scheint. Außerdem hatte er einen brandneuen Jaguar XJ 6 in der Einfahrt geparkt, den Ersten, den ich mit französischer Zulassung sah. Die Geschäfte mit dem Recht schienen in Mont Vivaral zu blühen.

Wir stellten fest, dass er »ain wänig« Englisch sprach, dass ich keinen Kaffee wollte und dass es »un beau jour« sei. Dann kam ich zum Geschäft.

»Mein Name ist Kenneth Holland«, sagte ich langsam und deutlich. »Ich war Geschäftspartner von Mr. Charlton, der vor einigen Monaten eine Auster von Ihrem Aero Club kaufte. Mr. Charlton ist tot, und ich bin hier, um Sie wegen der Auster zu sprechen.«

Monsieur Santes bewegliches Gesicht zeigte Anteilnahme und Verwirrung zugleich. »Ich habe gehört von der schrecklichen Tragödie von Mr. Charlton«, sagte er. »Ich weiß nicht, dass er einen Geschäftspartner gehabt hat, aber ich möchte mein Bedauern über seinen Tod ausdrücken.«

Ich gab ein angemessenes Grunzen von mir.

»Aber die Auster«, fuhr er fort. »Ich kann nicht verstehen, warum Sie hier sind. Die Männer, die die Auster von Mr. Charlton gekauft haben, waren schon hier und werden sie bald abholen. Sie arbeiten an der Maschine seit zwei Tagen und wahrscheinlich auch noch heute.«

Ich lehnte mich in den Stuhl zurück und versuchte, das zu verdauen. Jetzt hieß es schnell und scharf nachzudenken. Irgendwie hatte ich etwas in der Art befürchtet, deshalb war ich mit den Spatzen aufgestanden und hatte Sante zu Hause abgepasst, statt tagsüber einfach auf dem Flugplatz herumzuschlendern. Sante saß hinter seinem massiven Eichenholzschreibtisch und beobachtete meine Reaktion, wobei der Ausdruck von Verwirrung auf seinem Gesicht allmählich dem des Misstrauens wich. Trotz seiner sanften Ausdrucksweise und seiner gallischen Gestik war Sante kein Narr.

Ich beugte mich auf meinem Stuhl vor. »Monsieur Sante«, sagte ich vorsichtig. »Diese Männer, die wegen der Auster gekommen sind, sind nicht ihre Besitzer. Mr. Charlton gehörte nur die Hälfte dieses Flugzeugs, und ich habe meinen Anteil gewiss nicht verkauft. Ich habe auch keinen Grund zu der Annahme, dass Mr. Charlton seinen verkauft hätte. Tatsächlich habe ich seiner Witwe seinen Anteil abgekauft, bin jetzt also der rechtmäßige Besitzer des Flugzeugs. Diese Männer haben nicht den geringsten Anspruch auf die Maschine.«

Das war genau das, was ich nicht hätte sagen sollen. Mit einem beinah hörbaren Rasseln gingen bei Sante die Jalousien herunter. »Aber, Monsieur Holland, ich fürchte, da gibt es ein Missverständnis«, sagte er. »Monsieur Charlton hat keinen Partner erwähnt. Diese Männer, Monsieur Hunt und ein anderer Mann, haben alle Flugzeugpapiere. Sie haben die Motoren- und die Tragwerkbriefe und das Logbuch, die ich Monsieur Charlton vor vier Monaten gegeben habe, als er für die Maschine bezahlt hat. Sie haben auch die Zollfreigabe, die ich Monsieur Charlton vor kurzem geschickt habe. Sie haben auch einen Brief, eine Quittung, wie Sie sagen, unterschrieben von Monsieur Charlton, dass sie die Maschine gekauft und bezahlt haben. Haben Sie auch Papiere?«

Ich wusste, dass ich meine Zeit vergeudete, aber da ich einmal begonnen hatte, musste ich weiterbohren. »Diese Männer haben die Flugzeugpapiere nach Mr. Charltons Tod gestohlen«, sagte ich. »Wenn sie eine Quittung von ihm haben, dann ist sie gefälscht.«

Ich wühlte in meiner Brieftasche und zog die hastig hingekritzelte Quittung von Jean Charlton hervor. »Das ist das einzige Dokument, das ich Ihnen zeigen kann, es ist eine Quittung seiner Witwe für seinen Anteil an der Maschine, der nach seinem Tod an sie übergegangen ist.«

Sogar für mich klang das ziemlich dünn. Genauso dünn, wie wenn jemand sich alle Mühe gibt, die Wahrheit zum Klingen zu bringen. Offenbar klang es auch für Sante ein wenig dünn.

»Monsieur, es tut mir sehr Leid, aber ich glaube, ich kann Ihnen nicht helfen. Wenn es wahr ist, was Sie sagen, dann haben diese Leute ein Verbrechen in England begangen, und die englische Polizei muss sie verhaften. Hier in Frankreich kann ich nichts tun. Sie sind mit korrekten Papieren gekommen, und ich weiß nicht, wie ich sie aufhalten kann.«

Ich konnte es ihm nicht wirklich übel nehmen. Für ihn war ich ein völliger Fremder, von dem er noch nie gehört hatte, der hier mit einer Geschichte auftauchte, die ihn in einen äußerst komplizierten internationalen Rechtsstreit hineinziehen konnte, wenn er sich darauf einließ. Ich hatte keinen echten Beweis, außer einer handschriftlichen Mitteilung, die angeblich eine Quittung von einer Frau war, von der er ebenfalls noch nie gehört hatte. Warum hätte er auch wissen sollen, dass Bill verheiratet war? Und ich wusste, dass Bill meinen Namen bei den Verhandlungen mit dem Aero Club nicht erwähnt hatte. Hätte ich in Santes Schuhen gesteckt, hätte ich mich auch nicht mit mir eingelassen.

Ohne große Hoffnung unternahm ich einen letzten Versuch. »Ich verstehe Ihre Probleme, Monsieur Sante. Aber zu meinem Bedauern muss ich darauf bestehen, dass Sie zumindest verhindern, dass dieses Flugzeug den Flughafen St. Jean verlässt, bevor die Angelegenheit von der englischen Polizei untersucht wurde. Ich bin bereit, zur Gendarmerie zu gehen und dort um Hilfe zu bitten. Ich gebe Ihnen mein Wort, dass ein Betrug vorliegt, aber ich brauche Zeit, um es zu beweisen.«

Sante sah nicht ganz glücklich aus und bedachte mich mit einem viel sagenden, bedauernden Achselzucken.

»Monsieur, es tut mir Leid. Monsieur Hunt hat alle Papiere. Was uns betrifft, er ist jetzt der Besitzer. Er hat sogar für die Nutzung eines Hangars bezahlt, um die Maschine zu zerlegen. Ich kann das Flugzeug nicht zurückhalten, weil es nicht mehr unser Flugzeug ist. Wenn Sie einen Beweis haben, werden die Gendarmen sie sicher verhaften und die Maschine zurückhalten, bis die Sache untersucht ist. Aber ich, ich kann nichts tun. Ich schlage vor, Sie gehen zu der Gendarmerie, wie Sie schon sagten.«

Den Teufel würde ich tun. Jemand, der die Landessprache nicht spricht, ist immer in schlechter Position, wenn er die örtlichen Cops von irgendetwas überzeugen will, und wenn ich sie überhaupt dazu bewegen konnte, ihren Hintern zu lüpfen, würde die Auster längst verschwunden sein. Falls sie mich überhaupt ernst genug nahmen, sie zu beschlagnahmen. Außerdem wollte ich mit diesem »Mr. Hunt« reden, ohne dass mir der verlängerte Arm des Gesetzes in die Quere kam. Es sah so aus, als sei die Unterhaltung mit Sante beendet.

»Also gut«, sagte ich mit Nachdruck. »Ich werde tun, was Sie sagen, Monsieur Sante. Sie werden bald von mir und den Gendarmen hören.«

Er schenkte mir ein schwaches, bedauerndes Lächeln und wünschte mir Glück. Er glaubte selbst nicht, dass ich bei den Bullen mit meiner Geschichte weit kommen würde. Ich stand auf, und er erhob sich, um mich hinauszubegleiten.

In der Tür drehte ich mich um. »Eines noch, Monsieur. Vielleicht könnten Sie mir sagen, wie lange der Aero Club diese Auster schon hat und von wem er sie gekauft hat? Es könnte in dieser Angelegenheit von einiger Bedeutung sein.«

Sante zögerte und runzelte die Stirn, fragte sich wahrscheinlich, ob diese Information ihm schaden könnte.

»Die Gendarmerie wird die Geschichte des Flugzeugs wissen wollen«, kam ich ihm zu Hilfe.

Zögernd kam Sante zu dem Schluss, dass die Information nicht als Staatsgeheimnis einzustufen wäre. »Wir haben sie 1957 gekauft«, sagte er. »Von einem Mann mit Namen … eh, Monsieur Miere, glaube ich. Er fliegt eines Tages hierher und stirbt am nächsten Tag bei einem Unfall. Sehr tragisch. Das Flugzeug war in

Spanien registriert. Es gehörte Monsieur Miere, und er hat keine Verwandten. Seit seine Angelegenheiten von den spanischen Behörden geregelt sind, gehört das Flugzeug uns. Damals war die Standgebühr und der spanische TÜV nicht mehr gültig, oder wie es dort heißt. Wir machen den spanischen Behörden ein Angebot, und sie akzeptieren.«

»Dann mussten Sie eine Révision Générale machen, bevor Sie sie hier zulassen konnten?«, fragte ich. Die französische Révision Générale entspricht unserer Flugtauglichkeitsbescheinigung oder den jährlichen Inspektionen anderer Länder: In jedem Fall wird das Flugzeug auf Kosten des Besitzers halb zerlegt und penibel daraufhin inspiziert, ob etwas kaputt ist, gerade kaputtgeht oder vielleicht einmal kaputtgehen könnte. Und das ist ziemlich teuer.

»Mais oui. Wir benutzten das Flugzeug bis 1965, als wir aufhörten, Austers zu fliegen und ihre Revision fällig war. Wir haben noch vier Revisionen gemacht.« Er hielt mir die Tür auf, und ich ging bis zur Schwelle.

»Danke, Monsieur«, sagte ich. »Sie waren sehr hilfreich. Sie scheinen alle Details sofort parat zu haben. Ich nehme an, Mr. Charlton hat Sie dasselbe gefragt?« Ganz schön gerissen, Holland.

»Nein«, erwiderte er. »Mr. Charlton hat sich dafür gar nicht interessiert. Er wollte nur wissen, was für Arbeit wir am Flugzeug gemacht haben. Aber andere Leute, die sich für alte Austers interessiert haben, fragten vor nicht allzu langer Zeit nach. Deshalb habe ich in den Akten nachgeschaut. Viele Leute kaufen heute alte Flugzeuge.«

Allerdings. Ich wünschte Sante einen guten Tag, nahm noch ein trauriges, gallisches Lächeln in Empfang und schob mich vorsichtig an dem Jaguar XJ 6 vorbei.

Dann hinkte ich, so schnell meine Hüfte es zuließ, zu dem Simca zurück und jagte ihn über die steile, gewundene Straße das Tal hinab und über die Hügel.

Zwölf Minuten später betrat ich ein abgelegenes Café nahe dem Eingang zum Flugplatz St.-Jean-sur-Saône, bestellte einen Cognac, kaufte ein Brot, etwas Käse und eine Flasche Wein und stieg wieder in den Simca. Ich fuhr die staubige Straße am Rand des Flughafens entlang bis zu einem Wäldchen in der Nähe, parkte den Simca so tief zwischen den Bäumen, wie es nur ging, und richtete mich darauf ein, den ganzen Tag lang das Flugfeld zu beobachten.

Dass Sante den Flugplatz anrief und von meinem Besuch berichtete, war die natürlichste Sache der Welt. Tatsächlich rechnete ich sogar damit. Das war einer der Gründe, warum ich Sante so früh am Tag aufgesucht hatte.

Und wenn dieser Anruf eine zerlegte Auster auf einem Anhänger aufschrecken sollte, wollte ich wissen, wo sie hinfuhr.

Die Frische des Morgens entwickelte sich langsam zu einer brütenden Hitze ohne den geringsten Windhauch. Ich saß mit dem Rücken gegen einen Baumstamm gelehnt und kämpfte gegen die Schläfrigkeit und die Fliegen. Die Sonne brannte von einem diesigen, weiß-blauen Himmel herab und schraubte die Temperatur stetig bis auf etwa 30 Grad im Schatten hoch. Zuerst hielt ich mich wach, indem ich nach den Stechmücken schlug, aber nachdem ich mit der verletzten Hand gegen den Baum geknallt war, gab ich auf und ließ mich lieber von den Stichen vom Schlafen abhalten.

Immer wieder ertappte ich mich beim Eindösen. Dann stand ich auf, stolperte ein paar Minuten lang herum und ließ mich mit schmerzenden Gliedern und in Schweiß gebadet wieder ins Gras fallen. Wenn man zwei Wochen lang kaum zum Schlafen gekommen war, gibt es nichts Anstrengenderes, als an einem heißen Tag nichts zu tun und zu versuchen, wach zu bleiben. Meine Hand pochte bösartig, und als die Stunden vergingen, wurde aus meinem Spannungskopfschmerz ein kleiner Pressluftbohrer im Hinterkopf.

Der Morgen zog sich hin und mündete in einen glühend heißen, schwülen Nachmittag. In meinem Dämmerzustand überlegte ich, dass sich die Schnittwunde in meinem Gesicht womöglich leicht entzündet hatte. Meine Augen weigerten sich, die gleißenden Hangars zu fixieren, und die Geräusche von Flugzeugen fluteten über mich hinweg und zogen sich wieder zurück.

Der Nachmittag schien ewig zu dauern, aber schließlich senkte sich eine messinggelbe Sonne den Berggipfeln entgegen. Die flirrende Hitze ließ im gleichen Maß nach, meine Kopfschmerzen wurden erträglicher, und die Augen funktionierten wieder richtig. Die Luft blieb feucht und stand still, aber nach zehn schrecklichen Stunden in der erbarmungslosen Sonnenglut fühlte ich mich wie neugeboren.

Nach Sonnenuntergang verzog sich das Licht schnell, wie das in südlichen Bergen eben so ist.

Während des ganzen Tages hatte ich keine Spur von einer Auster auf dem Boden oder in der Luft entdeckt, und niemand war mit einem Lastwagen oder Anhänger weggefahren, mit dem er auch nur ein Modellflugzeug hätte transportieren können. Meine stundenlange Wache war Zeitverschwendung gewesen. Der Gedanke daran wirkte etwa so aufmunternd wie eine Tablette Valium.

Als die Hangars mit der aufkommenden Dämmerung verschwammen, stieß ich mich von meinem Baum ab, entknotete meine Glieder und wusch mir den Mund mit lauwarmem Wein aus. Zeit, was zu tun.

Donner grollte über den Bergen im Westen, während ich zum Wagen humpelte.

10

Der Sturm, geboren aus trägen Massen heißer Luft, die unter einer Temperaturinversion eingeschlossen waren, genährt von der geografischen Struktur des Bergzuges, blitzte und grollte, kam immer näher, während ich wie ein Indianer auf Kriegspfad um die Hangars herumschlich. Die fernen Cumulonimbus-Wolken löschten die letzten Flecken Tageslicht von der abgewandten Seite der Hügel und fügten dem ersterbenden Zwielicht einen unheimlichen, purpurnen Schimmer hinzu. Die Luft war schwer und lud sich mit dem herandrängenden Sturm elektrisch auf. Verästelte Blitze tanzten über den Gipfeln, als die Wolken sich mit Millionen Volt statischer Elektrizität entluden.

Ich probierte die zwei größten Hangars auf dem Platz und zog zwei Nieten. Der dritte enthielt zwei mitgenommene, zerlegte Austers, die sich hinter ein paar großen Moranes und einer makellosen Stampe verbargen. Eine Überprüfung im Licht des Feuerzeugs – denn ich wollte meine Anwesenheit nicht hinausposaunen, indem ich das Hangarlicht einschaltete, hatte dummerweise aber auch keine Taschenlampe mitgebracht – ergab, dass keine der Registriernummern die war, nach der ich suchte.

Der letzte Hangar war der kleinste von allen, wenig mehr als ein Schuppen, der gerade genug Platz für ein einziges Flugzeug bot. Ein Brise kam auf, und die ersten, schweren Regentropfen fielen. Ich wartete, bis ein Donnergrollen jedes Geräusch übertönte, und schob mich durch eine kleine Seitentür hinein.

Und da stand sie.

Die Flügel, das Heckleitwerk und das Fahrgestell waren abmontiert und die Einzelteile mit dem Rumpf auf einem Transportanhänger für Rennwagen verzurrt, fertig zum Abtransport.

Mit dem Feuerzeug untersuchte ich sie, so gut es ging. Sie machte nicht viel her – jedenfalls nicht genug, um leidenschaftliche Besitzgier in einem durchschnittlichen Homo sapiens auszulösen. Der blaue und silberne Anstrich auf dem Gewebe war rissig, verblichen und mit Vogeldreck gesprenkelt. Dicke Staubschichten bedeckten alles und zogen hässliche Schmierer, wo die Männer sie beim Zerlegen angefasst hatten. Das Cockpit, das man schemenhaft durch die dreckige Windschutzscheibe erkennen konnte, machte einen vergammelten Eindruck, wie ihn nur Flugzeuge haben, die lange außer Betrieb waren. Ich schielte unter die Motorverkleidung und sah, dass zumindest die Maschine weitgehend unbeschädigt geblieben war, aber die entlang des Rumpfes festgezurrten Tragflächen waren in erbärmlichem Zustand. Der Lack blätterte ab, und der Stoff war an allen möglichen Stellen zerrissen.

Zerrissen? Irgendetwas war seltsam an diesen Rissen.

Ich untersuchte sie im Licht des Feuerzeugs und verfluchte meine Dummheit, keine Taschenlampe mitgebracht zu haben, weil dem verdammten Ding langsam das Gas ausging. Ich hatte gerade noch genug Licht, um einige der Schlitze zu betrachten. Sie waren alle mit einem Messer gemacht worden – und zwar erst vor kurzem.

Wenn man ein altes Flugzeug kauft, ist es nicht unüblich, hie und da das Gewebe aufzuschneiden. Es ist leicht zu reparieren, und man kann einen Blick auf die tragenden Teile darunter werfen. Ein technischer Inspektor wird oft solche Schnitte verlangen, damit er einen Spant oder etwas in der Art begutachten kann. Aber diese Schnitte waren etwas eigenartig. Sie waren völlig willkürlich verteilt. Ich kletterte auf den Rand des Anhängers und sah im ersterbenden Flackern des Feuerzeugs, dass das Heckleitwerk, das neben dem Rumpf verstaut war, ähnliche Einschnitte aufwies.

Ich stand eine Weile im Dunkeln und versuchte, daraus schlau zu werden. Die ersten vereinzelten Regentropfen waren zu einem stetigen, kräftigen Trommeln auf dem Blechdach angeschwollen, und die Blitze verwandelten das einzige Fenster regelmäßig in ein bläulich weißes Rechteck. Donner grollte und rumpelte jetzt fast ununterbrochen.

Es war reines Glück, dass ich das leise Schaben von draußen gerade noch rechtzeitig hörte, um hinter der nächsten Ecke in Deckung zu gehen, bevor die Tür aufging. Die dunkle Silhouette eines Mannes trat ein, und er zog die Tür hinter sich zu.

Die Sten-Maschinenpistole verfügt über eine Vielzahl von Vorteilen. Sie ist billig, robust und vergleichsweise leicht. Sie verträgt praktisch jede 9-mm-Munition, die man ins Magazin packen kann, und spuckt sie mit einer Rate von dreißig Schuss in 2,4 Sekunden aus. Sie hat die übliche Maschinenpistolen-Krankheit, dass sie beim Feuern nach rechts oben zieht, aber mit dreißig 9-mm-Geschossen zwischen sich und dem Ärgernis sind kleinere Zielungenauigkeiten nicht so bedeutsam.

Wenn man den Lauf abnimmt, was etwa drei Minuten in Anspruch nimmt, hält man ein ziemlich gewöhnlich aussehendes Rohr von etwa 20 Zentimetern Länge in der Hand. Man kann ihn plombieren und dann ein kleines Loch durchbohren, um Rückstoß zu bekommen, und dann ist es ein ideales Zirkusrequisit, das Platzpatronen von Messrs. Parabellum mit Plastikkappen abfeuert. Und wenn Sie den richtigen Mann in Watford kennen, schaltet der seine Drehbank ein und macht einen neuen, nicht plombierten Lauf, der leicht hinter die Fahrwerksverkleidung einer Stampe passt und Ihr Zirkusrequisit wieder in eine tödliche Waffe verwandelt, wenn Sie mal zehn Minuten Zeit erübrigen können. Scharfe 9-mm-Munition für die Sten bekommt man auch ohne Waffenschein bei einigen weniger gewissenhaften Waffenhändlern in London.

Ein anderer Vorteil der Sten ist, wenn man sie spannt, dann klingt sie genau nach dem, was sie ist. Sie macht nicht klick wie eine windige Pistole. Die schwere Kolbeneinheit macht kerrtschuck-wack und sichert Ihnen die ungeteilte Aufmerksamkeit Ihrer Zuhörerschaft, noch bevor Sie den Mund aufmachen.

Es sicherte mir jedenfalls die Aufmerksamkeit meines samtpfotigen Besuchers. Als ich den Spannhebel zurückzog, wurde es auf der anderen Seite des Schuppens plötzlich vollkommen still. Ich konnte mir vorstellen, wie er in geduckter Haltung in der Dunkelheit verharrte, während die Adrenalinpumpe auf Hochtouren arbeitete und sein Gehirn langsam wieder in Schwung kam.

»In Ordnung, Freundchen«, sagte ich sanft. »Gehen Sie rüber zum Fenster.«

Nichts geschah. Er wollte nicht vor der einzigen Lichtquelle im Schuppen stehen, selbst wenn sie nicht allzu viel Licht ausstrahlte. Ich vernahm ein leises Rascheln von Stoff auf Stoff, gerade als ein neuer Donnerschlag zu grollen begann, bevor er richtig ausbrach.

»Tun Sie's nicht!«, schrie ich.

Der Donner krachte.

Ich feuerte.

In dem beengten Raum machte die Sten einen ohrenbetäubenden Lärm, obwohl man ihn hundert Meter weiter wahrscheinlich gar nicht gehört hätte wegen des ganzen Gedonners. Die Mündungsblitze beleuchteten meinen Gegner mit einem eigenartigen Stroboskopeffekt. Als ich über seinen Kopf hinwegfeuerte, hatte ich einen zeitlupenartigen Charlie-Chaplin-Eindruck, wie er sich zu Boden warf und etwas Metallisches in seiner rechten Hand auftauchte. Ich hörte auf zu schießen und sprang zur Seite, ohne mit irgendetwas zusammenzustoßen. Ich hörte das trockene Knallen einer großkalibrigen Pistole.

Er schoss daneben.

Der Donner verhallte.

Die Stille wummerte in meinen Ohren, während wir beide reglos in der Dunkelheit kauerten und unseren nächsten Zug überlegten. Ich ließ die Spannung langsam anschwellen, bevor ich den

Kopf wandte und zu der nächsten Ecke des Schuppens sprach, sodass er nicht genau sagen konnte, woher meine Stimme kam.

»Freundchen, Sie haben fünf Sekunden, bevor ich den Teil des Schuppens, in dem Sie sich befinden, mit der Kanone hier bearbeite. Die einzige Möglichkeit, wie Sie das verhindern können, Sie nehmen Ihre Taschenlampe raus und beleuchten damit ganz vorsichtig Ihre Schusshand. Wenn sie auch nur einen Sekundenbruchteil in meine Richtung leuchtet, schieße ich. Ich zähle nicht laut. Sie können genauso gut wie ich bis fünf zählen.«

Eine betäubende Stille entstand, während er nachdachte. Dass er überhaupt nachdachte, hieß, dass er ein sehr mutiger Mann war. Er wusste jetzt, dass ich eine Maschinenpistole hatte, und Typen, die die letzten Sekunden ihres Lebens mit der Überlegung verstreichen lassen, ob sie in einem dunklen Raum mit einer Pistole gegen eine automatische Waffe ankommen, dürften ziemlich rar sein.

Es war mir ernst. Mit diesem Kerl ging ich kein Risiko ein. Meine stumme Zählung kam bei fünf an, und ich begann, den Abzug durchzuziehen, als er sprach. »In Ordnung«, sagte er – ziemlich ruhig in Anbetracht der Umstände. Die Stimme war von der Art, wie sie in Büchern als »kultiviertes Englisch« bezeichnet wird. »Nicht schießen. Ich ziehe jetzt die Taschenlampe heraus.«

Ich hielt den Druck am Abzug.

»Ich habe jetzt die Taschenlampe«, sagte er vorsichtig. »Und nun schalte ich sie ein … jetzt.«

Die Lampe ging an, mit dem Lichtkegel nach unten, und bewegte sich langsam aufwärts, bis sie seine linke Hand beleuchtete, die einen stumpfen Revolver hielt, den er klugerweise auf den Boden gerichtet hatte.

»Jetzt beugen Sie sich langsam vor und legen die Waffe auf den Boden«, befahl ich. »Legen Sie die Taschenlampe so hin, dass sie den Revolver beleuchtet. Dann gehen Sie langsam hinüber zum Fenster.«

Er tat wie befohlen, und ich bewegte mich vorsichtig um den Anhänger herum, steckte seine Pistole ein und hockte mich auf das Rad. Ich hielt die Taschenlampe unbeholfen in meiner lädierten Hand und leuchtete ihm direkt ins Gesicht.

»Also schön, Mr. Haydon«, sagte ich. »Da Sie anscheinend unbedingt mein Flugzeug haben wollen, sollten wir jetzt wohl unsere Unterhaltung fortsetzen.«

Draußen schob sich der Urvater aller Cumulonimbus-Wolken über den Flugplatz und entledigte sich seines nassen Inhalts. Donner rollte und krachte, und der Regen trommelte auf das Blechdach wie eine Kolonne gepanzerter Fahrzeuge. Ich musste schreien, um gehört zu werden. Haydons Gesicht blieb im Strahl der Taschenlampe ungerührt.

»Beispielsweise«, sagte ich, »könnten Sie mir erzählen, warum Sie gar so scharf auf diese Maschine sind. Was ist so Besonderes daran? Was ist darin versteckt?«

Im schlechten Licht konnte ich nicht sicher sein, ob er eine Regung zeigte, aber seine Silhouette blieb wie aus Granit gemeißelt. Er sagte nichts.

Ich versuchte es noch einmal. »Wahrscheinlich bilden Sie sich ein, dass ich Ihnen nichts tue, wenn Sie den Mund halten.« Ich musste gegen ein weiteres Donnergrollen anbrüllen. »Da irren Sie sich gewaltig. Ich werde vielmehr gleich Ihre Füße in Stücke schießen, wenn Sie nicht sehr bald und sehr überzeugend zu reden anfangen.«

Die Silhouette bewegte sich leicht. Aber er war immer noch ein tapferer Mann. »Ich weiß nicht, wovon Sie reden«, sagte er ruhig. »Ich habe dieses Flugzeug von Mr. Charlton gekauft, und ich habe Papiere, die das beweisen. Sie können nicht beweisen, dass ich eine Waffe hatte, und die Polizei wird sich bestimmt dafür interessieren, dass Sie Leute mit dem Ding da angreifen.«

So kamen wir nicht weiter. Ich schob das Schloss der Sten mit dem Daumen auf »Einzelfeuer«. Es gab ein Klicken, das den Regen übertönte.

»Haydon, Sie haben versucht, mich durch einen Flugzeugabsturz umzubringen. Sie haben versucht, meine Auster zu stehlen. Wenn Sie mir nicht sofort sagen, warum, schieße ich beim nächsten Donner auf Ihre Füße.«

Im gelben Licht beobachtete ich, wie er darüber nachdachte und seine Fluchtchancen berechnete. Er schien zu dem berechtigten Schluss zu gelangen, dass er keine hatte.

Über das Trommeln des Regens legte sich der nächste grollende Donner. Ich hob die Sten.

»Also gut«, sagte er schnell und deutlich, »vielleicht können wir uns eini…«, ein Donnerschlag verschluckte seine Worte.

Er hätte auch fast das gar nicht heimliche Öffnen der Tür verschluckt. Fast – aber nicht ganz.

Ich schwang herum, und ein suchender Scheinwerferstrahl erwischte mich voll im Gesicht. Durch die plötzliche Bewegung verlor ich das Gleichgewicht auf dem Rad. Ich stieß mit dem linken Bein aus, um mich zu halten, und meine Hüfte gab mit einem stechenden Schmerz nach. Im Fallen hörte ich das Krachen einer Pistole und fühlte den heißen Luftzug einer Kugel an meinem Ohr. Ich zog den Abzug der Sten durch und zielte wild auf die Taschenlampe, die von der Tür auf mich zukam. Da sie auf »Einzelfeuer« gestellt war, knallte sie genau einmal. Aus dem Augenwinkel sah ich, wie Haydon vor dem Rechteck des Fensters abtauchte. Ich schob die Sten wieder auf Automatik und versuchte zu zielen … und dann krachte etwas direkt über der frischen Naht gegen meinen Schädel.

Kein Schmerz. Nur ein unangenehmer, schmerzender Hieb, der auf hinterhältige Weise von weit her zu kommen schien. Der Lichtstrahl auf meinem Gesicht verengte sich zu einem Stecknadelkopf, und eine dünne Stimme klang aus weiter Ferne: »Nicht schießen, er ist k.o.«

Dann umfing mich die Schwärze.

Sie hielt mich nicht lange gefangen. Das Bewusstsein sickerte zunächst in Form von Geräuschen wieder durch, Laute von Männern, die sich irgendwo in weiter Ferne bewegten. Langsam kamen sie näher und wurden schließlich zu scharrenden Füßen neben meinem Kopf. Ich öffnete die Augen. Schwärze. Was bedeutet das? Muss auf dem Rücken liegen, zur Decke schauen. Ich versuchte, den Kopf zu drehen. Die Bemühung schien lediglich einen gewaltigen Anfall von Übelkeit zu bewirken. Ich fügte mich, lag völlig still und überlegte, was geschehen war. Das Nachdenken tat einem Mann in meinem Zustand nicht besonders gut, aber es war immerhin viel besser als Bewegung.

Haydon hatte mich offenbar niedergeschlagen, während ich versuchte, die Sten auf ihn zu richten. Ich wusste nicht, was er dazu benutzt hatte, aber so, wie es sich anfühlte, war es nicht viel größer als ein Doppeldeckerbus. Anscheinend hatte ich eine leichte Gehirnerschütterung. Das Gefühl, von allem losgelöst zu sein, und die Übelkeit waren mir aus trüber Erfahrung nur allzu bekannt. Für den Augenblick keine Ausbruchspläne für Ken Holland.

Eine Zeit lang hörte ich nur die Geräusche der beiden Männer, die daran arbeiteten, die Auster am Trailer fest zu verzurren.

Wellen von Übelkeit kamen über mich und zogen sich wieder zurück. Mein Schädel begann wild entschlossen von tief innen heraus zu pochen und stellte sich anscheinend darauf ein, die nächsten ein oder zwei Jahrzehnte zu schmerzen.

Nach einigen Äonen hörte ich zwei uralte Torflügel quietschen. Von meinem Platz aus, den Blick in einer dunklen Ecke nach oben gerichtet, konnte ich nichts erkennen. Aber ich spürte, wie die kalte, nasse Nacht in den Schuppen eindrang. Dann sprang ein Motor mit dem trockenen, kraftvollen Grollen einer niederverdichtenden Benzinmaschine an. Als das Fahrzeug zum Schuppen zurücksetzte, hörte ich einen singenden Getriebelaut, der vertraut klang. Ein Landrover, mit ziemlicher Sicherheit. War nicht weiter überraschend. Gutes Zugfahrzeug. Hätte es für diesen Zweck auch ausgesucht.

Der Rover stieß zurück, bis der Auspuff in der Enge des Schuppens aufröhrte, und hielt dann an. Ich hörte, wie der Anhänger hinausgezogen und angekuppelt wurde. Dann wieder Stimmen und näher kommende Fußtritte. Ich schloss die Augen. Der Farbeindruck meiner Netzhaut wechselte von Schwarz zu Rot, als jemand eine Taschenlampe auf mich richtete.

»... nicht hier lassen«, sagte Haydons Begleiter. »Wir müssen irgendwas mit ihm machen.«

»Gut, nehmen wir ihn mit.« Haydons Stimme wieder. »Aber wir müssen ihn umlegen und sichergehen, dass ihn niemand findet. Den lass ich nicht laufen. Er ist ein lästiger Bastard. Bring ihn in den Landrover, und deck ihn zu.«

Grobe Hände packten mich unter den Achseln und drehten mich um. Eine große Schmerzblase explodierte in meinem Kopf, aber ich blieb bei Bewusstsein, als zwei andere Hände meine Beine unterhalb der Knie packten und ich hochgehoben wurde. Der Schmerz schlug Purzelbäume, während Haydon und Co. mich zum Landrover schleiften – und dann taumelte meine kleine Welt und geriet aus den Fugen.

Als ich wieder zu Bewusstsein kam, lag ich zusammengesunken mit den Beinen unter mir und dem Kopf auf den linken Arm gebettet. Eine feuchte Decke landete wie zehn Zentner Backsteine auf mir, und der Landrover schaukelte, als jemand aus der Hecktür sprang.

Der Regen trommelte seinen Trauermarsch auf das Stoffverdeck. Ich konnte nicht so liegen bleiben, also musste ich mich abermals an der Aktion »Bewegung« versuchen und begann vorsichtig, meine Beine zu verlagern. Ich schmeckte Galle in meiner Kehle, aber die schlimmste Übelkeit war vorüber und machte dem Kopfschmerz wieder Platz. Ich zog die Füße hervor.

Dann wieder Haydons Stimme, leise und so nahe, dass ich erstarrte.

»Es kommt näher«, sagte er. »Ich glaube, es ist jemand zu Fuß, mit einer Taschenlampe.«

Dann eine Pause, ein weiterer Donnerschlag und unter dessen Schutz unternahm Holland einen weiteren Versuch, sich zu entfalten, bevor das Blut genug davon hatte, um alle Ecken zu fließen. Der Donner verhallte, ich hielt inne, und Haydon sprach wieder. »Wahrscheinlich hat der Flugplatz-Manager gemerkt, dass wir abhauen wollen. Wenn er Schüsse gehört hätte, hätte er die Polizei gerufen und die kämen nicht mit einer einzigen Taschenlampe hier an. Hör zu, ich gehe rüber und rede mit ihm. Wenn du siehst, dass die Lampe sich nicht mehr bewegt, gib mir ein paar Minuten und fahr dann zu uns rüber. Dann werd ich genug Zeit haben, um mit ihm zu reden. Ich sag ihm, dass ich gerade zu seinem Haus wollte, um mich zu verabschieden. Und wenn du kommst, steig ich einfach ein, und wir fahren los. Sieh zu, dass Holland ruhig bleibt. Wenn es Schwierigkeiten gibt, müssen wir weg, egal wie, also pass auf. Mit ihm hinten drin können wir es uns nicht leisten, angehalten zu werden.«

Der andere Mann grunzte, und ich schaltete mein benebeltes Hirn auf Vollgas. »Sieh zu, dass Holland ruhig bleibt« klang nach einem weiteren Schlag auf Hollands Kopf, nur zur Sicherheit. Ich erwartete tatsächlich, dass Haydons netter Freund sofort auf die Ladefläche springen und mir mit dem Revolverknauf den Rest geben würde. Aber er tat es nicht, also wartete ich auf den nächsten Donnerschlag und zog mich unter der Plane auf die Knie. Meine schwarze Welt schwankte, und ein Gypsy Major startete in meinem Schädel mit ein paar Fehlzündungen.

Das Donnern flachte ab, und ich hörte draußen leise Bewegungen. Die Plane rutschte mir knisternd über den Rücken herunter, als ich mich nach der Hecköffnung umdrehte und für Hollands letztes Gefecht bereitmachte.

Keine Spur von einem Mann mit einem stumpfen Gegenstand.

Ich fragte mich, was ihn aufhalten mochte. Ein Blitz erhellte das offene Heck des Landrovers und zeigte die auf den Trailer geschnallte Auster. Ich wartete, und als es noch einmal donnerte, hockte ich mich auf einen Radkasten und warf einen vorsichtigen Blick um die Verdeckplane herum. Der Regen prasselte mir auf den Kopf.

Nichts als Dunkelheit. Nicht einmal die Taschenlampe, die Haydon Sorgen bereitet hatte. Sehr verwirrend.

Dann zischte ein weiterer verästelter Blitz über das Flugfeld, und einen Augenblick lang erstrahlte alles in einem elektrisch blauen Neonlicht.

In einer Momentaufnahme sah ich Haydons Partner, der etwa fünf Meter entfernt mit dem Rücken zu mir stand – dann erlosch der Blitz, und es wurde finsterer denn je. Der Regen trommelte mit neuer Heftigkeit auf die Verdeckplane, und der folgende Donnerschlag war der bislang stärkste.

Ich zögerte. Konnte ich darauf bauen, dass mein Bewacher seine Pflichten lange genug vernachlässigte, damit ich einfach in die Dunkelheit spazieren und unauffindbar bleiben würde? Es schien nicht sehr wahrscheinlich, zumal ich mich kaum fit genug fühlte, ein paar Meter weit zu kriechen, vom Spazierengehen ganz zu schweigen. Andererseits war ich auch der Aufgabe, ihn anzuspringen und die Kehle rauszureißen, nicht ganz gewachsen. Ich wälzte immer noch schwerfällige Gedanken, als mir die Entscheidung abgenommen wurde.

Die Dunkelheit vor mir verdichtete sich plötzlich, und ich nahm schemenhaft Kopf und Schultern wahr und eine Kanone, die hochschwang. Ich langte verzweifelt danach und streifte sie mit den Knöcheln meiner rechten Hand. Er versuchte eine ungezielten linken Schwinger, um mich abzuwehren.

Und wie durch ein Wunder entglitt ihm die Pistole. Sie klapperte beim Fallen metallisch gegen die Zugstange des Anhängers.

Ich warf mich aus dem Heck des Landrovers auf ihn drauf, und er erwischte mich mit einem harten Schlag unter dem linken Ohr. Ich fiel auf die Zugstange wie ein Sack Kartoffeln, mein Kopf dröhnte, und ich sah Sterne. Die Zugstange bohrte sich schmerzhaft in meinen Rücken – und der Mann landete auf mir. Mir war, als wäre ich unter einen Bulldozer geraten, und mein Bewusstsein begann zu schwinden. Meine linke Hand sackte hinter der Stange herunter.

Direkt auf die Pistole drauf.

Schläge regneten auf meinen Kopf und Hals herunter, aber ich spürte sie nicht mehr. Ich fühlte mich wie in einem gigantischen Betonmischer, aus dem ich nie wieder herauskommen würde … Gott, lass es bloß für einen Moment aufhören, damit ich meinen Finger auf den Abzug legen kann … die Hand bandagiert, fummelt ungeschickt herum, nur nicht fallen lassen! – Und dann hatte ich sie. Finger am Abzug und den Daumen um den Griff.

Die Welt verschwamm.

Ich hob die Pistole bis etwa in Höhe meines Ohres und drückte ab.

Es gab einen ohrenbetäubenden Knall, und ein Ruck ging unter dem Einschlag der Kugel durch den Mann hindurch. Er schlug mir voll ins Gesicht, und ich feuerte wieder so nahe an meinem Kopf los, dass ich den beißenden heißen Pulverdampf auf meiner Wange fühlte und jedes Geräusch von einem dumpfen Klingen in meinen Ohren erstickt wurde.

Seine Last fiel von mir ab.

Dann blitzte es wieder, und ich erblickte seine Silhouette. Er stand immer noch auf den Füßen und taumelte mit eingezogenem Kopf auf mich zu wie ein angreifendes Tier.

Wieder Finsternis. Mühsam, wie in Zeitlupe, nahm ich die Pistole in die gesunde Hand und feuerte, so schnell ich konnte, in die Richtung, wo ich ihn zuletzt gesehen hatte. Ich hörte das Knallen wie aus weiter Ferne und sah ihn im Mündungsfeuer krampfhaft zucken, wenn die Kugeln einschlugen.

Als ich zum letzten Mal abdrückte, gab es keinen Knall und keinen Rückstoß. Aber da war es auch schon egal.

Während mein Bewusstsein auf und ab wogte, stemmte ich mich von der Zugstange hoch. Was immer Haydon gerade tun mochte, er musste die Schüsse gehört haben und würde schleunigst nachsehen, was zum Teufel eigentlich los war. Ich wollte Haydon nicht mit einer leeren Pistole in der Hand begegnen, also hieß es sich in Bewegung setzen.

Die Frage war nur, wohin? Wegrennen hatte keinen Sinn: Ich würde zusammenbrechen, bevor ich zehn Schritte weit kam. Ich dachte flüchtig daran, die Leiche nach Munition oder den Landrover nach meiner Sten zu durchsuchen, kam aber zu dem Schluss, dass dazu keine Zeit blieb. Ich schlingerte wie betrunken und hielt mich an der Auster fest, während ich am Trailer vorbeitaumelte und mich schließlich darunter rollte. Strategisch entsprach das in etwa Custers letztem Gefecht – aber vielleicht kam Haydon nicht darauf, dass ich etwas so Verrücktes versuchen würde. Egal, ich hatte nicht mehr die Kraft, etwas anderes zu tun.

Ich hatte richtig vermutet, dass er nicht lange auf sich warten lassen würde. Kaum war ich unter dem Anhänger verschwunden, als er auch schon angesprintet kam. Ziemlich unvorsichtig – schließlich hätte er direkt den Gendarmen in die Arme laufen können oder, schlimmer noch, mir mit einer geladenen Pistole.

Er hatte sogar die Taschenlampe eingeschaltet. Ich sah das Licht auf und ab tanzen, während er rannte, und dann plötzlich stillstehen, als es den Körper seines Kumpans beleuchtete. Ich wünschte mir in diesem Augenblick so sehr, dass ich eine geladene Pistole hätte, denn im Wiederschein der Taschenlampe war er das reinste Kanonenfutter, wie er so neben den sterblichen Überresten kniete.

Einen Augenblick später stand er auf, und der Lichtkegel der Taschenlampe durchschnitt in weitem Bogen die Nacht, während er nach mir Ausschau hielt. Ich wappnete mich gegen die unvermeidliche Entdeckung.

Doch statt weiterzusuchen, beugte er sich wieder hinunter, um die Leiche seines Partners in einem ungeschickten Feuerwehrgriff hochzuheben und hinten in den Landrover zu packen.

Dann sprang er hinters Steuer, ließ den Motor an und fuhr mit ausgeschalteten Scheinwerfern so schnell los, wie man mit einer Leiche und einer Auster auf dem Anhänger in einem Landrover nur fahren kann.

Ich war so überrascht, dass ich mich nicht rechtzeitig duckte und der Rahmen des anfahrenden Trailers meinem leidgeprüften Schädel einen weiteren Schlag versetzte.

Das Letzte, was ich hörte, bevor ich ohnmächtig wurde, war ein weit entfernter, dumpfer Knall.

Eine Stimme schnarrte: »Ken, komm schon.« Sie klang etwa zwölf Kilometer entfernt.

Es war mir ja inzwischen zur deprimierenden Routine geworden, wie vom Grund eines Morastes aufzutauchen und quälend langsam wieder in den Besitz meiner Sinne zu gelangen, bis ich endlich halbwegs bei Bewusstsein war.

Alles war rot. Ich versuchte, dieses Phänomen zu erklären, aber damit war mein Hirn noch überfordert. Also öffnete ich die Augen, um den Grund herauszufinden. Eine grelle Taschenlampe leuchtete mir direkt ins Gesicht. Ich schloss die Augen wieder. Die Stimme schnarrte weiter, drängend jetzt, und einen Augenblick später schob sich etwas zwischen meine Lippen. Ich verschluckte mich und hustete, was mir stechende Schmerzen hinter den Augen verursachte.

Scotch. Wusste der Was-weiß-ich-wer denn nicht, dass Scotch für Leute mit Gehirnerschütterung schädlich war?

»Keinen Alkohol«, sagte ich. »Gehirnerschütterung.«

Jedenfalls wollte ich das sagen. Bei meinem Allgemeinzustand, die Kehle voll Whisky und im Mund ein Flaschenhals, klang es eher wie ablaufendes Wasser in einer Badewanne. Doch immerhin erfüllte es seinen Zweck. Die Flasche wurde zurückgezogen, und Whisky lief über meinen Hals.

Eine vertraute, knarrende Stimme fragte: »Geht's wieder?« Und ich erkannte sie. Jedrow. Der kleine, rundliche, überschwängliche und wundervolle alte Geschwaderkommandeur James Jedrow, D.S.O., D.F.C. and Bar, M.C.

»Was zum Teufel tun Sie hier?«, murmelte ich.

»Nicht reden. Wir müssen uns auf die Socken machen. Können nicht die ganze Nacht hier bleiben, oder? Freund von mir wartet im Wagen. Wir müssen gehen. Können Sie sich auf mich stützen, geht das?«

Es ging überhaupt nicht, weil mir auch nicht annähernd nach so etwas Anstrengendem wie Gehen zu Mute war. Andererseits hatte er Recht: Wir konnten nicht die ganze Nacht hier bleiben. Weil es zum Beispiel wie aus Kübeln schüttete.

Er stand auf und zog mich mit hoch. Ich hing mit dem Arm um seinen Hals, und wir torkelten über den finsteren Flugplatz, während der Regen auf uns niederprasselte. Immer wieder stieß ich gegen etwas Hartes in seiner Tasche.

Ich fühlte mich, als wären wir zehn Kilometer weit gelaufen, nachdem wir endlich auf eine betonierte Ebene stießen. Jedrow stieß mit krächzender Stimme ein »Hierher!« aus, als ob er ein Rudel Jagdhunde auf einen Fuchs hetzen wollte. Die Standlichter eines Wagens leuchten ein paar Schritte weiter vorne.

Ich hörte, wie sich eine Tür öffnete, dann packte mich ein zweites Paar Hände unter den Achseln, und wenige Sekunden später saß ich im Wagen. Es war ein großer Citroën, und im Licht der Innenraumlampe konnte ich einen kurzen Blick auf Jedrows Freund werfen. Er schien recht groß zu sein, trug einen alten Regenmantel und ein schwarzes Barett.

Mir flackerte kurz die Frage durch den Kopf, was er wohl mit Jedrow zu tun hatte, was Jedrow überhaupt hier zu suchen hatte und was der harte Klumpen in seiner Tasche sein mochte. Dann überwältigten mich Wärme und Trockenheit, und meine Gedanken verflüchtigten sich. Ich spürte nicht einmal mehr, wie wir anfuhren.

11

Ich klammerte mich mit aller Kraft meiner Hände an die Strickleiter, während die Erde unter mir sich wie ein verrückt gewordener Kreisel drehte. Ich sah hoch zu der trudelnden Tiger, während Ted sich seitlich heraus beugte und sagte: »Sie hört erst auf zu trudeln, wenn du wieder reinkommst!« Ich versuchte, die Leiter hochzuklettern, aber sie schwang durch die Fliehkraft des drehenden Flugzeugs nach außen, und ich schaffte es nicht, und der Boden kam immer näher. Ich prallte auf, und die Tiger kreiselte auf mich herunter, der Rumpf wurde größer und größer und traf endlich meinen Kopf …

Ich schrie auf und erwachte.

Ich war sofort bei klarem Bewusstsein. Ich lag in einem weißen Bett in einem weißen Zimmer, und jemand betupfte meinen Kopf mit etwas Kühlem. Dieser Jemand war ein hübsches Mädchen mit langem, schwarzem Haar. Sie hatte tiefblaue Augen und einen großen Mund. Dann stimmte es also doch: Es gab einen Himmel. Aber dann fiel mir ein: Wenn es einen Himmel gab, würden sie mich nicht hineinlassen. Nein, das hier musste die gute alte Mutter Erde sein, und in diesem Fall sollte ich etwas sagen.

»Hallo«, sagte ich. Eine brillante Einleitung, der ich sicher einen noch schlagfertigeren Geistesblitz folgen lassen müsste.

»Hallo«, sagte das Mädchen. »Halten Sie still.«

Sie hatte auch eine wundervolle Stimme. Man sprach Englisch mit einem bezaubernden französischen Akzent. Ich hielt still. Sie hörte auf, meinen Kopf zu betupfen, und ein Stück blutgetränkter Watte entschwand meinem Gesichtsfeld. Ich beobachtete sie, während sie sich zurücklehnte und sorgfältig ein Stück Gaze zurechtzupfte, es auf zwei Streifen Heftpflaster klebte und sich vorbeugte, um das Ganze auf meiner Stirn anzubringen.

»Wo bin ich?«, fragte ich. Das war zwar nicht gerade geistreich, aber ich begann mir über diesen Punkt Sorgen zu machen. Wenn ich im Krankenhaus war, würde ich einiges erklären müssen, und in dem Fall schien es angebracht, einen plötzlichen Rückfall zu haben, damit ich mir etwas ausdenken konnte.

»Ich bin Louise Lubec«, antwortete das Mädchen. »Sie sind im Haus meines Vaters. Sie kamen mit Geschwaderkommandeur Jedrow und meinem Vater. Ich hole jetzt Hauptmann Jedrow.«

Und ohne die Spur eines Lächelns nahm sie die Schüssel von einem Tisch neben dem Bett und verschwand.

Ich schaltete mein Hirn auf Leerlauf. Wenn Jedrow hier war, würde er die Erklärungen abgeben, und es gab keinen Grund, meine Gehirnzellen zu überanstrengen. Sie waren in letzter Zeit genug überanstrengt worden. Ich sah mich im Zimmer um. Es war sauber und aufgeräumt, weiß mit cremefarbener Decke. Ein paar Bilder hingen an der Wand, hauptsächlich Landschaften. Die einzige Ausnahme war das Gemälde eines Flugzeugs, die sehr originalgetreue Abbildung einer Vorkriegs-Morane, eines Zweisitzers mit der Kennzeichnung »Armée de l'Air«.

Jedrow kam zehn Minuten später. Er trug seine üblichen ausgebeulten Flanellhosen und eine Wolljacke. Ich schaute auf seine Hosentaschen. Keine harten Ausbuchtungen.

»Hallo, Ken, mein Junge«, begrüßte er mich fröhlich. »Wieder mal daneben gehüpft?«

Ich warf ihm einen säuerlichen Blick zu. Die Schmerzen und Wehwehchen meldeten sich zurück, während sich die letzten Schleier des Schlafes lüfteten. Ich fühlte mich, als wäre ich die Matterhorn-Nordwand hinuntergeschliddert, ohne unterwegs auch nur einen einzigen Felsen zu verfehlen. Ich zog mich zum Sitzen hoch.

»Ich wollte mich für letzte Nacht bedanken«, begann ich.

Er winkte beiläufig ab.

»Außerdem«, fuhr ich fort, »möchte ich wissen, wie Sie mich gefunden haben und wie Sie in null Komma nichts mit den anderen Typen fertig geworden sind.«

Das Grinsen des alten Knaben reichte von einem Ohr zum anderen, als hätte er mich gerade mit einem Paar Zweien aus dem Spiel geblufft.

»Ich sage Ihnen, warum ich dort war, wenn Sie mir sagen, warum sie mit einer Maschinenpistole hinter diesem Haydon her waren.«

Mir klappte der Unterkiefer herunter, und ich kam mir ziemlich dämlich vor. Raffinierter Holland, die Munition und den Lauf im Fahrwerk zu verstecken, wo sie keiner findet.

»Woher wissen Sie das?«, fragte ich dumm.

»War doch sonnenklar«, meinte er fröhlich. »Das Ding hätte doch besser in den Jaguar gepasst – kein Grund, es in die Stampe zu quetschen, außer, Sie brauchten es für einen besonderen Zweck. Und als Sie gestern früh verschwunden sind, war das Ding auch weg, also hatten Sie es mitgenommen. Und der Grund konnte nur der sein, dass Sie Freund Haydon eins auswischen wollten – die Wachtelsaison ist hier nämlich schon vorbei, wissen Sie.«

Ha, ha. Ich sank in die Kissen zurück und versuchte, das Ganze auf die Reihe zu kriegen. Ich war nicht in Stimmung für Katz-und-Maus-Spielchen.

»Okay, Jedrow«, sagte ich. »Ich erzähle Ihnen meinen Teil, und dann sagen Sie mir, was Sie wissen. In Ordnung?«

Er nickte unverbindlich und setzte sich auf die Bettkante, ganz Ohr.

»Der Hauptgrund, warum ich hinter Haydon her war«, sagte ich müde, »ist, dass er Bill Charlton ermordet hat.«

Das war ein Schock für ihn. Die Überbleibsel seines Grinsens fielen ihm aus dem Gesicht, und er sah aus, als hätte ihm jemand aus dem Hinterhalt mit einem Sandsack eins übergebraten. »Ermordet? Ermordet?« Langsam kapierte er es. »Aber … aber Charlton ist an Lebensmittelvergiftung gestorben. Sie waren doch selbst bei der Anhörung. Sie … Sie … was?« Die Worte fehlten ihm.

»Er ist nicht an Lebensmittelvergiftung gestorben«, sagte ich. Ich hörte meine Stimme wie aus weiter Ferne. »Wegen der Lebensmittelvergiftung wurde ihm übel – gestorben ist er bei dem Absturz.« Ich schwieg einen Moment, um meine Gedanken zu sammeln, dann fuhr ich fort. »Ich fange ganz von vorne an. Als Haydon mir die Auster abkaufen wollte, bot er mir zu viel Geld – und er hat mich angelogen. Als ich mit ihm gesprochen hatte, war mir das noch nicht bewusst, aber später dämmerte es mir, denn er behauptete, er hätte meinen Namen von den Leuten in Mont Vivaral erfahren. Das jedoch war unmöglich, denn sie kannten mich überhaupt nicht. Also überlegte ich, woher er ihn haben konnte. Ich habe mich in Redhill erkundigt und erfahren, dass er am Nachmittag vor dem Absturz mit Bill gesprochen hatte. Pete Haig im Tiger Club sagte, er habe einen Mann von Haydons Beschreibung mit Bill im Klubrestaurant essen sehen. Da hat er ihm die vergiftete Pastete untergejubelt. Eine andere Erklärung gibt es nicht.«

Jedrow wollte mit seiner schlaffen Hand Einspruch erheben: »Aber …« Seine Stimme war schwach.

»Seien Sie ruhig, und hören Sie zu! Haydon hat Bill vergiftet und mich belogen, um seine Spuren zu verwischen. Und danach hat er sich an unserer Tiger zu schaffen gemacht und den Absturz in Sandown verursacht. Splinte fallen nicht so mir nichts, dir nichts von selbst heraus – ich schätze, sein kleiner Freund hat sich mit einer Zange an der Kiste betätigt, als gerade keiner hinsah. Der Groschen ist bei mir erst später gefallen. Denn als ich mir nach dem Absturz die Tiger angesehen habe, da fiel mir plötzlich wieder ein, dass ich ihn in der Menge gesehen habe, mit Sonnenbrille und einem grellen Hemd verkleidet. Wollte sehen, ob es funktionierte, der Bastard.«

Ich hielt inne, damit der alte Knabe auch Schritt halten konnte. Er sah wieder aus wie vom Sandsack getroffen. Er schluckte ein paar Mal schwer und versuchte zu überlegen, wo er mit dem Nichtbegreifen anfangen sollte.

»Aber … warum?«, fragte er schließlich. »Ich meine, wenn er Sie umbringen wollte, warum eine Lebensmittelvergiftung und ein Motorschaden? Verdammt unsichere Methode, eh?«

»Richtig. Das dachte ich zuerst auch. Dass er sich ziemlich dumm anstellte. Aber dann wurde mir klar, dass er eigentlich gar niemanden umbringen wollte – er wollte uns nur von Frankreich fern halten. Dann erst macht alles einen Sinn. Lebensmittelvergiftung und ein Unfall! Nichts Verdächtiges. Einfach Pech – aber es reicht, um uns so viele Schwierigkeiten zu bereiten, dass wir eine Weile keinen Gedanken an Frankreich verschwenden konnten. Im Grunde war es sogar verdammt clever von ihm, wenn man bedenkt, wie wenig Zeit er hatte. Ich hätte keinen zweiten Gedanken daran verschwendet, wenn er es nicht übertrieben und mich mit der Lüge und dem zu hohen Angebot für die Auster misstrauisch gemacht hätte. Er muss Bill ein ähnliches Angebot unterbreitet haben, und Bill hatte ihm wohl gesagt, dass er das zuerst mit mir besprechen müsse. Vielleicht hat Bill ihm auch aus irgendeinem Grund misstraut. Ich weiß es nicht. Haydon dachte jedenfalls, er könnte die Kiste vielleicht doch nicht kaufen, also hat er Bill zuerst einmal mit seiner Verzögerungstaktik vergiftet. Es war einfach Pech, dass Bill in der Luft übel wurde und abstürzte.«

Ich merkte, dass meine Stimme kalt und hart geworden war. Ich räusperte mich und fuhr fort. »Zu allem anderen waren die Papiere der Auster nicht bei Bills Habseligkeiten. So etwas hätte er nicht verloren, man musste es ihm gestohlen haben. Also kam ich in der Erwartung hier heraus, Haydon zu finden. Und siehe da, er war mit den entsprechenden Papieren da und behauptete, die Auster von Bill gekauft zu haben. Der Sekretär des Aero Club hat das bestätigt. Also verfolgte ich ihn, und ich hatte ihn in die Enge getrieben, bis sein verdammter Kumpan auftauchte. Ziemlich bescheuert von mir, dass ich nicht daran gedacht hatte. Und den Rest kennen Sie.«

Aber er kannte ihn nicht. Irgendwo unterwegs hatte ich ihn verloren.

»Jetzt warten Sie mal, warten Sie mal«, sagte er unleidlich. »Welcher Kumpan? Ich habe gestern nur einen Kerl gesehen – wo war denn dieser Kumpan?«

Ich starrte ihn an. »Ich habe ihn getötet«, sagte ich grob. »Ich dachte, das wüssten Sie. Es gab einen Kampf, und ich erschoss ihn, während Sie Haydon abgelenkt haben.«

Jedrow wurde plötzlich sehr blass.

»Und jetzt«, fuhr ich fort, »will ich wissen, wo Sie in dieser Sache stehen. Warum Sie mit einer Pistole in der Tasche auf dem Flugplatz nach mir gesucht haben, und das mitten in der Nacht während eines Gewitters, warum ich hier liege und nicht im Krankenhaus mit einem Polizisten an jeder Bettkante – einfach alles. Und reden Sie nicht um den heißen Brei herum: Ich weiß, dass Sie eine Pistole hatten, denn ich habe sie in Ihrer Tasche gespürt, als Sie mich zum Auto brachten. Also packen Sie aus.«

Aber er war nicht bereit, auszupacken, noch nicht. Zuvor hatte er wie vom Schlag gerührt ausgesehen, aber jetzt wirkte er, als hätte ihn gerade der Simplonexpress von hinten überrollt. Er blieb lange Zeit stumm und starrte mit gesenktem Blick auf die Bettlaken, während er alles verdaute. Als er endlich seine Sprache wiederfand, knarrte seine Stimme mehr denn je. »Eines verstehe ich nicht«, fragte er langsam. »Warum sind Sie höchstpersönlich mit einer Maschinenpistole hier rausgefahren? Warum sind Sie nicht zur Polizei gegangen?«

Ich hätte ihn beinahe ausgelacht. Beinahe. »Zu den Bullen? Womit denn? Ich habe keinerlei Beweise – nicht den geringsten. Die Vergiftung, der Absturz, sieht alles nach Unfall aus. Wie ich schon sagte, Haydon war verdammt clever. Der einzige Beweis waren die fehlenden Flugzeugpapiere: Damals in England konnte ich beweisen, dass er sie nicht hatte, und hier kann ich nicht beweisen, dass er die Kiste nicht Bill abgekauft hat, wie er behauptet. Bin ziemlich beschissen dran.«

»Außerdem«, fügte ich langsam hinzu, »will ich den Bastard selbst haben. Er hat meinen besten Freund umgebracht. Jetzt werde ich ihn töten.«

Meine Stimme klang wieder kalt, als sei sie Millionen Meilen weit entfernt.

Jedrow sah mich nur an. »Ja, ich glaube Ihnen«, sagte er sanft. »Ich bin schon früher Männern wie Ihnen begegnet, im Krieg. Männern, die zu Mördern werden.«

Es entstand eine peinliche Stille. War nicht gerade mein Tag, um Freunde zu gewinnen und Leute zu beeinflussen. Ich lag da und wartete.

Unvermittelt sagte er: »Also gut. Ich erzähle Ihnen meinen Teil. Aber ich muss Pierre dazuholen. Ich bin gleich zurück.«

Er rappelte sich hoch und ging steif zur Tür, als ob er unter dem Bann eines Albtraums stünde. Zum ersten Mal, seit ich ihn kannte, merkte man ihm sein Alter an.

Er blieb fast eine Stunde weg. Ich döste mit meinen Schmerzen so vor mich hin. Eine Biene brummte ärgerlich gegen die Fensterscheibe und konnte nicht verstehen, warum sie nicht in das dahinter liegende Tageslicht hinausfliegen konnte. Ich sympathisierte mit ihr. Meine Aussichten waren auch ziemlich trübe.

Irgendwann glitt ich in den Schlaf hinüber.

Jedrows Rückkehr weckte mich auf. Er schob sich mit grimmiger Miene durch die Tür, und hinter ihm kam ein Mann, der Mr. Lubec sein musste. Ich hatte nur einen schwachen ersten Eindruck von ihm gewinnen können, aber jetzt sah ich ihn erstmals unter Verhältnissen, die man halbwegs günstig nennen konnte.

Er war ein hoch gewachsener, dunkelhaariger Mann Mitte Fünfzig und hatte irgendetwas Militärisches in der zynischen Art an sich, als hätte er oft zusehen müssen, wie schlechtere Männer als er befördert wurden, und sich immer noch nicht damit abgefunden. Seine Augen waren dunkel und sehr ruhig. Die Augen eines Verhörspezialisten. Er trug ein sportliches Hemd mit offenem Kragen und Trainingshosen.

Die ruhigen Augen musterten mich sorgfältig, während er sich aus einer Zimmerecke einen Stuhl heranzog. Er setzte sich mit dem Rücken zum Fenster, sodass sein Gesicht im Schatten blieb.

Jedrow hockte sich wieder auf die Bettkante. »Das ist M'sieur Pierre Lubec«, stellte er ihn unnötigerweise vor.

Ich fühlte mich zu einem schwachen Lächeln verpflichtet und bedankte mich bei Lubec für seine Gastfreundschaft. Lubec nickte nur leicht.

Jedrow verlagerte sein Gewicht, räusperte sich und sah unglücklich drein. »Ich ... ah ... wir ... also ...« Er hielt inne, sah zu Boden und ließ den Blick durch den Raum schweifen, als suche er nach einer Fluchtmöglichkeit. Nach einer Weile spannte er sich an, blickte mir gerade ins Gesicht und begann von neuem. »Ich fürchte, ich muss Ihnen gestehen, dass ich Bill Charltons Tod verursacht habe«, sagte er.

Ich starrte ihn an.

»Sehen Sie, ich habe ihn damals in Denham abgepasst, bevor er nach Redhill flog«, fuhr er fort. Seine Stimme klang leise und ernst. »Ich habe ihm dreihundert Pfund für die Auster geboten. Er sagte, dass er mit Ihnen sprechen müsse. Als Haydon ihn ein paar Stunden später auch darauf ansprach, muss er sich gewundert haben, warum in Dreiteufelsnamen gleich zwei Leute am selben Tag das Ding kaufen wollten. Er wurde wahrscheinlich misstrauisch und hat es Haydon merken lassen. Also wurde Haydon klar, dass er sie nicht kaufen konnte, und er hat ihn vergiftet.«

Diesmal war es an mir, wie vom Sandsack getroffen dreinzusehen. »Sie ... Sie wollten sie kaufen? Aber warum?« Meine Stimme erstarb. Ich verstand überhaupt nichts mehr. Die Sache begann, mir zu entgleiten wie ein führerloser Rennschlitten im Eiskanal.

»Am besten erzähle ich Ihnen alles von Anfang an«, setzte Jedrow an. Tja, genau darum ging es ja. »Es ist eine lange Geschichte. Sie müssen also ein wenig Geduld haben.«

Ich hatte mich, ohne es zu merken, auf die Ellenbogen gestützt. Jetzt ließ ich mich in die Kissen zurücksinken. Zeit war alles, was ich hatte.

»Es begann vor ungefähr zehn Jahren«, erzählte er. »Damals lebte ich auf St. Kitts in der Karibik. Führte ein Immobiliengeschäft. Ich kannte dort einen alten Knaben namens Stefan Miere. Lebte ein bisschen zurückgezogen, aber wir spielten Schach zusammen und taten noch andere Dinge gemeinsam. Wurden ziemlich gute Freunde. Haben uns gelegentlich geschrieben, seit ich vor fünf Jahren die Inseln verlassen habe.

Ich hatte lange nichts mehr von ihm gehört, als ich kürzlich Nachricht von seinem Nachlassverwalter erhielt. Der arme alte Stefan war bei einem Autounfall ums Leben gekommen und hatte mir sein Haus, sein Geld und einen versiegelten Umschlag hinterlassen. Er hatte sonst niemanden. Mit diesem Brief hat alles angefangen – für mich jedenfalls.

In dem Brief erzählte er in groben Zügen seine Lebensgeschichte. Ich habe immer gedacht, dass er eine Leiche im Keller hätte – er sprach nie von seiner Vergangenheit –, aber so etwas hätte ich mir nicht einmal im Traum ausgemalt. Anscheinend war er vor dem Krieg ein Mitglied der Pariser Mafia. Sie kennen die Mafia?«

Ich nickte. Wer kennt sie heutzutage nicht? Vielleicht wusste ich sogar etwas mehr darüber als die meisten anderen. Einer von ihnen hatte mich mal zum Schmuggeln überreden wollen.

»Na schön, der alte Steff sagte, er sei im Paris der Dreißiger der Consigliere einer großen Familie gewesen. Wissen Sie, was ein Consigliere ist?«

Ich nickte wieder, eine Art stellvertretender Chef einer Mafia-Familie.

Jedrow ließ den Blick durchs Zimmer wandern, dachte eine Weile nach und fuhr dann fort. »Gut, Stefan heiratete in die Familie ein, bevor er für sie zu arbeiten anfing. Er stieg zum Consigliere auf und hatte zwei Söhne. Dann wurde seine Frau 1937 in einem Bandenkrieg getötet. Danach wollte er aussteigen. Hatte genug davon. Aber man kann nicht einfach so aus einer Mafia-Familie aussteigen. Also wartete er ab, und 1939 kam seine Chance.

Er sagte, dass der Boss der Familie damals glaubte, es würde Krieg mit Deutschland geben, und er sich deshalb mit der Familie in die USA absetzen wollte. Sie verkauften daraufhin alle ihre Geschäfte in Paris – welche, sagte er nicht –, und dann standen sie vor dem Problem, das Geld außer Landes zu schaffen. Das ging nicht einfach per Bankanweisung oder so, denn es war unversteuertes Einkommen. Sie mussten es also hinausschmuggeln, und anscheinend beschloss der Pate, der Chef des Familienclans, dass es am besten sei, Kunstwerke, Antiquitäten und solche Dinge zu kaufen. Sie waren einfacher zu transferieren als Bargeld, besonders weil der Franc damals auf schwachen Füßen stand.

Unter anderem kauften sie einige wertvolle Briefmarkensammlungen. Als Consigliere führte Stefan den Einkauf durch. Er sagte, dass er vieles in seinem eigenen Namen kaufte, damit die Familie offiziell nicht darin verwickelt war.

Und an dem Tag, an dem er selbst nach Amerika flüchten sollte, hat er sich mit den Briefmarken abgesetzt.«

Es gab eine dieser nachdenklichen Pausen. Ich verlagerte meine bandagierte Hand in eine, wie ich hoffte, bequemere Position. Lubec blieb einfach nur stumm.

Jedrow hustete und sprach weiter. »Tja, es ging nicht alles glatt. Ein paar der Capiosi der Familie, ihre Hauptleute, verfolgten ihn. Steff fuhr mit seinen zwei Jungs im Wagen Richtung Süden. In der Nähe von Lyon erwischten ihn die Capos, und es gab wohl eine Schießerei. Der jüngere Sohn wurde getötet, aber Steff und der andere Junge kamen davon.

Stefans Brief blieb ziemlich ungenau, was die nachfolgenden Ereignisse betrifft. Anscheinend hat er mitten in der Nacht irgendwo in der Gegend angehalten, um seinen Sohn zu begraben. Wahrscheinlich war er halb verrückt vor Kummer, denn er teilte die Briefmarken und vergrub gleichzeitig die eine Hälfte. Vielleicht hoffte er, einen Handel abschließen zu können, wenn ihn die Familie noch einmal aufspürte – Sie wissen schon, sein Leben gegen den Rest der Briefmarken, so in etwa jedenfalls. Wie dem auch sei, er vergrub sie und flüchtete weiter.

Schließlich schaffte er es nach Spanien. Er änderte seinen Namen in Miere und verbrachte den ganzen Krieg dort, verkaufte ein paar der Briefmarken, die er bei sich behalten hatte, um leben zu können und die Ausbildung seines Sohnes zu finanzieren. Dann, so gegen Kriegsende, kam er nach England, verkaufte den Rest der Marken auf einen Schlag und machte sich auf die Westindischen Inseln davon. St. Kitts gefiel ihm – weiß der Himmel, warum! –, also blieb er da.«

Jedrow betrachtete angelegentlich die Bettdecke.

»Das Komische an der Sache ist, dass er nie zurückkam, um die Marken zu holen, die er in Frankreich vergraben hatte. In seinem Brief schrieb er, dass er nicht mehr in die Nähe des Grabes seines kleinen Sohnes gehen wollte. Ich glaube, er war vielleicht ein bisschen übergeschnappt. Dachte zu viel darüber nach. Na, jedenfalls rechnete er sich aus, dass er mit dem Geld für die Marken einen angenehmen Lebensabend verbringen konnte, deshalb ging er nie zurück, um den Rest zu holen.

Wahrscheinlich wären sie ewig unter der Erde geblieben – wenn da nicht Roberto gewesen wäre, sein anderer Sohn. Nach dem Krieg schickte er Roberto nach England, um seine Ausbildung zu beenden, und der Knabe wollte ausgerechnet Pilot werden. Für Piloten mit wenig Flugstunden gab es Anfang der Fünfziger in England kaum Berufschancen, und so landete Roberto wieder in Spanien, wo er sechs Jahre seiner Kindheit verbracht hatte. Natürlich konnte er fließend Spanisch und kam in der Nähe von Barcelona in einer Flugschule mit kleinem Charterbetrieb unter. Er war ziemlich erfolgreich, wurde Chefausbilder und kaufte sich eine eigene Auster.

So weit, so gut. Eines Tages steht er jedenfalls bei seinem Vater in St. Kitts auf der Matte, 1957 war das. Die Firma, für die er arbeitete, war pleite, und er hätte sie billig kaufen können. Er wollte etwa zwanzigtausend Pfund. Damals hatte Stefan keine zwanzigtausend Pfund übrig, aber der Junge hatte die Bücher der Firma mitgebracht, Steff ging sie durch und hielt das Ganze für eine gute Investition. Also erzählte er dem Jungen von den vergrabenen Briefmarken, und am Ende flogen sie zusammen nach London. Steff blieb in London, Roberto ging nach Spanien zurück und flog von dort mit seiner Auster nach St. Jean. Roberto sollte die Marken holen – Steff wollte noch immer nicht in die Nähe dieses Ortes – und sie in der Auster nach England schmuggeln, wo Steff sie verkaufen würde. Von seinem ersten Verkauf kannte er den Briefmarkenmarkt ziemlich gut.«

Jedrow schwieg eine Weile. Seine knarrende Stimme wurde langsam heiser. Er tat ein paar tiefe Atemzüge und räusperte sich. Ich lag still und wartete ab.

»Nun, der Junge fand die Marken tatsächlich in ihrem Versteck. Das berichtete er Stefan jedenfalls in einem Telegramm. Am nächsten Tag wurde er unmittelbar vor dem Flugplatz von einem Auto angefahren und starb.

Der alte Stefan erfuhr erst zehn Tage später davon. Er kam fast um, so sehr sorgte er sich. Der Junge hatte niemals jemandem von seinem Vater erzählt, nur für den Fall, dass sie Stefan einmal auf die Spur kämen. Daher wusste auch niemand, wer als nächster Verwandter zu benachrichtigen war. Zuletzt fuhr Steff selbst nach Frankreich, um herauszufinden, was geschehen war. Zuerst dachte er, die Mafia-Familie hätte Roberto aufgespürt, obwohl er sich nicht vorstellen konnte, wie. Aber es stellte sich heraus, dass der Unfall genau das war, wonach er aussah – ein echter Unfall. Sie beerdigten Roberto auf dem Kirchenfriedhof. Stefan sah in dem alten Versteck nach und im Hotel, wo Roberto gewohnt hatte, warf sogar einen Blick in das Flugzeug, aber er konnte die Briefmarken nicht finden. Er gab auf und fuhr nach Hause. Sie waren ihm ohnehin egal, sagte er. Danach war er lange krank.

Was ihn betraf, war die Sache damit jedenfalls beendet. Er sagte, er wollte die Geschichte eigentlich mit ins Grab nehmen, aber dann beschloss er doch, dass ich sie nach seinem Tod erfahren sollte, sodass ich selbst entscheiden konnte, ob ich nach den Marken suchen wollte oder nicht. Er schrieb, soviel er wisse, seien sie nie auf den Markt gekommen, also gehe er davon aus, dass sie wahrscheinlich immer noch im Flugzeug versteckt seien. Er hatte nie Anspruch darauf erhoben. Er schickte mir eine Liste von etwa hundertfünfzig Marken, an die er sich erinnern konnte. Insgesamt, meinte er, seien es um die zweihundertfünfzig.«

Jedrow hielt inne, um Luft zu holen.

»Ich habe mich bei Stanley Gibbons und ein oder zwei anderen Firmen in London erkundigt«, fuhr er fort, »und nach ihrer Auskunft zu urteilen, sind alleine die Marken, an die Stefan sich erinnern konnte, heute auf dem freien Markt über eine Million Pfund wert.«

Es folgte eine lange Stille. Ich war sprachlos. Die Biene hatte aufgehört, sich den Kopf am Fenster einzuschlagen, und kroch wie betäubt am Sims entlang.

Eine Million Pfund Sterling. Ich sah vor meinem geistigen Auge eine lange Reihe von Stampes, Jungmeisters und Pitt Specials und Weltkrieg-I-Replikas. Große Zelte mit festen Anzeigetafeln. Und wenn die Saison vorüber war, einfach um die Welt bummeln. Ein Ford GT 40 für lange Strecken und ein Jaguar-D-Typ für die sonnigen Sonntage …

Langsam löste sich das Bild auf, und ich war wieder in dem kleinen, weißen Zimmer. Jedrow und Lubec beobachteten mich. Jedrow schien auf meine Reaktion gespannt, Lubec schaute nur.

»Jetzt verstehe ich«, sagte ich langsam. »Sie haben das Flugzeug aufgespürt, festgestellt, dass es dem Aero Club gehört hatte, aber an Bill verkauft worden war, und dann sind Sie zu Bill gegangen. Richtig?«

»Ja, das stimmt.« Bei Bills Erwähnung wirkte Jedrow wieder bedrückt. »Ich habe Pierre um Hilfe gebeten – wir haben im Krieg zusammengearbeitet –, und wir haben uns die Maschine angesehen. An den offensichtlichen Stellen haben wir nichts gefunden, deshalb war unserer Meinung nach der einzige Weg der, sie zu kaufen und in Einzelteile zu zerlegen.«

»Ich verstehe.« Ich erwachte langsam aus der Betäubung eines Eine-Million-Pfund-Traumes. »Warum haben Sie mir dann bis jetzt nichts davon erzählt? Es ist mein verdammtes Flugzeug, Himmelherrgottnochmal.«

Jedrow schien sich noch unbehaglicher zu fühlen. Es war Lubec, der in korrektem, leicht gespreiztem Englisch antwortete: »Wir wussten nicht, wie wir Sie einschätzen sollten, Ken«, sagte er. »Als Sie sich weigerten, Haydon das Flugzeug mit ansehnlichem Gewinn zu verkaufen, dachten wir, Sie wüssten vielleicht was von den Briefmarken. Aber wenn Sie davon gewusst hätten, konnten wir nicht nachvollziehen, warum Sie nicht schon viel früher etwas unternommen hatten.«

Mit dem Licht im Rücken wirkte sein Gesicht wie aus Stein gemeißelt. Es war unmöglich, seine Miene zu deuten. »Sehen Sie«, fuhr er fort, »wir wussten, dass noch jemand hinter den Marken her war. Es war schon jemand bei M'sieur Sante gewesen, dem Sekretär des Aero Club, bevor wir auftauchten. Und dann machte Haydon Ihnen dieses Angebot. Wir wussten nicht, woher er diese Informationen hatte oder wie viele verschiedene Personen es überhaupt waren und ob Sie dazugehörten. Wir wussten rein gar nichts. Was Haydon betraf, konnten wir nichts unternehmen – aber Sie schienen gewillt, Jedrow mitzunehmen, also erschien uns das als die beste Lösung. Jedrow würde einfach mitkommen, sich ruhig verhalten und die Dinge im Auge behalten. Aber als Sie dann gestern den ganzen Tag verschwunden blieben und diese Maschinenpistole bei sich hatten, da machten wir uns Sorgen.

Also nahmen wir meine Pistole und haben nach Ihnen gesucht. Und Sie auch gefunden. Es war sehr mutig von Jedrow, auf Ihren Freund Haydon zu schießen.«

Ich nickte Jedrow schief zu. »Ich bin Ihnen sehr dankbar, aber wenn Sie mir vorher erzählt hätten, was hier eigentlich gespielt wird, wäre das gar nicht nötig gewesen und wir hätten vielleicht noch das verdammte Flugzeug.« Natürlich nur vielleicht. Selbst wenn ich von der ganzen Geschichte gewusst hätte, wäre mir sicher eine Möglichkeit eingefallen, alles zu vermasseln.

Wir schwiegen lange. Jedrow dachte nach, ich dachte nach, und Lubec saß einfach still da.

»Wir sollten der Wahrheit ins Gesicht sehen«, sagte ich endlich. »Unser Gegenspieler ist höchstwahrscheinlich Mieres alte Mafia-Familie.«

Hätte ich mit einer heftigen Reaktion gerechnet, wäre ich enttäuscht worden. Jedrow nickte bloß mürrisch, und Lubec lächelte sein zynisches Lächeln.

»Das glauben wir auch«, sagte Lubec. »Es kann wirklich niemand anderes sein.«

Wieder so eine ausgedehnte Stille. Ich dachte an die Briefmarken. Eine kleine Schachtel oder ein Päckchen im Wert von mehr als einer Million Pfund in einem verrottenden Flugzeug versteckt. Falls wir sie wieder fanden! Und nicht einmal auszudenken, falls wir sie verkaufen konnten, wenn wir sie fanden!

»Hey«, fragte ich. »Wie steht's mit dem Besitznachweis für die Marken? Haben wertvolle Briefmarken nicht Stammbäume oder ihre eigene Geschichte oder so etwas in der Art? Können wir sie überhaupt loswerden, falls wir sie finden?«

Wahrscheinlich sollten wir uns über solche Kleinigkeiten keine Sorgen machen, solange wir nicht einmal wussten, wo die Auster war, geschweige denn, ob sie tatsächlich noch in der Kiste steckten, aber manchmal kommen einem eben so überflüssige, dumme Gedanken.

Jedrow hatte wohl ähnlich überflüssige, dumme Gedanken. »Das wäre nicht das Problem«, sagte er. »Bedenken Sie, dass Stefan sie in seinem Namen gekauft hat. Auf seinen wirklichen Namen – er lautete übrigens Fiore. Seit 1939 gibt es keine Spur von diesem Fiore, also gibt es jetzt niemanden, der mit Aussicht auf Erfolg das Besitzrecht anzweifeln könnte. Er war kein Blutsverwandter des Mafia-Clans – nur eingeheiratet. Alle Marken der Sammlung, die einzeln identifizierbar wären, gelten unter Philatelisten als während des Krieges verschollen. Wenn wir sie haben, müssen wir sie von einem Ausschuss von Experten untersuchen und ihre Echtheit bestätigen lassen, beispielsweise der Royal Philatelic Society. Wir müssten uns auch eine verdammt gute und wasserdichte Geschichte einfallen lassen, wie wir zu ihnen gekommen sind, denn Scotland Yard nimmt die Vergangenheit von Marken, wenn sie auf diese Art auftauchen, genauestens unter die Lupe. Aber da sie nie als gestohlen gemeldet wurden und der letzte bekannte Besitzer tot oder verschollen ist, sollte eigentlich alles gut gehen, wenn wir vorsichtig sind. Bis zu einem gewissen Grad könnten wir sogar bei der Wahrheit bleiben: dass Sie sie in der Auster gefunden haben. Und den Teil mit der Schießerei lassen wir einfach weg. So ähnlich jedenfalls. Ich sehe nicht, wie die Mafia-Leute da noch dazwischenfunken könnten – schließlich haben sie keinerlei Beweise, oder?«

Darauf wusste ich keine Antwort, obwohl ich, nach allem, was ich von der Mafia gehört hatte, bezweifelte, dass sie sich von Kleinigkeiten wie legalen Beweisen aufhalten lassen würden. Wenn sie aber nicht einmal wussten, welche Marken es eigentlich waren, konnten sie wirklich nicht viel unternehmen. Schließlich konnten sie nicht jedem einen Revolverlauf in den Rücken rammen, der in den nächsten fünf Jahren Briefmarken verkaufte, nur weil sie die vage Hoffnung hegten, es könnte sich um die Marken handeln.

Falls sie die Marken nicht kannten. Da war ich mir nicht so sicher.

Ich versuchte es mit einem anderen Ansatz. »Hat jemand eine Idee, wie sie dahinter gekommen sind?«

Hatte natürlich keiner. Noch mehr nachdenkliche Stille. Die Biene saß auf dem Fensterbrett, sah auf die fernen Hügel hinaus und sinnierte vermutlich über das Geheimnis des Glases.

Nach einer Weile regte sich Lubec. »Die Frage ist«, konstatierte er, »was tun wir jetzt?«

Ich wusste es nicht. Keiner wusste es. Wir unterhielten uns eine Zeit lang darüber und kamen zu der tief schürfenden Erkenntnis, dass wir nur eines tun konnten, nämlich die Auster wieder zu finden.

Unglücklicherweise hatte niemand eine sinnvolle Eingebung, wie wir das bewerkstelligen sollten.

Wir kauten das Problem fast eine Stunde lang durch, bis meine Kopfschmerzen unseren fruchtlosen Grübeleien ein Ende setzten. Dann ließ mir Jedrow den Brief von Miere da und ging auf Zehenspitzen hinaus, während ich in eine halbe Bewusstlosigkeit hinüberglitt.

Ganz zuletzt nahm ich noch wahr, wie Lubec mir sagte, dass Louise nichts von all dem erfahren dürfe.

12

In dieser Dunkelheit blieb ich, bis mir das Mädchen am nächsten Morgen Kaffee, Croissants, ein Omelett und frische Bandagen brachte. Sie machte sauber, solange ich das Omelett aß, und wechselte dann meine Bandagen, fast ohne ein Wort zu sagen. Ich vermutete beinahe, dass sie ein sehr nettes Lächeln hatte, aber da sie beschloss, es mir vorzuenthalten, konnte ich es nicht aus erster Hand beurteilen. Ich wunderte mich ein bisschen, warum sie so feindselig war, fand aber keine einleuchtende Erklärung. Vielleicht gefiel ihr meine Nase nicht. Jedenfalls versorgte sie mich, wie schon zuvor, medizinisch gewandt und professionell.

Nachdem sie die Bandage um meinen Kopf mit lauwarmem Wasser abgelöst hatte, sah sie sich die Platzwunde genauer an und meinte, dass die Nähte gezogen werden müssten. Ich sagte, das solle sie tun, und sie machte sich mit einer Nagelschere an die Arbeit.

Wundnähte sind recht eigenwillig. Manchmal flutschen sie mit einem leichten Stechen heraus, und das war's dann, und manchmal tun sie höllisch weh. Vielleicht schmerzen sie dann, wenn man sie nicht rechtzeitig zieht, und wenn dem so war, hatte ich offensichtlich den Zeitpunkt verpasst. Sie taten teuflisch weh. Wahrscheinlich etwas zu lange drin geblieben.

Sogar unter Louises geübten Fingern stach jeder Faden wie eine rot glühende Nadel in meinem Kopf. Ich konnte fühlen, wie Blut floss, und Louise musste es ständig wegtupfen. Mir schwammen die Augen vor Schmerz, aber so unfreundlich, wie sie war, wollte ich nichts sagen. Nach einer Ewigkeit war sie endlich fertig. Vierzehn dünne Darmsaiten, oder was immer sie heutzutage dazu nehmen, lagen in der Emailleschüssel neben dem Bett.

Dann legte sie einen frischen Verband über die geschwollene Wunde, packte die medizinischen Utensilien mit kleinen, geschickten Bewegungen zusammen und ging hinaus. Ich fühlte mich verloren.

Nach einer Weile machte ich mich an die Lektüre von Mieres Brief. Ich las zwischen den Zeilen seines altmodischen Englischs und fühlte mich zu dem armen Burschen hingezogen. Ein Hauch von Einsamkeit durchwehte die Zeilen, und ich konnte ihn fast vor mir sehen, wie er in seinem schönen Haus alleine über den

Schreibtisch gebeugt saß und an seinen einzigen Freund schrieb, der sechstausend Kilometer weit weg lebte.

Und ich konnte den Mann sehen, der dreißig Jahre zuvor trostlose Tränen weinte, während er die fruchtbare französische Erde aufgrub, um seinen kleinen Sohn zu bestatten. Die Verzweiflung während der langen Jahre des Wartens in Spanien. Dann, endlich frei, der Vergangenheit entronnen, auf den Westindischen Inseln. Das Aufbrechen alter Wunden und Ängste, als sein überlebender Sohn Geld brauchte. Der Mut, den er aufbringen musste, sein bequemes Schneckenhaus auf St. Kitts zu verlassen, um seinem Sohn zu helfen, die Briefmarken zu verkaufen – und dann die furchtbare Qual nach Robertos sinnlosem Tod. Der einsame Kampf gegen die Trauer nach der Heimreise auf seine Insel, die er blind und wie automatisch über sich ergehen ließ.

Ich brauchte eine Stunde, um den langen Brief zu lesen, und am Ende war ich überzeugt, dass die Geschichte wahr war. Alles. Ich hätte es auch ohne die Bestätigung durch Robertos Tod geglaubt. Vielleicht war der alte Miere durch die Jahre der Einsamkeit ein wenig seltsam geworden, aber niemand, der diesen Brief las, hätte an seiner Echtheit gezweifelt.

Ich wandte mich der Liste mit den verschwundenen Briefmarken zu, die Miere aufgestellt hatte. Sie war nicht vollständig – er meinte, dass er sich an etwa hundertfünfzig nicht erinnern könne. Aber die Beschreibungen der hundert lasen sich selbst in den gespreizten Phrasen der Philatelisten sehr eindrucksvoll. Wer immer Mieres Mafia-Familie gewesen war, sie hatten Geld wie Heu gehabt, aber das überraschte nicht. Mieres Familie musste echter alter Mafia-Adel sein: eine hart gesottene geheime Gesellschaft, wahrscheinlich direkt aus Sizilien und viel gefährlicher als der Mischmasch aus echter Mafia und italienischen Cosa-Nostra-Emporkömmlingen, die man heute trifft. Ich konnte jedenfalls darauf verzichten, ihnen wieder zu begegnen.

Das Prunkstück der Sammlung war eine 1847er-Post Office' Mauritius, ein postfrisches, zusammenhängendes Paar von Ein- und Zwei-Penny-Marken. Jedrow hatte eine Notiz dazugekritzelt, dass der bislang teuerste bestätigte Briefmarkenverkauf für lässige hundertachtundfünfzigtausend Pfund in New York über die Bühne gegangen war, als irgendein Typ einen zusammengefalteten Brief mit einer Zwei-Penny-Mauritius erstanden hatte. Gott allein wusste, was dieses Paar dann wert sein mochte – Jedrows Gekritzel besagte, dass ein Londoner Händler bei einer Auktion sie auf hundertzwanzigtausend Pfund geschätzt habe. Die Welt hat manchmal seltsame Wertmaßstäbe – dieser kleine Fetzen gummierten Papiers würde nicht nur mit der Zeit immer wertvoller werden, sondern auch immer stabiler sein als jede beliebige Währung der Welt.

Die nächste Marke belief sich auf bescheidene achtzigtausend Pfund. Das war ein gestempelter Viererblock von schwarzen Zwölf-Pennies aus Kanada. Ungefähr auf demselben Niveau lag eine 1857er-Ceylon-Fourpenny in »stumpfrosa geschnittenem Viererblock, postfrisch«, und eine französische graue Fünf-Franc-Marke als »postfrisches Tête-Bêche-Paar«. Jedrow hatte vermerkt, dass »Tête-Bêche« ein senkrecht zusammenhängendes Paar war, wobei eine Marke Kopf stand. Eine Art Kreuzung aus Spiegel-Formationsflug und 69.

Dann gab es noch eine britische 1869er-Sixpenny, »hellviolett, Druckplatte Nr. 11, gestempelt«, geschätzte fünfundzwanzigtausend Pfund, eine hawaiische »Missionsmarke«, gestempelt, drei Cent, von 1851, die sechzigtausend Pfund bringen konnte, und eine westaustralische 1854er braune Ein-Shilling-Marke mit Kopf stehendem Aufdruck, die weitere fünfzehntausend Pfund wert war. Barbados steuerte ein, wie Miere es beschrieb, »postfrisches Paar« bei. Jedrows Anmerkung erklärte, dass es sich dabei um in der Mitte perforierte Fünf-Shilling-Marken handelte, die auf jeder

Seite überdruckt und als Penny-Marken verwendet worden waren. Das »Double Surcharge« bedeutete, dass irgendein Heini jede Hälfte doppelt überdruckt und dann, um dem Ganzen die Krone aufzusetzen, auf einer Seite das »1d« Kopf stehend gedruckt hatte. Das mochte ihn 1878 den Job gekostet haben, aber die Marke war inzwischen etwa fünfzehntausend Pfund wert.

Von den etwa hundert, an die Miere sich erinnern hatte können, wurden fünfunddreißig bis vierzig auf einen Marktwert von mindestens zehntausend Pfund geschätzt, und der Rest lag bei fünftausend Pfund und weniger. Miere erwähnte, dass die, an die er sich nicht erinnern konnte, die wertloseren gewesen seien, fügte aber hinzu, dass das billigste Stück, das er gekauft hatte, dreihundert Pfund gekostet habe. Und das war vor dem Krieg gewesen ...

Alles in allem ein fürstliches Lösegeld *en miniature*. Schade, dass ich immer noch keine Ahnung hatte, wie ich meine Hand drauf legen sollte.

Ich lehnte mich zurück und versuchte abermals einen Weg zu finden, wie wir die Auster zurückholen konnten – und wieder fiel mir absolut nichts ein. Ich kam nur auf den wenig hilfreichen Gedanken, dass ich ganz schön zu tun haben würde, allen möglichen Leuten zu erklären, wie ich die Sten-Maschinenpistole verlegt hatte. Besonders dem britischen Innenministerium. Das stellt Waffenscheine für Maschinengewehre aus – sogar Maschinengewehre mit plombierten Läufen –, und sie tun so, als wären die Dinger Oblaten vom Heiligen Gral mit einem Autogramm vom Allmächtigen persönlich. Und sie würden nicht besonders glücklich sein, wenn Holland ein paar schwache Erklärungen abgab, wie die Sten auf halbem Weg über den Kanal aus der Stampe gefallen oder von einem hinterhältigen Franzosen geklaut worden sei.

An diesem Freitagabend kamen Jedrow und Lubec zu einer weiteren Besprechung in mein Schlafzimmer. Jeder von uns hoffte, den anderen wäre etwas eingefallen – leider war dem nicht so. Wir betrachteten das Problem eine halbe Stunde lang von allen Seiten, aber dann verlief die Diskussion im Sande, und uns stellte sich nur noch die Frage, was wir morgen tun sollten. Das zumindest hatte ich mir schon überlegt.

»Ich muss aufstehen«, sagte ich. »Rick und John sind entweder schon da, oder sie kommen morgen früh an, und wir müssen immer noch eine Zirkusvorstellung geben. Irgendwie müssen wir ihnen das hier erklären«, ich deutete auf die neuen Schnitte, Abschürfungen und Verbände, »aber das dürfte nicht allzu schwierig sein. Bei meiner Unfallquote in der letzten Zeit würden sie sich eher wundern, wenn ich nicht in irgendeinen Schlamassel geraten wäre, seit sie mich das letzte Mal gesehen haben.«

Die beiden schienen schockiert, dass ich in diesem Moment an so etwas wie Arbeit denken konnte. Aber es hätte nur unnötige Komplikationen zur Folge gehabt, wenn wir die Lyon-Show jetzt absagten, daher kamen wir schließlich überein, dass Lubec mich am nächsten Morgen um neun dahin bringen sollte, wo ich den Simca zurückgelassen hatte. Jedrow brachte ein paar halbherzige medizinische Einwände vor. Doch schließlich waren es meine gebrochenen Knochen, und die Sache war schnell geklärt.

Nach der Besprechung brachte Louise mir ein Steak, eine kleine Schüssel Salat und eine Tasse Kaffee. Sie hatte auch frische Bandagen, eine Schere und eine Emailleschüssel dabei, in die sie die Überreste der alten Verbände tun wollte. Anscheinend mochte sie es in einem Durchgang hinter sich bringen, denn sie setzte sich auf einen Stuhl neben dem Bett und wartete, bis ich fertig gegessen hatte. Sie sagte kaum ein Wort, saß nur einfach da und betrachtete ihre Hände, die sie im Schoß gefaltet hatte, während ich mit meiner funktionsfähigen Pfote ungeschickt im Essen stocherte. Sie trug verblichene, hautenge Jeans und ein weißes T-Shirt. Sogar im schwachen Glühlicht der Nachttischlampe wirkte der Kontrast zwischen dem weißen Hemd und ihrem schwarzen Haar ausgesprochen attraktiv. Genau genommen war sie ohnehin ziemlich attraktiv.

Mit einer Hand zu essen, ist ziemlich umständlich, wenn man mit ein paar Kissen im Rücken im Bett sitzt. Ich brauchte eine Weile, bis ich fertig war, und als ich endlich zum Kaffee überging, ging mir das eisige Schweigen auf die Nerven. Ich bin vielleicht nicht gerade Englands Offenbarung für die Mädchen vom Kontinent – oder für irgendein Mädchen, mal davon ganz abgesehen –, aber ich habe auch keine zwei Köpfe oder dergleichen und konnte mir einfach nicht erklären, was ich verbrochen hatte, um eine so offensichtliche Ablehnung zu kassieren.

»Wie alt sind Sie, Louise?«, fragte ich.

Beim Klang meiner Stimme wäre sie beinahe vom Stuhl gefallen. Sie warf mir einen raschen Blick zu, sah dann wieder auf ihre Hände. »Zweiundzwanzig«, sagte sie.

Auf ein Neues. Bei diesem linkischen Versuch, mit jemandem Konversation zu treiben, der all meine Verletzungen, alten Narben gesehen und meine Schwäche mitbekommen hatte, kam ich mir lächerlich vor. »Hat Ihre Mutter das Essen gekocht? Es war sehr gut.«

»Nein, ich. Meine Mutter ist seit zehn Jahren tot. Geben Sie mir Ihre linke Hand.«

Ich gab ihr meine linke Hand und hielt den Mund.

Sie entfernte behutsam die Verbände und die dünnen Aluminiumröhrchen, die meine gebrochenen Finger schienten. Sie setzte sich aufs Bett und beugte den Kopf, um sich die Finger genauer anzusehen. Vermutlich, um zu sehen, ob der Heilungsprozess normal verlief. Obwohl sie dabei sehr sanft vorging, schmerzte die Hand wie die Hölle. Ich stöhnte und ballte die rechte Hand zur Faust.

Ohne aufzusehen sagte sie: »Verzeihung.«

»Sie müssen Krankenschwester sein«, sagte ich. »Offenbar wissen Sie, was Sie tun.«

Der schwarze Haarschopf nickte leise, aber sie schaute nicht auf.

»Ja, ich bin Schwester an der Clinique St. Junien in Paris. Ich habe gerade Urlaub.«

»Verdammt, das tut mir Leid. Schöner Urlaub, sich ständig um mich kümmern zu müssen.«

Sie sagte ohne aufzusehen: »Geht schon in Ordnung.« Offenbar ging es das doch nicht. Dann wieder Schweigen. Sie begann, meine Finger wieder zu schienen. Behutsam, professionell.

Ich fragte vorsichtig: »Warum können Sie mich nicht leiden?«

Diesmal blickte sie hoch. »Ich habe nichts gegen Sie«, rechtfertigte sie sich.

»Ach, um Himmels willen!« Ich wurde langsam ärgerlich. »Sie können mich ganz offensichtlich nicht ausstehen. Daraus mache ich Ihnen ja keinen Vorwurf – ich kann mich manchmal selbst nicht leiden –, aber was habe ich Ihnen eigentlich getan?«

Jetzt sah sie mir gerade in die Augen. Ich sagte »Autsch«, als sie unabsichtlich an der Bandage zerrte. Es kam von Herzen.

»Na schön«, sagte sie leise. »Ich sag Ihnen, warum. Mein Vater und der Geschwaderkommandeur brachten Sie hierher nach einem Kampf. Der Geschwaderkommandeur hatte eine Waffe. Ich sah sie. Ich sage, Sie müssen ins Krankenhaus, aber mein Vater sagt mir, ich muss hier nach Ihnen sehen. Da ist viel Gerede, aber niemand sagt mir, was los ist. Ich weiß nur, dass ich meinen Vater noch nie in solchem Zustand gesehen habe. Und Sie sind der Grund. Ich weiß nicht, was geschieht, aber ich glaube, mein Vater ist in Gefahr. Es tut mir Leid, wenn ich Sie deshalb nicht leiden kann.«

Sie wandte sich wieder dem Verband zu, steckte ihn säuberlich fest und fing dann an, den Turban um meinen Schädel aufzuwickeln. Die einzigen Laute im Zimmer waren das Rascheln des Betttuchs unter ihren Bewegungen und das Knarren, das im Kopf entsteht, wenn Verbände abgelöst werden. Nach einer angemessenen Pause, in der Louise vorsichtig die Wunde abtastete, versuchte ich es wieder.

»Hören Sie, ich fürchte, ich kann Ihnen nicht sagen, was vor sich geht. Je weniger Sie wissen, desto besser.« Das klang so melodramatisch, dass ich mich beinahe krümmte, aber es stimmte ja. »Aber ich gebe Ihnen mein Wort darauf: Ihr Vater war schon in diese Geschichte verwickelt, bevor ich auftauchte, und meine Anwesenheit bringt ihn nicht in noch größere Gefahr. Außerdem«, ergänzte ich lahm, »verspreche ich Ihnen, dass ihm nichts geschehen wird, solange ich es verhindern kann.«

Ich sage immer die falschen Dinge zu Frauen.

Louise hörte auf, die Löcher in meinem Kopf zu inspizieren, und sah mir wieder direkt ins Gesicht, ihres war nur Zentimeter von meinem entfernt.

»Ich glaube Ihnen nicht«, sagte sie. Sie sprach immer noch leise, aber es lagen echter Schmerz und Zorn in ihrer Stimme. »Sie sind schlimmer als mein Vater und der Geschwaderkommandeur. Sie gehen Risiken ein, an die die beiden nicht mal im Traum denken würden. Beide sind viel älter als Sie, aber das ist nicht der Grund.«

Ich wollte etwas einwerfen, aber sie schnitt mir das Wort ab.

»Ich bin Krankenschwester in Paris«, fuhr sie fort mit steigender Stimme. »Ich habe ein bisschen Menschenkenntnis. Ich habe Ihren Körper gesehen und weiß, was Sie ihm angetan haben. Ich weiß, wovon Sie leben, weil der Geschwaderkommandeur es mir erzählt hat. Und ich weiß, dass normale Menschen nicht so leben. Normale Menschen sind viel zu froh, am Leben zu sein, als so … so rücksichtslos mit ihrem Körper umzugehen. Wenn ich Ihre Verbände wechsle, interessieren Sie sich nicht für Ihre Verletzungen oder für die Narben, die zurückbleiben werden. Für Sie ist Ihr Körper nur eine Maschine, die Ihnen egal ist, solange sie nur funktioniert. Ich mag solche Menschen nicht. Sie sind zu unbarmherzig, zu gefühllos. Andere Menschen bedeuten Ihnen nichts. Ich hörte, wie der Geschwaderkommandeur zu meinem Vater sagte, dass Sie in jener Nacht jemanden getötet haben. Aber es hat Ihnen nicht das Geringste ausgemacht. Sie werden wieder töten, wenn Sie das für nötig halten, und es wird Ihnen keine schlaflosen Nächte bereiten. Sie sind kalt – eiskalt!« Ihre Stimme überschlug sich. »Und Sie werden meinen Vater mitreißen«, schloss sie leise.

Ich war wie vom Donner gerührt. Dachte sie wirklich so von mir? Hatten alle dieses Bild von mir? Janies Worte stiegen aus der Vergangenheit auf. »Mit dir stimmt irgendetwas nicht …«

Louise mied meine Augen. Sie legte ein zusammengefaltetes Stück Gaze unter einen Verband und klebte ihn mit zwei Streifen Elastoplast auf meine Stirn. Dann war sie fertig. Sie erhob sich vom Bett, stellte die Emailleschüssel auf das Tablett und sammelte die verstreuten Bandagen ein. Mir fiel nichts ein, was ich hätte sagen können. Sie erreichte die Tür und balancierte das Tablett auf einem wackligen Knie, während sie den Türknopf zu drehen versuchte.

»Louise«, sagte ich ruhig. Sie hielt inne und wandte leicht den Kopf, ohne mich anzusehen. Die schwarzen Haare ringelten sich über ihre Schultern.

»Ich danke Ihnen dafür, was Sie für mich getan haben.«

Nur das war mir eingefallen.

Ihre Schultern erzitterten leise, und sie ging hinaus.

Es wurde eine schlimme Nacht.

Im Schlaf kam Janie zu mir. Sie hatte mir eine kurze Nachricht hinterlassen, wie sie es manchmal tat, wenn ich noch schlief und sie schon zur Arbeit musste. Sie lautete: »Ken, ich liebe dich, Janie.« Nur das. Tagsüber verbrachte ich viel Zeit damit, etwas Besonderes für den Abend zu planen. Wir sahen uns *Hair* an, anschließend aßen wir in diesem Restaurant in Aldwych mit all den alten Kutschenteilen. Dann gingen wir nach Hause und liebten uns lange und zärtlich.

Um drei Uhr morgens erwachte ich aus meinem Kokon aus Glückseligkeit.

Ich lag eine Zeit lang da und versuchte, den Schlaf zurückzuholen und weiterzuträumen. Schließlich stand ich auf, machte das Licht an und stieg in meine Hosen. Der ausgefranste Zettel steckte immer noch in meiner Brieftasche.

»Ken, ich liebe dich, Janie.«

Ich betrachtete ihn eine Weile. Der Zettel war echt. Auch den Abend mit *Hair* und dem Restaurant hatte es gegeben. Ich kletterte mit der Nachricht in der Hand wieder ins Bett, machte das Licht aus, sank in die Kissen, rauchte und dachte zurück. Ich wusste, dass ich die alten Wunden wieder aufriss, andererseits waren sie auch nie richtig verheilt. Am nächsten Morgen würde ich es bereuen – aber jetzt, in der Stille der schlaflosen Nacht, konnte ich nicht anders. Meine Erinnerungen waren das Einzige, das mir, wenn auch nur vorübergehend, Erleichterung in der Einsamkeit verschaffte. Mit dem Zettel in der Hand glitt ich in einen Traum hinüber. Ihre Stimme und ihre Berührung füllten die leere Nacht in meinem Kopf.

Ich döste ein.

Als sich die Morgendämmerung hinter dem Fenster abzeichnete, saß ich immer noch in die Kissen gelehnt. Der Zettel lag in meiner Hand. Meine kleine, persönliche Traumwelt rollte sich an den Rändern ein und zerbröselte. Die trübe Gegenwart drängte sich wieder ins Blickfeld.

Ich griff nach meiner Brieftasche und steckte den Zettel neben ihr Bild.

13

Der Flughafen von Lyon-Bron bot das typisch chaotische Bild am Morgen vor einer Flugshow. Die Vorbereitungen in letzter Minute sehen überall auf der Welt gleich aus, nur dass die Franzosen dabei etwas lauter sind. Ich fuhr durch den Osteingang, den sie extra für das Spektakel geöffnet hatten, damit die Zuschauermassen am abgelegenen Ende der Startbahn blieben und sich nicht beim Hauptgebäude im Westen herumtrieben. Ich schlängelte mich mit dem Simca zwischen Gruppen von Arbeitern hindurch, die gerade dabei waren, die letzten Absperrungen und Zelte aufzustellen. Mehrere Leute riefen mir »Passe pas par ici« zu, aber ich schrie völlig unsinniges Zeug auf Englisch zurück und fuhr weiter. Mir war nicht nach Fußmärschen.

Nachdem ich eine halbe Runde auf dem Rasen gedreht hatte, kam ich beim Kontrollzelt an. Lyon-Bron hat einen absolut einwandfreien, modernen Tower im Westen des Platzes, der während der Show auch die Flugzeuge leiten würde, aber das wirkliche Nervenzentrum lag in diesem kleinen Zelt. Der Ansager würde davor sitzen, und der Tower reagierte über Funk auf seine Stichworte. Die Hauptstartbahn in Lyon ist ein breiter Betonstreifen von mehr als zweitausendvierhundert Metern Länge, der annähernd in Nord-Süd-Richtung verläuft. Der Tower und die Abfertigungshallen stehen im Westen, während im Osten eine Graslandebahn parallel zur großen liegt. Diese Rasenfläche hatte heute das »Meeting Aérien« mit Beschlag belegt. Entlang der alten Begrenzungslinien im Osten hatten sie neue Eingänge geöffnet, und das Gelände war voller aufgeregter Franzosen, Seile, Zeltbahnen und Farben.

Ich stieg aus dem Wagen und sog die Atmosphäre ein. Der Tag wurde heiß, und trotz einer lauen Brise von Süden her hing der unverkennbare Duft aller Luftshows bereits über dem Platz: eine

Mischung aus frisch gemähtem Gras, Öl, Benzin und langsam brutzelnden Hamburgern und Hot Dogs mit viel Knoblauch. Der nostalgische Duft von heißem Öl auf gefirnisstem Stoff, den alte Flugzeuge ausdünsten. Erregtes Stimmengewirr. Schwitzende Organisatoren mit roten, gequälten Gesichtern, die von Krise zu Krise stolperten, wobei die offiziellen Armbinden ihnen für diesen Tag halbgöttliche Macht und Verantwortung verliehen. Mit der Parkplatzaufsicht beauftragte Teenager winkten wichtigtuerisch die anrollenden Flugzeuge ein.

Das liebliche, gleichmäßige Knattern eines Siemens-Halske-Stermotors von einer vorbeirollenden Jungmeister übertönte das langweilige Dröhnen der Cessnas und Yodels. Ein kraftvolles, kreissägenartiges Röhren ließ mich gerade noch rechtzeitig aufblicken, um eine schwarz-goldene Zlin-Trener-Master in einem langen Rückenflug einschweben zu sehen. Sie rollte träge und im letzten Moment in die richtige Lage und setzte weich auf. Ich las die Registriernummer – G-ASIM. Das war Neville Browning* –, als ob ich nach diesem Anflug noch eine Bestätigung gebraucht hätte. Ich war überrascht, den siebzigjährigen Altmeister des Kunstflugs in Lyon zu sehen. Obwohl er bei Flugshows in England ein oft gesehener Stargast war, ließ er sich doch selten so weit von seiner Farm in Essex entfernt blicken.

Ich lächelte in mich hinein, atmete tief durch und schüttelte ein paar der Nachtgespenster ab.

Ich war zu Hause.

Den Organisator der Show, M. Merlin, fand ich im Zelt. Eine Mitteilung an der Außenwand besagte, dass Flugleiter und Besatzungen sich um 12 Uhr GMT zu einer letzten Einsatzbesprechung

* Neville Browning starb in seiner Maschine ein paar Wochen später bei einer anderen Flugschau im Rückenflug, kurz vor seinem einundsiebzigsten Geburtstag. Es wird nie wieder einen Flieger wie ihn geben.

treffen sollten. M. Merlin schwitzte aus allen Poren und stritt in Hochgeschwindigkeits-Französisch mit einer Gruppe von Männern, die alle wie Piloten aussahen.

Er hielt inne, wie er mich so im Eingang stehen sah, und seine Miene vermittelte eine interessante Mischung aus Erleichterung und Wut, als er sich von der Gruppe losriss. »M'sieur 'Olland!«, explodierte er. »Mon Dieu! Wo sind Sie gewesen? Kein Wort, kein Niiechts! Ich war sehr beunruhigt! Ich … ich …« Die Worte fehlten ihm.

»Es tut mir schrecklich Leid, Monsieur Merlin. Ich wurde krank und war bei Freunden.« Ich betastete bedeutungsvoll das Pflaster an meinem Kopf.

Merlin modellierte sein bewegliches Gesicht augenblicklich zu einem mitfühlenden und besorgten Ausdruck. »Aber es geht Ihnen gut, wieder?« fragte er ängstlich. »Natürlich möchte ich nicht, dass Sie fliegen, wenn es Ihnen nicht gut geht, aber …« Ich hatte den Eindruck, dass er mich persönlich umbringen würde, wenn ich nicht flog. Hastig versicherte ich ihm, dass alles in Ordnung sei.

»Also gut«, sagte er offensichtlich erleichtert. »Sie sind jetzt eine große Attraktion, seit ich die Presse erzählt 'abe, dass Sie kommen noch verletzt von letzte Unfall. Ist große Reklame. Alle Leute werden warten, dass Sie wieder abstürzen.«

Sehr komisch. »Das ist nett von Ihnen. Vielen Dank.«

»Oh, gern geschehen«, erwiderte er mit breitem Grinsen. Er nahm Rache für meine Nummer mit dem Verschwinden. »Hören Sie, wir 'aben Sie für zwei Vorstellungen eingeteilt, je 15 Minuten. Die genauen Termine erfahren Sie bei die letzte Einsatzbesprechung. Beim ersten Mal wollen wir reinen Flugzirkus – Flügellaufen, Kanonen, alles. Die Nächste sollte mehr komisch sein. Okay? Bien! Jetzt sprechen bitte mit Monsieur Pourlin, der wird machen die – ah – Kommentierung für Ihre Vorstellung.«

Merlin angelte sich mit langem Arm einen dünnen Mann aus der Menschenmenge heraus. Ich verbrachte zwanzig Minuten mit Pourlin und erklärte ihm die werbetechnischen Anforderungen unserer Poacher, Wayward und Joyride Stunts, was sich im Wesentlichen auf seinen entsetzten Gesichtsausdruck konzentrierte, den er im richtigen Moment und mit dem richtigen Maß hervorzauberte. Danach ging ich den Rest der Auslandsabteilung des Old Time Flying Circus suchen.

Ich fand sie und den Jaguar, der von der Reise staubig geworden war, neben der Stampe. John, ein schwergewichtiger Mann von zweiunddreißig Lenzen mit dem Gesicht eines Engels, hockte auf der Trittleiste des Flugzeugs und starrte düster über das Feld. Eingewickelt in seinen unvermeidlichen Rollkragenpulli und weite, ausgebeulte Kordhosen, ähnelte er einem traurigen Teddybären. Ich folgte seinem Blick und sah, dass er Neville Brownings Zlin anschaute. Er fragte sich wahrscheinlich, ob er Neville gut genug kannte, um ihn zu bitten, die Stampe zu fliegen – falls ich mich nicht blicken ließ.

Rick dagegen fegte herum wie ein Solotänzer in einem Gewittersturm. Er war von durchschnittlicher Größe und sah mit seiner dunklen Haut sehr gut aus. Normalerweise spielt er in der Show den Clown. Heute sollte er erstmals auf den Tragflächen laufen, und er hatte sich bestimmt während der ganzen Fahrt durch Frankreich geistig auf diese Feuertaufe vorbereitet. Jetzt war zwar die Zeit gekommen, nur sein Pilot nicht! Er war mit den Nerven am Ende, flitzte um die Stampe herum, überprüfte alles zum zweiten oder dritten Mal und blies dabei Wolken von Zigarettenrauch aus Mund und Nüstern.

Er ging fast in die Luft, als er mich kommen sah. »Wo zum Geier bist du gewesen?«, explodierte er. »Du hättest uns gestern Nacht hier erwarten sollen, du Mistkerl! Wir waren …«

»Okay, okay!« Ich hob beide Hände, um den Wortschwall einzudämmen. »Tut mir Leid, aber ich wurde aufgehalten. Nur keine Panik, okay?«

Rick sah aus, als wollte er seine Panik irgendwie loswerden, indem er Holland eins auf die Nase gab. Er holte tief Luft und wollte gerade zu ein paar weiteren Flüchen ansetzen, schluckte sie aber hinunter, als John herantappte und ihm die Hand auf die Schulter legte.

John war die Ruhe selbst. Er studierte mich kurz. »Tag, Bruder« – jeder heißt für John »Bruder« –, »was ist passiert? Sieht aus, als hättest du hier und da ein paar neue Wehwehchen.«

»Ja. Ich hatte einen klitzekleinen Unfall. Erzähl ich euch später. Tut mir Leid, dass ich gestern Abend nicht da war, aber jetzt sollten wir uns erst mal um die Show kümmern ...«

Aber John wollte es nicht dabei belassen. Er legte mir seine bärenartige Pranke auf die Schulter und lief mit mir zur Stampe. »Hör mal, Bruder«, sagte er. »Wir haben uns den ganzen Weg über dich Gedanken gemacht. Du steckst doch in irgendwelchen Schwierigkeiten, oder? Du saust hier rüber wie der Henker, um dir diese Auster anzuschauen – aber erst, nachdem du herausgefunden hast, warum die Tiger abgestürzt ist, nicht wahr? Du glaubst nicht, dass es ein Unfall war. Dann tauchst du erst im allerletzten Moment hier auf, hast anscheinend wieder einiges abgekriegt. Und Jedrow ist auch nicht bei dir, und dann kommen heute früh auch noch diese zwei Ami-Typen an und fragen nach dir. Also, was ist los, eh?«

Ich lehnte mich von vorne an den Flügel der Stampe und verdaute das erst einmal. Wer zum Teufel suchte jetzt nach mir? Amerikaner? Haydons Leute oder was? Nun, im Augenblick konnte ich nichts unternehmen. Allerdings musste ich Rick und John irgendetwas erzählen. Das hatte ich zwar nicht beabsichtigt, aber jetzt war es nur fair, denn wenn Leute nach mir suchten, konnten sie mit hineingezogen werden. Nur, es war eine lange Geschichte …

»Ja, du hast Recht«, sagte ich. »Es ist etwas im Gange. Jetzt ist nicht genug Zeit dazu, aber ich verspreche, dass ich euch nach der Vorstellung alles erzähle. Die Zeit läuft. Es ist jetzt halb zwölf, und wir müssen in einer halben Stunde bei der Einsatzbesprechung sein. Also wartet bitte bis nach der Show, dann erzähle ich euch alles darüber. Okay?«

Ich konnte ihren Gesichtern deutlich ablesen, dass das keineswegs in Ordnung war. Sie wollten es jetzt wissen. Aber das Argument mit der Show zog, also machten wir uns an die Arbeit.

Bevor ich England verließ, hatte ich niemandem erzählt, dass ich die Sten mitnehmen wollte, deshalb hatten sie eine zweite plombierte Maschinenpistole für die Show mitgebracht. Ich betrachtete sie liebevoll, während wir die Requisiten aus dem Jaguar luden. Mein Königreich für einen zweiten nicht plombierten Lauf und ein paar Salven scharfer 9-mm-Munition, aber da ich unglücklicherweise keine Ahnung hatte, wo ich etwas finden sollte, auf das zu schießen sich lohnte …

Zwei Stunden später kämpfte ich gegen ein hohles Gefühl der Angst in meinem Magen an und lauschte der Stimme, die irgendwo in meinem Kopf wisperte, dass es einen einfacheren Weg geben musste, seinen Lebensunterhalt zu verdienen. Ich gab der Stimme Recht. Das tue ich immer, wenn ich den Holland-Hals noch etwas tiefer als üblich in die Schlinge stecke.

Und das tat ich gerade. Ein paar hundert Meter tiefer, vorsichtig geschätzt. Wir hatten den Poacher und den Farmer Stunt geflogen, wobei Rick wie ein Profi auf dem Flügel herumspazierte, und jetzt hatte ich die Wayward-Joyride-Nummer beinahe durch, deren Finale einem nicht gerade niedrige Lebensversicherungsprämien beschert.

Die Zuschauermenge glitt als vielfarbig gesprenkelte Fläche 300 Meter tiefer unter dem Steuerbordflügel hindurch. Ich schielte über die Seitenwand des Cockpits und visierte das Kontrollzelt an. Als es unter der Flügelvorderkante verschwand, versprach ich der wispernden Stimme – wie üblich –, dass ich es jetzt wirklich zum allerletzten Mal tun würde. Dann riss ich das Gas heraus und drückte den Knüppel hart nach vorne.

Die Stampe tauchte augenblicklich weg. Die Übelkeit erregende negative Schwerkraft drückte mich mit ihrer Riesenfaust in die Gurte, als die Nase nach unten peitschte, und dann sah ich das Zelt rechts neben der Motorverkleidung, und der Wind schwang sich zu einem donnerndem Tosen auf, während wir in einen senkrechten Sturzflug gingen.

Mehrere Sekunden lang hielt ich sie in der Senkrechten. Dann, als das Zelt, das Gras und die weißen Gesichter zu jener optischen Täuschung anzuschwellen begannen, die Fallschirmspringer »Groundrush« nennen, zog ich den Knüppel zurück.

Die Nase kam hoch. Das Zelt huschte vorbei. Ich kontrollierte rasch die Geschwindigkeit – um die hundertvierzig –, dann rummste ich die Räder kurz auf den Boden, zog wieder scharf hoch und flog eine schnelle Querruder-Rolle ohne Gas. Als die Flügel wieder in die Waagrechte kamen, lag die Geschwindigkeit um die fünfzig. Ich drückte die Nase kurz nach unten und zog dann den Knüppel bis an meinen Bauch zurück. Die Stampe ließ sich in einer glatten Drei-Punkt-Landung auf dem Rasen nieder.

Ich stieß einen langen, zitternden Atemzug aus. Ich schwitzte an den Händen und unter der Brille, aber die dumpfe Furcht war verflogen. An ihrer Stelle erhob sich ein prickelndes Hochgefühl. Ich hatte es wieder geschafft, es war vorbei – bis zum nächsten Mal. Die wispernde Stimme hatte nichts mehr zu melden.

Der Aufschrei der Menge war Musik in meinen Ohren, als ich im Cockpit aufstand und mich verbeugte.

14

Eine Stunde nach der letzten Nummer hatte ich mich immer noch nicht ganz entspannt. M. Merlin lief schweißgebadet im Schweinsgalopp herum, wie die meisten Showveranstalter während ihrer Flugschauen, und machte einen mindestens hundert Meter langen Umweg, nur um uns zu unserer Vorstellung zu gratulieren. Der Notarzt der Show war ein paar Minuten später aufgekreuzt, um meine Hand frisch zu bandagieren. Rick und John litten nach der Aufregung so sehr unter der nachfolgenden Trägheit, dass sie klaglos meine Ausrede akzeptierten, ich müsse mit den Erklärungen warten, bis Jedrow hier war. Dann mischten sie sich in der vagen Hoffnung unter die Menge, ein paar Mädchen aufzutreiben, die sowohl ohne Begleitung waren als auch Englisch sprachen. Ich hatte mich ihnen nicht angeschlossen, zum einen, weil ich auf Luftshows nie irgendwelche bezaubernde Mädels treffe, zum anderen, weil meine linke Hüfte bei jeder Bewegung bösartig pochte. Also legte ich mich im Schatten eines Flügels mit der zusammengeknüllten Fliegerjacke unter dem Kopf hin und testete meine Intelligenz mit der Wie-finde-ich-Haydon-Frage.

Und so fanden sie mich.

Zuerst hörte ich eine amerikanische Stimme dicht hinter meinem Kopf. »Keine Bewegung, Mr. Holland«, sagte sie leise. »Tun Sie nur, was ich Ihnen sage, ich habe hier nämlich eine schallgedämpfte Pistole, die direkt auf Ihr Herz zielt. Jetzt drehen Sie Ihren Kopf langsam nach links und sehen mich an.«

Bei den ersten Worten war ich erstarrt und straffte mich, um ihn anzuspringen. Jetzt dachte ich über das nach, was er gesagt hatte, benahm mich schließlich wie ein Gentleman und drehte den Kopf vorsichtig nach links.

Er sah aus wie ein typischer amerikanischer Tourist, hatte ein breites, jungenhaftes Gesicht, kurz geschnittene blonde Haare und völlig ausdruckslose blaue Augen. Babyface. Über seinen linken Unterarm hatte er einen Regenmantel gelegt, zwischen dessen Falten ich die Mündung eines Schalldämpfers hervorragen sah. Er hatte nicht gelogen, er zielte direkt auf mein Herz.

»Bitte kommen Sie jetzt mit«, sagte er im Plauderton. »Aber bevor wir gehen, möchte ich noch ein paar Dinge klarstellen, um Ihnen unnötige Spekulationen zu ersparen. Erstens, ich komme von Mr. Haydon, der sich mit Ihnen unterhalten möchte. Zweitens meinte Mr. Haydon, dass er zwar mit Ihnen sprechen möchte, aber wenn Sie nicht mitkommen wollen, soll ich Sie töten. Und glauben Sie nicht, dass Sie irgendeine Chance haben. Ich könnte Sie hier und jetzt erschießen, Ihnen die Jacke über die Brust legen, und zehn Sekunden später wäre ich verschwunden. Wenn Sie unterwegs versuchen wegzulaufen, erschieße ich Sie einfach und erzähle dem nächsten Passanten, dass Sie krank sind und einen Arzt brauchen. Ich selbst wäre binnen Sekunden in der Menge untergetaucht. Mein Französisch ist gut genug. Ich sage Ihnen das nur, weil es idiotisch wäre, so sinnlos zu sterben, aber ich versichere Ihnen, mir ist es so oder so völlig egal. Ich werde jetzt aufstehen. Dann möchte ich, dass sie sich langsam aufrichten und zu dem weißen Mercedes gehen, den Sie direkt hinter Ihrem Flugzeug sehen werden. Ich werde schräg hinter Ihnen außer Reichweite gehen. Sie wissen, was passiert, wenn Sie etwas tun, was mir missfällt.«

Irgendwie klangen seine Worte doppelt bedrohlich durch die Art, wie er sie formulierte: mit flacher Stimme, monoton und gelangweilt, ohne eine Miene zu verziehen. Ich dachte einen Augenblick lang nach und war mir dann ziemlich sicher, dass er genau das tun würde, was er sagte. Das Gesicht und der Regenmantel mit der Pistole wichen zurück und verschwanden aus meinem Blickfeld. Ich lockerte meine Muskeln und teilte ihnen mit, dass jetzt nicht der richtige Zeitpunkt dafür war, auf jemanden loszugehen.

Dann stand ich langsam auf, genau wie es der Mann angeordnet hatte. Aus Augenhöhe betrachtet, war er fast einsneunzig groß und durchtrainiert vom Scheitel bis zur Sohle. Nicht gerade die Sorte Homo sapiens, auf die loszugehen einem Holland gut tun würde. Und dann war da natürlich noch die Pistole mit Schalldämpfer.

Ich hob meine Fliegerjacke auf und ging zum Wagen.

Der 1969er-Mercedes 280 SE ist ein gutes Auto, ein Stück solider teutonischer Wertarbeit. Wahrscheinlich solide genug, dachte ich auf dem Weg dorthin, um die Kugel aus einer schallgedämpften Pistole aufzuhalten, wenn jemand behände hinter den Kofferraum sprang, um den Wagen zwischen sich und den Auslöser des Geschosses zu bringen. Es wäre zwar ein ziemlich verzweifelter Versuch, aber wenn ich erst einmal vom Flughafen in Lyon herunter war, würde meine Lage ohnehin ziemlich verzweifelt aussehen, zumindest hatte ich dieses Gefühl. Das einzige Problem war, dass Babyface und der Mann, den ich jetzt hinter dem Steuer des Mercedes erkennen konnte, den Wagen hübsch frei stehend geparkt hatten. Falls ich es auf die andere Seite des Wagens schaffte, und dahinter stand schon mal ein großes Fragezeichen, konnte ich nirgends mehr hin, außer zum Hauptparkplatz, der gute fünfzig Meter entfernt lag. So wie ich mit meiner Hüfte renne, konnte Babyface sich gemütlich eine Zigarette drehen, sie anstecken und hätte dann immer noch genug Zeit, mir nachzulaufen und mit dem Pistolenknauf einen Klaps hinters Ohr zu geben, bevor ich auch nur die halbe Strecke geschafft hatte.

Das hieß, wenn er das Spielchen nicht satt bekam und mich einfach erschoss.

»Steigen Sie hinten rechts ein«, sagte er sanft, als meine Schritte langsamer wurden.

Ich öffnete die Tür und stieg ein, wobei ich am Rande bemerkte, dass der dunkelhaarige Mann am Steuer teilnahmslos beide Hände am Lenkrad hatte. Ich stellte mich ziemlich an, mein rechtes Bein hereinzuziehen, als ob es schmerzte. Wenn man hinkt, fällt das zwar jedem auf, aber die wenigsten Leute merken, ohne nachzudenken, welches Bein das schlimme ist. Ich begann, das Bein zu massieren, und ließ die Tür offen stehen.

Babyface trat heran, um sie zuzuschlagen.

Ich drehte mich im Sitz und stieß mit beiden Beinen gegen die Tür gerade in dem Moment, als seine Hand den Griff erreicht hatte. Die Tür flog auf, und das hintere Eck des Fensterrahmens traf ihn mitten ins Gesicht.

Ich katapultierte mich aus dem Auto und warf mich auf seine Schusshand, während er zurückstolperte. Er fiel auf den Rücken, ich landete auf ihm drauf und griff verzweifelt nach seinem Arm. Er erwischte mich mit der freien Hand seitlich am Kopf, aber es war keine Kraft dahinter. Ich versuchte, unter den Falten des Regenmantels die Pistole zu packen, fühlte schon das Metall – und dann bohrte sich etwas Kleines und Hartes brutal in mein Genick.

»Keinen Mucks, Kleiner«, knurrte die Stimme hinter dem harten Objekt. Diese Stimme klang bösartig und befehlsgewohnt, und das Objekt war nicht zu verachten. Ich erstarrte.

»Aufstehen.«

Ich stand auf. Babyface kam mir nach. Sein Gesicht war eine Maske aus Blut und Hass. Er langte mit der Rechten in die Tasche seines Sportjacketts und zog ein Taschentuch heraus. Er spuckte Blut und wischte sich erfolglos über Mund und Nase, wobei seine Augen nicht von meinem Gesicht wichen und die Pistole, immer noch unter dem Regenmantel, unverwandt auf mein Herz zielte.

Er spuckte wieder rot aus und sagte dann sehr sanft: »Jetzt leg ich dich um, du Dreckskerl.«

Die Worte wurden durch seine anschwellenden Lippen verzerrt, aber ich verstand ihn sehr gut. Da, wo sein Abzugsfinger sein musste, beulte sich der Regenmantel sachte aus.

»Lass das, Harvey.« Die Stimme des dunklen Mannes hinter mir klang immer noch hart und bösartig. »Irgendjemand wird uns sehen, wenn wir uns nicht auf die Socken machen. Warte bis später.«

Ein oder zwei endlose Sekunden vergingen, bis Babyface Harvey seine unmittelbare Mordlust wieder unter Kontrolle hatte. Ich stand mucksmäuschenstill und atmete sehr flach. Die Kanone des dunklen Mannes grub sich in meinen Hals. Zwei Jungmeister, deren Flügelenden nicht weiter als drei Meter voneinander entfernt waren, nahmen gleichzeitig am Scheitelpunkt eines Loopings das Gas weg. Plötzlich war es sehr still.

Dann sagte Harvey leise: »Okay, Holland, steig ein. Ganz langsam und vorsichtig.«

Die Revolvermündung zog sich von meinem Genick zurück. Ich stieg ein. Sehr langsam und sehr vorsichtig. Harvey setzte sich auf den Beifahrersitz, und der dunkle Mann glitt hinters Steuer. Seine rechte Hand fuhr blitzschnell unter den linken Jackettaufschlag und kam ohne Revolver wieder heraus. Sehr raffiniert. Der dunkle Mann war ein schnelles und gefährliches Tier. Weitaus schneller und gefährlicher als ich.

Harvey drehte sich im Sitz um, und der Lauf seiner schallgedämpften Pistole lugte über die Rücklehne. Ich sah ihm in die Augen und fühlte, wie mir buchstäblich eine Gänsehaut über den Rücken lief und sich die Nackenhaare aufstellten.

»Und jetzt vergegenwärtige dir«, krächzte er, »dass ich dich bei der geringsten falschen Bewegung endgültig kaltmache. Das ist ein 45er-Colt Automatik, und selbst mit dem Schalldämpfer schieße ich glatt durch die Rücklehne und dich hindurch, und das überlebst du nicht. Wenn du beim Hinausfahren irgendeinen Bullen auch nur schief anschaust, werde ich dich umlegen und es genießen. Nicht mal, wenn sie was mitkriegen, würden die Bullen uns mit unserem Vorsprung einholen. Und du brauchst gar nicht erst zu probieren, dich aus der Tür zu schmeißen, weil die Kindersicherungen eingestellt sind. Und versuch auch nicht, meinem Freund hier während der Fahrt ins Steuer zu langen. Du würdest nicht lange genug leben, um zu sehen, was passiert. Darauf kannst du dich verlassen. Kapiert?«

Ich nickte. Langsam. Die Pistolenmündung verschwand, und Harvey rückte sich so zurecht, dass er die natürliche, halb umgewandte Haltung einnahm, in der man sich auf dem Beifahrersitz mit jemandem im Fond unterhält.

Der dunkelhäutige Mann warf mir einen Blick zu und grinste, ein schmales, gemeines Grinsen. »Offensichtlich hamse Harvey geärgert«, sagte er. »An Ihrer Stelle würd ich kein' Muskel rührn.« Er hatte eine nasale, amerikanische Stimme.

Es ist wirklich komisch. Da weiß man, dass die ganze Mafia eigentlich aus Italien oder Sizilien kommt, also ist einem vom Verstand her klar, dass in den Adern eines amerikanischen Mafioso sicher italienisches oder sizilianisches Blut fließt. Und trotzdem kommt es einem unwirklich vor, wenn man dann tatsächlich auf einen dunkelhäutigen Italoamerikaner trifft, der mit einem Fingerschnippen seinen Revolver im Schulterhalfter verschwinden lässt.

Ich massierte meine pochende Linke, die bei meinem Versuch, Harvey anzuspringen, einiges abgekriegt hatte, und beschloss, seinen Rat zumindest im Augenblick zu befolgen.

Die Entscheidung fiel mir nicht schwer.

Wir verließen den Flughafen von Lyon und blieben unbehelligt von all den Gendarmen, die den Verkehr regelten. Harvey schniefte in sein Taschentuch, das er über Mund und Nase hielt, um das Blut zu verstecken, und fixierte mich mit starrem Blick. Ich achtete darauf, keine plötzlichen Bewegungen zu machen. Meine Hand pochte wie ein Zwei-Zylinder-Kompressor.

Einmal vom Flughafen weg, folgten wir der Ringstraße und dann der Route Nationale einige Kilometer weit südlich, bevor wir in Givors auf ein schmales Sträßchen abbogen, das sich durch die Vorhügel des Bergmassivs schlängelte. Die Straße zog sich durch ein paar kleine Ortschaften, erst Rive-de-Gier und dann St. Chammond, die in der Sonne des späten Samstagnachmittags altertümlich, sauber geweißelt und sehr französisch wirkten. Hinter St. Chammond bogen wir rechts in eine noch kleinere Straße ein, die uns durch hügeliges Kulturland führte. Nach insgesamt etwa fünfzig Minuten Fahrt in völligem Schweigen kamen wir auf einen holprigen Feldweg. Das letzte Schild, das ich lesen konnte, wies auf einen Ort namens St. Galmier hin. Wir holperten etwa anderthalb Kilometer lang über die Fahrspur und bogen am Ende in einen weiteren kurzen Weg ein, der vor einer großen, baufälligen Holzscheune endete. Hier hielten wir an.

Der Fahrer stieg zuerst aus und ging um den Wagen herum auf meine Seite. Seine Hand glitt wieder unter das Jackett, und schon hielt er einen kleinen kurzläufigen Revolver in der Hand, der wie ein 38er aussah. Harvey nuschelte, dass ich sehr langsam aussteigen und sehr still stehen sollte, sobald ich draußen war. Ich gehorchte. Harvey klang, als ob sein Mund wehtäte und er schlechte Laune hätte. Er stieg nach mir aus und klopfte dann ans Scheunentor – dreimal kurz, Pause, dann zweimal lang –, und als das Tor aufging, kam er zum Wagen zurück. Er befahl mir, langsam in die Scheune zu gehen, und die beiden folgten mir, um sicherzugehen, dass ich nicht hinfiel und mir wehtat.

15

In der Scheune war es ziemlich düster. Ich hielt unmittelbar nach dem Eingang inne, damit sich meine Augen an die Dunkelheit gewöhnen konnten. Haydon, in leichten Sommerhosen und einer bis zum Nabel geöffneten Windjacke, stand in Fidel-Castro-Pose mit einem Fuß auf der Armlehne eines bunten Klappstuhls. Er hatte einen Zigarrenstumpen im Mund und meine Sten-Pistole in der rechten Armbeuge.

Wesentlich besser zum modrigen Inneren der Scheune passten die Auster und der Landrover mit Anhänger, die hinter ihm standen. Das war keine Überraschung, denn ich hatte auf dem schlammigen Weg neben anderen Radspuren die charakteristischen Abdrücke des Landrovers und des überbreiten Trailers entdeckt. Es war auch nicht besonders überraschend, dass die Auster in weitgehend zerlegtem Zustand über die ganze Scheune verstreut lag. Kleine Häufchen aus zerfetztem Stoff und herausgerissenen Planken lagen neben dem Skelett des Flugzeugs. Sie hatten sogar einige Stahlrohre des Rumpfes durchgeschnitten, die Abdeckungen der Federbeine abgeschraubt und fast alle Nebenaggregate des Motors demontiert.

Ich beendete die Inspektion des Schauplatzes und wandte mich wieder Haydon zu. Bestimmt eine Minute lang starrten wir uns unverwandt an, dann sagte er: »Durchsucht ihn, und fesselt ihn an einen Stuhl.«

Vier eifrige Hände tasteten mich ab, fanden nichts, denn ich habe während einer Vorführung nie etwas in den Taschen, und zerrten mich dann auf einen zweiten Picknickstuhl. Ich saß schweigend da, während sie meine Füße an die vorderen Stuhlbeine und meine Daumen und Handgelenke nach hinten banden. Sie benutzten eine grobe Schnur, die man gut und fest verknoten kann, und sie verstanden ihr Handwerk. Hände, die an den Gelenken und Daumen gefesselt sind, taugen nicht mehr viel, und schon gar nicht nach etwa einer halben Stunde, wenn die Fesseln den Kreislauf dementsprechend abgeschnürt haben.

Harvey hatte sich zu meiner Linken zu schaffen gemacht, weshalb die Fesseln dort besonders eng waren. Harvey konnte mich nicht leiden.

Haydon sah schweigend zu, wie sie mich zu einem Bündel verschnürten. Am Ende schien er sich vor einer hollandschen Revolte sicher zu fühlen. Er legte die Sten sanft auf den Boden und widmete Harveys blutigem Gesicht einen ausdruckslosen Blick.

»Mach mal Licht, Rico«, sagte er.

Der dunkelhäutige Mann ging zum Heck des Landrovers, der mit der Finsternis in der Scheune bald verschmolz, und kam mit zwei kleinen, billigen Camping-Gasleuchten zurück. Er stellte je eine ziemlich dicht neben beide Seiten meines Stuhls und zündete sie an. Als sie zischend aufflackerten, konnte ich die Hitze spüren, und alles außerhalb des Lichtkreises wurde um mehrere Schattierungen dunkler.

Harvey verschwand aus dem Halbschatten, und ich hörte, wie er einen Kanister aufschraubte und wie Wasser plätscherte, als er versuchte, die Spuren von Hollands letztem Gefecht aus seinem Gesicht zu tilgen.

Haydon hockte sich mit dem rechten Oberschenkel auf die Armlehne seines Stuhls und ließ mich eine Weile in der Hitze der Lampen schmoren. Schließlich brach er das Schweigen. »Ich will offen mit Ihnen reden, Holland«, sagte er mit seiner neutralen BBC-Stimme. »Wir wissen beide, dass wir nach einem Päckchen wertvoller Marken suchen, also will ich nicht um den heißen Brei herumreden. Wie Sie sehen können, haben wir dieses Flugzeug sehr gründlich zerlegt. Sie waren nicht drin. Meine Schlussfolgerung lautet, dass jemand anderes sie hat, und da sind Sie und der alte Jedrow natürlich die Hauptverdächtigen.« Er ließ das Gesagte wirken. Ich versuchte, entsprechend beeindruckt auszusehen.

»Und jetzt will ich wissen, wo die Briefmarken sind«, fuhr er fort. »Außerdem will ich wissen, woher Sie und Jedrow davon wussten. Ich werde Sie nicht bitten, sich die Lügen zu sparen, denn Sie werden sehr schnell selbst feststellen, dass Sie damit Ihre Qualen nur verlängern.«

Ich sagte nichts. Er beobachtete mich aus dem Halbschatten heraus, langte in die Hosentasche und zog ein kleines Plastikröhrchen heraus. Er schnippte mit dem Daumen den Stopfen weg und schüttelte vier Pillen in seine Hand. Ohne sich umzusehen, sagte er: »Harvey, bring einen Becher Wasser.«

Dann hob er seinen Blick zu einem Punkt über meinem Kopf und befahl: »Halt ihm den Mund auf.«

Einen Augenblick später brach der Himmel über mir zusammen. Ich spürte den klatschenden Schlag über meinem Ohr, als wäre es kilometerweit entfernt. Der Hieb kam so völlig überraschend, dass ich den verrückten Gedanken hatte, mein Hals müsste unter dem Schleudereffekt brechen. Alles brummte und dröhnte, und mein Blick verschwamm.

Dann packte etwas meine Stirn und riss mir den Kopf zurück. Unwillkürlich öffnete ich den Mund, und augenblicklich hakten sich starke Finger in meine Unterlippe und zerrten sie brutal nach unten, damit er offen blieb. Etwas fiel mir auf die Zunge. Ich wollte würgen – es war, wie wenn man sich den Finger in den Hals steckt, um sich zu übergeben –, aber bei der Kopfhaltung gelang mir das nicht. Noch mehr Finger schlossen sich über meiner Nase, und Wasser platschte mir in den Mund und rann mir in den Hals. Ich kämpfte verzweifelt, wollte würgen, versuchte zu atmen.

Eine Stimme brüllte mir ins Ohr. »Schluck es runter, dann lassen wir los.«

Ich schluckte.

Sie ließen mich los.

Langsam erstarb das Dröhnen und Hämmern in meinem Schädel. Meine Augen stellten sich wieder halbwegs ein. Haydon stand erneut im Schatten, und seine Stimme schien ganze Kontinente weit entfernt, als ich wieder in die Welt zurückkehrte.

»Sie müssen Rico entschuldigen«, sagte er. »Der arme Mann

hatte Angst, Sie könnten ihn beißen, wenn er Sie nicht zuerst schlägt.«

Hinter mir hörte ich das Kichern des armen Mannes, das zu seinem gemeinen Grinsen passte. Toller Witz. Verdammt komisch.

Die Welt kam langsam wieder ins Lot, und ich wurde mir eines scharfen, punktuellen Schmerzes in der rechten Schläfe und eines eigenartigen Geschmacks im Mund bewusst. Der Geschmack kam mir irgendwie bekannt vor. Plötzlich fielen mir die Nächte ein, nachdem Janie weggegangen war. Ich hatte damals Schlaftabletten mit einem Schluck Scotch hinuntergespült, damit ich endlich in die wohltuende Schwärze hinabsank …

Mandrax! Das war der Geschmack! Haydon hatte mir gerade Mandrax-Schlaftabletten eingeflößt. Vier davon!

Ich lachte schwach auf. Haydons schattenhafter Umriss regte sich nicht.

»Sie haben mir vier Mandrax-Pillen gegeben, oder?«, fragte ich. »Sie … ausgerechnet Sie. Der große Chemiefachmann. Der clevere Dreckskerl, der Staphylokokken in Fleischpasteten mixt. Was ist los, Freundchen? Ist das Scopolamin ausgegangen? Kein LSD zur Hand? Vier verdammte Mandrax-Pillen! Wissen Sie, was die anrichten? Ich werde stundenlang weggetreten sein! Bis morgen um diese Zeit kriegt niemand mehr ein Wort aus mir raus. Sie müssen total über … schnappt sein …«

Ich merkte, dass ich unkontrolliert zu plappern begann, also schloss ich den Mund. Die Mandrax-Pillen wirkten bereits. Ich konnte weit weg irgendwelche Stimmen hören, aber die bedeuteten nichts. Die einladende Dunkelheit empfing mich, und ich glitt hinab, immer tiefer …

Plötzlich war ich wieder wach. Zwar nicht hellwach, aber irgendwas zog mich langsam aus dem tiefen Meer der Dunkelheit. Da war es wieder. Ich wurde noch ein bisschen wacher …

Dann wusste ich, was gegen die Wirkung der vier Mandrax-Pillen ankam. Rico, der hinter der zischenden Lampe zu meiner Linken stand, trat gegen meine verletzte Hand.

Ich stöhnte, als er wieder dagegen kickte.

Haydons Gesicht war plötzlich ganz nahe vor meinem, rötlich und geisterhaft im flackernden Licht.

»Das stimmt, Holland«, sagte er, »es sind Mandrax-Tabletten.« Die Stimme klang jetzt nicht mehr so höflich. Die Tünche begann abzublättern, wie in jener Nacht auf dem Flugplatz von St. Jean. Jetzt klang sie schon beinahe wie ein Knurren. »Mandrax-Pillen, um Sie so müde zu machen, dass Sie nicht mehr klar genug denken können, um zu lügen. So müde, dass Sie an gar nichts anderes mehr denken können, als meine Fragen zu beantworten, um endlich zu schlafen. Für Sie brauche ich kein Scopolamin oder Staphylokokken. Alles, was ich brauche, sind vier kleine Schlaftabletten und Rico, der Ihre Hand bearbeitet, damit Sie nicht wirklich wegtreten. Können Sie mich verstehen, Holland? Ich habe Ihnen schon einmal die Hand gebrochen, und jetzt werde ich es wieder. Wie schlimm sie gebrochen wird, hängt davon ab, wie schnell Sie mich davon überzeugen können, dass Sie die Wahrheit sagen.«

Ich nickte abwesend, sank langsam wieder in die Dunkelheit zurück. In einem entlegenen Winkel meines Verstandes regte sich der düstere Gedanke, dass Haydon gerade stillschweigend eingestanden hatte, Bill vergiftet und den Absturz in Sandown verursacht zu haben. Aber nicht mal das war es wert, wach zu bleiben.

Dann trat Rico abermals gegen meine Hand. Haydon schlug mich zweimal ins Gesicht.

»Wo sind die Briefmarken?«

Ich sackte wieder in den Schlaf. Haydons Gestalt flackerte vor meinen Augen, verschwamm abwechselnd und wurde wieder scharf.

»Ich … weiß nich«, murmelte ich wahrheitsgemäß. Ich wusste, dass er mir nicht glauben würde, aber ich war zu müde, um mir darüber Sorgen zu machen. Ich versuchte hinzuzufügen: »Verpiss dich«, aber ich glaube nicht, dass ich es herausbrachte.

Als ich das nächste Mal zu mir kam, war es wegen eines scharfen Schmerzes in der linken Daumenwurzel. Ich fokussierte mühsam meine trüben Augen und sah, dass Rico neben mir kniete. Er musste meine schwerfällige Kopfbewegung gespürt haben, denn er blickte auf. Sein dunkles Gesicht glänzte im Lampenlicht. Ich konnte Schweißtröpfchen auf seiner Stirn erkennen. Seine Zähne blitzten, als er sprach, und ich roch einen Hauch von Knoblauch in seinem Atem.

»Besser, du redest verdammt schnell«, sagte er sanft, »sonst muss ich dir wirklich wehtun.« Nach seiner bisherigen Vorstellung zu schließen, neigte ich dazu, ihm Glauben zu schenken.

Von meiner linken Hand kam ein leises Zippen, und plötzlich war sie frei. Meine Augenlider, von denen jedes mindestens eine Tonne wog, schlossen sich wieder.

Ich fühlte, wie meine Hand sanft auf die Armlehne gehoben wurde, und dann riss ich die Augen auf, weil ich einen stechenden Schmerz wie einen Messerschnitt spürte.

Nach ein oder zwei Wochen schaffte ich es, den Kopf weit genug zu drehen und die Augen auf meine Hand zu richten. Der Schmerz hatte sich deshalb wie ein Schnitt angefühlt, weil es ein Messerschnitt gewesen war. Rico hatte ein gemein aussehendes Klappmesser unter die Bandage meiner Hand geschoben und drehte es.

Nachdem er die äußeren Schichten weggezerrt hatte, glitt das Messer zwischen die Binden, die die einzelnen Finger mit den Aluminiumschienen verbanden. Ich fühlte Blut über mein Handgelenk rinnen, als die Klinge mich abermals ritzte, aber die Pein, die der Schnitt verursachte, ging total in den Schmerzwellen unter, die durch meinen Arm schossen, als Rico die Schienen von den halb verheilten Fingern zog.

Kleine Bäche von Schweiß rannen mir die Schläfen herab und tropften vom Kinn, während ich einen verschwommenen Blick auf das richtete, was er anstellte. Ich wusste wirklich nicht, warum ich ihn beobachten wollte, aber irgendwie schien es wichtig zu sein. Er legte das Messer auf den Fußboden und nahm meine Hand beinahe zärtlich in die seine. Er sah mir in die Augen und grinste sein dreckiges Grinsen. Dann quetschte er meine Hand.

Mein Rücken bog sich durch, als jeder einzelne Muskel in meinem Körper sich zusammenkrampfte. Über dem heiseren Rasseln meines Atems hörte ich ein dünnes, animalisches Wimmern. Es dauerte Sekunden, bevor ich merkte, dass der Laut aus meiner eigenen Kehle kam. Dann lockerte Rico seinen Griff, und mein Körper sackte in sich zusammen.

Haydons Gesicht tauchte verschwommen vor meinen Augen auf. »Das nächste Mal bricht Ihnen Rico den kleinen Finger wieder«, sagte er im Plauderton. »Also seien Sie nicht dumm, sie machen sich die Dinge nur unnötig schwer. Wo sind die Briefmarken?«

Ich stierte ihn trübe an.

»Weiß nich, sag ich doch. Mein Gott, die solln drei-dreizehn Jahre in dem verdammtn Flieger gewesen sein.« Verschwommen fischte ich durch die Watteschichten, die mein Hirn umgaben, nach Worten. »Ich hab das verdammt Ding doch bloß ein paar Minuten lang gesehen. Warum zum Teufl sollt ich sie haben? Jeder könnte die Scheißdinger inzwischen haben.« Tolle Rede, Holland. Gar nicht so übel.

Haydon sah Rico lediglich an und nickte.

Rico bog meinen kleinen Finger langsam zurück, bis er brach. Die alte Bruchstelle nahe der Wurzel gab zuerst nach. Ich hörte es knacken.

Dann drehte er ihn hin und her, sodass die gebrochenen Enden gegeneinander knirschten.

Mein ganzes Gewicht ruhte auf den Zehenspitzen und der Fessel an meinem linken Handgelenk. Der Körper krümmte sich in einem starren Bogen vom Stuhl weg. Meine Augenlider waren fest zusammengepresst, Schweiß rann mir in die Ohren, und der Atem drang in spitzen Schreien aus meiner Kehle.

Anscheinend hatte Rico aufgehört, meinen gebrochenen Finger hin- und herzubewegen, denn der weiß glühende Schmerz ließ langsam um ein paar Grade nach. Ganz vorsichtig beugte ich den Kopf und verlagerte mein Gewicht auf den Stuhl. Das Schreien hörte auf.

Haydon stand mit verschränkten Armen vor mir. »Aber es hat sie keiner, Holland«, sagte er bestimmt. »Wenn sie jemand anderes gefunden hätte, hätte er sie verkauft, und dann wüssten wir davon. Also wo sind sie?«

In meinem Hinterkopf meldete sich eine noch funktionierende Zelle mit dem nagenden Gedanken, dass Haydon gerade etwas Wichtiges preisgegeben hatte. Aber ich kam nicht darauf, und im nächsten Moment entglitt es mir wieder.

»Was heißt wir?«, hörte ich mich murmeln. »Welche Familie?«

Haydon antwortete nicht. Er blickte einfach zu Rico und nickte.

Rico drückte meine Hand wieder zusammen, und eine rot glühende Lanze schoss mir durch den Arm bis in die Schulter hoch. Die doppelte Pein klärte den Nebel in meinem Kopf ein wenig.

»Aber wenn ihr die Marken habt, werdet ihr sie verkaufen, und dann kann ich herausfinden, wer ihr seid.« Warum musste ich eigentlich auf diesem idiotischen Punkt herumreiten? Vielleicht hatte ich eine nebelhafte Vorstellung davon, ich könnte Haydon von Themen ablenken, die mir die Finger brachen. Wenn das der Grund war, führte er nicht gerade zum durchschlagenden Erfolg.

»Es ist uns scheißegal, was Sie herausfinden, wenn wir erst die

Briefmarken haben«, sagte er kalt. »Ich frage Sie noch einmal – wo sind sie?«

»Ja, und wenn ich's Ihnen sage, bringen Sie mich um.«

»Nein, das werden wir nicht. Wir lassen Sie hier gefesselt zurück, während wir die Marken holen und das Land verlassen. Irgendjemand wird Sie schon finden.« Dann peitschte seine Stimme wieder durch den Raum. »Also, wo sind sie? Wie haben Sie davon erfahren?«

Ich schloss die Augen und versuchte, mein benebeltes Hirn zum Denken zu zwingen. Vage war mir bewusst, dass ich ein toter Mann war, sobald ich Haydon alles gesagt hatte, was er wissen wollte. Er hatte schon zweimal bewiesen, dass er keinerlei Skrupel hatte, mich auszulöschen. Und sein Verhalten gab seither nicht gerade zu der Vermutung Anlass, dass er ein geläuterter Mensch sei. Nein – wenn ich erst geredet hatte, blieben mir nur eine schnelle Kugel, wahrscheinlich von Harvey, und ein flaches Grab in der französischen Landschaft. Ich schauderte.

»Wo sind sie?«

Ich tauchte wieder aus dem Nebel auf, als Rico meine Finger in seine Pranke nahm. Ohne die Mandrax-Pillen wäre ich wahrscheinlich vor Schmerz ohnmächtig geworden, aber durch ihre sedierende Wirkung hatte Ricos qualvolle Betätigung den gegenteiligen Effekt, nämlich mich wach zu halten. Genau, wie Haydon es wollte: wach, aber zu schmerzgepeinigt und benebelt, um zusammenhängende Lügen zu erfinden.

»Weiß nich, wo sie sind. Wenn ich sie hätte, hätte ich in der Nacht doch nicht auf Sie gewartet, oder? … Aaaaah!«

Rico knetete meine Finger in seiner großen Faust. Er schien mir nicht zu glauben.

»Na schön«, sagte Haydon. Er kauerte sich plötzlich hin, sodass sein im Lichtschein rötliches Gesicht meinem sehr nahe war. Seine Augen glühten wild, und seine Nasenflügel blähten sich leicht, als er sprach. »Na schön, fangen wir anders an. Wer hat Ihnen von den Marken erzählt?«

»Was für Marken?« Wirklich verdammt schlaue Frage.

Rico ballte meine Finger zur Faust und drückte zu. Ein tiefes Stöhnen stieg aus meinem Magen auf, und ich kämpfte gegen die Übelkeit an. Tränen des Schmerzes liefen mir über die Wangen.

»Das war nicht klug von Ihnen«, zischte Haydon. Da hatte er allerdings Recht. »Ich frage Sie noch einmal, wer hat Ihnen von den Briefmarken erzählt? Mr. Jedrow?«

»Weiß nich ...« Rico drückte wieder zu. »Okay ... okay ... ja, Jedrow.«

»Wie wusste er davon?«

»Weißnich ... aaaaah ... hat ihm einer erzählt.«

»Na klar. Welcher Mann?«

»Kann mich nicht erinnern ...«

»Miere?«

»Weißni ... jaaah, aufhören, ja, Miere.«

»Wann hat Miere Jedrow über die Marken erzählt?«

»Weiß nicht ...«

»Wann?« Haydons Stimme war wie ein Peitschenhieb. Rico drückte wieder zu.

Ich würgte trocken, und der Geschmack von Erbrochenem stieg mir in die Kehle. »Bitte ... Wasser ...«

»Nein. Wann hat Miere mit Jedrow gesprochen? Reden Sie!«

»Nicht gesprochen. Miere hat Brief hinterlassen. Nach seinem Tod. Wollte doch nur mein verdammtes Flugzeug. Also hat Jedrow mir alles erzählt. Hab sie aber nicht gefunden ...«

»Sie lügen. Wo sind sie? Antworten Sie!«

Es entstand ein kurzes Schweigen, während ich gegen die aufsteigende Übelkeit ankämpfte und nach neuen Wegen suchte, ihn zu überzeugen, dass ich nichts wusste. In die Stille brach das entfernte Brummen eines Wagens ein. Alle erstarrten und lauschten.

Das Geräusch kam näher.

Haydon richtete sich auf, er schnappte nur noch: »Rico, mach das Licht aus.«

Er trat einen Schritt nach vorne und löschte die Lampe zu meiner Rechten eigenhändig. Das Gas hörte zu zischen auf, und das Licht verblasste rasch zu einem unheimlichen Rot, und schließlich herrschte völlige Finsternis, als die Glühstrümpfe abkühlten.

Haydons Stimme tönte klar und deutlich aus der Dunkelheit. »Das werden Toni und Pete sein. Harvey, komm mit nach draußen. Rico, pass auf Holland auf.«

Ein dunkelblaues Quadrat tauchte zu meiner Rechten auf, als Haydon das Tor öffnete. Ich sah seine Silhouette, gefolgt von Harveys, in die Nacht hinaustreten. Rico kauerte immer noch in derselben Haltung links von mir, wie zu dem Zeitpunkt, als wir den Wagen zuerst gehört hatten.

Ich wartete, bis ich es nicht länger aushalten konnte, dann wandte ich ihm den Kopf zu und übergab mich explosionsartig in sein Gesicht.

Rico sprang auf die Füße und stieß wütende Flüche aus. Ich würgte abermals, diesmal nach rechts. Eine Gestalt tauchte in der Toröffnung auf, und Haydons Stimme fragte: »Was zum Teufel ist hier los?«

»Der dreckige Scheißkerl hat mich angekotzt.« Ricos Stimme zitterte vor Wut.

»Okay, sorg dafür, dass er stillhält. Wir können die Scheinwerfer schon sehen. Wenn sie es sind, sollten sie uns gleich das Zeichen geben.« Ich erkannte die Umrisse der Sten in seiner Hand, als er sich nach links wandte. Anthony Haydon war ein sehr vorsichtiger Mann.

Ich hörte Rico immer noch unterdrückt fluchen, während er zum Landrover stolperte und vermutlich nach einem Lumpen suchte. Ich würgte wieder, beugte mich so weit wie möglich vor und ignorierte die neuerlichen stechenden Schmerzen in meinen gebrochenen Fingern, als ich mit der linken Hand verzweifelt den Boden in der Nähe des linken vorderen Stuhlbeins absuchte. Ich versuchte, nur Daumen und Zeigefinger zu benutzen, aber die anderen Finger bewegten sich mit, und bei jeder Bewegung schossen rot glühende Flammenspeere durch meinen Arm. Mein Kopf schwankte, und das Blut rauschte mir in den Ohren.

Dann bewegte sich etwas unter meinen Fingern – und ich hatte es.

Das kleine rasiermesserscharfe Messer, das Rico auf dem Boden hatte liegen lassen, nachdem er damit meine Bandagen aufgeschnitten hatte.

Ich fasste es fest zwischen Daumen und Zeigefinger, richtete mich auf und ließ den Arm lose an der Seite herabbaumeln. Mein durch die Anstrengung getrübtes Bewusstsein flutete machtvoll mit der Erkenntnis zurück, dass das Messer meine letzte Chance war, und nur so gelang es mir, es überhaupt festzuhalten.

Das einzige Problem war, dass ich immer noch nicht wusste, was ich damit anfangen sollte. Ich hegte den wirren Gedanken, hinter meinem Rücken die rechte Hand loszuschneiden, ließ ihn aber wieder fallen. Erstens war meine rechte Hand ohnehin zu taub, um von irgendwelchem Nutzen zu sein, und zweitens würde ich verdammt dumm aus der Wäsche schauen, wenn Rico mitten in die Operation platzen würde. So sympathisch, wie ich ihm momentan war, würde er wahrscheinlich einfach drei Schritte außer Reichweite bleiben und mir mit dieser stumpfnasigen kleinen Kanone den Kopf wegblasen. Ich war immer noch ziemlich durcheinander und bemüht, mir einen intelligenten Plan zurechtzulegen, als die Laute aus der Dunkelheit mir mitteilten, dass Rico seine Waschungen beendet hatte.

Weil mir nichts Besseres einfiel, schloss ich die Augen und ließ das Kinn auf die Brust sinken, spielte den Ohnmächtigen. Dass ich mich übergeben musste, hatte mich tatsächlich ziemlich wach gemacht. Und abgesehen von allem anderen hatte ich vermutlich auch einen Gutteil des Mandrax mit dem Rest meiner Eingeweide ausgekotzt. Vielleicht war es auch nur eine Kombination aus Kopfschmerzen und dem beißenden Geschmack von Erbrochenem in Mund und Nase, die mich wach hielt.

Wie auch immer, es fiel mir nicht schwer, wach zu bleiben und Ricos Schritten zu lauschen.

Die Schritte hielten vor mir, und es herrschte eine bedrohliche Stille. Zum zweiten Mal an diesem Abend lief es mir kalt über den Rücken. Was machte er? Hatte er das Messer in meiner Hand entdeckt? Die Stille zog sich hin, dann hörte ich wieder den Wagen, diesmal wesentlich näher.

Jeden Augenblick mussten Haydon und Co. zurückkommen, und meine Chance, so gering sie auch sein mochte, wäre endgültig vertan. Unter dem verzweifelten Druck zu handeln, irgendetwas zu tun, bevor die Chance vorbei war, tat ich das Einzige, was mir auf die Schnelle einfiel. Ich regte schwach den Kopf und sagte: »Wasser … b… bitte … Wasser.« Meine Stimme war ein trockenes, schmerzhaftes Krächzen. Ich brauchte mich nicht zu sehr verstellen.

»Fick dich selber«, zischte Rico.

Ich gab nicht zu erkennen, dass ich ihn gehört hatte, und er tat das, was ich gehofft hatte. Ich hörte seine Kleidung leise rascheln, als er sich zu mir herabbeugte. Ich bekam einen Hauch von Knoblauch ab, und seine Stimme knurrte ganz nahe. »Fick dich ins Knie. Sauf dein eigenes Wasser.«

Ich öffnete halb die Augen. Er stand in der Hüfte abgeknickt und mit vorgerecktem Kopf, sodass sein Gesicht keine dreißig Zentimeter von meinem entfernt war.

Draußen wurde der Wagen langsamer.

Ich stieß das Messer verzweifelt nach oben. Die Klinge glitt fast ohne Widerstand in seinen Hals.

Ich bildete mir ein, Überraschung auf seinem Gesicht zu lesen. Er stieß einen leisen, gurgelnden Laut aus, als ich das Messer seitwärts riss und ihm die Kehle durchschnitt. Warmes Blut spritzte mir über die Hand, als die Klinge seine Halsarterie durchtrennte.

In einem Reflex sprang er zurück und setzte sich schwer auf den Hintern, die Beine von sich gestreckt. Sein Hemd färbte sich in der Düsternis fast augenblicklich schwarz, als das fließende Blut es durchtränkte. Er versuchte, die Hand zur Kehle zu heben, dann starb er. Sein Oberkörper fiel nach hinten, und sein Kopf knallte dumpf auf den Boden.

Innerhalb von Sekunden war alles vorüber. Ich betrachtete den Körper eine Sekunde lang, dann drehte ich mich herum, um den Strick zu durchschneiden, der mich noch festhielt. Neue Feuerlanzen schossen durch meine Finger, während ich die Fesseln an meiner rechten Hand durchsägte.

Wahrscheinlich hätte ich über meine Tat entsetzt sein müssen, aber alles, was ich fühlte, war Übelkeit als Reaktion auf den Schock und die Hoffnung, dass er noch die Zeit gehabt hatte, zu begreifen, was ihm geschah, bevor er starb.

So denke ich heute noch.

16

Sobald ich frei war, versuchte ich, vom Stuhl aufzustehen. Meine Beine waren von den Knien abwärts völlig taub und klappten unter mir weg wie ein paar gekochte Nudeln, sodass ich auf den Knien landete. Durch den Sturz drehte sich alles, und meine rechte Hand pochte qualvoll, als die Durchblutung wieder in Gang kam.

Draußen erstarb das Motorengeräusch, und ein paar Türen klappten.

Eine volle Minute lang war ich völlig bewegungsunfähig, und die Anspannung, darauf zu warten, dass die Gruppe hereinmarschiert kam, während ich völlig wehrlos dalag, trieb mich fast zum Wahnsinn.

Endlich stützte ich mich auf den rechten Ellenbogen und robbte an Ricos blutüberströmter Leiche vorbei. Dann zog ich mich neben seinen Schultern in kniende Position hoch. Meine rechte Hand gehorchte trotz ihrer scheinbar grenzenlosen Fähigkeit, Schmerz auszustrahlen, auf keinen einzigen Befehl. Also griff ich mit der linken Hand in sein Jackett, um die Pistole zu suchen. Die Schmerzen, die meine gebrochenen Finger verursachten, als sie gegen den Stoff scheuerten, ließen mich die Krämpfe in der anderen Hand in einem ganz anderen Licht sehen.

Aber ich hatte den Revolver. Er trug ihn in einem Federclip-Halfter direkt über der Hüfte. Ich zog ihn vorsichtig zwischen Daumen und Zeigefinger heraus. Das hätte mir gerade noch gefehlt, das verdammte Ding zu verlieren und dann endlos in der Dunkelheit danach zu grapschen.

Sobald ich die rechte Hand wieder genügend bewegen konnte, um den Abzug zu drücken, verlagerte ich den Revolver dorthin und achtete sorgfältig darauf, dass der Griff fest in der immer noch tauben Handfläche ruhte.

Dann hob ich die Waffe vor die Augen. Da es fast dunkel war, konnte ich nur mit Gewissheit sagen, dass es ein Revolver war, wahrscheinlich ein 38er-Smith-&-Wesson, mit etwa fünf Zentimeter langem Lauf und abgefeiltem Hammer. Ich zog den Hammer zurück, und er rastete mit beruhigendem Klicken ein.

Ich richtete ihn auf den Eingang und fühlte mich gleich wesentlich besser, was allerdings nicht besonders logisch war, da Haydon immer noch meine Sten und zwei oder drei bewaffnete Helfer hatte. Aber nach meiner bisherigen Glückssträhne war ich ziemlich anspruchslos geworden.

Nichts tat sich.

Nachdem ich etwa eine Minute lang so auf dem Boden gekniet und bereit war, jederzeit loszuballern, dämmerte mir endlich, dass irgendwas nicht stimmte. Wenn der Wagen einer von seinen war, hätte Haydon schon längst zurück sein müssen. Außerdem war es draußen unnatürlich still.

Ich kam zu dem Schluss, dass ich mir zumindest eine strategisch bessere Position suchen sollte, als mitten auf dem Fußboden zu knien. Die Krämpfe waren inzwischen eingeschlafenen Füßen gewichen, also zog ich mich auf die Beine und humpelte so leise wie möglich zur nächsten Wand. Dann arbeitete ich mich weiter vor bis zum Eingang. Mein Kopf dröhnte, und bei jeder Bewegung drehte es sich mir vor den Augen.

Ich kniete neben dem Torpfosten nieder, damit ich meinen Schädel nicht in Kopfhöhe präsentierte, und lugte mit Auge und Schusshand ums Eck.

Ein zweiter weißer Mercedes war neben dem geparkt, der mich hergebracht hatte. Beide standen etwa dreißig Meter weit entfernt, mit der Schnauze zur Scheune. Im immer schlechter werdenden Zwielicht konnte ich Haydon und einen anderen Mann neben den Autos erkennen, während Harvey und noch jemand dazwischen standen. Die Neuankömmlinge waren vermutlich Toni und Pete. Alle vier schienen auf etwas zu lauschen.

Dann hörte ich es auch. Das kehlige Röhren eines kraftvollen, näher kommenden Automotors.

Haydon gefiel das offenbar gar nicht. »Harvey, hinter den alten Pflug da«, bellte er. »Toni, du gehst hinter die Scheune. Pete, du hast doch einen Schalldämpfer? Gut – dann hinten in den Wagen mit dir, und sieh zu, dass die beiden ruhig sind. Bleib außer Sicht.«

Er beugte sich zu einem der Rückfenster des Wagens herunter und hob die Sten, wie um seinen Worten Nachdruck zu verleihen.

»Ihr zwei duckt euch und bleibt außer Sicht«, sagte er. »Ein Pieps, und Pete knallt euch ab. Kapiert?«

Aus dem Innern des Wagens kam keine Antwort. Haydon kauerte sich daneben nieder, sodass beide Wagen zwischen ihm und dem Feldweg lagen, der zur Scheune führte. Ich ging in Deckung, als der Kerl namens Toni zu seinem Versteck hinter der Scheune rannte. Ich schaute gerade schnell genug wieder hinaus, um einen Blick auf einen der Insassen des Wagens zu erhaschen, als Pete einstieg und die Innenbeleuchtung anging.

Es war Jedrow.

Ich war gerade noch dabei, das zu verdauen, als ein kehliges Röhren zu meiner Rechten die Ankunft des Wagens ankündigte, über den sich alle Sorgen zu machen schienen. Scheinwerferkegel strichen über die beiden Mercedes, als er in die letzte Kurve einbog. Abermals heulte der Motor auf, und abermals schockiert erkannte ich das Geräusch.

Es war das unverkennbare Grollen meines Jaguars.

Mein Gehirn versuchte verzweifelt, mit den Ereignissen Schritt zu halten, während die Scheinwerfer flackerten und dann wieder heller wurden. Alles schien mir zu entgleiten. Mit Sicherheit wusste ich nur, dass Rick oder John oder beide geradewegs in eine Falle hineinfuhren.

Ich musste sie unbedingt warnen.

Zum zweiten Mal an diesem Abend tat ich das Erste, was mir in den Sinn kam. Ich lehnte mich aus der Tür, richtete die Pistole hoch über die näher kommenden Scheinwerfer und drückte ab.

Die stumpfnasige Waffe ging mit einem gewaltigen Knall los.

Eine Sekunde lang erschien die ganze Welt wie betäubt. Dann passierte alles auf einmal.

Der Motor des Jaguars heulte auf, und die Hinterräder wirbelten einen Hagel von Kies auf, als der Wagen in eine Rallyekehre gerissen wurde.

Haydon sprang auf und brüllte »du Volltrottel«, dann feuerte er mit der Sten auf den Jaguar.

Das Rattern der Maschinenpistole klang unglaublich laut, und das Mündungsfeuer tanzte über die weißen Dächer der Mercedes, als er darüber hinwegschoss. Ich zielte zweimal auf ihn. Ich verfehlte ihn zwar, aber der zweite Schuss kam ihm nahe genug, dass er hinter einem der Wagen abtauchte.

Ich hatte ihn abgelenkt, aber zu spät. Die Rückleuchten des Jaguars schleuderten wild, blieben dann stehen und erloschen. Der Motor erstarb.

Einen Augenblick lang klangen mir die Ohren von der Stille.

Dann brüllte Haydon: »Rico!« Ein Schatten von Zweifel lag in seiner Stimme. Er hatte wohl nachgedacht.

Ich warf mich aus dem Scheunentor und rollte in Panik zur Seite weg. Wenn sie sich erst wieder zusammengerauft hatten, saß ich in der Scheune wie eine Ratte in der Falle. Haydon hatte mich entweder entdeckt, oder er zog noch im selben Moment die richtigen Schlüsse. »Holland!« bellte er. »Toni – erledige Holland!«

Ich schnellte mich in der Mitte einer Rolle herum und landete auf dem Bauch mit dem Gesicht zu der Ecke, hinter der Toni verschwunden war. Ich hörte einen entfernten Schrei – meinen eigenen –, als ich mir die linke Hand unter dem Körper einklemmte.

Toni sprang in etwa zehn Meter Entfernung hinter der Scheune hervor, und ich feuerte auf ihn. Wie durch ein Wunder erwischte ich ihn am Oberkörper, und halb drehte er sich, halb fiel er gegen die Wand der Scheune. Dann rutschte er langsam zu Boden.

Die Schüsse kamen immer näher, und eine Kugel zupfte an meinem rechten Schuh. Instinktiv warf ich mich nach vorne und krallte meine Zehen, Knie und beide Hände in dem verzweifelten Versuch, aus der Schusslinie zu kommen, in den Boden. Ein zweites, langsameres Maschinengewehr eröffnete irgendwo das Feuer.

Plötzlich lag ich da, Auge in Auge mit Toni.

Er saß halb aufgerichtet gegen die Bretterwand gelehnt. Seine Lippen zogen sich im Todeskampf in der scheußlichen Parodie eines Grinsens von den Zähnen zurück. Ich hatte ihn in die Brust getroffen, und er hielt eine Hand, die von dem hervorquellenden Blut bereits schwarz war, über die Wunde gekrallt. Aber er war immer noch bei Bewusstsein, und seine andere Hand, die mit der Pistole, kam in Zeitlupe hoch, während er mir sein Totenkopfgrinsen zuwandte. Ich stieß ihm meinen Revolver ins Gesicht, dann sank auch schon die Hand mit der Pistole in seinen Schoß, und sein Körper sackte müde nach vorne.

Mein Magen krampfte sich zusammen, und ich holte mehrmals tief keuchend Luft. Als die Welt endlich aufhörte, sich um mich zu drehen, ertönte wieder irgendwo ein kurzer Feuerstoß der beiden Maschinenpistolen. Die langsamere der beiden feuerte immer dann los, wenn das nähere und lautere Donnern von Haydons Sten verstummt war. Und in diesem Augenblick erkannte ich das unverwechselbare scharfe Hämmern einer unserer Zirkus-Stens.

Natürlich mit Platzpatronen.

Der Klang überzeugte Haydon und Co., die natürlich nicht damit rechneten, dass jemand mit Spielzeugwaffen auf sie losballerte. Aber das hieß auch, dass die beiden Patronen, die noch in meiner Smith & Wesson waren, die gesamte Feuerkraft des Holland-Regiments darstellten. In der momentanen Feuerpause versuchte ich vergeblich, mir zu überlegen, was ich mit ihnen anstellen könnte. Irgendwo in der Nähe der Scheune hörte ich eine Flüssigkeit plätschern.

Dann wurde die sirrende Stille von einem dumpfen Knall durchbrochen, als das andere Ende der Scheune in einem riesigen Ball öliger roter Flammen in die Luft ging.

Ich fuhr herum und rollte weg, versuchte, vor der Hitze und dem Licht zu flüchten. Überall um mich herum schienen Schüsse zu krachen. Ich drückte mich flach auf den Boden und versuchte verzweifelt zu begreifen, was da vorging.

Die Scheune brannte wie Zunder, die Flammen loderten und knisterten hungrig und badeten die Szene in ihrem roten Glühen. Ich schaute mich nach Haydon um, aber er musste immer noch hinter den Autos sein, denn ich konnte ihn nicht sehen. Aber ich erblickte Harvey, dessen flackernder, roter Schatten sich hinter dem antiken Pflug aufrichtete. Irgendwie kam es mir gar nicht in den Sinn, dass er mich ebenfalls sehen konnte, bis ich seine Waffe sah. Er richtete den Colt Kaliber 45 mit ausgestrecktem Arm auf mich und hielt die Waffe gerade, indem er sein Handgelenk mit der anderen Hand umklammerte.

Ich hob Ricos Revolver und feuerte die letzten beiden Kugeln auf ihn ab. Daneben. Ich rollte mich verzweifelt zur Seite und hörte noch im Rollen einen dumpfen Knall.

Dann wieder nichts.

Nach einem Augenblick hob ich den Kopf. Harvey hatte beide Arme in die Luft gereckt und schien sich zu strecken, wie ein Mann, der gerade aus dem Bett aufgestanden ist. Ich glotzte ihn verdutzt an. Er bog langsam den Rücken nach hinten durch und stieß ein tiefes, gequältes Stöhnen aus, das ich sogar über das Knattern und Tosen der Flammen hinweg hören konnte. Seine Hände langten matt nach seinem Rücken, dann gaben die Knie unter ihm nach, und er glitt wie in Zeitlupe nach vorne und kam mit dem Gesicht nach unten quer über dem Pflug zu liegen.

Völlig verblüfft blieb ich reglos liegen. Hatte Rick oder John am Ende doch eine echte Waffe? Aber wie hätten sie so schnell eine auftreiben sollen? Selbst wenn, die beiden sind nicht solche Typen, die einfach losballerten, ohne zu wissen, auf wen oder warum.

Die geheimnisvolle Waffe donnerte wieder los, und Glas explodierte in dem Mercedes, der am weitesten von mir entfernt stand, nämlich in dem, in dem Jedrow und Pete saßen. Eine Tür flog auf, und Pete ließ sich in die Lücke zwischen den Autos fallen. Die Sten mit den Platzpatronen feuerte wieder von dem Feldweg zu meiner Rechten, und Pete bekam Gesellschaft von Haydon, der sich mit der Sten in der einen und einer schweren Automatik in der anderen Hand hastig in die Lücke katapultierte. Plötzlich wurde mir klar, dass die Sten vielleicht keine Munition mehr hatte. Sie hatten nur ein Magazin gehabt, und ein Sten-Magazin hält nicht allzu lange vor, wenn man Feuer im Breitwandformat abfeuert. Dann dauert es eine ganze Weile, bis man nachgeladen hat – immer vorausgesetzt, man verfügt über Ersatzmunition, die Haydon vielleicht nicht hatte.

Während ich Haydon und Pete in dem roten Licht des Feuers beobachtete, dämmerte mir endlich, dass ich genau in einer Linie mit der Lücke zwischen den beiden Autos war und mich den beiden wie auf dem Schießstand präsentierte, wenn sie zufällig in meine Richtung sahen. Vor dem Hintergrund der tosenden Flammen konnten sie meine Silhouette kaum verfehlen.

Ich warf mich nach links, um aus der Schusslinie zu kommen. Mein Fuß rutschte auf etwas Glitschigem weg. Ich streckte eine Hand aus, um mich abzufangen, und landete – natürlich – auf meiner gebrochenen Hand. Mein Schmerzensschrei ging im Toben des Feuers unter, als ich auf etwas Weiches fiel, das beim Aufprall grunzte. Ich hätte mich fast wieder übergeben, als ich merkte, das es Toni war. Das Grunzen war die Luft gewesen, die aus seinem Körper entwich, als ich auf seinem Bauch gelandet war. Ich wälzte mich zitternd von ihm herunter, als mir plötzlich einfiel, dass er eine Waffe gehabt hatte. Ich tastete ein paar Sekunden herum und fand sie dicht neben seiner Hand.

Es war eine große schwere Automatik. Ich spürte mit dem Daumen, dass der Hahn zurückgezogen war. Ich konnte den Sicherungshebel nicht finden, aber ich glaubte auch nicht, dass er mit einer gesicherten Waffe auf mich gezielt hätte.

Also war ich wieder bestens ausgestattet, um jemanden zu erschießen.

In diesem Moment brach das Scheunendach mit einem splitternden Krachen in sich zusammen und schleuderte eine neue Säule aus tosenden Flammen und Rauch in die Luft. Ein brennender Span fiel auf Tonis Leiche und setzte sein Jackett in Brand. Etliche Funken landeten auf mir. Ich roch den versengten Stoff, als ich mich wieder zur Seite wälzte, um aus der Gefahrenzone zu gelangen.

Ich kam auf die Füße und hetzte um den Mercedes zu meiner Linken. Wenn ich es schaffte, auf die Rückseite der beiden Autos zu gelangen, würde ich im Dunkeln sein, während Haydons und Petes Silhouetten sich im Licht des Feuers in der Lücke dazwischen abzeichneten. Als ich am Heck des einen Mercedes vorbeikam, gab es einen weiteren dumpfen Knall, der über das Knattern der Flammen hinweg zu hören war. Etwas schnitt wie ein glühend heißes Messer über die Rückseite meines linken Beines, während der Wagen von einem metallischen Einschlag dröhnte. Mein Verstand registrierte den Gedanken »Schrotflinte«, als ich mich schräg rechts nach vorne warf, abrollte und wieder einmal in eine Linie mit der Lücke zwischen den Autos zum Stillstand kam.

Haydon und Pete, vom Knall der Schrotflinte alarmiert, drehten sich gerade zu mir um, als ich zu schießen begann. Die Wildwestknallerei war lediglich ein Reflex, um zu versuchen, die Sache zu beenden, die ich begonnen hatte. Daher war ich nicht sonderlich überrascht, als ich niemanden traf. Pete richtete sich aus seiner kauernden Stellung auf, wobei er in Haydons Schusslinie geriet, und richtete seine Waffe auf mich. Ich feuerte noch ein paar Kugeln ab, schoss wieder daneben und wunderte mich, dass er das Feuer nicht erwiderte.

Durch das Tosen der Flammen konnte ich nichts hören, aber seine Hand zuckte ein- oder zweimal, und dann traf etwas einen

Stein in der Nähe meines Kopfes und summte wie eine wild gewordene Hornisse davon. Plötzlich erinnerte ich mich: Pete war der mit dem Schalldämpfer. Ich rollte mich verzweifelt aus dem Weg, als die Schrotflinte wieder losballerte und er zu Boden ging.

Es trat einen Augenblick lang Stille ein, und das Tosen des Feuers klang seltsam gedämpft nach dem donnernden Schusswechsel.

Durch mein letztes Abrollen war ich wieder aus der Schusslinie gekommen, und ich war nicht besonders scharf darauf, mich dorthin zurückzubewegen, jetzt, wo Haydon und Pete wussten, wo ich war. Ob die letzte Salve aus der Schrotflinte Pete erwischt hatte oder nicht, jedenfalls musste ich mir über Haydon noch den Kopf zerbrechen.

Ich dachte gerade darüber nach, als der Tank des Landrovers in die Luft ging. Er explodierte mit einem dumpfen Knall, der den Boden erzittern ließ, und ein roter Feuerball hob sich aus dem Zentrum des Infernos. Die ganze Szenerie leuchtete düster in der scharlachroten Glut der brennenden Dämpfe. Flammenzungen aus brennendem Benzin regneten hernieder.

Inmitten des ganzen Feuerwerks klappten zwei Autotüren. Der Mercedes zu meiner Linken – der, in dem ich entführt worden war – sprang an. Obwohl der Auspuff mir praktisch direkt ins Gesicht blies, kam ich überhaupt nicht auf die Idee, dass mir aus dieser Richtung Gefahr drohen könnte. Ich dachte in Kategorien von Schusswaffen. Haydon durfte auf keinen Fall entkommen. Ich sprang auf, um in den Wagen hineinzuschießen, und diese Bewegung rettete mir das Leben. Denn so konnte ich zur Seite springen, als der Wagen in einem Wirbel von durchdrehenden Rädern nach hinten schoss. Doch ich war auch so nicht schnell genug. Das hintere rechte Rad schien meine gebrochenen Finger zu streifen. Ich erhaschte einen Blick auf Petes weißes Gesicht und seine Schusshand, die aus dem Rückfenster lehnten, als er versuchte, die schallgedämpfte Pistole auf mich zu richten. Dann wurde aber sein

Arm nach oben gerissen, als Haydon in den Vorwärtsgang schaltete und die Kupplung kommen ließ.

Die Reifen drehten knirschend durch und spien mir einen Hagel von Steinen ins Gesicht. Der Mercedes schoss vorwärts, geriet seitlich ins Rutschen, fing sich wieder und raste den Feldweg entlang. Die hellen Farben des Jaguars, der in seinen eigenen Schleuderspuren stand, wo der Feldweg in den Hof überging, leuchteten eine Sekunde lang im Scheinwerferlicht auf, bevor Haydon ihm in einer Wolke von Staub und Steinen auswich.

Auch nachdem der Wagen hinter der Kurve verschwunden war, konnte ich ihn noch den unebenen Feldweg entlang holpern hören.

Als das Geräusch verklang, senkte sich eine bleierne Stille hernieder. Trotz des pistolenschussartigen Knatterns der Flammen hallten meine Ohren in der Stille.

Ich würgte trocken, dann schleppte ich mich zu dem verbliebenen Mercedes und ließ mich, mit dem Rücken gegen das Hinterrad gelehnt, neben ihm niedersinken.

17

Natürlich war es Jedrow, der als Erster wieder zu sich kam. Die Hintertür des Mercedes ging auf, und er kletterte vorsichtig heraus.

Von meiner Position weiter unten begrüßte ich ihn: »Hallo, Jedrow«, und er machte einen gut zehn Zentimeter hohen Satz.

»Herrgott!«, krächzte er. »Sind Sie in Ordnung? Mann, was für ein Schlamassel.«

Er fummelte in seiner Tasche herum, zog eine Schachtel Streichhölzer hervor, kniete sich neben mich und zündete eines an. Er ließ es sofort wieder fallen. »Mein Gott, Sie sind getroffen! Sie sind … Sie haben …« Seine Stimme erstarb. Offensichtlich wusste er nicht so recht, was er mit einem sterbenden Holland anfangen sollte.

»Nein, ich bin in Ordnung.«

Na ja, mehr oder weniger. Abgesehen von einer zerquetschten Hand, einem Streifschuss am Bein und einem Magen, der sich anfühlte, als hätte ihn ein Pferd getreten. Ich hob die rechte Hand und stellte fest, dass ich immer noch die Waffe hielt. Ich legte die Kanone zwischen meine Knie und fuhr mir mit der zitternden Hand über die Stirn. Als ich die Finger wieder wegzog, waren sie nass und klebrig.

Einen Augenblick lang wunderte ich mich ein wenig darüber, aber ich vergaß es sofort wieder, als eine andere Tür zuschlug und Schritte um das Heck des Wagens kamen. Im Nu hatte ich wieder die Pistole in der Hand und richtete sie auf Lubec, als er um den hinteren Kotflügel bog. Verlegen ließ ich sie sinken: Irgendwann würde ich die Gewohnheit wieder loswerden müssen, alle Leute mit Waffen zu bedrohen. Lubec hielt sich den rechten Arm mit der linken Hand, und sein weißer Pullover war nass vom Blut.

Er prallte zurück, als er mich erblickte. »Lebt er noch? Mon dieu! Wo sind Sie getroffen, Ken?«

»Nur ein Kratzer«, sagte ich. Meine Stimme rasselte in der trockenen Kehle, aber tatsächlich fing ich an, mich besser zu fühlen. Ich konnte die Anfänge eines Mandrax-Rausches erkennen, dieses beschwingte Gefühl, das man bekommt, wenn man ein paar Pillen geschluckt hat, aber trotzdem noch nicht einschlafen kann. Vielleicht war es auch die Kombination von Mandrax und Adrenalin.

»Und Sie? Es sieht so aus, als wäre Ihr Arm verletzt.«

»Ich glaube, er ist gebrochen. Ich versuche aus der Wagen zu kommen, und der eine namens Pete, er schießt auf mich. Ist aber eine leichte Verletzung. Aber Sie ... Sie ... überall Blut ...«

Ich untersuchte die klebrige Nässe auf meiner rechten Hand. Es schien tatsächlich Blut zu sein. Ich fuhr mir abermals übers Gesicht. Da war noch mehr davon. Ich begann, nach Löchern zu tasten. Aus der Dunkelheit kamen Rufe, und Rick und John keuchten schwer atmend herbei. Rick hatte die Sten mit den Platzpatronen und wirkte im roten Schein des ersterbenden Feuers wie ein Guerillakämpfer, während John, eher praktisch veranlagt, eine Taschenlampe in der Hand hielt.

Er richtete sie auf mich und leistete seinen Beitrag zu den überraschten Ausrufen. »Um Gottes willen«, sagte er. »Ken, du musst auf der Stelle ins Krankenhaus …«

»Langsam, langsam.« Mir war endlich klar geworden, wo das ganze Blut herkam. »Es ist nicht meines. Ich habe jemanden erstochen, da drin.« Ich machte eine schnelle Kopfbewegung in Richtung Scheune und wünschte mir noch im selben Moment, dass ich es gelassen hätte. »Der hat mich voll geblutet. Ich bin überhaupt nicht verletzt.«

Sie sahen alle ungläubig drein. Um es ihnen zu beweisen, zog ich mich hoch, stützte mich auf den Wagen und versuchte auszusehen wie das blühende Leben selbst.

»Und ihr? Jedrow, John, Rick – seid ihr alle in Ordnung?«

Wie durch ein Wunder schienen sie alle unverletzt zu sein, abgesehen von Lubec. Wir untersuchten seinen Arm im Licht der Taschenlampe, und es sah ziemlich übel aus. Der Arm war mit Sicherheit gebrochen, und das einzig Gute daran schien zu sein, dass die Kugel zwar auf ihrem Weg den Unterarm gebrochen hatte, aber ansonsten glatt hindurchgegangen war. Lubec blutete stark, und Jedrow legte ihm eine Aderpresse an und begann den Arm mit einem Taschentuch und einigen Streifen aus Johns Hemd zu bandagieren. Ich erinnerte mich, dass ich einem sehr besorgten Mädchen erzählt hatte, ich würde mich um ihren Vater kümmern. Sie hatte ganz gut daran getan, mir nicht zu vertrauen.

Während Lubec so gut wie möglich verarztet wurde, fragte ich Jedrow, was ihnen zugestoßen war.

»Die zwei Kerle haben uns am Flugplatz geschnappt«, sagte er. »Wir haben nach Ihnen gesucht. Plötzlich waren sie hinter uns, drückten mir eine Pistole in den Rücken und sagten, dass sie mir das Rückgrat zerschießen würden, wenn wir nicht beide mitkämen. Sie haben uns gezwungen, in den Wagen einzusteigen, und sind hier rausgefahren. Der, der uns im Auge behalten hat, hat dem Fahrer die ganze Zeit gesagt, dass er glaubte, wir würden verfolgt.« Er sah John und Rick an. »Ich nehme an, das wart ihr beide?«

»Stimmt.« John hielt den Strahl der Taschenlampe auf die medizinischen Operationen gerichtet und griff den Faden auf. »Wir sahen, wie Sie in den Wagen gedrängt wurden. Wir hatten uns schon gefragt, wo zum Teufel Ken abgeblieben war. Etwas Seltsames ging vor, das wussten wir, also haben wir den Jaguar genommen und sind Ihnen gefolgt.«

»Ich hab mir die Sten geschnappt«, warf Rick ein. »Wir dachten, sie könnte sich als nützlich erweisen. War sie auch, weiß Gott, obwohl ich sagen muss, dass ich mir fast vor Angst in die Hosen gemacht habe, als der Typ angefangen hat, mit einer echten Maschinenpistole loszuballern.« Seine Stimme zitterte ein wenig von der Anspannung, enthielt aber auch einen Anflug von Stolz. Nun, dazu hatte er auch allen Grund. Und John genauso. Es musste eine Menge Mut erfordert haben, die Stellung zu halten und eine Zirkusknallerei zu veranstalten, während die anderen mit echten Kugeln zurückschossen.

Apropos echte Kugeln …

»Jetzt wartet mal«, sagte ich. »Hat einer von euch eine Schrotflinte mitgebracht?«

Sie schüttelten beide den Kopf.

»Und hat irgendeiner von euch die Scheune in Brand gesteckt?«

»Nein, haben wir nicht«, antwortete John. »Ich dachte, das wärst du gewesen oder die da – hör mal, was zum Teufel geht hier eigentlich vor?«

»Warte, nur noch eine Sekunde. Wenn ihr keine Schrotflinte hattet und auch die Scheune nicht angesteckt habt, dann ist noch jemand anderes in der Nähe.«

Ich war mal wieder besonders schnell von Begriff. Zehn Minuten lang hatte ich das Geheimnis der Schrotflinte und des Feuers völlig vergessen. Nach allem, was ich wusste, konnte der Unbekannte genau in diesem Augenblick eine doppelläufige Schrotflinte Kaliber 12 auf meinen Hinterkopf richten …

Ich wirbelte herum und zielte mit der Automatik in die Dunkelheit hinter dem Wagen. Niemand trat vor, um sich erschiessen zu lassen.

Dann nahm mein Verstand wieder den Betrieb auf. Wenn da draußen wirklich jemand lauerte und darauf wartete, uns abzuknallen, dann hätte er es schon längst tun können, zumal ich ihm bereits seit etlichen Minuten meinen Hinterkopf als hübsches Ziel präsentiert hatte. Ich senkte die Pistole, kam mir ziemlich dumm vor, und fragte mich, was zum Teufel hier wirklich vor sich ging …

Die anderen betrachteten mich neugierig und kamen wohl zu dem Schluss, dass ich jetzt endgültig übergeschnappt war. Vielleicht hatten sie da gar nicht so Unrecht. John holte Luft und wollte wieder mit seiner Fragerei anfangen, aber ich sagte nur: »Warte eine Sekunde« und hinkte um den Mercedes herum zu dem alten Pflug, über dem Harveys Leiche hing.

In der roten Glut des sterbenden Feuers erkannte ich eine Menge dicht nebeneinander liegender kleiner Risse im Rücken seiner braunen Sportjacke. Um die kleinen Risse herum war das Jackett dunkler. Ein Schrotflintenopfer, aber das wusste ich ja bereits. Ich drehte ihn um, denn vielleicht konnte ich etwas herausfinden, was ich noch nicht wusste.

John stellte sich mit der Taschenlampe hinter mich, während ich einhändig Harveys Taschen durchsuchte. Alles, was er bei sich hatte, waren etwa tausend Franc in Scheinen und etwas Kleingeld,

Zigaretten und ein Streichholzbriefchen und ein Halfter, das auf der Innenseite seiner Hosen an der linken Hüfte hing. In kleinen Taschen am Halftergurt waren zwei voll geladene Ersatzmagazine für den Colt. Wahrscheinlich hatte er nicht gewollt, dass sie in seinen Taschen Flusen und Tabakkrümel aufsammelten. Sehr vorsichtig.

Nur aus Interesse schlug ich die Aufschläge seines Jackets zurück und inspizierte die Innentaschen. Keine Etiketten.

Ich steckte die Francs ein und nahm mir unbeholfen eine von Harveys Gitanes. Er würde sie wohl nicht mehr brauchen. Ich fummelte mit dem Streichholzbriefchen herum und versuchte, einhändig eines anzuzünden, bis John mir ein Feuerzeug hinhielt. Ich sog den Rauch tief in die Lungen, während John den Strahl seiner Taschenlampe über die Scheune gleiten ließ. Er blieb an Tonis Beinen hängen, die unter dem Schutt einer zusammengebrochenen Mauer hervorragten.

John ging hinüber und trat in einem Funkenregen die glimmenden Bretter von der Leiche weg. Er beugte sich hinunter, um einen Blick auf die Überreste zu werfen, wandte sich augenblicklich wieder ab und würgte. Nach meinem Treffer und der Einwirkung des Feuers war Toni sehr, sehr tot. Schweigend gingen wir zu der Gruppe zurück.

John fuhr sich mit einem schmutzigen Taschentuch übers Gesicht und schnäuzte sich dann heftig. »Hast du … hast du das getan?«, fragte er mit unsicherer Stimme.

Ich nickte. »Außerdem ist da noch einer, in der Scheune. Er ist auch tot.«

Es entstand eine unheilschwangere Stille.

»Du meinst … du hast drei Menschen umgebracht?« Ricks Stimme war ungläubig. Er wollte es nicht wahrhaben.

»Nein, ich hab nur zwei umgebracht. Der Kerl mit der Schrotflinte hat den anderen erwischt. Aber macht euch um die keine

Sorgen. Das sind die Leute, die Bill ermordet haben und Ted und mich in Sandown abstürzen ließen.«

»Ermordet … Bill?« Rick sank gegen den Wagen. Er wirkte wie betäubt. Ich schnipste meine Zigarette weg, schüttelte eine andere aus dem Päckchen und steckte das Streichholzbriefchen sorgfältig zwischen meinen linken Daumen und Zeigefinger, sodass ich mit der guten Hand ein Streichholz herausnehmen und es anreißen konnte.

Rick fand seine Stimme wieder und fragte langsam mit Zweifel in seiner Stimme: »Bill wurde ermordet? Aber er ist … er ist verunglückt, oder nicht? Wie zum …?«

Seine Stimme erstarb. Sein Blick war auf meine Händen gerichtet, die mit der Operation Streichholz beschäftigt waren, und jetzt starrte er sie fasziniert und gleichzeitig angewidert an.

»O Gott …«, sagte er.

Ich blickte an mir selbst herab.

Der kleine Finger an meiner linken Hand war verschwunden. Aus der Wurzel sickerte langsam das Blut.

Ich starrte verständnislos hin. Jetzt, wo ich die Hand nicht mehr alle paar Sekunden irgendwo dagegen schlug, tat sie nicht mehr besonders weh. Lediglich ein dumpfes, rhythmisches Pochen im Takt des langsam herauspulsierenden Blutes. Einen Augenblick lang konnte ich nicht glauben, dass ich den Finger tatsächlich verloren hatte. Ich zwinkerte heftig und erwartete fast, dass er wieder da wäre, wenn ich die Augen öffnete. Natürlich blieb er verschwunden.

Als ich aus meiner Erstarrung erwachte, stellte ich fest, dass ich das Streichholzbriefchen in meiner Hand betrachtete. Auf der blutverschmierten Vorderseite stand Hotel d'Auvergne, Montceau-les-Mines.

Vielleicht war Harvey doch nicht ganz so professionell gewesen.

John ergriff sanft meine linke Hand und untersuchte sie im

Licht der Taschenlampe. Er riss noch ein paar Streifen von seinem Hemd ab, spuckte auf ein Stück Stoff und begann sehr vorsichtig das Blut und den Dreck wegzuwischen. Die anderen sahen ihm wie betäubt zu. Der Verlust eines Fingers schien sie mehr schockiert zu haben als alles andere, obwohl Lubecs Arm in Wirklichkeit wesentlich ernsthafter verletzt war. Feuerlanzen aus Schmerz schossen durch meinen Arm, während John arbeitete, aber wenn er nicht gerade direkt den Stumpf berührte oder die beiden gebrochenen Finger, war der Schmerz erträglich. Wahrscheinlich hatte das restliche Mandrax in meinem Körper einen anästhetischen Effekt.

Ich traf eine Entscheidung.

»Jedrow, würden Sie mir bitte ein kleines Stück Holz suchen, um diese Finger zu schienen? John, ich möchte, dass du die gebrochenen Finger fest und sicher bandagierst. Und du, Rick – wie schlimm steht es um den Jaguar? Kannst du ihn wieder in Gang kriegen?«

Einen Augenblick lang starrten sie mich nur stumm an, immer noch im Schock.

»Kommt schon«, schnappte ich. »Wir können nicht die ganze verdammte Nacht hier bleiben.«

Das drang endlich zu ihnen durch. Jedrow fand einen Span von etwa einem Zentimeter im Quadrat und fünfzehn Zentimetern Länge. John schaltete die Scheinwerfer des Mercedes an, um beim Bandagieren Licht zu haben, und Rick verschwand mit der Taschenlampe, um den Jaguar zu untersuchen. Er kam gerade zurück, als John den letzten Knoten zuband. Ich schwitzte vor Schmerz, als er fertig war, und die Bandage um den Fingerstumpf war schon wieder blutgetränkt.

»Der Jaguar ist okay«, sagte Rick. »Deine Freunde haben eine Kugel durch den linken Hinterreifen gejagt, deswegen mussten wir anhalten. Aber abgesehen davon sind nur ein paar Einschusslöcher in der Karosserie, die anscheinend nicht schlimm sind. Die Windschutzscheibe ist zersplittert, aber das ist dann so ziemlich alles.«

»Ist der Reservereifen in Ordnung?«

«Ja.«

»Okay. John und Rick, ihr wechselt den Reifen, dann steigt ihr alle in den Jaguar – das geht schon, wenn ihr ein wenig zusammenrückt – und fahrt zurück nach, äh, ich denke, ihr fahrt am besten zu Monsieur Lubecs Haus.« Lubec, dem man die Anspannung ansah, nickte. »Ja, fahrt zu Monsieur Lubecs Haus. Ich nehme den Mercedes und komme dann nach, spätestens – schauen wir mal – morgen Abend um diese Zeit.«

»Jetzt warte mal«, sagte John scharf. Sein Gesicht nahm einen eigensinnigen Ausdruck an. »Jetzt mach mal halblang. Solltest du nicht die Polizei holen?«

»Herrgott, nein! Willst du, dass sie mich unter Mordanklage stellen? Die Bullen können sich den Schlamassel hier zusammenreimen, wie sie mögen: Sobald wir erst mal weg sind, gibt es nichts mehr, was uns damit in Verbindung bringen könnte. Schon mal von der Mafia gehört? Das *war* die Mafia. Ihre Kumpane werden bestimmt nicht zur Polizei rennen. Und wenn wir sie rufen, werde zumindest ich unter Mordverdacht festgenommen und ihr als Komplizen oder Mittäter oder so was. Ende der Flugshow, die beiden anderen Mistkerle kommen davon, und wir haben diese gottverdammte Mafia-Familie trotzdem am Hals, sobald sie sich wieder organisiert haben.«

Ich wandte mich an Lubec. »Sie glauben, wir hätten die Briefmarken«, erklärte ich schnell. »Die lassen jetzt bestimmt nicht mehr locker.«

Er nickte.

Ich sah wieder zu John. »Vertrau mir. Die beiden, die entkommen sind, sind die Scheißkerle, die Bill ermordet haben. Jedrow und Pierre hier werden euch die Einzelheiten erzählen. Vergesst jetzt einfach die Bullen, und seht zu, dass ihr zu Pierres Wohnung kommt. Außerdem solltet ihr besser wegen dieser Einschusslöcher im Wagen etwas unternehmen. Schmiert sie mit Glasfaserspachtel zu oder so etwas. Ihr könnt ihn nicht nach England zurückfahren, solange er aussieht, als käme er direkt aus einem Hollywood-Gangsterfilm.«

John war damit ganz und gar nicht einverstanden. Seine Augen verengten sich vor Zorn, was selten vorkam. »Herrgott, Alter, du verlangst ja nicht gerade viel von uns, was? Wir haben immer noch keine Ahnung, was eigentlich vorgeht, aber du möchtest, dass wir einen dreifachen Mord vor der Polizei vertuschen, deinen Wagen mit zig Schusslöchern durch den Zoll zurückfahren, und dann sollen wir noch vierundzwanzig Stunden lang Däumchen drehen, während du auf irgendeine wilde verwegene Jagd gehst« – er machte eine Kopfbewegung zu dem Mercedes hin –, »und noch dazu in einem geklauten Wagen. Was zum Teufel ist eigentlich los? Wer hat Bill ermordet? Und wie? Und warum? Und was hast du jetzt vor?«

»Die Kerle, die Bill ermordet haben, sind die, die in dem anderen Mercedes entkommen sind. Die ganze Bande ist Teil einer Mafia-Familie, die die Auster wollten, die Bill und ich gekauft haben, weil sie glaubten, es wäre etwas sehr Wertvolles darin versteckt. Sie haben Bill ermordet, weil er nicht verkaufen wollte, und seitdem sind sie hinter mir her. Jedrow und Pierre erzählen euch die ganzen Einzelheiten.« Ich sah sie an, und beide nickten.

»Sie haben mich gefoltert, bevor ihr aufgetaucht seid, weil sie dachten, ich hätte das Zeug aus dem Flieger genommen, als ich vor ein paar Nächten einen Zusammenstoß mit ihnen hatte, auf dem Flugplatz von St. Jean. Dort musste ich noch einen von ihnen umbringen. Und jetzt versuch mir um Himmels willen für den Augenblick zu vertrauen, ja? Ich muss mich auf die Socken machen.«

Rick und John sahen aus wie vor den Kopf geschlagen, während sie das Ganze zu verdauen versuchten. Ich konnte es ihnen nachfühlen: So auf die Schnelle erzählt, klang die Geschichte irgendwie unwirklich. Dann sah ich die Leichen im Licht des Feuers, ich sah die blutige Bandage um Lubecs Ellenbogen und die Lücke, wo mein kleiner Finger gewesen war. Da wurde sie wieder sehr echt.

»Na schön.« John kam ziemlich schnell wieder zu sich. »Angenommen, wir machen mit. Wo willst du jetzt hin?«

»Ich will Haydon und Pete einholen, das sind die zwei, die entkommen sind. Deshalb nehme ich den Mercedes. Ich möchte nicht, dass der Jaguar mit irgendwas in Verbindung gebracht wird, was noch passieren kann.«

»Was!?« John war sichtlich erschüttert. »Du willst ... du willst ... Jesus, du hast wohl Sehnsucht nach dem Tod?! Das kannst du nicht machen! Die bringen dich um!« Er fuchtelte kraftlos in der Luft herum. »Du ... du ... du musst deine Hand behandeln lassen«, schloss er lahm.

»Nein, sie werden mich nicht umbringen, denn sie rechnen nicht mit mir. Dass ich sie jetzt verfolge, ist das Letzte, worauf sie kommen würden, hoffe ich wenigstens, und wenn ich es nicht tue, sind sie in null Komma nichts wieder hinter uns her. Auf alle Fälle hinter mir, sobald sie sich reorganisiert haben. Und außerdem sind das die Dreckskerle, die Bill ermordet haben. Kapierst du?! Die haben Bill ermordet!« Ich merkte, dass ich zu schreien begonnen hatte. »Und jetzt hört endlich mit dem verdammten Gerede auf, und lasst es mich hinter mich bringen!«

»Woher wissen Sie denn, wo Sie hin müssen?« Lubecs ruhige Stimme. Sein Gesicht war schmerzverzerrt, aber sein Verstand funktionierte bestens.

»Montceau-les-Mines. Hotel d'Auvergne.« Ich deutete auf das Streichholzbriefchen, das auf der Motorhaube des Mercedes lag. »Irgendwo müssen sie ja abgestiegen sein. Ich vermute, dass es dort ist.«

»Woher wissen Sie, dass sie dorthin zurückfahren?«

»Das weiß ich nicht, jedenfalls nicht mit Sicherheit. Aber das sind Profis. Harvey zum Beispiel – er hatte nichts in den Taschen, jedenfalls nichts, wodurch man ihn hätte identifizieren können. Ich wette, dass die anderen auch nichts bei sich hatten. Aber irgendwo müssen sie ihre Pässe und solche Dinge gelassen haben. Und irgendwann müssen sie die auch wieder abholen. Ich vermute nur, dass sie zum Hotel zurückfahren. Vielleicht liege ich ja völlig falsch. Vielleicht haben sie dort nur zu Abend gegessen oder lediglich Zigaretten gekauft. Wenn das der Fall ist, werde ich sie nicht finden. Aber was habe ich zu verlieren, wenn ich es versuche? Und noch ein Punkt spricht dafür, dass es der richtige Platz ist. Ein Profi wird sich nicht gerade dort ein Hotel suchen, wo das Zentrum seiner Operationen liegt. Das würde es viel zu einfach machen, später seine Spur aufzunehmen. Aber Montceau ist etwa hundert Meilen entfernt, wenn ich mich recht entsinne. Wer würde die Hotels in einem so großen Umkreis überprüfen, wenn er hinter jemandem her ist, der in St. Jean ein Verbrechen begangen hat?«

Lubec nickte nachdenklich. »Vielleicht haben Sie Recht«, sagte er zweifelnd. »Und, wie Sie schon sagten, der Versuch schadet nichts. Aber Ihre Hand, Ihr Kopf – Sie sind nicht in der Verfassung für so eine Sache.«

»Ich begleite ihn«, warf John schnell ein. Er kam langsam wieder in die Gänge.

»Nein, das tust du nicht. Wenn ich die zwei erwische, bringe ich sie um. Wenn ich kann, schieße ich sie in den Rücken, bevor sie überhaupt wissen, wie ihnen geschieht. Bis jetzt steckst du nicht in dieser Sache drin, und es gibt keinen Grund, dass du dich jetzt mit hineinziehen lässt. Es wäre niemandem geholfen, wenn etwas schief geht und wir vielleicht beide wegen Mordes verhaftet werden.«

»Aber schau mal …«

»Nein, schau du mal her! Du bist kein Killer, und ich will nicht dafür verantwortlich sein, dass du zu einem wirst!« Ich hatte wieder zu schreien begonnen. Es entstand ein unbehagliches kleines Schweigen.

»Sie, andererseits, sind einer«, sagte Lubec sehr sanft.

Ich schaute in die Runde. Sie betrachteten mich mit einem seltsamen Gesichtsausdruck.

Zum Teufel mit ihnen. Ich schnappte mir die Taschenlampe von Rick und stapfte hinüber zu Harveys Leiche. Nach ein paar Minuten fand ich, was ich gesucht hatte, seinen 45er-Colt Automatik. Er war zwischen die rostigen Scharen des alten Pfluges gefallen, und ich musste mich mühsam hinknien, um ihn, ohne meine linke Hand zu benutzen, herausfischen zu können. Ein 45er-Colt ist sowieso eine große Pistole, aber mit dem dreizehn Zentimeter langen Schalldämpfer, der auf den Lauf geschraubt war, sah er aus wie eine kleine Haubitze und fühlte sich auch so an.

Trotzdem ließ ich den Schalldämpfer an Ort und Stelle. Man wusste nie, wann man ein bisschen Ruhe und Stille brauchen konnte. Ich beendete mein Aufrüstungsprogramm, indem ich Harveys zwei Ersatzmagazine an mich nahm. Mit Tonis Pistole, die in meinem Gürtel steckte, und dem Colt in der Hand kam ich mir vor wie ein wandelndes Waffenarsenal. Dann fiel mir noch etwas ein, und ich schwenkte die Taschenlampe über die Reifenspuren, die Haydon bei seiner Abfahrt hinterlassen hatte. Innerhalb von zwei Minuten fand ich, was ich gesucht hatte: ein kleines, verdrecktes Klümpchen aus Knorpel und Knochen. Mein kleiner Finger. Ich steckte ihn in die Tasche.

Niemand sagte etwas, als ich wieder in den Scheinwerferstrahl des Mercedes humpelte. Ich sah Rick und John an: »Schön, macht euch an die Arbeit. Ihr werdet noch die ganze Nacht hier sein, wenn ihr nicht bald das verdammte Rad wechselt.«

Ich warf John die Taschenlampe zu. Er fing sie auf, starrte mich noch ein paar Sekunden lang mit diesem seltsamen Gesichtsausdruck an, dann drehte er sich um und ging auf den Jaguar zu. Rick folgte ihm.

Im Licht eines der Scheinwerfer untersuchte ich den Colt. Ich fand die Verriegelung des Magazins, nahm den Clip heraus und zog den Schlitten zurück, um die Patrone aus der Kammer auszuwerfen.

Es war eine Selbstladepistole mit freiliegendem Hammer: Ich schob eines der vollen Magazine ein, zog den Schlitten zurück, hielt dann den Hammer zwischen meinem linken Zeigefinger und Daumen fest, zog den Abzug und ließ den Hammer vorsichtig wieder herunter. Auf die Art musste ich nur den Hammer mit dem Daumen spannen und konnte losballern, was für einhändiges Schießen wesentlich einfacher war, als mit dem Schlitten herumzufummeln.

Die Pistole, die ich Toni abgenommen hatte, stellte sich als 9-mm-Browning heraus, die noch neun Patronen im Magazin hatte. Ich bereitete sie ebenso vor wie den Colt und steckte sie in die rechte Hosentasche. Der Griff ragte heraus, und ich kam mir vor wie Jimmy Durante als John-Wayne-Imitator. Aber wenigstens konnte ich sie so jederzeit leicht rausholen.

Ich legte den Colt in die Türablage auf der Fahrerseite des Mercedes, vergewisserte mich, dass eine Straßenkarte im Wagen war, und ging dann außen herum, um mir die Schrotschäden anzusehen. Das Fenster in der rechten Hintertür war zersplittert, und die Tür selbst hatte kleine Löcher von einem Streifschuss, sahen aus wie Pockennarben. Der rechte hintere Kotflügel war in ähnlichem Zustand, nur schlimmer zugerichtet von dem Schuss aus dem Hinterhalt, der eigentlich mir gegolten hatte. Nichts Funktionswichtiges schien getroffen zu sein, aber das Problem mit Einschusslöchern in einem Wagen ist, dass sie eben genau wie Schusslöcher aussehen. Ich sammelte eine Hand voll Schlamm auf und schmierte sie auf den hinteren Kotflügel, aber der sah immer noch aus, als wäre er von einer Schrotflinte getroffen worden. Na schön, vielleicht würde es im Dunkeln ja niemandem auffallen.

Als ich die Tür öffnete, ging die Innenbeleuchtung an, und ich sah mich selbst im Rückspiegel. Ein schlimmer Anblick: Ricos Blut trocknete auf meinem Gesicht, klebte in meinen Haaren und hatte die Vorderseite meines T-Shirts durchtränkt. Um das Ganze abzurunden, war ich von einer Schicht aus Dreck und Schmutz bedeckt, was vom vielen Herumwälzen auf der Erde herrührte. Wenn irgendjemand einen Blick auf mich werfen sollte, würde ihn das bestimmt von unbedeutenden Kleinigkeiten wie Einschusslöchern im Wagen ablenken. Ich stieg also wieder aus, hinkte zum Jaguar und fischte den Wasserkanister heraus, den wir immer im Kofferraum haben. Die anderen sahen schweigend zu, als ich einen Lumpen mit Wasser tränkte und mein Gesicht so gut wie möglich säuberte. Rick war gerade mit dem Reifenwechsel fertig, als ich ein paar Schlucke von dem warmen abgestandenen Wasser nahm, gurgelte, um den Geschmack von Erbrochenem aus meiner Kehle zu spülen, und den Kanister wieder verschloss.

»Dann bis morgen«, sagte ich zu niemand Bestimmtem.

Rick murmelte ohne aufzublicken »Okay«, und Jedrow und Lubec gaben irgendetwas Unverständliches von sich. Nicht gerade ein überschwänglicher Abschied. Pfeif drauf, dachte ich, und wollte zum Benz zurückkehren.

John stand mir im Weg. Er berührte mich kurz am Arm, während er zur Seite trat. »Pass auf dich auf, mein Alter«, sagte er sanft.

Ich fühlte mich ein bisschen besser.

18

Noch besser fühlte ich mich, als ich unterwegs war. Ich fahre gerne – tatsächlich bediene ich gerne jede Maschine, die sich bewegt –, und obwohl mein Geschmack, was Autos betrifft, mehr zu offenen Sportwagen tendiert, vermittelt ein Mercedes immer das angenehme Gefühl von sanfter lautloser Kraft. Dieser hier, von dem ich annahm, das es sich um einen Leihwagen handelte, war ein 280 SE, ein Sechs-Zylinder-Einspritzer mit 2,8-Liter-Maschine, genau wie der, in dem ich entführt worden war. Die Linkssteuerung war ein wenig gewöhnungsbedürftig, aber meine angeschlagene linke Hand wusste es sehr zu schätzen, dass der Schalthebel rechts vom Lenkrad lag. Ich fühlte mich munter und beinah fröhlich, als ich den Feldweg entlang holperte. Das war die Wirkung des Mandrax-Rausches, der sich seinem Höhepunkt nähern musste, das wusste ich.

Der Feldweg war weitgehend trocken, nur gelegentlich gab es Pfützen und feuchte Stellen. Wo es schlammig wurde, konnte ich die grobstolligen Abdrücke des Landrovers erkennen, und außerhalb von ihnen verlief das Zickzackmuster des überbreiten Anhängers. Diese Abdrücke wurden stellenweise überlagert von den eher unauffälligen Mustern der Mercedes-Reifen und den unverkennbaren Spuren der Cinturatos-Reifen des Jaguars. Die einzigen anderen Fahrzeugspuren schien ein Satz Breitreifen mit Rillen in der Mitte hinterlassen zu haben.

Als ich auf die Straße kam, drehte ich die Heizung voll auf, um die kühle Nachtluft zu verdrängen, die zu dem zersplitterten Rückfenster hereinpfiff und durch mein dünnes T-Shirt schnitt. Sobald ich mich an den Wagen gewöhnt hatte, fuhr ich schneller und summte vor mich hin, während ich den Mercedes hart an der Grenze der Bodenhaftung in die Kurven legte.

Schon bald fuhr ich auf den geraden Strecken 150, 160 km/h

und zischte an den vereinzelt dahinkriechenden 2 CV und Renault 4 vorbei. Ich raste durch St. Chammond, dann durch Givors und bog nach rechts auf die Nordautobahn ab.

Ungefähr dreißig Kilometer südlich von Lyon begann es zu regnen, etwa um dieselbe Zeit, als ich merkte, dass ich tanken musste. Es fing mit langsamen, großen und schweren Tropfen an, als sollte es eine gründliche Dusche geben.

So kam es auch.

Nach etwa zehn Minuten fuhr ich wie durch eine geschlossene Wasserwand, und die Scheibenwischer hatten, obwohl sie auf höchster Stufe liefen, keine Chance, mit diesen Wassermassen fertig zu werden. Die Lichter des Gegenverkehrs gleißten unerträglich durch die Ströme von Wasser, die sich über die Windschutzscheibe ergossen, und blendeten mich. Ich zwinkerte heftig, und obwohl ich lediglich mit 40 km/h dahinkroch, erforderte es meine ganze Konzentration, einfach nur auf der Straße zu bleiben. Autos und Lastwagen rauschten hupend an mir vorüber und wirbelten Wände von Sprühnebel auf. Mir wurde bewusst, dass ich den Höhepunkt des Mandrax-Rausches überschritten hatte und meine Sehkraft beeinträchtigt war.

Alle paar Minuten kniff ich die Augen in der frommen Hoffnung für ein paar Sekunden fest zusammen, dass sie durch eine solche Behandlung irgendwann wieder richtig funktionieren würden. Natürlich half es nichts, aber als ich nach einem dieser Versuche die Augen wieder öffnete, erblickte ich ein beleuchtetes Esso-Schild. Die Zapfsäulen waren in Betrieb, aber abgesehen davon wirkte das Ganze wie Frankreichs schäbigste Tankstelle. Aber es war genau das, was ich brauchte. Ich war schon fast auf der Höhe der Einfahrt, weshalb ich das Lenkrad scharf nach rechts riss. Das Heck schlingerte wie wild, als ich in den Vorhof schoss und mit einem gequälten Reifenkreischen schlitternd zum Stehen kam. Der Tankwart, der in seinem kleinen, verglasten Kabuff aus einer dampfenden Tasse trank, wäre bei meinem Bremsmanöver beinah vom Stuhl gefallen.

Genauso erging es den beiden Gendarmen, die mit ihm zusammensaßen.

Einen Augenblick lang wäre ich beinahe in Panik geraten und geradewegs wieder hinausgefahren. Ich hatte bereits den Fuß auf der Kupplung und die Hand am Schaltknüppel, als ich wieder zur Besinnung kam. Wenn ich genauso davonraste, wie ich gekommen war, ohne wenigstens ein paar Liter Benzin zu kaufen, würden sich die Flics binnen Sekunden an meine Fersen heften. Neben der heruntergekommenen Hütte des Tankwarts parkte ein Polizei-Citroën.

Ich erstarrte und sah das Ende nahen. Langsam, wie in Trance, griff ich nach vorne und schaltete Licht und Zündung aus. Sie würden mich festnehmen, sie würden mich verhören und in Untersuchungshaft stecken. Und schließlich würden sie meine Person, die Waffen und das Gemetzel droben in den Hügeln von St. Jean miteinander in Verbindung bringen.

Ich überlegte verzweifelt, was ich tun konnte. Wenn ich nur nicht so müde gewesen wäre …

Der Tankwart hielt seinen Plastikregenmantel am Hals fest zu, als er sich hinaus in die Fluten stürzte. Beide Gendarmen trugen die hellblauen Hemden ihrer Sommeruniform. Einer von ihnen kam hinter dem Angestellten aus der Tür, zog den Kopf ein, als ihn der Regen traf, zögerte eine Sekunde, und dann sprang er hastig zurück in die Trockenheit der Hütte.

Ich merkte, dass die Luft, die ich anhielt, schon ziemlich abgestanden war. Ich atmete aus.

Eiskalte Fühler der Anspannung tasteten sich an meinem Rückgrat hinauf, als ich den Tankwart in meinem Schulfranzösisch um »Quarante francs de premier essence s'il vous plaît« bat. Aus dem Augenwinkel konnte ich sehen, wie die Gendarmen sich unterhielten und mich dabei beobachteten. Ich erwog, mich nonchalant zu strecken, aber dann fiel mir ein, dass es vielleicht besser wäre, meine bandagierte Hand nicht sehen zu lassen. Der Tankwart fummelte irgendwo hinten am Wagen herum. Wenn er mich fragte, wo der Tankeinfüllstutzen sei, war es aus. Wenn ich unter den wachsamen Augen des Gesetzes aussteigen musste, um nach dem Tankdeckel zu suchen, eine kleine, hinkende Gestalt im blutigen T-Shirt, dann war ich erledigt.

Mach schon, mach schon ... du wirst doch wohl schon einmal einen verdammten Mercedes getankt haben ... Endlich ging der Tankdeckel auf. Dann hörte ich den Zapfhahn klappern und schließlich das erlösende Plätschern des Benzins. Ich suchte vier Zehner aus Harveys Geldscheinbündel heraus und begann zwischendurch wieder Luft zu holen.

Als der Mann zum Fenster kam, um zu kassieren, sagte ich: »Bonsoir, Monsieur, et merci.« Ich hoffte, dass meine Stimme zwanglos klang, aber vermutlich war sie lediglich ein heiseres Krächzen. Ich ließ mir viel Zeit, den Motor anzulassen, Scheinwerfer und Scheibenwischer einzuschalten und vorsichtig aus der Tankstelle zu rollen.

Ich wollte laut schreien. Ich konnte beinah fühlen, wie die Blicke der Gendarmen auf meinem Hinterkopf ruhten, während ich auf eine Lücke im Verkehr wartete. Hatten sie das fehlende hintere Fenster bemerkt und fragten sich jetzt, warum es mitten in einem sintflutartigen Regen offen stand? Hatten sie die Einschusslöcher am hinteren Kotflügel entdeckt? Sie lagen auf der ihnen zugewandten Seite des Wagens. Ich saß wie auf Kohlen, während eine Kolonne nordwärts flutenden Verkehrs gemütlich vorbeirollte.

Lieber Herr Jesus – macht schon! Alle anderen Autos in Frankreich rasen wie verrückt durch die Gegend, und ihr müsst euch ausgerechnet diesen Augenblick aussuchen, um hier vorbeizukriechen. Ich wollte den Mercedes in eine Verkehrslücke hineinzwängen und so schnell losfahren, wie's der Wagen zuließ. Stattdessen saß ich einfach da, den Motor im Leerlauf, und wartete. Der Regen trommelte auf das Dach. Nach ungefähr vierzehn Tagen konnte ich endlich weg.

Ich lenkte den Mercedes vorsichtig auf die Straße.

Niemand folgte mir.

Zwanzig Minuten später fuhr ich nach Lyon hinein, ließ mich einfach vom Verkehrsfluss treiben und hoffte, dass er mich irgendwann im Norden wieder aus der Stadt spülen würde.

Auf den Parkplätzen der Restaurants entlang des Flusses waren mehrere weiße Mercedes geparkt, und irgendwann fragte ich mich, ob Haydons wohl darunter sei. War zwar möglich, aber auch unwahrscheinlich, und es hätte wenig Sinn gehabt, anzuhalten und jeden weißen Mercedes zu überprüfen, den ich zwischen St. Chamond und Montceau sah. Ein Mercedes ist in Frankreich ein ziemlich gängiges Auto, und weiße gibt es ziemlich häufig. Vermutlich würde ich etwa eine Woche dazu brauchen, während Haydon längst verschwunden war. Außerdem konnte es möglicherweise ein wenig Aufsehen erregen, wenn ich blutbefleckt und von tödlichen Waffen nur so strotzend zu Fuß durch Lyon schlich. Nein, ich hatte die besten Aussichten, wenn ich meiner Vermutung mit dem Hotel d'Auvergne nachging. Schließlich erreichte ich die Nordautobahn und fuhr weiter.

Erst dreißig, vielleicht auch vierzig Minuten nördlich der Stadt fielen mir die Lichter auf. Anfangs hatte ich nicht besonders darauf geachtet, aber als der Verkehr nachließ, drängte sich mir langsam der Eindruck auf, dass ein bestimmtes Paar Scheinwerfer immer dablieb. War es nur Einbildung, oder saß da wirklich jemand etwa dreihundert Meter hinter mir und verfolgte mich?

Während der nächsten zehn Minuten behielt ich den Rückspiegel sorgfältiger im Auge. Gelbe Scheinwerfer tauchten auf und verschwanden wieder, während ich den einen oder anderen Lastwagen oder Kleinwagen überholte.

Dieses eine Scheinwerferpaar aber war immer noch da.

Das musste noch nichts zu bedeuten haben. Vielleicht rollte ja jemand einfach mit derselben Geschwindigkeit dahin wie ich. Vielleicht. Ganz langsam ging ich auf etwa 80 km/h herunter.

Die Lichter hinter mir wurden ebenfalls langsamer.

Die Bullen von der Tankstelle!

Die waren also doch nicht so dumm, wie sie aussahen, und hatten Verdacht geschöpft. Sie verfolgten mich und spielten Katz und Maus, um zu sehen, was ich vorhatte.

Meine Nerven kribbelten. Jede Minute würden sie das Spielchen satt bekommen und mich anhalten. Bonsoir, Monsieur. Nur eine Routinekontrolle. Sind Sie verletzt, Monsieur? Ist das Ihr Wagen? Sind das Ihre Waffen, Monsieur? Tut uns Leid, Monsieur, aber wir müssen Sie bitten, uns zu begleiten …

Es gab nur einen Weg, um das zu vermeiden.

Ich stieg aufs Gas.

Der Motor stöhnte leise auf, und die Geschwindigkeit stieg auf 140, 150 km/h. Die Reifen zischten bösartig auf der nassen Straße, und der Fahrtwind in der hinteren Fensteröffnung steigerte sich zu einem scharfen Heulen. Der Wagen hinter mir schien seinen Abstand zu halten. Ich lehnte mich zurück, streckte die Arme aus und gab Vollgas. Das Heulen wurde zu einem brüllenden Sturmwind, und der Wagen vibrierte vor geballter Kraft. 160, 165: jedenfalls knapp über 100 Meilen pro Stunde. Der Regen prasselte heftig gegen die Windschutzscheibe, und die gelben Scheinwerferkegel bohrten sich in die Dunkelheit vor mir. Während die Straße immer schneller unter mir dahinflog, versuchte ich, meine Reflexe zu schärfen, aber es funktionierte nicht. Ich reagierte zu langsam für den Wagen, und ich wusste es.

Ich schoss an ein paar Lastwagen vorbei, die in riesigen Wällen aus Spritznebel dahinzurollen schienen. Es war, als fahre man durch einen Swimmingpool.

Ein paar Sekunden nachdem ich die überholt hatte, machte die Straße eine sanfte Linksbiegung. Der Mercedes kam auf einer großen Wasserlache ins Aquaplaning. Ich dachte schon, ich würde die Kontrolle verlieren. Das Heck begann ganz sanft wegzugehen, und dann waren wir plötzlich von der Lache herunter. Der Wagen schlingerte Übelkeit erregend, während die Reifen versuchten, auf der nassen Straße wieder Halt zu finden. Nur reflexartig kämpfte ich gegen das Schlingern an und ließ den Fuß auf dem Gas.

Der Wagen schüttelte sich unter dem hohen Tempo und kam auf den nächsten paar Meilen mehrmals ins Driften, während ich den sanften Kurven und Wellen der Autobahn folgte. Ich fuhr wie ein Verrückter. Die Adrenalinpumpe machte Überstunden, und die Furcht ballte sich in meinem Magen zu einer heißen brennenden Kugel zusammen.

Wenn die Bullen jetzt immer noch hinter mir waren, dann war es ihnen ernst mit der Verfolgung. Niemand würde nur zum Vergnügen mit dieser Art Fahrerei mithalten. Ich sah in den Rückspiegel, als der Benz über eine kleine Hügelkuppe schoss.

Die Scheinwerfer waren noch immer da.

Wahrscheinlich lagen sie ein Stückchen weiter zurück, vielleicht sechs- oder siebenhundert Meter, und sie schlingerten etwas, als der Wagen durch eine Kurve raste. Aber sie waren mit Sicherheit noch da. Sie verschwanden aus dem Spiegel, als der Mercedes die andere Seite des Hügels hinabjagte. Beinahe im selben Augenblick sah ich das Schild. Die Silhouetten eines Zeltes und eines Wohnwagens auf einer Tafel, auf der es hieß »Camping 300 Meter«.

Ich traf die einzig wirklich schnelle Entscheidung in dieser ganzen Nacht und stieg voll in die Eisen. Die Reifen gruben sich durch die Nässe und gaben ein lang gezogenes, gequältes Kreischen von sich. Der Wagen brach nach rechts aus. Ich kurbelte verzweifelt am

Lenkrad und ließ den Fuß fest auf der Bremse. Das Heck peitschte herum, und der Wagen schlitterte nach links. Als er außer Kontrolle geriet, nahm ich den Fuß von der Bremse und riss das Lenkrad wieder herum. Mit quietschenden Reifen schlitterte der Mercedes schwerfällig herum, die Kühlerhaube schoss zwischen den Eingangspfosten des Campingplatzes hindurch, das Heck streifte den Pfosten auf meiner Seite, und der Aufprall rüttelte mir jeden Knochen im Leib durch. Ich stand sofort wieder auf der Bremse und hatte das Licht bereits ausgeschaltet, während ich noch schleudernd zum Stillstand kam.

Ich hörte noch das pfeifende Dröhnen eines schnell fahrenden Wagens, während ich mich aus der Tür warf und die Beine unter die Arme nahm. Ich sah kurz Scheinwerfer aufblitzen, während sie in einem Wirbel aus Sprühwasser vorbeirauschten, und dann waren sie hinter der Hecke außer Sicht.

Meine linke Hüfte gab unter mir nach, und ich stürzte zu Boden, alle viere von mir gestreckt.

Als ich mich wieder hochgerappelt hatte, war von dem Wagen nichts mehr zu sehen, obwohl ich ihn in der Ferne hören konnte. Er fuhr immer noch sehr schnell. Ich stieß einen tiefen, erleichterten Seufzer aus.

Als das Geräusch verklungen war, breitete sich die Stille einer regnerischen Nacht aus. Der Regen tropfte sanft auf unsichtbaren Hecken und Grasflächen, und es roch nach Feuchtigkeit und Frische. Ich merkte, dass ich zitterte wie Espenlaub. Ich setzte mich seitlich auf den Rand des Vordersitzes des Mercedes, stützte die Ellenbogen auf die Knie und legte den Kopf in die Hände, dann brach eine Flut von Tränen aus mir heraus. Nervenanspannung.

Das Röhren einiger Lastwagen, die auf der Straße draußen vorbeifuhren, brachte mich wieder in die Realität zurück. Noch ein paar keuchende, zitternde Schluchzer, dann war die Monsunzeit wieder vorbei. Ich packte die Türsäule mit meiner gesunden Hand und zog mich ganz langsam auf die Füße. Ich musste mich wieder in Bewegung setzen, und zwar sofort. Diese Polizisten würden bald auf die Idee kommen, dass ich vielleicht nicht mehr vor ihnen war, und dann würden sie umkehren und nach irgendwelchen Ausweichstellen suchen, in denen ich mich womöglich versteckt hatte. Allzu viele Schlupflöcher wie dieses konnte es entlang der Straße nicht geben, und deswegen würden sie nicht lange dazu brauchen.

Es macht wenig Sinn, in einem Mercedes 280 SE zu schleichen, also tat ich das Nächstbeste. Ich gab Gas. Nicht mit halsbrecherischer Geschwindigkeit wie noch vor ein paar Minuten, aber immerhin so schnell, dass alles, was im Rückspiegel größer wurde, sich Mühe geben musste, mir auf den Fersen zu bleiben. Während der nächsten paar Meilen versuchte ich, in etwa acht Richtungen gleichzeitig zu schauen. Ich studierte die Autos, die ich überholte, ich schaute in jeden Parkplatz, jede Seitenstraße, jedes mögliche Versteck und beobachtete die Lichter, die im Rückspiegel kleiner wurden und verschwanden.

Nichts kam näher. Nach zwanzig Kilometern ging ich ein bisschen vom Gas, bemühte mich bewusst, ruhiger zu werden und das Zittern in meinen Händen zum Stillstand zu bringen. Entweder waren die Bullen nicht interessiert genug, oder sie waren nicht schlau genug.

Eine halbe Stunde später zwinkerte ich durch den Regen und hätte beinahe die Abzweigung nach Montceau verpasst. Die Franzosen stellen wunderschöne, große Wegweiser auf, aber häufig platzieren sie sie direkt an der Ausfahrt statt ein bisschen früher, damit man vorgewarnt ist. Ich stieg auf die Bremse, verpasste die Abzweigung trotzdem, stieß schnell zurück und bog dann auf den letzten Streckenabschnitt ein.

Unmittelbar danach kam ich durch Montceau und stieg wieder aufs Gas, sobald ich durch die Stadt hindurch war. Die Straße entpuppte sich als eine der besseren französischen Straßen zweiter Kategorie. Sie war schmal, hatte aber lange Geraden und abgestufte Geschwindigkeitsbegrenzungen mit Richtungspfeilen, um einen vor den Kurven zu warnen. Ich fuhr schnell und hatte die Straße ganz für mich alleine. Zunächst verlief sie durch eine Pappelallee zwischen den Feldern, dann begann sie nach ein paar Meilen anzusteigen und führte in einen Wald.

Die letzte Rechtskurve war unübersichtlich, aber die Geschwindigkeitsbegrenzungen sagten erst 80, dann 60 km/h, also bremste ich etwa auf 70 ab und zog den Mercedes nach links, um die Kurve auf der Ideallinie anzuschneiden …

Unmittelbar hinter dem Scheitelpunkt stand ein weißer Mercedes beinahe in der Straßenmitte geparkt.

19

Ich stellte das Lenkrad für einen Sekundenbruchteil gerade, um mich weiter zum Kurvenrand treiben zu lassen, dann trat ich hart aufs Gas und drehte das Lenkrad scharf nach rechts, um auf der Straße zu bleiben. Der Mercedes bäumte sich auf und begann zu driften. Ich blieb auf dem Gas und versuchte, ihn in diesem Powerslide zu halten, während die Furcht Adrenalin wie einen Guss eiskalten Wassers durch meinen Körper jagte.

Mit kreischenden Reifen schoss ich an dem anderen Wagen vorbei und jonglierte hart an der Grenze der Bodenhaftung mit Gas und Lenkung. Das linke Hinterrad knirschte einen Augenblick lang über den Rollsplitt am Straßenrand, der Wagen schlingerte Übelkeit erregend, ich kämpfte dagegen an, und plötzlich hatte ich ihn wieder unter Kontrolle, kam aus der Kurve auf die Gerade und hatte freie Bahn.

Es dauerte ungefähr zwei Sekunden lang.

Dann kam von hinten das bösartige Hämmern eines Maschinengewehrs, und das Lenkrad wurde mir aus den Händen gerissen. Ich hatte gerade noch Zeit, »Reifen« zu denken, als sich der Wagen auch schon schwer in die Felgen senkte, ausbrach und dann nach rechts schleuderte. Instinktiv wirbelte ich das Lenkrad nach links, aber es war vergebliche Liebesmühe.

Der Mercedes schleifte mit einem metallischen Kreischen quer über die Straße, schlug im Graben auf der linken Seite auf und überschlug sich.

Die Bäume taumelten und drehten sich wie wild im gelben Scheinwerferlicht. Ich dachte: »Jetzt ist es aus«, und schützte mein Gesicht mit den Händen. Mit einem nervenzerfetzenden, knirschenden Schlag prallten wir auf. Riesenhände griffen nach mir, pressten mich in den Sitz zurück und warfen mich von einer Seite auf die andere. Der Lärm schien nicht enden zu wollen. Etwas schlug mir gegen die Schläfe, und dann wurden meine Hände gegen das Dach geschmettert. Einen Augenblick lang hatte ich das unwirkliche Gefühl, dass der Boden direkt von vorne auf mich zugerast käme. Eine Momentaufnahme von der zerknitterten Kühlerhaube, als wir wieder aufprallten, dann waren plötzlich die Scheinwerfer aus, und der Wagen wurde wie in einem gigantischen Flipperautomaten vom einen Baum gegen den nächsten geschleudert. Verbogenes Metall kreischte gequält auf, und ich fühlte mich, als wäre ich in einem Zementmixer eingesperrt …

Ein letzter Aufprall rüttelte mich durch, dann kam völlige Ruhe. Die Stille klang mir in den Ohren. Abkühlendes Metall tickte.

Ich schlug die Augen auf. Mein Kopf dröhnte. Kleine Lichtpunkte schwammen in der Schwärze. Ich fragte mich ziemlich blöd, ob das der Tod war. Dann begann meine linke Hand in frischem Schmerz zu pochen. Das würde sie wahrscheinlich nicht tun, wenn ich tot war, oder? Irgendwie lag ich in einer seltsamen Position. Ich bewegte den rechten Arm. Ein Schauer von Glassplittern ergoss sich klirrend über mich, als die eingedrückte Windschutzscheibe nachgab. Meine Muskeln zogen sich erschrocken zusammen, aber das überzeugte mich endgültig, dass ich noch lebte.

Nachdem damit der erste Punkt auf der Tagesordnung abgehakt war, starrte ich in die Dunkelheit hinaus und bekam langsam Angst, dass ich blind geworden sei. Das Augenlicht zu verlieren, ist meine ganz persönliche Horrorvision. Panik stieg in meiner Kehle auf, während ich verzweifelt in die Schwärze hineinblinzelte. War es lediglich die Dunkelheit, war es lediglich die Schwärze des Waldes in einer dunklen Nacht oder ...?

Dann erkannte ich undeutlich die Umrisse einer Türsäule und die Rundung des Lenkrades. Die Panik verebbte langsam. Ich schloss erst ein Auge, dann das andere. Die undeutlichen Umrisse blieben.

Anscheinend war ich mal wieder auf die Füße gefallen.

Während das Gefühl langsam in meinen Körper zurückkehrte, wurde mir bewusst, dass ich über die beiden Vordersitze schräg nach unten hing, den Rücken gegen die Beifahrertür gelehnt und den rechten Fuß irgendwo unter den Pedalen auf der Fahrerseite verklemmt. Der Mercedes war mit steil nach oben ragender Schnauze zum Stillstand gekommen und lag beinahe auf der rechten Seite. Daher waren meine Füße höher als mein Kopf. Wahrscheinlich lag das Ding an einem Baum, dachte ich. Irgendwie schien es in der Gegend nur so von Bäumen zu wimmeln.

Der Regen trommelte gegen das Dach des Wagens, der abkühlende Motor tickte weiter vor sich hin, und vermutlich war es an der Zeit, etwas zu unternehmen, damit ich schleunigst hier rauskam. Irgendetwas grub sich schmerzhaft in meine rechte Hüfte. Ich verlagerte leicht meine Position, aber es drückte immer noch, also beauftragte ich meine rechte Hand mit der Untersuchung. Es war der Browning. Siedend heiß fiel mir ein, dass ich jeden Augenblick mit Haydon und Pete rechnen musste, einer Tatsache, die mir unter dem Druck der Ereignisse vorübergehend entfallen war. Das war ihr Mercedes gewesen, der da mitten in der Straße gestanden hatte, und es war auch kein Polizeiauto gewesen, das mich auf der Nordautobahn verfolgt hatte.

Ich holte die Knarre heraus, zog den Hammer mit dem Daumen zurück und versuchte, mir etwas Sinnvolles auszudenken. Zum Beispiel hier herauszukommen.

Schwere Schritte krachten durch das Unterholz. Am Heck des Wagens klapperte etwas metallisch, und dann kamen ein paar dumpfe Geräusche. Das Auto schaukelte ein wenig, und dann spürte ich, fast noch bevor ich ihn sah, wie sich ein Schatten über die Fenster auf der Fahrerseite legte, der noch schwärzer war als der Rest. Der Türöffner klackte, und dann sprang die linke Vordertür mit einem gequälten Quietschen verbogenen Metalls auf.

Ich wäre beinahe zu Tode erschrocken, als sich die Innenraumbeleuchtung einschaltete.

Sie erhellte Petes Kopf und Schultern, die sich in einem merkwürdigen Winkel gegen die Türöffnung abzeichneten. Er war auf das Wrack geklettert und hielt jetzt die Vordertür auf, während er auf der hinteren Tür kniete. Einen Moment lang trafen sich unsere Blicke.

Ich hob den Browning und schoss.

In dem beengten Raum klang der Knall ohrenbetäubend. Der Mündungsblitz blendete mich für eine Sekunde, und der Gestank von Schießpulver überlagerte den Geruch nach Metall und Benzin und nassem Gras.

Ich traf ihn in die Kehle. Mehrere Sekunden lang blieb er, wo er war. Es war scheußlich mit anzusehen, wie ihm die Augen aus dem Kopf quollen. Er streckte die linke Hand in meine Richtung, als wollte er weitere Kugeln abwehren. Dunkles Blut begann aus der Wunde zu quellen. Dann gab er einen kleinen erstickten Laut von sich, sein Mund öffnete sich, und plötzlich war alles voller Blut. Es quoll ihm aus dem Mund, bedeckte sein Kinn und floss von dort weiter über meine Beine.

Seine Muskeln erschlafften, als er starb. Sein Körper rutschte vom Wagen wie ein Mantel vom Haken, und sein Kopf schlug dumpf und grässliche Töne von sich gebend gegen die Tür, als er fiel.

Ich strampelte meinen Fuß unter den Pedalen hervor, zog in einem Regen von Glassplittern krampfhaft die Beine an und landete schließlich zitternd vor Furcht halb kniend auf der Beifahrertür. Bloß raus hier! Ich schnappte mir den Colt aus der Ablage der Fahrertür und warf mich durch die verbogene Öffnung, wo einmal die Windschutzscheibe gewesen war. Irgendwo aus der Dunkelheit bellte die Sten, und der Wagen erdröhnte unter dem Einschlag der Kugeln, die Seite und Dach durchschlugen.

Ich schwenkte um die zerknautschte Motorhaube, warf mich flach ins Unterholz und betete, dass ich mindestens einen halben Meter Mercedes zwischen mich und die Waffe bringen würde. Wahrscheinlich war es so, denn unmittelbar danach brach das Feuer ab. Die Stille schrillte in meinen Ohren.

Ich stellte fest, dass ich beide Pistolen in der rechten Hand hielt. Ich rollte mich auf den Rücken, legte sie auf meine Brust, schob den Colt vorsichtig in meine schmerzpochende Linke und nahm dann den Browning wieder in die Rechte.

Und jetzt?

Irgendwo auf der anderen Seite des Wagens knackte es im Unterholz. Die gute alte Adrenalinpumpe schaltete auf Notfallversorgung. Ich suchte mit der rechten Hand an meiner Seite nach einem kleinen Stück Holz und warf es lautlos über den Mercedes. Auf der anderen Seite fiel es mit einem leisen Rascheln zu Boden. Der älteste Trick der Welt.

Die Sten ballerte los.

Ich sprang auf die Füße und schnellte um die Front des Wagens herum. Haydon zeichnete sich als düsterer Umriss vor der Innenbeleuchtung ab. Er drehte sich nach mir um. Ich feuerte den Browning ab, wieder und wieder, dann blitzte es mehrmals aus der Mündung der Sten, und ein gewaltiger, betäubender Hammerschlag riss mir die Pistole aus der Hand.

Ich drehte mich um und rannte.

Ich kam vielleicht zehn Schritte weit, bevor ich gegen einen Baum knallte, dann über irgendetwas stolperte und zu Boden ging wie ein Klavier, das aus dem zehnten Stock fällt. Als mein Kopf wieder aufhörte, sich wie ein Kreisel zu drehen, merkte ich, dass ich wieder mal auf meiner linken Hand lag, die immer noch den Colt hielt. Ich schnaufte wie ein Walross bei dem Versuch, wieder zu Atem zu kommen. Gerade wollte ich mich wieder in Bewegung setzen, da erblickte ich Haydons verschwommene Umrisse, keine drei Meter entfernt. Er hob die Sten.

Ich spielte meine letzte verzweifelte Karte aus.

»Warten – nicht – warten Sie«, krächzte ich zwischen keuchenden Atemzügen. »Ein Handel … hier … Briefmarken.«

Er zögerte ein oder zwei Sekunden, ließ aber die Waffe auf mich gerichtet. Ich schluckte und keuchte noch ein bisschen, um das Lokalkolorit zu verstärken, dann langte ich mit der tauben rechten Hand in die Tasche meiner Jeans.

»Hier, schauen Sie … blaue Mauritius …«

Das gab ihm einen Ruck. Offensichtlich erkannte er den Namen der wertvollsten Briefmarke aus der ganzen Sammlung. Er hätte mir den Kopf wegpusten und danach meine Taschen durchsuchen sollen, aber meine Behauptung, ich hätte etwa hundertzwanzigtausend Pfund Kleingeld in der Tasche, brachte ihn einen Augenblick lang aus dem Gleichgewicht. Er kam ganz nahe heran und beugte sich über mich.

Ich wälzte mich vorsichtig nach links, nur ein bisschen, um ihn nicht zu alarmieren, und machte ein großes Getue um den Versuch, die gefühllosen Finger meiner rechten Hand in die Tasche zu schieben. Gedeckt von dieser Bewegung, brachte ich die linke Hand unter mir auf Brusthöhe, dann schnellte ich mich auf den Rücken und feuerte den schweren Colt von unten auf ihn ab.

Seine schemenhafte Gestalt schwankte über mir, und ich zog den Abzug nochmals so weit durch, wie ich konnte. Der Colt nieste heftig durch seinen Schalldämpfer, und der Rückstoß hätte ihn mir beinahe aus der Hand gerissen. Die Sten knallte zwei- oder dreimal, und ich spürte ein Brennen am Ohr. Ich rollte voller Panik beiseite und hörte nicht auf damit, bis mir klar wurde, dass er nicht mehr schoss.

Ich kam auf dem Bauch rutschend zum Stillstand und schnellte zu ihm herum, den Colt vor mir ausgestreckt. Seine schemenhafte Gestalt schwankte, und die Mündung der Sten sank nach unten.

Der Colt spie Feuer und bäumte sich auf, und abermals schossen Feuerlanzen aus Schmerz durch meinen Arm, als ich abdrückte. Er zuckte zweimal, drehte sich und ließ die Sten fallen. Ich stellte das Feuer ein. Er taumelte ein paar Schritte zurück, tastete mit einer Hand hinter sich, als ob er nach einer Stütze suchte, dann sank er zusammen und fiel auf die Seite.

Ich ließ meine Schusshand zu Boden sinken und vergrub das Gesicht in den nassen Blättern. Die Luft entwich in einem langen pfeifenden Atemzug aus meinen Lungen.

Es war ein Wunder, dass ich durchgekommen war. Ich konnte es auf dem Waldboden rascheln hören, wie meine Glieder vor schierer animalischer Furcht schlotterten. Mein Magen krampfte sich zusammen, und ein galliger Geschmack stieg mir in die Kehle. Er hatte mich in der Falle gehabt. Ich war so gut wie tot gewesen.

Der Regen plätscherte sanft vor sich hin, akzentuiert durch einzelne Wassertropfen, die von den Blättern fielen.

Nach einer ganzen Weile zog ich mich auf die Füße und humpelte langsam zu Haydons ausgestreckter Gestalt hinüber. Meine Schritte platschten laut durch die tropfende Stille.

Er lag zusammengekrümmt auf der Seite, die rechte Hand um den Magen gekrallt, die linke mit der Handfläche nach oben gerade von sich weggestreckt, als wollte er mich anflehen.

Er war noch am Leben. Seine Augen folgten mir, als ich mich neben ihn hinkniete. Die Hand auf seinem Bauch war von einer dunklen glänzenden Masse bedeckt. Auf seiner Hose, oben an der Hüfte, war ein anderer dunkler Fleck, der sich langsam ausbreitete. Aus seinem Mundwinkel pulsierte langsam das Blut.

Ich beugte mich vor, sodass mein linker Unterarm auf der Erde ruhte und der lange Schalldämpfer des Colts genau auf seine Stirn zeigte. Seine Augen folgten der Waffe.

Ich sagte laut und deutlich: »Zu welcher Familie gehören Sie?«

Seine Augen zwinkerten langsam, und die Lippen flatterten. Ich beugte mich noch weiter vor, um die Worte verstehen zu können.

»Scheiß … kerl. Sehen … uns … wieder. Sch … Schiff … erwischt dich.«

Dann schlossen sich die Augen, noch mehr Blut floss aus seinem Mund, und er verlor das Bewusstsein. Keine Bitte um Hilfe, kein Flehen um Gnade. Er schien zu glauben, dass er ohnehin sterben musste.

Nun ja, da hatte er Recht.

Ich dachte an Bill und drückte den Abzug. Der Colt bellte sein raues Husten, und Haydon wuchs ein schwarzer Fleck auf der Stirn. Die Kugel riss ihm den Hinterkopf weg. Sein Schließmuskel öffnete sich mit einem schmatzenden Laut, und ich wäre beinahe an dem Gestank erstickt.

Dann war da nur noch das sanfte Tröpfeln des Regens.

Unendlich erschöpft kam ich wieder auf die Beine. Der Colt baumelte in meiner linken Hand. Ich suchte herum, bis ich die Sten fand und die Überreste des Browning. Ich warf alle Waffen neben dem Wagen auf den Boden, packte eine Hand voll nasser Blätter, beugte mich durch das Loch, wo die Windschutzscheibe gewesen war, und wischte Lenkrad, Schaltknüppel, Türgriffe und Schalter ab. Dann drückte ich auf den Lichtschalter, um das einzelne verbliebene Rücklicht auszuschalten, und schob die Fahrertür weit genug zu, um die Innenbeleuchtung abzuschalten. Die Schwärze der Nacht breitete sich aus. Mit etwas Glück würde das Wrack bis zum Morgengrauen unentdeckt bleiben.

Ich sammelte die Waffen wieder auf und stapfte durch den Wald zu Haydons Mercedes.

20

Die Morgendämmerung schien hell und wie frisch gewaschen durch die Überbleibsel der Cumulusbewölkung einer Kaltfront, als ich den Mercedes langsam über die Nebenstraßen in der Nähe von Chalon-sur-Saône lenkte. Meine linke Hand pochte, meine rechte Hand tat einfach nur weh, und in meinem Schädel machten zwei kleine Männchen gerade Überstunden mit ihren Spitzhacken. Meine blutunterlaufenen und verklebten Augen brauchten mehrere Sekunden, um die Uhr im Armaturenbrett zu fokussieren.

Ich war die ganze Nacht durchgefahren, hatte nachgedacht und nicht gewagt, anzuhalten und zu schlafen, falls mich ein Streifenwagen entdeckte. Ich war mir ziemlich sicher, dass die Gesetzeshüter noch nicht nach mir persönlich suchten. Aber wenn die Polizei jemanden in meiner Verfassung im Besitz einer Maschinenpistole aufgriff, würden sie gar nicht erst in ihrer Fahndungsliste nachsehen. Sie würden mich einfach unter dem allgemeinen Verdacht, dass ich den dritten Weltkrieg anzetteln wollte, ins Kittchen stecken und dann in aller Ruhe nachforschen, was ich tatsächlich angestellt hatte. Also kein Schlaf für Holland.

Nachdem ich mir Haydons Wagen geschnappt hatte, wollte ich zuallererst so schnell wie möglich fünfzig Kilometer zwischen mich und die Toten im Wald bringen. Dann hielt ich an und verbuddelte den Colt, den Browning und den Lauf der Sten auf dem Grund eines tiefen nassen Grabens. Eine halbe Stunde später stellte ich fest, dass die Straße einen Fluss entlang führte. Also hielt ich nochmals an, wusch mich, so gut es ging, und mein T-Shirt. Dann fischte ich die armseligen Überreste meines kleinen Fingers aus der Tasche und schleuderte sie weit in den Fluss hinaus.

Um drei Uhr morgens entdeckte ich eine Telefonzelle in einer kleinen Ortschaft. Ich rief in Lubecs Haus an und bat John, mich mit Lubecs Citroën ungefähr um sechs Uhr dreißig morgens drei Kilometer südlich von Chalon an der Südautobahn abzuholen. Er sagte zu, aber seine Stimme klang zutiefst besorgt. Ich ging zum Mercedes zurück und fuhr weiter.

Und jetzt war ich da, etwas nach fünf Uhr dreißig, ein oder zwei Meilen südlich von Chalon und ein Stück westlich der Autobahn. Geschafft.

Ich entdeckte einen Feldweg, der durch ein wogendes Maisfeld führte, und lenkte den Mercedes hinein, gerade als der gelbe Rand der Sonne über den Horizont blinzelte. Ich holperte den Feldweg etwa zwanzig Meter weit entlang, dann trat ich aufs Gas und kurbelte das Lenkrad nach links. Der Wagen wühlte sich durch den Mais, setzte mit dem Unterboden schwer auf den Furchen auf und steckte nach etwa zehn Metern fest. Ich blieb einen Moment lang sitzen, lauschte dem Ticken abkühlenden Metalls und versuchte die Energie aufzubringen, um auszusteigen. An diesem wunder-, wunderschönen Morgen war ich ein sehr, sehr alter Mann.

Schließlich nahm ich mein T-Shirt von der Heizungsklappe, wo es im Luftzug getrocknet war, und hievte mich aus dem Wagen. Es war derselbe Mercedes, mit dem Harvey und Rico mich am Flughafen von Lyon entführt hatten, deshalb hatte ich meine Fliegerjacke auf dem Rücksitz wieder gefunden. Ich benutzte das T-Shirt, um den Wagen von Fingerabdrücken zu säubern, und zog es dann verkehrt herum an, sodass die sauberere Seite vorne war. Danach schob ich das Magazin der Sten hinten in meinen Gürtel, zog die Jacke darüber an und hüllte den Rest der Sten in meine Landkarte ein. Man konnte das Ergebnis kaum mit etwas anderem verwechseln als eben einer Waffe, die jemand in eine Landkarte gewickelt hatte, aber besser ging es nicht. Ich versuchte, einige der Maisstängel hinter dem Auto wieder aufzurichten, aber sie wollten nicht stehen bleiben. Na schön, vielleicht kontrollierte der Bauer diesen speziellen Feldweg an Sonntagen ja gar nicht.

Der allmorgendliche Vogelchor stimmte seinen Gesang an, als ich losmarschierte. Die Luft roch frisch, und nach der kalten Nässe der Nacht und dem trockenen Mief im Wagen genoss ich die Sonne auf meinem Gesicht.

Jedes Mal, wenn ich den linken Fuß aufsetzte, schoss mir ein stechender Schmerz durch die Hüfte, aber ich versuchte, ihn zu ignorieren und mir einzureden, dass es ein wunderbarer Morgen für einen Spaziergang war.

Schon fünfundvierzig Minuten später konnte ich mir nichts mehr vormachen. Es war definitiv kein schöner Morgen für einen Spaziergang. Mit einer Hüfte wie der meinen gibt es keinen solchen Morgen, und während dieses speziellen verdammten Sonnenaufgangs bekam meine Hüfte jede Menge Konkurrenz von verschiedenen anderen Körperteilen. Als ich den Zaun neben der Autostraße erreichte, schlurfte ich nur noch wie betäubt dahin und befand mich in einem Zustand gereizter Erschöpfung.

Ich ließ mich neben dem Zaun zu Boden plumpsen und wartete. Nach knapp fünfzehn Minuten rollte Lubecs Citroën langsam auf der nördlichen Fahrspur vorüber. Nachdem er verschwunden war, gab ich ihm noch ein paar Minuten, dann kletterte ich über den Zaun und lief langsam in Richtung Süden. Ich betete darum, dass John zurück sein würde, bevor irgendwelche Polizeiautos vorbeikamen.

Er kam. Zwei Lastwagen rumpelten vorüber, und dann hielt der Citroën neben mir an. Ich öffnete die Tür und ließ mich in den Beifahrersitz fallen. Der Wagen setzte sich in Bewegung, kaum dass ich die Tür geschlossen hatte.

John wollte natürlich sofort wissen, was zum Geier eigentlich passiert sei. Ich sagte ihm gerade, dass er warten sollte, bis wir alle zusammen wären, als plötzlich die Erschöpfung in mir hochstieg, sich unaufhaltsam ausbreitete und mich wie ein Keulenschlag zwischen die Augen traf. Vermutlich war der Grund der, dass nun endlich die ganze Anspannung der Nacht von mir abfiel. In diesem Citroën wurde mir nun zum zweiten Mal schwarz vor Augen, und ich fiel in Ohnmacht.

Als ich später widerwillig aus einem tiefschwarzen Morast langsam auftauchte, merkte ich, dass John mich schüttelte. Ich kurbelte ein Augenlid hoch und gab aus trockener, staubiger Kehle irgendwelche Laute von mir. Das Schütteln hörte auf. Ich hatte ein Dröhnen in den Ohren, einen stechenden Schmerz hinter den Augen, und mein Mund schmeckte wie ein alter Ölfilter. Ich spähte aus trüben Augen durch die Windschutzscheibe des Citroëns und sah, dass wir vor Lubecs Haus angekommen waren. Die Uhr im Armaturenbrett zeigte zehn Uhr dreißig.

Automatisch griff ich zu meinen Füßen nach der Sten. John half mir aus dem Auto. Die Eingangstür öffnete sich, während wir langsam die Stufen hochkletterten. Rick, Jedrow und Louise warteten als stummes Empfangskomitee in der Diele, als wir über die Schwelle stolperten. Ich ließ die Waffe fallen und lehnte mich müde gegen die Wand.

Einen Augenblick lang sagte niemand etwas. Kein fröhlicher

Willkommensgruß für Holland. Dann räusperte sich Jedrow, trat verlegen von einem Fuß auf den anderen und fragte zögernd: »Sie ... ah ... alles okay?«

»Ja, sicher.« Ganz augenscheinlich war es das nicht, aber so genau wollte es offensichtlich niemand wissen.

»Wir ... ah ... haben Sie ... ah ... ?« Seine Stimme erstarb.

»Ja, ich habe sie gefunden. Oder besser sie mich. Sie sind tot.« Da war er wieder, der taktvolle Holland. Geschickt ausgedrückt. Ich wandte mich zu Louise, die sich sichtlich versteifte. Wie schön war es doch, beliebt zu sein.

»Wie geht es Ihrem Vater?«, fragte ich sie.

Offenbar überraschte sie diese Frage. »Es ... geht schon wieder. Die Kugel ist an einem Knochen seines Unterarms abgeglitten und hat ihn gebrochen, aber es ist kein komplizierter Bruch.«

»Das ist gut. Ist er hier?«

»Oui – ja. Er ist oben und schläft. Der Arzt sagt, er muss gehen ins Hospital, aber er will nicht.« Sie interpretierte meinen fragenden Blick richtig und fügte bitter hinzu: »Schon in Ordnung. Der Arzt wird die Verletzung nicht melden. Er ist seit Jahren ein Freund der Familie, und Vater hat ihm erzählt, dass es ein Unfall war und er keine Meldung wolle.«

Ich nickte müde. Dazu gab es nicht sehr viel zu sagen. Es entstand ein unbehagliches Schweigen. Niemand wollte mir in die Augen sehen.

Und plötzlich wurde ich wie aus heiterem Himmel wütend. Man hatte meinen besten Freund ermordet, mich selbst gefoltert, abstürzen lassen und zu erschießen versucht. Und hier standen meine Freunde, diejenigen, die ich zu schützen versucht hatte, und behandelten mich wie einen Aussätzigen.

Der Zorn stieg wie ein kleiner pelziger Ball in meiner Kehle hoch. »Ihr Mistkerle!« krächzte ich heiser. Ich war den Tränen nahe. »Hört auf mit eurer verdammten Scheinheiligkeit! Das war

Bill, den die Schweinehunde ermordet haben! Könnt ihr euch noch an Bill erinnern? Den alten Bill – dessen verdammte Freunde ihr doch angeblich wart?! Und ihr wärt die Nächsten gewesen, aber nur keine Sorge. Alles kommt wieder in Ordnung, wenn wir uns nur nett und zivilisiert benehmen, stillsitzen und uns alles gefallen lassen! Na schön. Von mir aus lasst ihr es euch gefallen. Aber ich haue so bald wie möglich hier ab, damit ihr nichts mehr mit mir zu tun haben müsst!«

Ich wandte mich zur Tür. Jedrow schrak vor mir zurück. Ich wusste nicht, wo ich hin wollte. Der Raum und die Gesichter begannen sich um mich zu drehen, ich hörte und sah alles wie aus weiter Ferne, und dann wurde es schwarz um mich.

Ich spürte nicht einmal mehr, wie John mich auffing, als ich stürzte.

21

Ich saß im Cockpit einer trudelnden Tiger. Janie stand auf der Trittleiste des unteren Flügels. Das Kreisen wurde immer enger, und ich konnte sie nicht stoppen wegen ihres Gewichts und des Luftwiderstandes da draußen. Ich schrie: »Steig wieder ein, Liebling.« Sie wandte den Kopf, sah mich an und schüttelte sich vor Abscheu. »Mit dir stimmt etwas nicht«, rief sie. Dann ließ sie los und wirbelte vom Flugzeug weg. Ich versuchte verzweifelt, auszusteigen und ihr zu folgen, aber ich schaffte es nicht, die Gurte aufzumachen …

Ich wachte schreiend auf.

Ich schien von stählernen Klammern gefesselt zu sein. Irgendetwas geschah mit meiner linken Hand.

Ich schloss fest die Augen, riss mich zusammen und öffnete sie erneut. Ich lag auf einem Sofa. John stand am unteren Ende und umklammerte meine Knöchel. Jedrow lehnte über die Rückenlehne und presste mit beiden Händen meinen rechten Arm herunter. Ich blickte auf und sah Rick über meinem Kopf aufragen. Er hielt meine Schultern fest.

Louise saß auf einem Schemel in der Höhe meiner Brust. Sie hielt meinen linken Unterarm zwischen ihre Knie geklemmt und wickelte eine Bandage um meine Hand.

Ich krächzte: »Ist gut, ihr könnt loslassen. Ich bin jetzt wach.« Zögernd lockerten sie einer nach dem anderen den Griff ihrer Hände. Wahrscheinlich hatte ich wie ein Wahnsinniger um mich geschlagen. Ich spürte kühle Luft über meinen Körper streichen und blickte an mir herab. Bis auf die Unterhosen war ich nackt. Unter mir lag ein großes Handtuch auf dem Sofa, und daneben stand eine große Schüssel dampfenden Seifenwassers. Ich machte Inventur und stellte fest, dass die Rückseite meines linken Beines, wo mich das Schrotkorn gestreift hatte, mit einer Mullbinde verpflastert war. Auf meinem Gesicht schien auch etwas zu sein, und ich hob die rechte Hand und entdeckte ein weiteres Pflaster über dem Schnitt auf meiner Stirn.

Das Mädchen war fertig mit der Bandage an meiner linken Hand und entließ sie aus ihren Knien, wobei sie aufpasste, die Finger dabei nicht zu berühren. Die Hand tat weh, aber das wütende Pochen war verschwunden.

»Danke, Louise«, sagte ich ruhig. »Vielen Dank.«

Zu meiner Überraschung sagte sie: »Ist schon in Ordnung«, und brachte sogar ein kleines, befangenes Lächeln zu Stande. Dann stellte sie das Tablett mit Pflastern und Mullbinden zur Seite, nahm die Wasserschüssel und ein feuchtes Handtuch und ging hinaus.

Wieder einmal entstand eines dieser unbehaglichen Schweigen.

Nicht ohne Schmerzen schwang ich die Beine vom Sofa und

setzte mich auf. Alle eilten sie mir zu Hilfe. John wickelte mir eine Decke um die Schultern. Sie sahen unsicher und verlegen drein.

Dann räusperte sich Jedrow: »Wir … ah … wir … müssen uns wohl bei Ihnen entschuldigen, Ken, mein Junge.« Seine knarrende Stimme klang tief und ernst. »Wir wollten nicht … ah …«

»Schon gut«, unterbrach ich ihn. Ich hatte einen dumpfen Schädel, und mein Mund kam mir vor wie mit Mohair gefüttert. »Ich hätte gerne eine Zigarette und einen Scotch.«

Rick sauste zum Getränkewagen, während John eine Disc Bleu aus dem Päckchen schüttelte und sie für mich anzündete. Seine Armbanduhr zeigte zehn Uhr fünfzehn. Ich war beinahe zwölf Stunden weggetreten gewesen. Rick reichte mir einen großzügig eingeschenkten Doppelten, und mein misshandelter Magen hob sich halbherzig, als der erste Schluck wie flüssiges Feuer hinabrann. Ich wurde um ungefähr zweihundert Prozent wacher und blickte in die Runde. Sie schauten unsicher und betreten drein, aber irgendwo weiter hinten lag immer noch dieser schockierte, angeekelte Ausdruck in ihren Augen. Sogar bei Jedrow. Es würde eine Weile dauern, bis sie darüber hinwegkamen, dass ich zum Mörder werden konnte. Ich würde wohl selbst eine Weile dazu brauchen.

John setzte sich auf den Schemel, auf dem Louise gerade noch gesessen hatte. »Also, mein Alter«, setzte er an, »was genau ist passiert?«

Ich nahm noch einen Schluck Scotch und erzählte ihnen die ganze Geschichte. Jedenfalls fast die ganze, den Teil, wo ich Haydon das Gehirn weggepustet hatte, als er schon am Boden lag, den ließ ich weg. Das war etwas Persönliches zwischen Bill und Haydon und mir gewesen. Der Rest meines Berichts rief benommenes Schweigen hervor.

Dieses Schweigen dauerte noch eine Weile an, nachdem ich fertig war. Dann sagte John langsam: »Jesus, du hast vielleicht eine Nacht hinter dir.«

Ich stimmte ihm zu. Rick goss mir noch etwas Scotch ins Glas, und ich trank schweigend auf mein Überleben.

Langsam begann ich, die Auswirkungen eines sehr leeren Magens zu spüren.

»Heute Morgen war es im Radio und heute Abend im Fernsehen«, sagte Rick. »Der Wagen sah ja furchtbar aus. Angeblich hat die Polizei eine bundesweite Fahndung nach den Kerlen ausgelöst, die das getan haben. Sie haben den Unfall mit der Geschichte bei der Scheune in Zusammenhang gebracht.«

Ich verschluckte mich beinahe an meinem Scotch. »Suchen sie schon nach mir?«

»Nein, sie haben nichts ...« Plötzlich begriff er, was ich gesagt hatte. Seine Augen wurden sehr groß. »Nach ... nach dir?«

Seine Stimme klang gedämpft und schockiert. »Die werden doch nicht nach dir suchen, oder? Das werden sie nicht ... Können sie doch nicht ...«

»Sie können und werden«, antwortete ich barsch. »Die verkohlten Überreste der Auster in der Scheune werden sie zu Monsieur Sante führen, dem Sekretär des Aero Club von Mont Vivaral, und Monsieur Sante wird ihnen von mir erzählen. Sie werden jeden Moment meinen Steckbrief rausbringen und eine Tot-oder-lebendig-Fahndung nach mir ausschreiben.«

Im Raum wurde es vollkommen still. Darüber hatten sie offensichtlich noch nicht nachgedacht. Alle wurden wachsbleich, als sie es sich durch den Kopf gehen ließen.

Typisch, Jedrow war der Erste, der sich zu Wort meldete. »Heißt das ... heißt das, dass Sie ... verhaftet werden?« Er klang, als wäre er etwa zweihundert Jahre alt.

»Nein«, erwiderte ich müde. »Nicht unbedingt. Aber sie werden mich sicher verhören wollen und euch wahrscheinlich auch. Sie werden uns ziemlich ausgiebig verhören, denn Sante wusste, dass ich Streit mit Haydon hatte – oder Hunt, das ist der Name, unter dem er ihn kannte. Aber andererseits sehe ich nicht, wie sie irgendetwas beweisen wollen. Alles, worauf ich in der Scheune vielleicht Fingerabdrücke hinterlassen haben könnte, ist in Rauch aufgegangen, und die beiden Autos habe ich ziemlich sorgfältig abgewischt. Ich bin alle Waffen losgeworden außer der Sten, und meinen kleinen Finger habe ich auch weggeschmissen.«

Jedrow erschauerte, aber sein Verstand begann sofort wieder zu arbeiten. »Jetzt mal langsam«, schnarrte er. »Warum haben Sie die Sten behalten? Klingt verdammt leichtsinnig.«

»Musste sein«, sagte ich. »Wenn Sante der Polizei erzählt, dass ich Engländer bin, werden sie alle Zollstationen oder Grenzstationen überprüfen, ob ich das Land bereits verlassen habe. Und in Le Touquet werden sie mit Sicherheit von der Waffe erfahren. Dann würde ich ganz schön dumm dastehen bei dem Versuch, ihnen zu erklären, dass ich das verdammte Ding irgendwo verloren habe, oder? Zumal ich doch keinerlei Verlustanzeige erstattet habe. Nein, die einzige Chance ist, den verplombten Lauf wieder anzubringen und das Ding mit einem unschuldigen Lächeln zu präsentieren, wenn wir uns stellen.«

»Wir sollen ... uns ... stellen?« Der Gedanke schien Jedrow nicht zu gefallen. »Sie meinen, wir müssen uns ... wir müssen aufgeben?«

Ich nahm noch einen Schluck Scotch. Wenn wir Pech hatten, konnte es sehr wohl so weit kommen. Aber wir hatten keine große Wahl. Ich versuchte, zuversichtlich zu klingen. »Nein«, sagte ich. »Wir warten, bis sie unsere Namen im Radio bringen ... jedenfalls meinen Namen ... wenn sie mich suchen und vernehmen wollen. Dann laufen wir bei irgendeiner Polizeidienststelle ein und sagen: ›Hier sind wir. Was liegt an?‹ Absolut auf unschuldig machen. Wenn wir unsere Geschichten aufeinander abstimmen, sollten sie uns eigentlich nichts anhaben können.«

Hoffte ich jedenfalls.

»Langsam, langsam.« Das war John. Er klang schon beinahe wie Jedrow. Er biss sich auf die Lippen und sah noch blasser aus als zuvor. »Was ist mit Rick und mir? Du sagst, du willst zur Polizei gehen. Aber wir haben vier Einschusslöcher im Jaguar, und Lubec hier hat eine Schusswunde im Arm. Was ist damit?«

»Habt ihr diese Löcher verspachtelt?«

»Ja, aber wenn die Gendarmen ein bisschen genauer hinschauen, werden sie die Löcher problemlos ausfindig machen. Wir haben halt ein bisschen Glasfaserspachtel draufgeklatscht.«

»Das reicht für den Augenblick. Ihr macht euch auf die Socken und fahrt so schnell wie möglich heim. Wenn Jedrow und ich es schaffen, uns aus der Sache herauszuwinden, gibt es keinen Grund, warum sie überhaupt mit euch reden sollten. Wir werden euch natürlich nicht erwähnen, aber gehen wir mal lieber auf Nummer Sicher. Schneidet das Metall um die Einschusslöcher heraus, wenn ihr zurück seid, und schweißt neue Bleche ein. Auf diese Art gibt es überhaupt keine Beweise mehr, egal, was passiert. Jedrow und ich werden auch dieses Haus hier oder Lubec nicht erwähnen. Wir müssen uns etwas ausdenken, dass wir zusammen einen Ausflug gemacht haben oder so.«

Auf Johns Gesicht standen immer noch ernste Zweifel geschrieben. »Und was wollt ihr machen«, fragte er gedehnt, »wenn die Polizei nicht im Radio durchgibt, dass sie euch suchen? Sie könnten einfach eine Fahndung herausgeben, ohne der Presse und dem Fernsehen Bescheid zu sagen. Vielleicht befürchten sie, dass ihr sonst untertaucht. Ihr könnt euch schlecht selbst stellen, wenn sie gar nicht öffentlich verkünden, dass sie euch suchen, oder?«

»Ich glaube nicht, dass es so weit kommt. Wenn sie uns nach ein paar Stunden nicht gefunden haben, werden sie die Öffentlichkeit um Hilfe bitten. Und eine große Fahndung könnten sie ohnehin nicht lange geheim halten. Egal, auch wenn sie nichts bekannt geben, es macht keinen Unterschied. Jedrow und ich werden uns einfach bei der Stampe am Flughafen in Lyon blicken lassen. Die werden sie mit Sicherheit unter Beobachtung halten.«

Rick und John sahen plötzlich aus wie vom Donner gerührt. Rick schluckte schwer. »Heute Abend jedenfalls nicht«, sagte er mit belegter Stimme. »Wir waren gerade dort, ist erst ein paar Stunden her, um deinen Simca zu holen. Wenn sie dort auf dich gewartet hätten, hätten sie uns auch geschnappt.«

Zum zweiten Mal innerhalb von fünf Minuten blieb mir der Whisky im Hals stecken.

»Herrgott, natürlich hätten sie das!« Bei dem Gedanken überlief es mich kalt. Wenn Rick und John der Polizei nichts ahnend in die Hände gelaufen wären, hätten sie uns wahrscheinlich um Kopf und Kragen geredet. Ich konnte mir keinen Grund ausdenken, warum die Bullen das übersehen hatten. Nachdem sie das Gemetzel bei der Scheune am Morgen entdeckt hatten, sollten sie nicht allzu lange gebraucht haben, die Auster anhand ihrer Rahmen- und Motornummer zu identifizieren und Monsieur Sante zu kontaktieren, der ihnen von mir erzählt haben musste. Sich dann beim Zoll und an den Grenzstationen nach uns zu erkundigen, war Routine. Und zack, schon wären sie über den gesamten Flughafen von Lyon ausgeschwärmt. Oh Gott, nach aller Wahrscheinlichkeit hätten sie schon vor Stunden dort sein müssen. Rick und John mussten sie ganz knapp verpasst haben.

Ich schauderte. »Warum zum Henker seid ihr dorthin gefahren?«, fragte ich. Ich hatte Mühe, das Zittern in meiner Stimme zu unterdrücken.

»Na ja, wir haben die Sten überprüft und festgestellt, dass der Lauf abgeschraubt ist. Da der verplombte Lauf nicht in deinem Gepäck war, haben wir angenommen, dass er im Simca ist. Also sind wir rausgefahren, haben den Simca geholt und hierher gebracht. Den Lauf haben wir im Werkzeugkasten gefunden.«

Ich nickte zitterig. Es lief mir heiß und kalt über den Rücken, wenn ich darüber nachdachte. Die Polizei hatte sicher mit den Leuten von der Flugschau gesprochen. Monsieur Merlin würde ihnen von dem Simca erzählt haben, also suchten sie inzwischen wahrscheinlich nach dem Auto, als wären die gesamten französischen Goldreserven darin versteckt …

Himmelherrgott!

Ich versuchte ruhig zu bleiben und fragte: »Wo habt ihr den Simca hin?«

»Steht in der Einfahrt hinter dem Citro…« Johns Stimme erstarb, und er riss die Augen weit auf, als er begriff.

»Genau«, führte ich aus. »Mit dem Nummernschild zur Straße gleich hinter dem Tor, sodass der erste Gendarm, der vorbeikommt, es sehen muss. Wollt ihr nicht vielleicht rausgehen und ihn in die Garage fahren? Und danach solltet ihr vielleicht besser packen und euch reisefertig machen.«

John und Rick rannten hinaus wie von Furien gehetzt.

Jedrow und ich sahen uns an. Ich streckte ihm mein leeres Glas entgegen. Er füllte es auf und schenkte sich selbst auch einen ein. Er sah aus, als könnte er ihn brauchen. Als er sprach, rasselte seine Stimme wie gewohnt. »Hm … schauen Sie, Ken«, sagte er langsam und betrachtete angelegentlich sein Getränk. »Irgendwie … ich fühle mich … sehr verantwortlich für all das hier. Ich dachte nicht, dass es so weit kommen würde …«

Ich fiel ihm ins Wort. Selbstvorwürfe seinerseits waren das Allerletzte, was wir jetzt brauchten. Um das Thema zu wechseln, begann ich die Geschichte auszuspinnen, die wir der Polizei erzählen mussten. Ich würde berichten, dass ich Haydon – nein, sie kannten ihn ja als Hunt – getroffen hatte, nachdem ich mit Sante gesprochen hatte, und inzwischen überzeugt war, dass er Bill die Auster abgekauft hatte, und zwar unmittelbar vor Bills Tod. Damit entfiel mein Motiv, irgendjemanden umzubringen. Und es war verdammt gut, dass der Simca hier war, obwohl mich vorhin beinahe der Schlag getroffen hätte. Das bedeutete nämlich, dass wir behaupten konnten, nach der Flugshow einfach auf eine Spritztour durch Frankreich gegangen zu sein. Und das klang erheblich überzeugender, als wenn wir begründen mussten, warum wir einen Wagen gemietet hatten, nur um ihn dann am Flughafen zurückzulassen und einen ausgedehnten Spaziergang zu unternehmen.

Nachdem wir das mehr oder weniger geklärt hatten, wechselte Jedrow auf seine abrupte Art das Thema.

»Wer hat letzte Nacht die Scheune in Brand gesteckt?«, fragte er. »Sie?«

Wie üblich hatte ich meine Schwierigkeiten, seinen Gedankensprüngen zu folgen, aber dann antwortete ich: »Mein Gott, nein! Ein paar Minuten früher, und ich hätte in dem verdammten Ding in der Falle gesessen. Ich habe keinen Schimmer, wer das war. Aber ich vermute, es war der Schütze mit der Schrotflinte. Von Haydons Bande hat, glaube ich, keiner eine Schrotflinte gehabt. Das ist das Merkwürdigste an der ganzen Geschichte. Anscheinend ist noch eine dritte Partei mit von der Partie.«

Das heiterte ihn nicht gerade auf. Natürlich waren er und Lubec bereits zu derselben Schlussfolgerung gelangt, aber wir brüteten noch ein paar Minuten finster vor uns hin. Wir waren immer noch zu keinem Ergebnis gekommen, als Rick und John zurückkamen.

»Fertig?«, fragte ich.

Das waren sie. Sie wollten die ganze Nacht durchfahren, um am Morgen die Kanalfähre in Boulogne zu erwischen. Anscheinend hatten sie es eilig, wegzukommen. Konnte man ihnen nicht verübeln. Ich hätte viel darum gegeben, selbst auch so einfach verschwinden zu können.

»Denkt euch irgendetwas aus, was ihr seit Samstagabend gemacht habt«, gab ich ihnen den Rat. »Sagt, dass ihr mit dem Wagen einfach so herumgefahren seid und die französische Landschaft bewundert habt. Sucht euch auf der Rückfahrt heute Nacht ein paar Orte aus, von denen ihr hinterher sagen könnt, dass ihr dort übernachtet habt.«

Sie nickten. Beide waren blass und nervös. Sich Alibis auszudenken, schien nicht gerade ihr Fall zu sein. Tja, mir lag es auch nicht besonders. Aber falls die Bullen sie aufspürten, sollte ja nicht die ganze Geschichte wegen irgendeiner dummen Unstimmigkeit auffliegen. Zu viert gingen wir noch einmal durch, wie sie sich – angeblich – nach der Flugshow am Flughafen von Lyon von Jedrow und mir getrennt hatten.

Als sie schon gehen wollten, fragte John noch einmal: »Wegen des Jaguars, glaubst du, wir sollten die Reifen wechseln? Diese Feldwege um die Scheune herum waren ziemlich weich. Vielleicht haben wir Spuren hinterlassen.«

Ich nickte düster. Natürlich hatte der Jaguar einige Spuren hinterlassen. Ich erinnerte mich, sie gesehen zu haben. An sich war das von geringer Bedeutung – eine Menge Autos fahren mit Pirelli Cinturatos –, aber wozu auch den kleinsten Hinweis hinterlassen, wenn es sich vermeiden ließ. Der Gedanke an die Reifenspuren löste irgendeinen nagenden Zweifel in meinem Hinterkopf aus. Ich hatte das Gefühl, dass es etwas Wichtiges war, aber im nächsten Augenblick war es mir schon wieder entglitten.

»Ja, wechselt sie«, sagte ich müde. »Besorgt ein paar gebrauchte Reifen, bezahlt bar, und wechselt sie selbst. Lasst es nicht in einer Werkstatt machen.«

Wir verabschiedeten uns, und ein paar Minuten später sprang der Jaguar an und knirschte über den Kies der Einfahrt davon.

Ich lag auf dem Sofa und starrte die Decke an. Die einzelne Tischlampe warf einen unscharf umrandeten Lichtflecken nach oben. Irgendwo im Haus schlug eine Uhr einmal. Ein Uhr morgens also. Zeit für alle braven Kinder, zu schlafen. Ich war kein braves Kind, aber ich schlief auch nicht. Der Gedanke an die Polizei bereitete mir ein hohles Gefühl der Angst in der Magengrube. Um mich abzulenken, zündete ich noch eine Gitane an und ließ die Ereignisse der letzten Woche zum fünfzigsten Mal im Kopf Revue passieren. Da war irgendetwas – irgendeine Kleinigkeit, vielleicht wichtig, vielleicht unwichtig –, die eine Saite zum Klingen brachte und dann immer wieder entschlüpfte, um außerhalb meiner Reichweite zu bleiben.

Ich fuhr bolzengerade empor, als die Tür aufging. Es war Louise. Sie trug einen Morgenmantel und wirkte so mitten in der Nacht leicht zerzaust. Sie brachte ein Tablett mit einer Tasse Suppe. »Ich konnte nicht schlafen«, sagte sie leise. »Ich habe gesehen, dass Ihre Schlafzimmertür offen stand und Sie nicht da waren. Ich habe Ihnen etwas mitgebracht. Vielleicht hilft es Ihnen, einzuschlafen.«

»Danke«, sagte ich. »Vielen Dank.«

Plötzlich war ich verlegen. Ich bin es nicht gewohnt, dass hübsche Mädchen mitten in der Nacht aufstehen, um mir eine Suppe zu kochen. Vor allem, wenn sie mir spät am Abend schon einmal etwas zu Essen gemacht haben. Und erst recht bei Louise, die bis dahin ziemlich deutlich zu erkennen gegeben hatte, dass sie Ken Holland für wesentlich unattraktiver hielt als einen schweren Leprafall.

Ich schwang mich in sitzende Position, und sie stellte das Tablett auf meine Knie. Ich erwartete, dass sie dann gehen würde. Stattdessen setzte sie sich neben mich. Es entstand eine kleine, unbehagliche Pause, während ich meine Suppe löffelte. Als ich fertig war, stellte ich das Tablett auf den Fußboden.

Jetzt würde sie gehen. Aber zuerst musste ich ihr noch etwas sagen. Ich merkte, dass ich ihr nicht in die Augen blicken konnte. »Louise, hören Sie: Es tut mir schrecklich Leid, dass Ihr Vater verletzt worden ist. Ich … ich … konnte nicht …« Ich verstummte unglücklich. Damit war so ungefähr alles gesagt.

»Ich weiß, Ken«, sagte sie weich. Ich hob verblüfft den Blick.

Ihre ruhigen, blauen Augen sahen mir offen ins Gesicht. »Ich weiß jetzt, was geschehen ist. Mein Vater hat es mir erzählt. Sie haben getan, was Sie tun konnten. Ich denke, wie mein Vater sagt, es wäre ohne Sie viel schlimmer gekommen. Was geschehen ist, es war nicht Ihre Schuld.«

Ich sagte: »Oh …« Etwas Besseres fiel mir nicht ein. Louise zögerte, sah zu Boden und sprach dann mit dünner Stimme weiter. »Ich bedauere, dass ich vorher so schlecht zu Ihnen war. Ich hielt Sie für einen schrecklichen Menschen. Aber jetzt weiß ich, was passiert ist. Wie Ihr Freund ermordet wurde und man Sie zum Absturz gebracht hat. Ich kann immer noch nicht verstehen, dass man Menschen jagt, um zu töten. Aber mein Vater mag Recht haben, wenn er sagt, dass ich nur wenig von den schlimmen Seiten des Lebens weiß. Niemand hat je auf mich geschossen oder meine Freunde ermordet, deshalb kann ich Sie nicht verurteilen.« Sie wandte den Kopf und sah mir wieder ins Gesicht. »Ich möchte mich vielmals entschuldigen für alles, was ich früher gesagt habe.«

Ich nickte stumm. Irgendwie war es wichtig, dass ausgerechnet sie das gesagt hatte. Sie wusste genau, was ich getan hatte, und trotzdem fürchtete sie, mich verletzt zu haben. Ich fühlte mich fast wieder wie ein Mitglied der menschlichen Rasse.

»Danke«, sagte ich langsam. »Vielen Dank dafür.«

Unsere Gesichter waren einander sehr nahe, und plötzlich erkannte ich, dass ich dieses Mädchen sehr gerne hatte. Ich sah ihr in die Augen und versuchte, darin zu lesen. Bedauern, ja – und noch etwas anderes. Angst? Ich wusste es nicht.

»Sehen Sie«, sagte ich unbeholfen. »Ich frage mich … ich meine … nun, schauen Sie, wenn das hier vorbei ist, dürfte ich Sie dann wieder sehen? Ich … würde gerne, sehr gerne.«

Oh, glänzend gemacht, Holland. Die goldene Zunge schlägt wieder zu. Ich öffnete den Mund, um einen weiteren brillanten

Beitrag von mir zu geben, aber mir fiel nichts mehr ein – und so schloss ich ihn wieder.

Louise studierte den Teppich. Vielleicht sagte sie eine halbe Minute lang gar nichts. Dann schaute sie wieder zu mir auf. Und diesmal konnte ich sehen, was in ihren Augen stand. Es war Mitleid. »Es tut mir Leid, Ken«, sagte sie behutsam. »Ich hätte Sie gerne wieder gesehen, aber es wäre nicht gut. Wir sind nicht … der gleiche Typ. Und ich habe einen Freund in Paris. Er ist Arzt. Wir möchten an Weihnachten heiraten.«

Ein dummer, kleiner Hoffnungsschimmer verwelkte und starb.

Die Uhr schlug wieder. Zwei Uhr dreißig. Ich rollte mich in dem großen, leeren Bett auf die rechte Seite und versuchte, meine Gedanken daran zu hindern, die Schallmauer zu durchbrechen. Natürlich funktionierte es nicht. Jede Gehirnzelle in meinem Schädel summte in der fieberhaften Aktivität, die allen Schlaf unmöglich macht.

Der geheimnisvolle Fremde mit der Schrotflinte … Warum hatte die Polizei weder meinen Namen noch eine Beschreibung im Radio durchgegeben? … Fünfzig Eier für einen Satz Reifen für den Jaguar … Was Janie jetzt wohl tat … Louise, die nicht verstehen konnte, dass man Menschen jagte, um sie zu töten … Ihre Spur aufnahm …

Spuren!

Plötzlich hatte ich es. Das lose Ende. Der winzige, fast vergessene Faden, der alles miteinander verknüpfte.

Ich setzte mich im Bett auf und schaltete das Licht ein. Jetzt hieß es, scharf nachzudenken.

22

Am nächsten Morgen saß ich um sechs Uhr früh alleine in der Küche. Nur mit einer Tasse Kaffee, dem Radiogerät und dem noch jungen Sonnenschein, der zum Fenster hereinstrahlte.

Die französischen Nachrichten wurden in Französisch ausgestrahlt, was ja an sich nichts Besonderes war. Aber es bedeutete, dass ich ungefähr nur jedes zwanzigste Wort verstand. Mein Französisch besteht im Wesentlichen aus knapp einem Dutzend Schimpfwörtern, und der Rest reicht gerade so aus, um dämliche Fragen über den Bleistift meiner Tante zu stellen. Aber das machte nichts: Ich achtete nur auf vier Wörter, und die würde ich schon verstehen, wenn ich sie hörte. Zwei davon lauteten Kenneth Holland, und die anderen beiden waren James Jedrow. Ich hing mit einem Ohr am Radio und lauschte.

Gegen sechs Uhr zwanzig wurden die Hochgeschwindigkeits-Nachrichten schließlich von Unterhaltungsmusik abgelöst. Ich schaltete das Radio aus und begann wieder normal zu atmen.

Holland oder Jedrow waren nicht erwähnt worden.

Ich kritzelte eine Nachricht für die anderen, während ich meinen Kaffee austrank. Dann schlüpfte ich leise durch die Hintertür hinaus und fuhr den Simca aus der Garage. Die Reifen knirschten auf dem Kies, aber falls jemand davon wach geworden war, war er zu langsam, um noch einzuschreiten.

Fünfunddreißig Minuten später hielt ich vor einem Lattentor, das sich im östlichen Begrenzungszaun des Flughafens von Lyon-Bron befand. Während der Flugshow hatte dieses Tor als Einfahrt zum Parkplatz gedient, aber jetzt war es verriegelt und mit einem Vorhängeschloss gesichert. Die Stampe stand nebst einigen anderen Überbleibseln der Show etwa hundert Meter vom Zaun entfernt auf dem Flugplatz angepflockt und verzurrt.

Ich kletterte mühsam über das Tor und versuchte dabei, meine linke Hand zu schonen. Mein linkes Bein, das an seiner üblichen Morgensteifheit litt, verfing sich an einer Latte, und ich verlor beim Herunterklettern auf der anderen Seite das Gleichgewicht. Ich landete auf allen vieren. Während ich mich wieder hoch rappelte, kam mir der Gedanke, dass diese kleine Vorstellung nicht gerade eine Werbung für meine Künste als Luftakrobat war. Die Zuschauer würden mich eher für den Pausenclown halten.

Ich fragte mich, ob überhaupt jemand zusah.

Ich hinkte zu der Stampe hinüber, schwang mich auf die Trittleiste des unteren Flügels auf der Steuerbordseite und lehnte mich gegen den Rumpf, während ich eine Zigarette rauchte. Eine La-Postale-DC-4 glitt aus dem hellen Morgenhimmel, setzte mit einem gewichtigen Quietschen auf Startbahn sieben auf und rollte an mir vorbei, während die Pratt-und-Whitney-Motoren brummende und rasselnde Geräusche von sich gaben. Ich stieg wieder herunter, trat den Zigarettenstummel sorgfältig im taufeuchten Gras aus, und da ich nicht viel Besseres zu tun hatte, führte ich eine gründliche Vorabflug-Inspektion des Flugzeugs durch. Abgesehen davon, dass sie ein wenig mehr Benzin hätte gebrauchen können, war sie startklar.

Zwei Dohlen krächzten mich an, als ich über das Tor zum Wagen zurückkletterte. Das war alles. Kein Mensch weit und breit.

Keine Polizei.

Die Fahndung nach Holland und Jedrow schien an diesem Morgen auf Sparflamme zu laufen.

Mehr noch, sie schien überhaupt nicht zu existieren.

Mont Vivaral erlebte einen weiteren seiner wunderschönen kristallklaren Morgen, als ich den Simca um den Marktplatz steuerte. Derselbe Gastwirt fegte dasselbe kleine Café, dieselben Frauen trotteten in die Boulangerie, um frisches Brot und Milch zu kaufen, und die Platanen, die den Platz säumten, ragten gen Himmel wie immer. Irgendwie überraschte mich das. Wie konnte es sein, dass sich der Ort in den tausend Jahren, die seit meinem letzten Besuch vergangen waren, nicht verändert hatte?

Das große solide Haus mit der Nummer 28 in der Rue d'Avignon hatte sich mit Sicherheit auch nicht verändert. Die weißen Stuckwände, der saubere, gepflegte Garten und die eleganten Kletterpflanzen wirkten alle so, als wollten sie die Jahrhunderte überdauern. Das auf Hochglanz polierte Messingschild am Torpfosten, auf dem »M. Paul Sante, Avocat« stand, trug immer noch dieselbe Aura von solider Wohlanständigkeit. Ebenso der schimmernde Jaguar XJ 6 in der Einfahrt.

Ich schloss das Tor hinter mir und warf auf dem Weg zur Eingangstür beiläufig einen Blick auf die Reifen des Wagens. Es waren die breiten Niederquerschnittreifen vom Typ ER 70 SP Sport, die Dunlop speziell für die XJ- und E-Typen herstellt. Ihr Zickzackmuster wird in der Mitte des Reifens von einer tiefen Rille durchschnitten, eine Idee, die man sich von Regenreifen aus dem Rennsport abgeschaut hatte. In der Theorie wird das Wasser vom Profil in die Rille abgeleitet, wo es harmlos ablaufen kann, ohne einen »Keil« vor dem Reifen und damit Aquaplaning zu erzeugen. Es funktionierte ganz gut und war unverwechselbar.

Die Spuren, die dieser Reifensatz auf dem lehmigen Feldweg hinterlassen hatte, der zur Scheune bei St. Galmier führte, waren sogar sehr auffällig gewesen. Vermutlich hatte der Regen sie später weggespült, aber ich erinnerte mich recht deutlich, sie im gelben Scheinwerferlicht des Mercedes gesehen zu haben, als ich auf der Jagd nach Haydon den Pfad entlang gedonnert war.

Ich musste zwei- oder dreimal ziemlich lange klingeln, bis Sante an die Tür kam. Vielleicht war er gerade im Bad gewesen. Endlich vernahm ich eine Reihe von kratzenden und klickenden Geräuschen von der anderen Seite des Eichenportals, und dann schwang es auf.

Monsieur Sante schien nicht sehr erbaut, mich zu sehen. Allerdings sah es so aus, als könnte er im Moment ganz allgemein auf Besuche verzichten. Seine Augen waren verquollen, das Haar wirr, und er trug einen schweren, weinroten Morgenmantel über einem grellen, geschmacklosen Pyjama. Er versuchte, den fragenden und indignierten Blick eines aufrechten Bürgers aufzusetzen, der noch vor dem Frühstück von einem ungebetenen Gast gestört wird. Aber es funktionierte nicht besonders gut, denn er war weder entsprechend angezogen, noch war er mit dem Herzen bei der Sache. Er musste mich erwartet haben, oder jemanden wie mich. Ein Schatten der Sorge – oder vielleicht Furcht – lag auf seinen Augen.

»Bitte treten Sie ein, Monsieur«, sagte er. Seine Stimme klang belegt und nach einem schweren Kater. Sie klang nach einer feuchten Nacht voller Rotwein. Vielleicht hatte er nicht richtig einschlafen können.

Ich trat ein, Sante schob hinter mir seinen Kopf durch die Tür und warf einen schnellen prüfenden Blick in die Runde, bevor er sie schloss und eine Sicherheitskette vorlegte. Anscheinend wollte er nicht gestört werden. Schon in Ordnung. Das wollte ich auch nicht.

»Gehen wir in mein Büro«, sagte er und watschelte vor mir her die Diele entlang. Ich folgte ihm in sein Arbeitszimmer, er schloss die Tür hinter uns und begab sich auf die andere Seite des Schreibtisches. Dann bedeutete er mir mit einer Geste, mich hinzusetzen, und ließ sich selbst in den dick gepolsterten ledernen Drehstuhl plumpsen, der anscheinend zu seinem natürlichen Lebensraum geworden war.

Hinter seinem eigenen Schreibtisch und in seinem eigenen Büro schien er wieder Zuversicht zu schöpfen. Ein wenig von seiner onkelhaften Herzlichkeit, die er vor vier Tagen gezeigt hatte, kehrte wieder zurück. »Also schön, Monsieur Holland, wie kann ich Ihnen helfen?«

»Ich bin aus zwei Gründen gekommen, Monsieur Sante«, erwiderte ich langsam. »Zum einen wollte ich mich bei Ihnen bedanken, dass Sie den Gendarmen nicht von mir erzählt haben. Zum anderen würde ich Ihnen gerne ein paar Briefmarken abkaufen.«

Er schien in seinem Sessel zu schrumpfen, als hätte er irgendwo ein Loch, aus dem Luft entweicht. Sein Gesicht wurde um ein paar Nuancen blasser. Aber seine Hände fuhren fahrig durch die Luft, um das Erstaunen in seiner Stimme zu unterstreichen. »Es tut mir Leid, Monsieur Holland. Aber ich habe keine Ahnung, wovon Sie reden. Ich fürchte, Sie haben einen Fehler gemacht ...?«

»Nein. Kein Fehler, Monsieur. Sie haben einige Briefmarken in Ihrem Besitz, die Sie in der Auster gefunden haben, die Mister Charlton und ich gekauft haben. Das ist schon in Ordnung, ich mache Ihnen ja keinen Vorwurf daraus. Aber ich möchte Ihnen ein Angebot dafür unterbreiten. Und ich glaube, unter den gegebenen Umständen wäre es dumm von Ihnen, es abzulehnen.«

Ich kam mir vor wie eine Figur aus »Der Pate«, aber Sante fuchtelte immer noch mit den Händen herum und versuchte, verwirrt dreinzuschauen.

»Mais non, Monsieur«, insistierte er. »Ich fürchte, man hat Sie völlig falsch informiert. Wer hat Ihnen denn gesagt, dass ich diese ... diese Briefmarken, von denen Sie sprechen, habe?«

Ich beugte mich vor und stützte die Ellenbogen auf seinen Tisch. »Na ja, zunächst mal hat jemand Samstag Nacht diese Scheune in Brand gesteckt, um meine Auster zu zerstören. Dafür konnte es nur einen Grund geben, nämlich alle interessierten Parteien glauben zu machen, dass die Briefmarken in Rauch aufgegangen sind. Und die einzige Person, die einen Anlass für diesen Wunsch hatte, war der Mann, in dessen Besitz sie tatsächlich waren. Und da bleiben nur noch Sie übrig. Ich habe die Reifenabdrücke Ihres Wagens auf dem Feldweg erkannt. Hier in der Gegend wimmelt es nicht gerade von Jaguar XJ 6.«

»Mon Dieu, das ist unerhört!« Sante schoss halb aus seinem

Sessel empor, seine Stimme zitterte vor Empörung. »Sie haben vielleicht Nerven, hierher zu kommen und mir all diese Dinge vorzuwerfen, nur wegen eines Reifenabdrucks …«

»Halten Sie den Mund!« Mein Kasernenhofton schien seinem Zwerchfell nicht zu behagen, denn er sank unvermittelt in seinen Stuhl zurück, und man meinte beinahe, das Pfeifen zu hören, mit dem die Luft aus ihm herausströmte. Er starrte mich mit schreckgeweiteten Augen an. Vielleicht hatte mein jüngst erworbener Ruf, was Gewaltverbrechen anbetraf, etwas damit zu tun: Wenn ich mit der rechten Hand in die Tasche meiner Fliegerjacke gelangt hätte, wäre er wahrscheinlich vor Angst gestorben.

»Sie haben Recht. Ich bin nicht nur wegen der Reifenspur hier.« Er starrte mich immer noch an und schien dabei in seinem weinroten Morgenmantel zusammenzuschrumpfen. »Es geht auch darum, was Sie der Gendarmerie erzählt haben oder, besser gesagt, was Sie ihnen nicht erzählt haben. Sobald sie die Auster zu Ihnen zurückverfolgt hatten, mussten Sie ihnen berichten, dass ein Mann namens Hunt sie gekauft hatte. Und, wo Sie schon dabei waren, sollte man doch meinen, dass Sie ihnen auch von mir erzählt haben, der ich doch seinen Besitzanspruch bestritten habe, oder nicht? Ein verdammt wichtiges Indiz: Jedenfalls wichtig genug, dass mittlerweile jeder Gendarm in diesem Land nach einem Mann namens Holland Ausschau halten müsste.

Aber sie suchen keinen Holland, nicht wahr? Es kam nichts im Radio oder in den Zeitungen, und heute Morgen bin ich um mein Flugzeug auf dem Flughafen von Lyon herumgeschlendert und dann hierher gefahren, ohne dass sich irgendjemand für mich interessiert hätte. Nirgendwo auch nur die Spur eines Polizisten.

Und sie suchen deshalb nicht nach mir, weil Sie denen nichts von mir erzählt haben. Sie haben nämlich befürchtet, dass ich alles ausspucke, was ich weiß, wenn sie mich erwischen. Und sie wussten nicht so genau, was ich wirklich wusste. Aber Sie hatten Angst, dass es Sie belasten könnte, und das wollten Sie nicht riskieren. Selbst wenn Sie nicht direkt in Schwierigkeiten geraten wären, diese Briefmarken hätten Sie nicht mehr verkaufen können, sobald ich den Bullen brühwarm alles darüber erzählt hatte.«

Sante saß einfach da und beobachtete mich, wobei er immer noch so wirkte, als hätte ihn ein Pferd getreten. Die Kraft, sich zu empören, schien ihm ausgegangen zu sein.

Ich holte tief Luft und fuhr fort. »Das war von Anfang an Ihr Problem, dass Sie nicht genügend über diese Briefmarken wussten. Wahrscheinlich haben Sie sie schon vor langer Zeit gefunden, vermutlich während der ersten Generalrevision des Flugzeugs. Es wäre nicht ganz einfach, eine Menge Briefmarken in aller Eile irgendwo in einer Auster zu verstecken, ohne dass sie bei einer größeren Überholung entdeckt würden. Und so haben Sie die Marken schließlich gefunden. Aber dann bekamen Sie Angst, und das zu Recht. Sie waren nämlich unglaublich wertvoll. Waren sie gestohlen? Sie wussten es nicht. Von den wichtigsten hatte man zuletzt vor dem Krieg gehört, aber es musste noch mehr dahinter stecken. Wie kam es, dass sie in der Auster versteckt waren? Gab es irgendjemanden, irgendwo, dem sie rechtmäßig gehörten? Sie wussten es nicht, Sie konnten es auch gar nicht wissen. Also beschlossen Sie, sie einfach zu behalten und abzuwarten, und zwar viel Zeit verstreichen zu lassen. Denn Besitzansprüche, die auf Vorkriegszeiten zurückgingen, mussten nach und nach immer seltener werden.

Vielleicht haben Sie es sogar vorausgesehen, was dann tatsächlich geschehen ist, obwohl ich mir vorstellen könnte, dass Sie schon vor langer Zeit aufgehört haben, sich über irgendwelche kriminellen Besitzer Sorgen zu machen. Also muss es ein ziemlicher Schock für Sie gewesen sein, als plötzlich drei oder vier Personen daherkamen und diese eine spezielle Auster wollten. Es ist Ihnen sicher klar geworden, dass es nicht allen nur um das Flugzeug ging. Und das muss ich Ihnen bestätigt haben, als ich Ihnen erzählte, dass es einen Besitzstreit gab, aber dann nicht wie angekündigt zur Polizei ging.

Und jetzt steckten Sie wirklich in der Klemme. Haydon – Entschuldigung, Sie kannten ihn als Hunt, Hunt wollte diesen Flieger Stück für Stück in seine Einzelteile zerlegen. Und wenn er dabei die Briefmarken nicht fand, würde er anfangen, nachzudenken. Und dann würde er auf Sie kommen. Also haben Sie sich ausgerechnet, dass Hunt und ich, wenn Sie das Flugzeug zerstörten, glauben würden, dass die Briefmarken futsch waren, und aufgaben. Ich weiß nicht, wie Sie es sich vorgestellt haben, danach noch die Briefmarken abzusetzen, ohne alle möglichen Leute auf sich aufmerksam zu machen. Aber womöglich schien Ihnen dies die einzige Möglichkeit zu sein: uns erst loszuwerden und sich über den Rest später Gedanken zu machen. Also sind Sie Hunt nachgefahren oder vielleicht auch den Kerlen, die mich auf dem Flugplatz von Lyon entführt haben, und als Sie herausgefunden hatten, wo das Flugzeug war, haben Sie einfach mit einem Kanister Benzin und einer Schachtel Streichhölzer auf den richtigen Moment gewartet. Der kam, als ich ausbrach und die Ballerei losging. Wir schossen alle gegenseitig aufeinander, und niemand hatte eine Ahnung, wie das Feuer eigentlich ausgebrochen war. Ich kann nur nicht verstehen, warum Sie sich mit dieser Schrotflinte in den Kampf eingemischt haben und damit riskierten, alles zu verlieren. Vielleicht sind Sie in solchen Dingen einfach nicht besonders bewandert.«

So weit schien ich jedenfalls Recht gehabt zu haben. Sante starrte mich mit der Art angewiderten Faszination an, die wohl ein Kaninchen für die Schlange empfinden muss. Sein Gesicht hatte die Farbe alten Pergaments angenommen.

»Was Sie natürlich nicht wissen konnten«, setzte ich meine Rede fort, »war, dass Hunt und seine ganze Bande die Nacht nicht überleben würden. Herrgott, ich hätte ja selbst keinen Pfifferling für mich gegeben. Aber so wie es kam, saßen Sie wieder in der alten Zwickmühle. Sie wussten einfach nicht genügend über diese Briefmarken. Wenn Sie der Polizei von mir erzählten, hätten Sie mich damit wahrscheinlich aus dem Weg geschafft. Aber im gleichen Augenblick mussten Sie befürchten, dass ich denen etwas über die Briefmarken erzählte, was Sie für immer daran gehindert hätte, sie jemals zu verkaufen. Vielleicht hatte Roberto Miere sie gestohlen, und vielleicht wusste ich ja sogar, wem sie gehört hatten, aber Sie hatten einfach keine Möglichkeit, es herauszufinden. Ihnen war nur klar, dass ich irgendetwas wissen musste, sonst wäre ich nicht gekommen. Deshalb beschlossen Sie letztendlich, den Gendarmen nichts von mir zu sagen, wofür ich Ihnen auch aus tiefstem Herzen dankbar bin. Ich nehme es als Ausgleich für den Schuss aus dem Hinterhalt, den Sie bei der Scheune auf mich abgegeben haben. Wir sind quitt.

Falls es Sie interessiert, erzähle ich Ihnen nun, wie Sie am Leben bleiben und reich werden können.«

Ich öffnete ein mit Intarsien verziertes Holzkistchen auf seinem Schreibtisch – und tatsächlich, es waren Zigaretten darin. Ich bediente mich und zündete eine mit seinem großen Tischfeuerzeug an.

»Können Sie mir so weit folgen?« Ich bedachte ihn mit einem meiner schärfsten Seitenblicke. »Wenn Sie so dumm sein wollen, weiterhin alles zu leugnen, dann sollten wir das besser auf der Stelle klarstellen.«

Er leugnete gar nichts mehr. Er sah aus, als hätte ihn gerade ein startender Düsenjäger zwischen die Schulterblätter getroffen. Nach ein paar stillen Sekunden öffnete er den Mund, wollte etwas sagen, besann sich anders, räusperte sich und murmelte endlich: »Bitte sprechen Sie weiter, Monsieur.« Er senkte die Hände im Eingeständnis der Niederlage.

»Also gut. Sind Ihnen Mafia und Cosa Nostra ein Begriff?« Er nickte, und seine Kinnmuskeln zitterten leicht. In wenigen Worten erzählte ich ihm die Geschichte der Briefmarken. Er saß reglos da und sah mir ins Gesicht, während ich sprach. Er unterbrach mich kein einziges Mal.

Als ich zum Schluss kam, fragte ich: »Ganz nebenbei, wo waren die Briefmarken eigentlich?«

Er schüttelte sich wie ein Mann, der aus einem schlechten Traum erwacht. »In den Steuersäulen«, krächzte er langsam. »Sie waren in Umschlägen aufgerollt, die in den Steuersäulen steckten. Ich weiß nicht mehr, wann ich sie gefunden habe. Ich saß im Cockpit und wartete darauf, ein paar Segler hoch zu schleppen, und fummelte einfach nur am Steuerknüppel herum. Ich langweilte mich, zog den Handgriff aus Gummi ab, und da war das erste Päckchen mit Briefmarken. Ein zweites Päckchen war im zweiten Steuerknüppel.«

Ich nickte. »Ja, so etwas musste es gewesen sein. Aber lassen wir das. Sprechen wir darüber, wie es jetzt weitergehen soll. Sie haben ja wahrscheinlich begriffen, dass Haydon – oder Hunt, wenn Sie so wollen – nur zu einer undurchsichtigen Organisation gehören konnte, und zwar zu einer Mafia-Familie, denen die Briefmarken ganz zu Beginn der Geschichte gestohlen wurde. Ich weiß weder, wo diese Familie ist, noch, woher sie ihre Informationen bezieht. Aber ich weiß, dass sie nicht nur die ganze Geschichte kennt, sie hat auch eine Liste der Briefmarken.«

Das war leicht übertrieben, denn ich wusste nur mit Bestimmtheit, dass Haydon gesagt hatte: »Wir wüssten es, wenn sie jemand verkauft hätte.« Und später hatte er den Namen der Mauritius erkannt. Aber wenn er den kannte, durfte man wohl davon ausgehen, dass die Familie auch über den Rest Bescheid wusste.

»Und jetzt«, fuhr ich fort, »sitzen Sie auf den verdammten Dingern. Wenn Sie die Marken verkaufen, wird die Familie wissen, dass sie wieder im Handel sind, und herausfinden, wer sie verkauft hat. Und dann werden sie an Ihre Tür klopfen. Und Sie haben Samstag Nacht selbst erlebt, die klopfen nicht gerade sanft an. Und heimlich können Sie die Dinger auch nicht loswerden. Nachdem sie so lange aus dem Verkehr waren, muss die Echtheit erst von einem Experten bestätigt werden. Und wenn das alles erledigt ist und sie in den Handel kommen, können Sie unmöglich Ihre Spuren genügend verwischen, um Ihre Identität vor jemandem zu verbergen, der sie unbedingt herausfinden will. Es ist einfach nicht machbar. Wenn Sie die Marken über einen Mittelsmann verkaufen, würde die Mafia einfach denjenigen aufsuchen, und der würde denen sehr bald alles über Sie erzählen, wenn die erst einmal anfangen, Druck auszuüben. Und Sie könnten sie auch nicht selbst unter einem falschen Namen verkaufen, denn abgesehen von allen anderen Problemen, hätten Sie die Steuerfahndung am Hals wegen versuchter Steuerhinterziehung. Nein, diese Briefmarken sind zu wertvoll und zu auffällig. Sie haben nicht die geringste Chance, sie jetzt noch abzusetzen.«

Ich machte eine kurze Pause, damit er das alles verarbeiten konnte. Es wirkte. Und anschließend verpasste ich ihm die letzte Breitseite. »Ihre einzige Chance ist, die Briefmarken an mich zu verkaufen«, sagte ich. »Ich zahle Ihnen fünfzigtausend Pfund dafür, das sind mehr als eine halbe Million Franc. Natürlich kann ich Ihnen das Geld erst geben, wenn ich sie selber weiterverkauft habe. Aber dann erhalten Sie zumindest das Geld und kommen mit heiler Haut davon.«

Sante sah aus wie vom Donner gerührt. Eine Standuhr in der Ecke des Zimmers tickte laut in der Stille, während er versuchte, mit all dem klarzukommen. Nach ungefähr einer Minute durchlief ihn ein leichter Schauer. »Bitte entschuldigen Sie, meine Tabletten«, sagte er und öffnete die Schreibtischschublade. Er zog einen gewaltigen antiken Revolver hervor.

Er ließ den Knauf auf die Schreibtischplatte sinken, und ich konnte einen tiefen Blick in den Lauf werfen. Vermutlich war es nur eine 45er, aber aus meinem Blickwinkel wirkte es wie ein junges Torpedorohr. Ich saß sehr still. Ich habe große Angst vor Waffen, die ich aus dieser Position sehe.

»Monsieur Holland.« Auf einmal klang seine Stimme wieder erstaunlich fest. »Einiges von dem, was Sie gesagt haben, hat mich interessiert. Aber ich glaube nicht, dass Sie mir die ganze Wahrheit gesagt haben. Verstehen Sie, ich habe bereits angefangen, diese Briefmarken zu verkaufen. Schon seit fünf Jahren oder länger. Und niemand hat sich beschwert. Niemand von Ihrer so genannten Mafia-Familie hat mich aufgesucht. Deshalb glaube ich, dass Sie bluffen und mir diese Räubergeschichte auftischen, damit ich Angst bekomme und Ihnen die Briefmarken billig verkaufe. Und jetzt werden Sie mir erzählen, was wirklich hinter der Geschichte steckt. Und keine Lügen mehr, bitte.«

Jetzt war ich an der Reihe, wie vom Donner gerührt auszusehen. Ich hatte einfach nicht damit gerechnet, dass er schon einige der Briefmarken verkauft haben könnte. Da Haydon den Namen der Mauritius erkannt und behauptet hatte, dass er von ihrem Verkauf erfahren hätte, hatte ich natürlich angenommen, dass die Familie alle Briefmarken identifizieren konnte. So wie es jetzt aber aussah, hatte ich mich geirrt. Eine Weile lang schwappte mein Gehirn zwischen den Ohren hin und her, ohne dass ein brauchbarer Gedanke an die Oberfläche gestiegen wäre.

Dann hatte ich es.

Zwar nicht alles – da war noch mehr, irgendwo in einem Winkel meines Unterbewusstseins. Aber im Moment wusste ich genug.

Ich beugte mich vor – ganz langsam, um dem Mann keine Angst einzujagen – und nahm mir noch eine Zigarette aus der Schachtel. Ich fummelte unbeholfen mit der linken Hand an dem großen Tischfeuerzeug herum und machte eine kleine Geste mit der rechten. »Dazu kann ich nur sagen, dass Sie verdammt viel

Glück gehabt haben. Ich habe Ihnen gesagt, dass die Mafia-Familie eine Liste der Briefmarken hat, und das stimmt zweifellos. Mir war nicht klar, dass ihre Liste unvollständig sein könnte, aber nach dem, was Sie sagen, muss es wohl so sein. Besonders überrascht bin ich allerdings nicht, denn meine eigene Liste ist auch unvollständig. Der alte Herr Miere konnte sich nur an etwa hundert der wertvollsten Marken erinnern, als er sie aufschrieb. Schließlich war es dreißig Jahre her, dass er sie zum letzten Mal gesehen hatte. Aber dass diese Listen unvollständig sind, ändert nichts an den Tatsachen: Bis jetzt haben Sie Glück gehabt, weil Sie wahrscheinlich beim Verkauf mit den billigsten angefangen haben, um zu sehen, was passierte, ohne die wirklich wertvollen aufs Spiel zu setzen. Sie hatten einfach Glück, dass Sie bis jetzt noch keine von denen verkauft haben, die die Familie identifizieren kann. Aber wenn Sie weitermachen, wird es irgendwann passieren. Wenn Sie sie schon seit fünf Jahren in den Handel bringen, dürften Sie diesen Punkt bald erreicht haben. Und sobald Sie auch nur eine rauslassen, die die Mafia wieder erkennt, stehen die vor Ihrer Haustür. Und die machen Ihnen mit Sicherheit kein Angebot wie ich. Diese Jungs betrachten die Briefmarken als ihr Eigentum, und sie werden keinen Pfennig dafür bezahlen. Ihnen werden einfach plötzlich eine Menge Unfälle zustoßen. Ihr Haus wird in Brand geraten. Ihr Wagen wird einen Unfall haben, zum Beispiel gestohlen werden und dann in eine Schlucht stürzen. Ziemlich zu Beginn des Spiels werden Sie zusammengeschlagen werden. Glauben Sie, dass Sie das durchhalten können? Ich glaube es nicht. Am Ende werden Sie nachgeben und entweder die Briefmarken herausrücken müssen oder das Geld, das Sie dafür bekommen haben. Die Jungs können das wirklich sehr gut, die tun das schon seit Jahrhunderten.« Ich ließ das Tischfeuerzeug in meine rechte Hand gleiten und hob die linke. »Schauen Sie, was sie mir während einer netten, freundlichen Unterhaltung angetan haben.«

Er sah es sich an. Ich holte unauffällig mit der rechten Hand aus, und dann warf ich das Feuerzeug mit aller Kraft, zu der ich fähig war, nach ihm.

Es prallte mit einem dumpfen Laut von seinem Schädel ab, während ich nachfolgte und mich über den Schreibtisch warf. Ich bekam den Revolverlauf zu fassen, drückte die Mündung gegen die Tischplatte, damit er in die andere Richtung zog, und dann, immer noch den Lauf in der Hand, riss ich die Hand hoch und schlug ihm mit der Rückseite ins Gesicht. Ich fühlte, wie die Kimme über seine Zähne knirschte, und setzte die Bewegung fort. Er kreischte auf vor Schmerz, und plötzlich hatte ich die Pistole für mich allein.

Ich trat zurück, hob meine glimmende Zigarette vom Teppich auf, dann lehnte ich meine schmerzende Hüfte gegen die Tischkante und zielte mit der Waffe ungefähr in seine Richtung.

Sante beugte sich mit gesenktem Kopf über den Tisch und wiegte sich leise vor und zurück, während er die rechte Hand in der linken barg. Aus seinem Mund tropfte Blut auf das vor ihm liegende Löschpapier. Aber es war anscheinend die Hand, die ihm wirklich Sorgen machte. Ich vermutete, dass er sich den Abzugsfinger gebrochen hatte, als ich ihm die Waffe entwand. Es tat mir nicht allzu Leid: Die 45er war seine glänzende Idee gewesen, nicht meine.

»Mein Gott«, sagte ich. »Ich möchte nicht einmal darüber nachdenken, was diese Mafia-Jungs mit Ihnen anstellen würden. Ich bin ganz allein, und Sie hatten die Waffe. Und jetzt schauen Sie sich einmal an. Die Mafia würde Sie zum Petit Déjeuner verspeisen.«

Das war nicht gelogen. Sante war ein blutiger Amateur in diesem Geschäft: angefangen bei der wilden Knallerei mit der Schrotflinte in St. Galmier bis hin zu der Knarre, die er vor ein paar Minuten völlig unnötig hervorgezogen hatte. Offensichtlich war er ein Mann, der vor lauter Angst die Dinge nicht zu Ende dachte. Er hatte auch keine besondere Begabung für den Umgang mit Waffen, die 45er war nicht einmal gespannt gewesen, als er sie auf mich gerichtet hatte. Sonst hätte ich ihn nie angegriffen. Aber die Ablenkung mit meiner linken Hand und mit der Tatsache, dass er einen doppelt so hohen Druck auf den Abzug ausüben musste, bevor die Waffe losging, hatte mir alle Zeit verschafft, die ich brauchte. Außerdem hatte ich im Unterschied zu ihm anscheinend eine natürliche Begabung für Waffen.

Ich blies Rauch durch die Nase aus. Sante schrak vor mir zurück. »Sie denken immer noch, dass alles schon gut gehen wird, weil Sie mir nicht glauben, dass die tatsächlich eine Liste mit den Briefmarken haben, nicht wahr? Nun, wenn ich eine Liste hätte, würden Sie doch auch akzeptieren, dass die anderen eine haben, oder? Und sollten sie wirklich keine haben, dann kriegen sie eine von mir.

Ich werde ihnen von den beiden blauen Mauritius erzählen, der grauen 5-Franc-Tête-Bêche, der blassrosa Fourpenny aus Ceylon und dem ganzen Rest. Dann werden sie auf jeden Fall Bescheid wissen, Monsieur. Kapiert?«

Während ich sprach, zog ich Jedrows Liste aus meiner Gesäßtasche. Er ergriff sie mit einer zitternden, blutbefleckten linken Hand und starrte sie an, als wäre sie eine scharfe Granate, die jeden Augenblick explodieren konnte. Er wurde sogar noch eine Nuance blasser, während er die Liste überflog. Ich gab ihm ein paar Minuten, um sich wieder zu fassen.

»Die Alternative ist«, fuhr ich fort, »dass ich Ihnen die fünfzigtausend Pfund gebe, sofern Sie die etwa hundert Marken noch haben, die auf meiner Liste stehen, wovon ich ausgehe, denn sonst wäre Ihnen die Familie schon lange auf die Spur gekommen. Damit und mit dem, was Sie schon an Verkaufserlösen erzielt haben, ist das kein schlechter Schnitt für einen Kerl, der zufällig ein paar Briefmarken gefunden hat. Sie haben einfach Glück gehabt, aber ich habe einen toten Freund zu beklagen, zwei abgestürzte Flugzeuge, ein paar gebrochene Knochen, und ich bin darüber selbst zum Killer geworden. Also, was wollen Sie tun?«

Sante sank in seinem Stuhl zusammen, die Augen immer noch auf die Liste gerichtet. Er schwieg lange. Ich blies noch ein paar mehr Rauchwolken in die Luft, dann drückte ich die Zigarette im Aschenbecher auf dem Tisch aus.

Nach ein paar Minuten, die mir wie Stunden vorkamen, hob er langsam seine angstgeweiteten Augen und blickte mich an. »Okay«, flüsterte er. »Ich verkaufe sie Ihnen.«

Ich nickte einfach. »Möchten Sie irgendeinen Vertrag aufsetzen? Dass ich Ihnen innerhalb eines Jahres fünfzigtausend Pfund bezahle oder Ihnen die Briefmarken zurückgebe, etwas in der Art? Sie sind Anwalt. Schreiben Sie es auf, und ich unterschreibe, wenn Sie wollen.« Es spielte keine große Rolle. Tot oder lebendig, bevor das Jahr um war, müsste ich die Briefmarken loswerden, und sofern ich dann noch am Leben war, hatte ich nicht die Absicht, ihn übers Ohr zu hauen.

Sante schüttelte den Kopf. Er wirkte müde, alt und verzagt. »Non. So etwas wäre ohnehin ungültig unter den Bedingungen, unter denen er aufgesetzt würde, denn die könnte man nicht erwähnen. Im Übrigen glaube ich Ihnen, dass Sie mir das Geld geben, wenn Sie Erfolg haben. Diese Briefmarken sind annähernd zehn Millionen Franc wert. Selbst wenn Sie nur die Hälfte dafür bekommen, wäre es sehr dumm von Ihnen, alles aufs Spiel zu setzen, indem Sie mich nicht bezahlen.«

Er zog sich langsam auf die Füße, ein Mann, der gerade einen Albtraum durchlebte. »Ich hole sie.«

Er ging hinüber zu einem Gemälde, das zwei Segelflugzeuge im Formationsflug zeigte, hob den schweren Rahmen vom Haken und nestelte am Griff eines kleinen Wandsafes herum, der dahinter versteckt war. Ich war überrascht, dass er die Briefmarken hier bei sich hatte. Doch welcher Dieb würde sich schon mit dem Wandsafe im Büro eines Anwalts abgeben?

Er öffnete den Safe, nahm eine flache, mit rotem Leder bezogene Metallschatulle in der Größe zweier Zigarettenschachteln heraus und gab sie mir.

Ich versuchte, nicht mit den Händen zu zittern, als ich sie öffnete.

Und auf eine Million Pfund blickte.

Der Anblick war nicht sonderlich beeindruckend. Die Briefmarken, die meisten davon langweilig aussehende, kleine Rechtecke, steckten alle in eigenen kleinen Zellophanhüllen. Ich stocherte vorsichtig darin herum und versuchte auszusehen wie jemand, der weiß, was er tut.

Es mussten an die zweihundert sein. Ich erkannte das Mauritius-Paar anhand von Mieres kurzer Beschreibung, aber das war auch so ziemlich alles. Ich klaubte sie samt ihrer kleinen Hülle heraus, drehte sie hin und her und versuchte nachzuvollziehen, was an ihnen so besonders war, dass jemand hundertzwanzigtausend Pfund dafür hinlegen würde. Ich konnte nichts daran finden.

Ich ließ das Stöbern sein. Gleich würde ich anfangen, nach den hübscheren Marken zu greifen. Wahrscheinlich waren das nicht die wertvolleren, und ich würde damit nur meine Unwissenheit offenbaren. Ich schloss das Kästchen, hakte die funktionell aussehende Spange zu und nahm Jedrows Liste vom Schreibtisch. »Ist alles auf der Liste da drin?« Ich hob die Schatulle, und Sante nickte. Er beobachtete mich, als würde ich sie gleich mit einem Fingerschnalzen wegzaubern. Nun, vermutlich konnte man es so betrachten. Ich verließ mich auf sein Wort. Es gab ohnehin keine Möglichkeit, es zu überprüfen. Dazu hätte es ein Team der weltbesten Briefmarkenexperten gebraucht. Und wenn er versuchte, irgendwelche Marken zurückzuhalten oder mir Fälschungen anzudrehen, dann konnte ich immer noch einmal wiederkommen.

»Also gut, Monsieur«, sagte ich. »Ich wünsche Ihnen einen Bonjour. Sie hören bald von mir.«

Sante nickte nur.

Ich klappte die 45er auf, schaufelte die Patronen in meine Tasche und warf die Waffe auf den Schreibtisch. Dann ging ich hinaus.

Er sah mir mit dem betäubten, fassungslosen Ausdruck eines Mannes nach, der gerade einen geliebten Menschen verloren hat. Die Briefmarken mussten ihn seit zehn Jahren geängstigt haben. Aber gleichzeitig hatten auch eine Menge Träume in dieser kleinen, roten Schachtel gelegen.

23

Die Fahrt zurück zu Lubecs Wohnung war erfüllt von den Gespenstern der Vergangenheit und eingebildeten Gefahren. Ich fuhr langsam und nahm die Kurven so, dass ich die Straße möglichst weit überblicken konnte. Ich konzentrierte mich, um alles aus dem Simca herauszuholen, was er zu bieten hatte. Was nicht allzu viel war. Ich versuchte mich zusammenzureißen, aber die kleine rote Schachtel auf dem Beifahrersitz war der Stoff, aus dem Albträume gemacht sind. Zu viel Blut klebte daran. Haydons. Ricos. Das von Harvey, Pete, Toni und des anderen Mannes, dessen Namen ich nicht gekannt hatte. Und Roberto Miere. Und das des kleinen Jungen, den sein eigener Vater irgendwo zwischen hier und Paris in einem ungekennzeichneten Grab begraben hatte, in jener Todesnacht im Jahre 1939. Und … Bill.

Die Winzigkeit dieser kleinen roten Schachtel reichte aus, um mich frösteln zu machen. Nicht größer als zwei Zigarettenschachteln, und trotzdem beherbergte sie einen so unermesslichen Wert und hatte so viele Menschenleben gekostet. Eine Weile lang empfand ich etwas, das beinahe ein Echo der Gefühle des alten Miere sein mochte, als er um sein Leben fuhr, gehetzt vom Gespenst seines toten kleinen Jungen. Es war Furcht einflößend, dass ein so kleines Ding so viel Macht haben konnte.

Ich jagte am Flugplatz von St. Jean vorbei, wagte es aber nicht, einen Blick darauf zu werfen, und raste mit weit überhöhter Geschwindigkeit in das Dorf hinein.

Ein 2CV kam unbeeindruckt aus einer Seitenstraße zu meiner Rechten, und ich trat voll auf die Bremse, um ihn nicht platt zu walzen. Er hatte natürlich Vorfahrt hier im Gewirr der kleinen Sträßchen. Alle Köpfe in der Straße drehten sich nach dem Kreischen der Reifen um, und ein paar Leute schrien Dinge auf Französisch, die ich nicht verstand. Der kleine Citroën tuckerte gelassen weiter, nachdem der Fahrer mich mit einem verächtlichen Blick durch die schmutzige Heckscheibe bedacht hatte.

Erst als der Simca über den Kies von Lubecs Einfahrt knirschte, wurde mir bewusst, dass ich Schmerzen hatte, Hunger und vor nervöser Erschöpfung zitterte. Wieder einmal. Anscheinend langte ich hier immer in diesem Zustand an.

Einmal mehr öffnete sich die Eingangstür, als ich mich die Treppe hinaufschleppte. Wieder die Reihe von Gesichtern in der Diele. Ich erkannte Louise, als ich die letzte Stufe empor stolperte. Sie erwiderte meinen Blick und schenkte mir ein kleines, nervöses Lächeln. Jeder – einschließlich Lubec, der eine große Schlinge trug, aus der zu beiden Seiten ein Gipsverband herausragte – sah ein wenig besorgt aus. Wahrscheinlich fragten sie sich, wie viele Leute ich diesmal umgebracht hatte.

»Morgen allerseits«, sagte ich in der fröhlichsten Stimme, die ich aufbringen konnte.

»Ah, guten Morgen, Ken.« Jedrows kieselige Stimme klang stockend. »Ah ... wir haben Ihre Nachricht gelesen. Sind ... sind Sie in Ordnung?«

»Sicher, warum nicht?«

»Na ja, Ihre Hand ...« Er sah auf meine linke Hand. Aus der durchnässten Bandage tropfte Blut, wie aus einem frisch geschnittenen Lendensteak. Eine rote Tropfenspur führte vom Wagen über die Stufen in die Diele und endete in einer kleinen Pfütze zu meinen Füßen auf dem Parkettboden.

Ich hatte mich so daran gewöhnt, diese Hand aus meinen Gedanken auszublenden, dass ich es einfach nicht bemerkt hatte. Sie musste zu bluten begonnen haben, als ich nach dem Revolver griff, und hatte seither nicht mehr aufgehört. Beim Fahren hatte ich die Hand in den Schoß gelegt, und die Vorderseite meiner Jeans war blutgetränkt.

»Es blutet wieder.« Ich hatte heute wohl meinen besonders scharfsinnigen Tag. »Mist.«

Wir gingen alle in die Küche, und ich setzte mich an den Tisch, während Jedrow den Ärmel meiner Fliegerjacke zurückkrempelte. Louise brachte warmes Wasser und begann, die blutige Bandage aufzuwickeln. Lubec goss Kaffee aus der Filtermaschine ein, und dann eroberte er sich einen besonderen Platz in meinem Herzen, als er mir ein Glas besten alten Cognacs einschenkte.

»Wie geht's dem Arm?«, fragte ich ihn.

»Nicht so schlimm«, sagte er mit seinem dünnen Lächeln. »Es tut ein bisschen weh, aber wenn ich nicht Handball spiele und ihn mir wieder breche, kommt er in Ordnung.« Sein Blick senkte sich zu der roten Schachtel, die unter meiner rechten Hand auf dem Tisch ruhte. »Was ist das?«

»Die Briefmarken. Ich habe sie für 50 000 Pfund gekauft.«

Das brachte sie augenblicklich zum Verstummen. Jeder starrte die rote Schachtel an.

Nachdem ich selbst schon darüber hinweggekommen war, hatte ich ganz vergessen, welchen hypnotisierenden Effekt eine Million Pfund in der Größe zweier Zigarettenschachteln haben konnte. Ich nestelte den Verschluss auf und öffnete den Deckel. Alle hielten den Atem an, sogar Louise. Ich wühlte ein bisschen zwischen den Briefmarken herum und pickte die blaue Mauritius in ihrer kleinen Hülle heraus.

»Ich glaube, das ist die Mauritius«, sagte ich. »Den Rest kann ich so aus dem Stegreif nicht identifizieren. Aber ich glaube, die wertvolleren sind alle noch da.«

Das Schweigen vertiefte sich. Jedrow und Lubec glotzten und standen wie festgenagelt. Louise war erbleicht und hielt beim Abwickeln der Bandage inne.

Natürlich war es wieder Jedrow, der sich als Erster erholte. Er ließ sich in den Stuhl zu meiner Linken sinken und griff mit zitternder Hand nach der Schachtel.

»Wo ... wo haben Sie die her?«, fragte er in einem heiseren Flüstern.

»Ich habe sie von Paul Sante gekauft, dem Sekretär des Aero Club von Mont Vivaral«, antwortete ich. »Ich habe ihm versprochen, dass er fünfzigtausend Pfund dafür bekommt, wenn wir sie verkauft haben.«

»Fünfzig ... tausend?«, flüsterte er. »Aber ... sie sind doch gut eine Million wert. Wie ... wie haben Sie ihn dazu gebracht, für fünfzigtausend zu verkaufen?«

Alle Augen richteten sich plötzlich wieder alarmiert auf mich.

»Ist schon in Ordnung«, sagte ich müde. »Ich hab keinen abgeknallt.«

Ich hoffte, ich würde nicht den Rest meines Lebens damit verbringen müssen, die Leute ständig in dieser Hinsicht zu beruhigen. Langsam wurde es eintönig, wie bereitwillig alle zu dem vorschnellen Schluss gelangten, ich hätte mal wieder jemanden umgelegt.

»Setzt euch hin, und lasst euch erzählen.«

Sie setzten sich. Louise kam wieder zu sich und führte die ärztliche Behandlung fort, obwohl ihr Blick immer wieder zu den Briefmarken glitt.

Ich brauchte etwa zehn Minuten für meinen knappen Bericht, während deren die Realität an den Rändern auszufransen begann und ein dumpfes Dröhnen zwischen meinen Ohren anschwoll. Als ich fertig war, nahm ich noch einen Schluck Cognac und schaute wieder auf meine Hand. Louise hatte eine Mullbinde über den Stumpf gelegt und versuchte, die Ecken zusammenzuziehen, indem sie sie fest mit Leukoplast umwickelte.

Jedrow schien etwas zu sagen. Ich riss meinen Blick von der verlorenen Schlacht um meinen kleinen Finger los und versuchte mich zu konzentrieren.

»… verdammt gut gemacht«, sagte er. Eine typische Bemerkung für ihn. »Und jetzt verkaufen wir sie …«

»Ich glaube nicht.« Die gelassene Unterbrechung kam von Lubec. Er schaute mich an, während er sprach. »Ich glaube, Ken hat schon darüber nachgedacht. Wenn Sie die Briefmarken in London verkaufen, wird Ihre Mafia-Familie sofort wissen, wer sie hat, genau wie es Sante auch ergangen wäre. Ken, mir scheint, wir haben Santes Problem gekauft. Ist dem so?«

Ich nickte müde. Die Stimmung sank, während alle darüber nachdachten und zum selben Schluss kamen. Jedrow, der plötzlich sehr niedergeschlagen wirkte, schaute halbherzig die Briefmarken durch.

»Tat… tatsächlich ist es sogar noch schlimmer«, sagte ich. Meine Zunge schien um ein paar Nummern zu groß für meinen Mund geworden zu sein. Ich setzte schwerfällig Worte zusammen und pflügte mich durch die Sätze. »Die Familie kennt unsere Identität bereits. Jedenfalls meine und Jedrows. Haydon wusste schon in England über mich und Jedrow Bescheid, und er hat mit Sicherheit seiner Familie Bericht erstattet, während wir noch im Dunkeln tappten und lange bevor wir hierher gekommen sind. Wenn es sich also herumspricht, dass er und seine Bande tot sind, sind wir die Allerersten, nach denen sie suchen werden. Egal, ob sie glauben, dass wir die Briefmarken haben, oder nicht. Und wenn Haydon irgendwelche Botschaften weitergegeben hat, während er hier in Frankreich war – und das hat er vermutlich –, dann werden sie auch inzwischen wissen, dass er uns in Verdacht hatte, die Briefmarken zu besitzen. Also, egal, was sie tun, wir werden es abkriegen.«

Das munterte sie wirklich auf. Jedrow sackte in seinem Stuhl zusammen wie ein angestochener Luftballon und starrte mich an.

»Ja«, sagte Lubec leise. Seine Stimme klang hundert Meilen entfernt. Er nickte langsam, und seine Gestalt verschwamm hinter Jedrow. »Ja, ich glaube, Sie haben Recht. Aber haben Sie auch einen Plan, Ken?«

Ich nickte vorsichtig. Mein Kopf fühlte sich schwer an, und ich wollte vermeiden, dass er mir abfiel.

»Ja. Es gibt nur eine Möglichkeit: Wir müssen die Briefmarken der Mafia verkaufen. Mit ihnen ein Geschäft zu machen, ist das Einzige, mit dem wir sie uns vielleicht vom Leib halten können.«

Sie schwiegen verblüfft.

»Das geht nicht«, schnappte Jedrow. Er riss sich langsam wieder zusammen. Seine Stimme war ein trockenes Krächzen. »Abgesehen davon, dass wir nur einen miesen Preis dafür bekommen. Was sollte sie denn davon abhalten, uns fertig zu machen, ob wir ihnen die Briefmarken nun verkaufen oder nicht? Und überhaupt, wir wissen nicht, wer sie sind oder wo sie sind. Keine Chance.« Er schüttelte den Kopf. Er hielt es für keine gute Idee.

»Ich gebe zu, dass wir einen miesen Preis dafür erzielen werden«, murmelte ich. »Aber selbst, wenn wir nur den halben Wert bekommen, wäre das immer noch eine halbe Million. Mein Gott, wie viel wollt ihr denn noch? Wollt ihr einen neuen Eifelturm bauen oder was? Oder vielleicht hättet ihr lieber den vollen Wert und wärt tot.

Ich gebe zu, dass sie uns selbst dann vielleicht noch fertig machen wollen, wenn wir ihnen die Briefmarken verkauft haben. Aber ich behaupte weiterhin, dass ein Deal mit ihnen die einzige Chance ist, sie uns vom Leib zu halten. Im Augenblick wollen sie uns mit Sicherheit aus Rache für Haydon und Co. tot sehen. Aber wenn ich ihnen ein Geschäft mit den Briefmarken vorschlagen kann, wird sie das vielleicht zumindest davon abhalten.«

Vielleicht. Ich war selbst nicht gerade überzeugt davon, aber der Plan hatte einen großen Vorzug: Es war der Einzige, der mir einfiel.

Jedrow gefiel die Sache nicht, aber er hatte auch keine bessere Idee. Er öffnete den Mund, wollte etwas sagen, überlegte es sich anders und schloss ihn wieder. Er schien scharf nachzudenken.

Lubec lächelte wieder sein kleines, trauriges Lächeln. »Da ist sicher was dran. Aber Sie haben uns immer noch nicht gesagt, wie Sie die Familie eigentlich finden wollen. Ich habe den Eindruck, Sie können nur nach Hause fahren und auf sie warten, ja?«

»Nein. Kommt nicht infrage. Wenn ich warte, bis sie zu mir kommen, werden sie mir wahrscheinlich die restlichen Finger abhacken und das Gehirn rausblasen. Ich werde sie finden. Ich muss sie zuerst erwischen und überraschen, damit ich im Vorteil bin. Könnte funktionieren. Und ich weiß, wo ich mit der Suche anfangen muss.

Versteht ihr? Sie haben den alten Stefan Miere ermordet. Irgendwie müssen sie ihn gefunden haben. Und deshalb werde ich die Suche in St. Kitts beginnen, wo immer das sein mag.«

Jedrows Kopf schnellte hoch. »Stefan ermordet, sagen Sie?« Er stotterte verwirrt. »Aber ... aber ... Stefan starb bei einem Verkehrsunfall. Woher wissen Sie ... wie kommen Sie darauf ... ?« Das Gesicht des alten Knaben war bleich, und dieser Ich-weiß-gar-nicht-wie-mir-geschieht-Tonfall lag wieder in seiner Stimme. Ich konnte es ihm nachfühlen. Es war nicht gerade sein Tag für gute Nachrichten.

»Ja genau. Ermordet.« Ich sammelte meine Gedanken und sprach langsam weiter. »Erinnert ihr euch, dass Sante schon einige der Briefmarken verkauft hatte? Schön, wenn die Familie eine vollständige Liste davon hatte, hätten sie ihn schon vor langer Zeit erwischt. Haben sie aber nicht. Also können sie auch keine komplette Liste haben. Das ist das eine. Aber wir wissen, dass sie einige der Marken kennen. Ich habe euch doch erzählt, dass Haydon den Namen der Mauritius erkannte, als ich ihn neulich nachts erwähnte. Wenn sie also auch eine unvollständige Liste haben, liegt es doch nahe, dass es dieselbe ist wie unsere. Und kommt euch das nicht komisch vor?«

Offensichtlich tat es das, aber andererseits war es nur ein weiterer merkwürdiger Punkt mitten in einem ganzen Haufen absonderlicher Vorgänge. Alle schauten ratlos drein. Nur Lubec nickte langsam, als könnte er mir folgen.

»Erinnert ihr euch, wie wir uns gewundert haben, dass alles gleichzeitig losging? Wie Sie, Jedrow, den Brief bekamen, den Miere Ihnen hinterlassen hat, und wie Haydon im selben Augenblick hinter derselben Sache her war? Da war von Anfang an ein seltsamer Zufall im Spiel, oder nicht? Nur, dass es überhaupt kein Zufall war. Ich bin mir ziemlich sicher, dass die Familie den alten Miere irgendwie in St. Kitts aufgespürt und ihn gefoltert oder unter Drogen gesetzt hat. Das können sie ziemlich gut. Bis er ihnen erzählte, was aus den Briefmarken geworden war. Dieselbe Geschichte, die er Ihnen erzählt hat, und wahrscheinlich mit einer ähnlich unvollständigen Liste, weil er sich nur an die erinnern konnte. Nachdem er ihnen alles gesagt hatte, haben sie ihn ermordet und es wie einen Unfall aussehen lassen. Und nach seinem Tod haben Sie den Brief erhalten, den er Ihnen hinterlassen hat. So muss es gewesen sein. Es ist die einzige Antwort, die alles erklärt:

die Listen und die Tatsache, dass alle gleichzeitig angefangen haben, nach den Briefmarken zu suchen.«

Nun nickten sie beide. Ich hatte Recht, nur so passte alles zusammen. Es konnte nicht anders gewesen sein. Während sie sich das durch den Kopf gehen ließen, entstand ein weiteres betroffenes Schweigen.

Louise riss mit einem klebrigen Zip ein Stück Leukoplast ab und stellte damit einen kleinen Turban an meiner Hand fertig. Ich sah ihr zu, ohne wirklich etwas zu sehen. Ich dachte über eine Karibikinsel nach, die St. Kitts hieß. Und darüber, was ich dort vorfinden würde.

Die Aussicht gefiel mir überhaupt nicht. Ich hatte sogar eine Heidenangst davor.

Aber es war immer noch der einzige Plan, der mir einfiel.

Buch 3

24

Drei Tage später, während ich aus dem Fenster einer VC 10 zusah, wie London unter mir zurückblieb, war es immer noch mein einziger und bester Plan. Er gefiel mir immer noch genauso wenig, aber niemand hatte eine geeignete Alternative entwickelt, und so saß ich jetzt im Flug 695. Der Vogel erzitterte sanft, als die letzte Stufe der Startklappen eingefahren wurde. Ich fragte mich unvermittelt, ob ich England je wieder sehen würde.

In etwa 2700 Metern Höhe kamen wir in eine dünne Schicht Altostratuswolken und rauschten hindurch, hoch in die blaue Kuppel des Himmels hinein. Ich hörte auf, mir den Hals zu verdrehen und aus dem Fenster zu sehen, und lehnte mich in meinem Sitz zurück. Ich war hundemüde – wie üblich –, und meine linke Hand pochte sanft unter den Bandagen. Sie war allerdings in viel besserer Verfassung als noch vor ein paar Tagen. Während des Rückflugs nach England in der Stampe hatte sie ständig leise vor sich hingeblutet, und letzte Nacht hatte ich Jedrow dazu überredet, mich ins Krankenhaus nach High Wycombe hinüberzufahren, wo sie die Wunde mit ein paar Stichen genäht hatten. Seitdem blutete es nicht, auch wenn meine Hand noch nicht völlig schmerzfrei war.

Als wir Reiseflughöhe erreicht hatten und in den Horizontalflug übergingen, klingelte ich nach der Stewardess. Sie warf mir von oben herab einen leise tadelnden Blick zu, als ich um neun Uhr morgens gleich zwei große Scotch bestellte, aber ich wusste schon, was ich tat. Nach einem reichlichen Schluck Alkohol bei einem Kabinendruck, der tausendsiebenhundert Meter Meereshöhe entspricht, werde ich augenblicklich schläfrig. Ich stellte meine Rückenlehne ein wenig flacher und überließ das Fliegen der »arrogantesten Fluglinie der Welt«. Vier Stunden später wachte ich auf, vertilgte das Plastikzeug, das sie zum Essen servierten, genehmigte mir noch einen Johnny Walker und legte mich dann wieder schlafen, bis wir schon den halben Landeanflug nach Antigua hinter uns hatten.

Ich trat aus der angenehmen, von der Klimaanlage gekühlten Luft hinaus und lief in einen Wall westindischer Hitze.

Es ist ein ziemlicher Schock, wenn man durch eine Tür tritt und die Temperatur schlagartig von zwanzig Grad drinnen auf fünfzig Grad draußen wechselt, als betrete man geradewegs einen gigantischen Ofen. Die pralle Sonne hing weiß glühend und stechend an einem saphirblauen Himmel und überflutete den staubigen weißen Flughafen mit Licht und Hitze wie eine riesige, kosmische Lötlampe. In diesem Augenblick verstand ich, was Tropenmüdigkeit bedeutet: Bei dieser Hitze war jede größere Anstrengung ausgeschlossen, egal, ob man weiße oder schwarze Haut hatte. Als ich über das Vorfeld gestolpert war und die Einreise- und Zollschalter erreichte, sammelte sich bereits klebriger Schweiß unter meinem Kinn, und unter den Achseln meines leichten Baumwollhemdes bildeten sich dunkle Flecken. Die anderen Passagiere, die in Antigua ausgestiegen waren, sahen ähnlich erschlagen aus.

Es war ein schäbiger, vernachlässigter Flughafen. Es gab keine Abschirmungen zum Flugfeld hin. Das Heulen der anlaufenden Düsentriebwerke einer Pan Am 707 durchschnitt wie ein Messer meinen Schädel, der sich nach acht Stunden Stillsitzen dumpf und wattig anfühlte. Weißer Korallenstaub wirbelte in die Gepäckhallen und das Restaurant, als der Pilot die Triebwerke Nummer drei und vier startete. Auf einem kaputten Schild am Tower stand »Coolidge In ernational Airport«, darunter sah man das Wellblechdach des Zollgebäudes stellenweise zerbeult und verbogen, als wäre es irgendwann von dem Düsenstrahl eines vorbeirollenden Flugzeugs abgehoben worden. Eine Reihe von Fahnenmasten aus Aluminium ragte über einem Streifen von mit grauem Staub bedeckten Gras zwischen den Gebäuden empor. Die Flaggenleinen flappten regelmäßig mit einem metallisch hohlen Geräusch gegen die Masten, und die Fahnen flatterten schlaff in dem heißen, kraftlosen Passatwind.

In der kleinen Ankunfts- und Zollhalle war es nicht viel besser. Es tat gut, der stechenden Sonne entkommen zu sein, aber die Hitze war drinnen genauso schlimm wie draußen. Der Einreisebeamte fertigte nach und nach das knappe Dutzend gerade angekommener BOAC-Passagiere ab und studierte argwöhnisch unsere Pässe, als ob er nicht so genau wüsste, was sie zu bedeuten hätten. Nachdem ich schließlich mein Rückflugticket vorgezeigt hatte, stempelte er mir widerwillig ein Drei-Wochen-Visum auf eine der leeren Seiten. Anscheinend feierte Antigua gerade die Woche des Touristen.

Die Einwanderungsbehörde winkte uns zum Zoll weiter, wo zwei Beamte gelangweilt und regungslos herumsaßen, während wir uns die Füße vertraten und zusahen, wie die Gepäckträger unsere Sachen von einem Karren auf den niedrigen kunststoffbeschichteten Tresen schwangen, der das Gebäude vom Vorfeld trennte. Meine abgewetzte Reisetasche wurde vergleichsweise sanft behandelt, aber einige teuere Antler-Koffer knallten mit den Kanten auf und rutschten vom Tresen auf den Zementfußboden. Sie waren wohl gerade dabei, den Tourismus richtig anzukurbeln. Wäre ich ein echter Urlauber mit anständigem Gepäck gewesen, hätte ich nicht übel Lust verspürt, den Gepäckträger anzuspringen und ihm das Hirn rauszuprügeln. Meine Mitreisenden standen einfach nur stumm herum. Vielleicht lag es an der Hitze.

Ich griff nach meiner Reisetasche und setzte sie am Zollschalter ab. Einer der Zollbeamten drehte widerwillig ein kleines Transistorradio leiser, aus dem die Musik einer Steelband plärrte. Dann setzte er eine finstere Miene auf, die von langer Übung zeugte, und wedelte mit einer arroganten Handbewegung in Richtung meiner weltlichen Besitztümer. Hätte ich nichts zu verbergen gehabt, würde ich mir das so nicht gefallen lassen haben, ich hab nämlich etwas gegen subalterne Beamte mit Hitlerallüren. So aber blieb mir nur, den Reißverschluss der Reisetasche zu öffnen und zu versuchen, gleichzeitig gelangweilt und bescheiden dreinzuschauen. Er griff mit beiden Händen hinein und durchwühlte meine wenigen Kleidungsstücke.

Und fand die rote Lederschatulle.

Nachdem er ein paar Sekunden lang daran herumgenestelt hatte, bekam er den Deckel auf und spähte hinein. Dreißig Players-Zigaretten rollten darin herum. Er nahm eine heraus, sah sich beide Enden genau an und hielt sie an die Nase, um daran zu schnüffeln. Wahrscheinlich suchte er nach Marihuana. Er schien enttäuscht, dass es sich um Original-Players von Players handelte. Er suchte noch ein paar mehr heraus, um sie zu überprüfen, dann verlor er das Interesse, schloss die rote Schatulle, schmiss sie zurück in die Reisetasche und winkte mich durch.

Ich ging zur Tür und versuchte, weiterhin gelangweilt auszusehen. Ich war froh, dass anscheinend noch niemand den Zollbeamten in Antigua erzählt hatte, dass Zigarettenkistchen normalerweise auf Zigarettengröße zugeschnitten sind. In meiner schmucken Schatulle war noch viel Spiel, aber auch wieder nicht genug für eine zweite Reihe Zigaretten.

Ich suchte eine Toilette, verschloss sorgfältig die Tür und überprüfte die beiden langen Umschläge, die ich sicher mit Klebestreifen an meinen Schienbeinen befestigt hatte. Sie schienen dort nach wie vor in Sicherheit zu sein, also ließ ich sie auch dort. Aber ich löste die Pflaster, die Jedrows 38er-Smith-&-Wesson an der Innenseite meines Schenkels festklebten, und steckte sie in die Tasche.

Mein nächstes Etappenziel war der Schalter der Leeward-Island-Air-Transport-Fluggesellschaft, kurz LIAT, wo ich herausfand, dass der erste Flug nach St. Kitts eine Avro 748 war, die am nächsten Morgen um sieben Uhr starten sollte. Wahrscheinlich hätte ich eine kleine zweimotorige Maschine chartern können, um noch am selben Nachmittag weiterzufliegen, aber ich wollte den Leuten keinerlei Anlass geben, sich an mich zu erinnern. Also kaufte ich ein Ticket für die Avro und beschloss, mich ein wenig umzusehen. Ich war nie zuvor auf einer tropischen Insel gewesen.

Ein paar Stunden später begann sich der Eindruck zu verfestigen, dass ich auch nie wieder eine sehen wollte. Es waren die Temperaturen, die mich fertig machten. Ich hatte noch nie eine derartige Hitze erlebt.

Am Flugplatz stieg ich in ein großes amerikanisches Taxi und ließ mich vom Fahrer zu einer Dreißig-Dollar-Tour über die Insel überreden. Das waren ungefähr sechs Pfund. Es war mir nicht schade ums Geld, schließlich hatte ich mein Bankkonto abgeräumt, bevor ich in Heathrow startete, aber wir waren noch keine fünfzig Meter weit gekommen, als mir die Hitze zusetzte. Erfahrene Touristen fahren nicht im August in die Karibik. Die Temperatur liegt in dieser Jahreszeit den ganzen Tag lang um die vierzig, fünfundvierzig Grad, und der Passatwind flaut wochenlang zu einem müden Lüftchen ab. Der Luftzug, der zum Fenster hereinwehte, als wir den Flughafen verließen und in Richtung Süden fuhren, brachte nicht die geringste Erleichterung: Er ähnelte vielmehr dem heißen Schwall, den man fünfzig Meter hinter einem Düsentriebwerk im Leerlauf abkriegt.

Der Taxifahrer war groß, schwarz und geschwätzig. Er ließ sich nicht davon abbringen, mir in Kürze die Geschichte der Insel nahe zu bringen, während wir mit gleichmäßigen 50 km/h zwischen Zuckerrohrfeldern, Kokosplantagen und bunt bemalten Holzhütten dahinrollten. Da er mit breitem westindischem Akzent sprach, verstand ich nur etwa jedes sechste Wort, aber das schien ihn nicht zu entmutigen. Als ich sagte, dass ich Durst hätte, meinte er nur: »Oh. Oh. Oh. Klaro, Mann, sicher«, und hielt mit einem Ruck vor einer blasslila gestrichenen, heruntergekommenen Holzbar in einem der Dörfer an. Das kostete mich drei Heineken pro Person, aber ich war noch nie so froh gewesen, Bier kaufen zu können.

Beim dritten fragte ich ihn so ganz nebenbei, ob sich die Mafia auch auf dieser Insel betätigte.

»Na klar Mann, logo«, sagte er. »Weiß doch jeder. Die ham das Kasino am Vacation Inn, drüben in Willoughby Bay, aber die machen keine Schwierigkeiten.«

»Wirklich nicht? Ich hab immer gedacht, die wären ein echt mieser Haufen, die Mafia?« Ich versuchte, ein wenig enttäuscht zu klingen. Ganz der sensationshungrige Tourist.

Und es funktionierte. Der Taxifahrer schwenkte auf der Stelle um. Wenn ich Mafia haben wollte, würde ich auch Mafia bekommen: vor allem, wenn er hier sitzen und Freibier trinken konnte, anstatt herumzufahren, während sein Auto Benzin schluckte.

»Hey Mann, ich will nix gesacht ham«, sagte er, »aber mit den darf man sich nich anleng. Die machen dich ganz schnell platt, wenn du Schwierichkeiten machst. Die Bosse, die laufen ständich mit Kanon'n rum. Passiert nix, wenn man den'n nich auf die Zehn tritt. Aber das traut sich eh keiner. Nee Mann!« Er schüttelte den Kopf.

»Und wer ist der Boss?«, fragte ich.

»Der heißt Scipio Challese, isser Oberboss. Hat ein Bruder, wo Larry heißt. Larry arbeit' im Kasino, aber der hat auch 'n paar Hurenhäuser laufen. Scipio mag das nich. Und dann sind da noch die Söhne vom Scipio: Rico, der arbeit' hier, hab ich aber lang nich mehr gesehen, und der anner', Alberto, der ist die meiste Zeit drüm im Kasino in St. Kitts.«

Ich hatte die Bierflasche so fest gepackt, dass sie gleich zerbrechen würde. Ich entspannte mich.

»Dann sind sie in St. Kitts auch zugange?« Mir war, als ob meine Stimme angespannt klingen würde, aber der Fahrer merkte nichts.

»Klaro, die ham em ein neues Kasino aufgemacht drüben. Scipio, der fährt jetzt auch immer rüber. Ich seh ihn am Flughafen. Hat 'n eigenes Flugzeuch. Alberto fliecht es. Wolln Sie das Kasino sehn? Ich fahr Sie hin, heut Abend, wenn Sie wolln.«

Ich lehnte dankend ab und wechselte das Thema. Versuchte, meine Stimme wieder normal klingen zu lassen. Alle meine Nervenspitzen kribbelten von diesem Adrenalinstoß.

So einfach war das!

Ich hatte mich auf eine lange Suche eingerichtet. Ich war nicht auf die Idee gekommen, dass auf einer kleinen Insel wie Antigua jeder einen Heidenspaß daran hatte, die Geschichten herumzutratschen, die ihm über die örtliche Mafia-Familie zu Ohren gekommen waren. Und es passte tatsächlich alles zusammen: das neue Kasino in St. Kitts ... Mieres Tod hier ... und auch der Name Scipio.

Der sterbende Haydon hatte in einem französischen Wald gemurmelt: »Schiff erwischt dich.« Aber er hatte sicherlich »Scip« sagen wollen, ja er musste »Scip« gemeint haben. Nur hatte der Tod seine Stimme verzerrt.

Ich ließ mich zum Sugar-Mill-Hotel zurückfahren, das in der Nähe des Flughafens lag, und zahlte dem Mann seine dreißig Mäuse plus fünf Dollar Trinkgeld. Wahrscheinlich war es das erste Trinkgeld, das er sich damit verdient hatte, sich von einem Kunden ein paar Bier spendieren zu lassen.

Nach dem Abendessen rief ich im Vacation-Inn-Kasino an. Eine Stimme mit einem Akzent, der verdächtig nach New York klang, sagte, dass Mister Challese nicht da sei und wer ihn denn sprechen wollte. Ich legte auf.

Dann machte ich einen Spaziergang zum Flughafen und schaute in den Kontrollturm. Ich erfuhr, dass Challese eine Beechcraft Twin Bonanza besaß und dass er am selben Morgen nach St. Kitts geflogen war.

Ich hinkte zum Hotel zurück und lauschte dem Schrillen und Pfeifen der Zikaden und Baumfrösche in der warmen Nacht. Es dauerte lange, bis ich einschlafen konnte.

25

Selbst um acht Uhr morgens ist der Flugplatz von Golden Rock in St. Kitts heiß und staubig. In diesem Jahr bauten sie eine neue Startbahn neben der alten, und der Staub von den Bauarbeiten durchdrang das Flughafengebäude ebenso wie das ständig an- und abschwellende Brummen der schweren Maschinen. Sogar die in zwei Grüntönen gestrichene Avro 748, die uns hergebracht hatte, schien es eilig zu haben, wieder wegzukommen. Sie hob von der holprigen kleinen Piste ab, und ihr Fluggeräusch verklang zwischen den beiden Hügeln im Osten, während ich und das halbe Dutzend anderer St.-Kitts-Besucher uns immer noch mit Einreise und Zoll herumschlugen.

Auf dem kleinen Parkgelände neben dem Zollgebäude stand eine weiß-blaue Twin Bonanza. Sie war in Amerika zugelassen.

Challeses Flugzeug.

Der Einreisebeamte fragte mich nach dem Zweck meines Besuches in St. Kitts. Ich spürte die Klebestreifen, die die Umschläge an meinem Schienbein festhielten, und fühlte das Gewicht der Smith & Wesson, die an der Innenseite meines linken Oberschenkels klebte.

»Urlaub«, erwiderte ich.

Er wünschte mir einen angenehmen Aufenthalt, der Zoll warf einen oberflächlichen Blick auf meine Reisetasche, und ich humpelte aus dem Terminal, nachdem ich mir eine Straßenkarte der Insel besorgt hatte. Ich wünschte mir auch einen angenehmen Aufenthalt. Ein Dutzend Taxifahrer tauchte wie aus dem Nichts auf, als ich die Stufen vor dem Zollgebäude herunterkam. Ich suchte mir den aus, der am unintelligentesten aussah, und hoffte, dass der mich am schnellsten wieder vergessen würde. Ich bat ihn, mich irgendwohin zu bringen, wo ich einen Leihwagen mieten konnte, und er fuhr mich durch Basseterre zu einer schäbigen Werkstatt am anderen Ende der Stadt. Ich beschwerte mich nicht: Sogar diese kurze Fahrt hatte mich davon überzeugt, dass alle Werkstätten hier zu Lande so schäbig aussahen.

Ich mietete mir einen verbeulten Avenger für eine Woche und zahlte die Gebühr von 125 Eastern Caribbean Dollar im Voraus. Der Inhaber war derartig überrascht, so viel Bargeld auf die Hand zu bekommen, dass er nur einen flüchtigen Blick auf meinen internationalen Führerschein warf. Er sagte mir, dass ich einen Besucherführerschein für St. Kitts erwerben müsse, und ich erwiderte, ich würde mich umgehend darum kümmern. Den Teufel würde ich tun: Ich wollte meinen Namen in St. Kitts an so wenigen Stellen wie möglich aktenkundig werden lassen.

Dann fuhr ich durch die Gegend und suchte ein ruhiges, stilles Plätzchen. Ich landete an einem Ort namens Frigate Bay, einem flachen Gelände am Fuß der südlichen Halbinsel von St. Kitts. Frigate Bay wurde von zwei neuen, erstklassigen Straßen durchschnitten, die da, wo sie sich kreuzten, einen echten Kreisverkehr hatten. Das war alles. Kein Gebäude, kein nichts. Auf der einen Straße kam man an, und sie führte weiter nach Süden bis zur entfernten Spitze der Halbinsel. Die zweite Straße durchquerte die Ebene, verlief im Norden auf halber Höhe eines Hügels und endete dann einfach mitten im Nirgendwo. Im Osten und Westen erstreckte sich das Meer, im Norden und Süden lagen ein paar Hügel. Ein großes Schild zu Beginn der Ebene verkündete, dass dies das Gelände der »Frigate-Bay-Landentwicklungsgesellschaft« sei und zeigte eine bunt bebilderte Landkarte, auf der man sehen konnte, wo all die schmucken Gebäude einmal stehen sollten. Ich machte mir nicht die Mühe, die Karte zu betrachten: Die Entwicklungsgesellschaft, wer immer auch dahinter stecken mochte, war anscheinend in ein Finanzloch gefallen, oder es gab Unstimmigkeiten mit der Regierung oder etwas in der Art. Das Einzige, was mich interessierte, war die abgeschiedene Lage des Ortes.

Ich fuhr den Avenger den Hügel hinauf bis zum Ende der Straße, blieb dann ungefähr eine Stunde lang dort stehen und überprüfte die Gegend nach irgendwelchen Anzeichen menschlicher Aktivität. Dann riss ich die Klebestreifen los, mit denen die Umschläge an meinen Schienbeinen befestigt waren. Eine Menge Härchen ging mit ab. Ich wählte eine westaustralische braune Ein-Shilling-Marke aus und steckte sie mitsamt ihrer kleinen Hülle in die Tasche. Der Rest wanderte in die rote Schatulle. Ich ging zum Wagen zurück, fand einen Schraubenzieher, kratzte damit eine kleine Höhlung unter den Zement am Rand der Straße und schob die Schatulle hinein. Dann verschloss ich sorgfältig das Loch, verteilte die paar Krümel Erde, die noch herumlagen, und verbrachte weitere zehn Minuten damit, mich zu vergewissern, dass mich niemand beobachtet hatte. Vermutlich hätte ich die Schatulle auch in einem Bankschließfach deponieren können, aber ich war mir nicht sicher, ob man in diesem Teil der Welt den Inhalt deklarieren musste. Außerdem wollte ich nicht, dass mein Name irgendwo registriert wurde, vor allem nicht im Zusammenhang mit geheimnisvollen Schatullen.

Die einzigen Zeugen waren ein knappes Dutzend großer, graubrauner Fregattvögel, die sich von den Aufwinden an der Luvseite des südlichen Hügels emportragen ließen, ohne sich besonders anstrengen zu müssen.

Da dieses Fleckchen Erde offenbar nach ihnen benannt worden war, stellte der Hügel, wo die gleichmäßigen südöstlichen Passatwinde vom Meer her bliesen, wohl eine recht zuverlässige Quelle des Aufwinds dar. Ich konnte es den Fregattvögeln nachfühlen, dass sie überflüssige Anstrengungen mieden. Es war einfach zu heiß zum Flattern.

Ich sann darüber nach, dass es unter den wechselnden Besitzern dieser Briefmarken zu einem regelrechten Hobby geworden war, sie zu verbuddeln. Dann fuhr ich los, um ein kaltes Bier zu suchen. Und Mr. Challese.

Neunzig Minuten und zwei Bier später schaffte ich es, das neue Kasino zu finden, ohne direkt jemanden nach dem Weg fragen zu müssen. Wie sich herausstellte, saß es auf einer steilen Klippe der Westküste mit der Stadt Basseterre im Süden, während im Norden und Osten die üppig grünen Abhänge des bergigen Inselinneren bis in die Wolken emporragten, die sich an ihren Gipfeln verfangen hatten. Auf der Prunktreppe, die zum Eingang hinaufführte, hielt ich inne und schaute nach Norden die Küstenlinie entlang. Ein farbenfrohes Hüttendorf zog sich ohne erkennbare Ordnung den Strand entlang, und noch weiter nördlich, etwa acht Kilometer weit entfernt, konnte ich die historischen Befestigungsanlagen des Forts auf dem Brimstone Hill erkennen. Dort hatten die Engländer um 1780 herum Prügel von den Franzosen bezogen. Ich hoffte, es war kein schlechtes Omen.

Ich stieg die Stufen weiter empor und hinkte langsam in die Lobby. Nach der stechenden Hitze der Mittagssonne waren die Kühle und der Schatten eine echte Erholung. Ein bulliger Schwarzer mit sehr weißem Hemd und schwarzer Krawatte saß hinter einem Schalter mit dem Schild »Rezeption«. Es waren noch nicht viele Gäste da. Für Gewohnheitsspieler und reiche Müßiggänger war elf Uhr dreißig wohl noch mitten in der Nacht.

Ich ging hinüber und sagte: »Ich möchte gerne mit Mr. Scipio Challese sprechen, bitte.«

Der Mann musterte mich langsam von Kopf bis Fuß. Mein Akzent und das »bitte« schienen ihn zu überzeugen, dass ich keiner von den Jungs war.

»Glaub nich, dass Mr. Challese da is'«, sagte er schließlich.

Ein leises, unverschämtes Lächeln spielte um seine Mundwinkel. Da er für diese Bande arbeitete, hatte er wahrscheinlich nicht allzu oft Gelegenheit, kleine, harmlose, weiße Männer herumzuschubsen.

Ich zog die braune Ein-Shilling-Marke aus der Tasche, stützte meine Ellenbogen auf den Tresen und beugte mich ein wenig vor. Die Smith & Wesson in meiner Hüfttasche bumste gegen die hölzerne Trennwand. Ich ließ die Briefmarke vor ihm auf den Tisch flattern. »Warum gehen Sie ihn nicht einfach suchen und geben ihm das hier, mit meinen besten Empfehlungen?«, meinte ich ruhig. »Sagen Sie ihm, dass ich hier genau eine Minute auf ihn warte, keine Sekunde länger.«

Ich fürchte, dass überhebliche Rezeptionisten dieselbe Wirkung auf mich haben wie übellaunige Zollbeamte. Und diesmal musste ich mir nichts gefallen lassen. Er kam widerwillig auf die Beine, während Unsicherheit und Zorn wie ein dunkler Schatten sein breites, schwarzes Gesicht heimsuchten. Er ragte über mir empor, und ich musste mich auf einen Ellenbogen gestützt zurücklehnen, damit meine finstere Miene auf ihr Ziel gerichtet blieb. Nach einem Augenblick des Zögerns sagte er: »Moment«, und verschwand durch eine Tür im Hintergrund seines Kabuffs. Ich hatte erst etwa eine halbe Minute lang gewartet, als sich eine Tür neben der Rezeption öffnete und ein kleiner, feister Mann mit schütterem, grauem Haar und teigigem Teint herauskam. Er trug ein buntes, offenes Hemd, das ihm über den Hosenbund hing und sich farblich mit der Hose biss. Er wirkte ungefähr so zäh wie ein überfüttertes Kaninchen.

Wir musterten uns einen Moment lang, dann schnarrte er: »Kommen Sie rein!«

Ich ging an ihm vorbei durch die Tür. Er folgte mir und machte hinter uns zu.

Der Raum war ein kleines Büro, dessen Einrichtung eher von Geld als Geschmack zeugte. Noch zwei andere Männer waren darin. Der jüngere war etwa in meinem Alter, hatte eine kräftige Statur und dicht gelocktes, dunkelbraunes Haar. Er lehnte gelassen an der gegenüberliegenden Tür des Büros. Sogar in entspanntem Zustand wölbten sich die kräftigen Muskeln unter seinem purpurroten T-Shirt. Er sah aus wie eine jüngere Ausgabe des früh verstorbenen Rico.

Der andere Mann saß in einem großen, bequemen Stuhl hinter einem mit Papieren übersäten Schreibtisch. Er lehnte mit den Unterarmen auf dem Tisch und hielt die Briefmarke zwischen den Fingern. Dies war der Mann, den ich sehen wollte.

Ich war ein wenig überrascht, dass Scipio Challese von nahem betrachtet ziemlich genau so aussah, wie ich ihn mir vorgestellt hatte. Irgendwie erwartet man als Kopf einer Mafia-Familie immer einen kräftigen, dunkelhäutigen Mann mit dichtem, schwarzem Haar und strengen Zügen. Aber der gesunde Menschenverstand sagt einem, dass man mit solchen Klischeevorstellungen vermutlich weit danebenliegt.

Deshalb war ich erstaunt, dass Don Scipio ihnen beinahe vollständig entsprach: Er hatte schwere Knochen, gekräuseltes schwarzes Haar *en broche* mit einem Anflug von Grau an den Schläfen, und die Züge seines tief gebräunten Gesichts wirkten hart und energisch. Er musste über sechzig sein, aber die Jahre hatten ihm wenig mehr anhaben können, als die Linien der Entschlossenheit um Augen und Mund tiefer hineinzuschneiden. Er hatte dicke, ein wenig feuchte Lippen, und seine ausdruckslosen schwarzen Augen musterten mich unter schweren Brauen hervor. Er trug einen teuren, dunkelblauen Sommeranzug, ein weißes Hemd und eine Seidenkrawatte.

Hinter mir sagte der Fettwanst: »Setzen Sie sich.«

Ich setzte mich Challese gegenüber an den Schreibtisch und legte die Beine übereinander. Jetzt, wo ich endlich hier war, schwitzten meine Hände, und mein Magen krampfte sich vor Aufregung zusammen.

Challese sagte eine Weile gar nichts, bis die Stille drückend wurde. Dann sah er auf die Briefmarke und hob den Blick wieder zu meinem Gesicht. »Wo haben Sie die her?«, fragte er. Er hatte eine tiefe, befehlsgewohnte Bassstimme, deren Akzent eher europäisch als amerikanisch angehaucht war. Er sprach beinahe ohne jede Modulation.

»Sie ist Teil einer Sammlung, die ich gebeten wurde zu verkaufen«, antwortete ich. »Die Auftraggeber haben mich ermächtigt, sie ihnen weit unter dem Marktwert anzubieten. Ich habe eine Liste der wichtigsten Marken aus dieser Sammlung, und daneben gibt es noch hundertachtundzwanzig zusätzliche, größtenteils unidentifizierte Marken, die nicht auf der Liste stehen.«

»Zeigen Sie mir die Liste.«

Ich fischte Jedrows Liste aus meiner Gesäßtasche und schob sie ihm zu. Challese studierte sie sorgfältig. Eine aufdringliche amerikanische Stimme war auf der anderen Seite der Tür zu hören, als ihr Besitzer die Lobby durchquerte.

Dann wurde es wieder still, bis Challese mit Lesen fertig war und aufblickte. »Sie sind Holland, nicht wahr?«

»Ja.« Hatte ohnehin keinen Zweck, das zu leugnen. Haydon musste meine Beschreibung durchgegeben haben, sonst hätte mich Challese gar nicht erkannt.

Der Typ im purpurroten T-Shirt bewegte sich ein wenig. Der Name schien ihm etwas zu sagen. Challese wandte sich zu ihm um, sah ihn lediglich an und erstarrte wieder. Die offensichtlich absolute Autorität des Don ließ mich frösteln. Er richtete seine dunklen Augen wieder auf mich. »Holland. Sie haben meinen

Sohn getötet und einige meiner Mitarbeiter. Warum sind Sie gekommen?«

Ich sah ihn ein paar Sekunden lang unverwandt an, damit sich der Klumpen lösen konnte, der sich in meiner Kehle gebildet hatte. Die schlichte Wahrheit war, dass mich blankes Entsetzen beinahe lähmte. Vielleicht hatte es etwas damit zu tun, Challese in seinem eigenen Revier gegenüberzutreten. Und selbst Haydon und die anderen hatten mich nicht auf die kompromisslose Härte vorbereitet, die von diesem Mann ausging. Das Fehlen jeglicher Emotion, die Abwesenheit jeder offensichtlichen Drohung war tausendmal furchteinflößender, als ein Zornausbruch es hätte sein können.

Es schien eine Ewigkeit zu dauern, bis ich mich wieder so weit gefangen hatte, dass ich etwas sagen konnte. »Ich bin gekommen, weil ich wusste, Sie würden sonst jemanden hinter mir her schicken«, entgegnete ich. Challese musterte mich teilnahmslos. »Sie haben einen Sohn verloren und ich einen Freund, der für mich wie ein Bruder war. Und wenn wir uns nicht einigen, wird es noch mehr Tote geben. Wenn Ihr Mann Haydon verhandelt hätte, statt zu versuchen, uns zu ermorden, wäre nichts von all dem geschehen. Diese Briefmarken sind so viel wert, dass es für uns alle reicht. Ich habe sie, und ich habe sie gut versteckt. Niemand außer mir weiß, wo sie sind, nicht einmal meine Freunde. Wenn mir also etwas zustoßen sollte, wären die Dinger für immer verloren. Wenn Sie die Marken haben wollen, verkaufe ich Sie Ihnen zu einem Preis, der Ihnen einen Profit von hundert Prozent ermöglicht, selbst nach Abzug der Steuern, die Sie bei einem offiziellen Verkauf zahlen müssen. Eine Bedingung ist, dass das Morden aufhört.«

Challese runzelte die Stirn. Seine schwarzen Augen durchbohrten mich. »Ich fürchte, Sie haben eine Kleinigkeit vergessen, Holland«, sagte er. Er sprach sehr sanft mit einer Stimme, die die Stille des Todes verströmte. »Wie Sie schon sagten, habe ich einen Sohn verloren. Aber ich habe auch einen Consiglieri verloren, falls Sie wissen, was das heißt.«

Ich nickte. Das musste Haydon gewesen sein. Er beugte sich vor, und seine Miene verdüsterte sich. »Und warum? Nur, weil ich nach etwas suchte, was mir bereits gehörte – darum! Ich wollte Ihnen keineswegs etwas stehlen: Diese Briefmarken wurden mir gestohlen! Vor mehr als dreißig Jahren, und zwar von Fiore. Und da sie schon Diebesgut waren, bevor sie überhaupt in dieses Flugzeug gelangten, haben Sie nicht einmal einen legalen Anspruch darauf. Aber Sie ermorden meinen Sohn und fünf – fünf! – meiner Männer und haben dann den Nerv, hierher zu kommen und mir meine eigenen Briefmarken verkaufen zu wollen!«

Während er sprach, hatte seine Stimme die Schärfe einer Axtklinge angenommen, und seine schwarzen Augen schienen sich durch meinen Schädel hindurchbrennen zu wollen. Ich bekam eine Gänsehaut. Ich war unfähig, mich zu bewegen. Ich musste ein paar Mal trocken schlucken, bevor ich wieder einen Ton herausbrachte. »Ich bin nicht hierher gekommen, um mit Ihnen irgendwelche moralischen Fragen zu diskutieren, Challese. Aber da Sie einmal davon angefangen haben, wie war das denn mit dem alten Fiore? Erst ermorden Sie seinen kleinen Sohn, zwingen ihn zu einem Eremitendasein, und dann, als Sie ihn aufgestöbert hatten, einen alten Mann, reichte es Ihnen nicht, ihn zum Reden zu bringen. O nein, Sie mussten ihn hinterher auch noch umbringen! Und danach hetzten Sie Ihre Halsabschneider auf uns! Wenn Sie uns ein paar Tausender angeboten hätten, wäre vielleicht alles ganz anders gekommen. Aber nein, diese verdammten Schweine, Ihre Leute, mussten Bill Charlton ja gleich umlegen! Und anschließend haben Sie versucht, mich umzubringen, und zwar mehr als einmal. Sie haben unser Flugzeug zerstört, mir die Hand gebrochen, mich gefoltert, uns bedroht und auf uns geschossen, und ausgerechnet Sie wagen es, mir irgendwelche Moralpredigten zu halten!«

Trotz meiner Angst zitterte ich vor Wut. »Jesus, Mann. Wir haben doch nicht auf Ihre Bande geschossen, sondern es war umgekehrt. Wenn sie damit nicht angefangen hätten, wären sie noch am Leben. Ich war nicht hinter Ihren verdammten Briefmarken her, und ich habe nie einen einzigen Schuss abgefeuert, außer in Notwehr. Wenn Sie glauben, dass Sie nach all dem einen legalen Besitzanspruch hätten, dann konsultieren Sie doch Ihren verdammten Rechtsanwalt! Aber wenn Sie die Marken von mir haben wollen, dann werden Sie bezahlen, und der Preis ist eine Million zweihunderttausend US-Dollar.«

Das darauf folgende Schweigen knisterte geradezu von elektrischer Spannung. Die schwarzen Augen fixierten mich unverwandt. Während die Stille lastete, spürte ich, wie sich die kurzen Härchen in meinem Nacken aufrichteten.

»Eine … Million … zwei … hundert … tausend?«

Challeses Stimme war ein heiseres Flüstern und wirkte unendlich bedrohlich. »Sie wollen mir meine eigenen Briefmarken für eine Million zweihunderttausend Dollar verkaufen?«

»Genau. Sie haben keine Wahl. Sie können mich hier und jetzt niedermachen, aber wenn Sie das tun, werden Sie die Briefmarken niemals finden.«

Das Schweigen wurde noch schwerer. Challeses Augen spien Gift und Galle. Seine Kiefermuskeln arbeiteten, während er mich keine Sekunde lang aus den Augen ließ.

Es dauerte eine Ewigkeit, bis er schließlich eine Entscheidung fällte. Sein Körper entspannte sich ein wenig, und die Kiefer hörten auf zu mahlen. Seine eiserne Selbstkontrolle war beinahe ebenso beängstigend, wie es sein Zorn gerade eben gewesen war, eher noch schlimmer. Er überlegte. »Woher soll ich wissen, dass die Briefmarken echt sind?« Seine Stimme war wieder der alte, grollende Bass.

»Das können Sie nicht. Ich übrigens auch nicht. Aber ich würde jede Wette darauf abschließen, dass sie echt sind. Es hätte doch keinen Sinn, wenn ich Ihnen Fälschungen andrehen wollte. Sobald Sie dahinter kommen, würden Sie mich abservieren, oder? Und gerade das möchte ich ja vermeiden.«

Tief auf dem Grund von Challeses Augen glomm ein Funke der Belustigung auf. Er flammte nur für einen Augenblick auf, aber ich konnte ihn sehen.

Er nickte langsam. »Ja, das stimmt. Wir würden Sie abservieren.«

Er dachte kurz nach. »Wie wollen Sie das Geld haben?«

Der junge Mann stieß sich von der Tür ab, gegen die er sich gelehnt hatte, und stand angespannt auf den Fußballen, als wollte er sich auf jemanden stürzen. Auch hinter mir vernahm ich eine leise Bewegung. Ohne Hast ließ Challese seinen Blick vom einen zum anderen gleiten. Der junge Mann hielt zwar inne, entspannte sich aber nicht. Seine Augen blieben wie zwei Gewehrmündungen auf mich gerichtet. Ich ignorierte ihn. Challeses brennender Blick hatte mich abgehärtet, oder vielleicht war ich einfach zu erschöpft, um mich noch länger zu fürchten.

»Ich möchte, dass Sie den Betrag an eine Bank meiner Wahl telegrafieren«, sagte ich. »Sie bekommen die Briefmarken, wenn die Bank die Überweisung bestätigt hat.«

Er runzelte die Stirn.

»Nein. Wenn das Geld erst einmal bei Ihrer Bank ist, wer garantiert mir dann, dass Sie die Marken auch tatsächlich übergeben? Ich besorge eine Million Dollar in bar und gebe Sie Ihnen im direkten Austausch gegen die Briefmarken.«

Das brachte mich total aus dem Konzept. Ich wusste nicht genau, welche Beschränkungen es für die Ausfuhr von US-Dollars aus den Vereinigten Staaten gab, aber mir war klar, dass man nicht einfach mit einer Million im Koffer durch den Zoll marschieren konnte. Außer man hieß Scipio Challese.

Doch als Normaltourist in Heathrow konnte man einen solchen Betrag schlecht zwischen der schmutzigen Wäsche versteckt einschmuggeln. Jedenfalls nicht ich. Ich würde so nervös aussehen, dass sie sogar nachschauen würden, was ich unter meinen Zahnfüllungen versteckte hätte.

»Nein, das kommt nicht infrage. Kein Bargeld. Zu unhandlich, zu leicht zu finden und zu umständlich zu transportieren. Außerdem ist es keine Million. Es sind eine Million zweihunderttausend. Wenn Sie möchten, hinterlege ich die Marken bei einer Bank, und wir vereinbaren mit dem Direktor, dass ich Sie Ihnen für diesen Betrag verkaufe und er sie Ihnen aushändigt, sobald das Geld überwiesen ist.«

Das war ihm nicht recht, denn es würde heißen, dass die Briefmarken in der Karibik auftauchten, was enorme steuerliche Komplikationen nach sich zog. Mir gefiel die Idee auch nicht besonders, denn dann musste ich mir eine glaubhafte Geschichte einfallen lassen, wie ich zu den Marken gekommen war, sonst würden sie mich wegen Verstoßes gegen das Kapitalertragssteuergesetz drankriegen, oder wie immer sie in dieser Weltgegend dazu sagten. Aber Bargeld stand völlig außer Frage. Es wurde wieder still, während wir darüber nachdachten. Meine Nerven vibrierten wie Gitarrensaiten.

»Na schön, Holland.« Er lehnte sich in seinem Stuhl zurück. »Ich beschaffe einen beglaubigten Scheck – Sie wissen, was das ist? – und gebe Ihnen den im Tausch gegen die Briefmarken. Nennen Sie mir Ihre Bank und wo ich Sie erreichen kann, wenn der Scheck da ist.«

Ein beglaubigter Scheck ist ein Bankscheck, der nicht mehr gesperrt werden kann, wenn ihn die Bank erst einmal ausgestellt hat. Es war nicht das, was ich mir wünschte, aber etwas Besseres würde ich wohl nicht kriegen. Immerhin konnte ich ihn bei jeder Bank auf der ganzen Welt einlösen, und das war verdammt noch mal besser, als auf den Westindischen Inseln eine Einkommensteuererklärung einzureichen oder einen kleinen schwarzen Sack voll Geld um den halben Globus zu schleppen.

»Okay. Besorgen Sie den Scheck. Ich setze mich wieder mit Ihnen in Verbindung. Lassen Sie die Zeile mit dem Empfänger frei, die fülle ich selbst aus. Und lassen Sie den Scheck von der Bank beglaubigen und an Sie zurückschicken. Ich rufe täglich an, bis er da ist. Dann möchte ich eine Fotokopie, damit meine Bank die Echtheit bestätigen kann. Danach nehme ich wieder Kontakt auf und sage Ihnen, wo der Austausch stattfindet. Hier drinnen übergebe ich Ihnen jedenfalls gar nichts.«

Er nickte langsam, und in seinen Augen blitzte Überraschung auf. Wahrscheinlich hatte er nicht erwartet, dass ich so viel über Banktransfers wusste. Ein beglaubigter Scheck ist so etwas Ähnliches wie eine Inhaberobligation. Man schickt einen normalen Scheck zur Bank, und sie buchen auf der Stelle den entsprechenden Betrag vom Konto ab, was auf dem Scheck bestätigt wird. Dann bekommt man ihn zurück, oder sie reichen ihn weiter an den Empfänger oder dessen Bank – wie immer man es haben will. Challese würde ihn niemals direkt an mich schicken lassen, aber da ich auf einer Fotokopie bestand, konnte ich bei jeder beliebigen Bank per Mufax – Bildtelegrafie – überprüfen lassen, ob dieser Scheck bei Vorlage eingelöst würde. In anderen Worten: dass alles seine Ordnung hatte und keine Fälschung vorlag. Indem ich die Empfängerzeile selbst ausfüllte, ließ ich Challese im Dunkeln darüber, wo ich mein Konto hatte, damit er nicht den Steuerbehörden einen Tipp geben oder mir auf andere Weise das Leben schwer machen konnte. Das ist natürlich normalerweise ein unverhältnismäßig hoher Aufwand, aber andererseits holt man normalerweise auch nicht über eine Million Dollar aus Typen wie Scipio Challese heraus.

Seine Gedanken verliefen wahrscheinlich in denselben Bahnen.

Die schwarzen Augen hielten mich noch ein paar Augenblicke länger fixiert, aber als er sprach, klang seine Stimme normal. »Na gut«, sagte er nur. »Wie Sie wollen.«

Das Herz rutschte mir in die Hose.

Langsam und beherrscht erhob ich mich. »Also gut, Challese, ich setze mich mit Ihnen in Verbindung.«

Ich ging zur Tür. Der dicke Mann verlagerte sein Gewicht von einem Fuß auf den anderen, als ich an ihm vorbeikam, aber er war sich nicht sicher, ob er mich aufhalten sollte oder nicht. Im letzten Augenblick entschied er sich dagegen, machte sich flach und rückte zur Seite. Er schwitzte. Ich öffnete die Tür, drehte mich dann um und warf den dreien einen letzten Blick zu.

»Noch eines«, sagte ich. »Ich möchte nicht feststellen müssen, dass Alberto oder Larry hier die nächsten Tage wie Zecken an mir kleben. Ich werde sowieso nicht in die Nähe der Briefmarken gehen, und ich will keine lästigen Anhängsel haben, die mir ständig zwischen die Füße kommen. Klar?«

Alberto beugte sich vor und spannte sich an, die Fäuste hatte er geballt, und sein Gesicht war rot vor Zorn. Larry leckte sich über die Lippen, und sein Blick glitt nervös durch den Raum. Challese blickte mich völlig ausdruckslos an.

Ich schloss die Tür hinter mir und hinkte davon.

Ich schaffte es gerade noch bis zum Wagen und plumpste dann wie ein nasser Zementsack in den Fahrersitz. Es dauerte eine halbe Ewigkeit, bis ich mit zitternder Hand den Zündschlüssel ins Schloss gesteckt hatte. Als ich das Auto endlich in Gang bekam, fuhr ich die kurze Auffahrt des Kasinos hinunter, bog nach Norden ab und steuerte den Wagen ein paar Meilen weit über die kurvige Küstenstraße, bis ich eine einsame Stelle fand, wo ich mich in die Büsche schlagen konnte.

Dort angekommen, stellte ich den Motor ab, vergrub das Gesicht in den Händen und ließ mich gehen. Mein ganzer Körper schüttelte sich vor Anspannung, jeder einzelne Muskel war hart und verkrampft. Es dauerte etwa zwei Minuten lang. Als es vorüber war, fühlte ich mich schlaff wie ein totes Kaninchen, war schweißgebadet, und mir war entsetzlich übel.

Noch nie im Leben hatte ich solche Angst gehabt.

Nur teilweise war dieses Gespräch mit Challese daran schuld, das wohl jeden erschreckt hätte. Viel schlimmer aber war, dass es so aussah, als hätte ich mich gründlich verrechnet.

So gründlich, dass es tödlich sein konnte.

Ich hatte darauf gesetzt, dass Challese bereit war, seine Verluste abzuschreiben und die Briefmarken zum halben Preis zu kaufen, um weiters Blutvergießen zu vermeiden. Damals in Frankreich, als mir der Gedanke das erste Mal gekommen war, hatte er mir durchaus eingeleuchtet. Aber jetzt, da ich den Mann persönlich kennen gelernt hatte, erschien er vollkommen absurd. Ich hatte einfach nicht mit der animalischen Grausamkeit dieses Mannes gerechnet: Schwierigkeiten zu vermeiden, war dem keinen Pfennig wert, geschweige denn eine Million zweihunderttausend Dollar. Wahrscheinlich betrachtete er mich hier, in seinem Hinterhof, nicht einmal als ernsthaftes Problem. Damals, in England und Frankreich, hatte ich einfach Glück gehabt. Aber in St. Kitts, auf Challeses vertrautem Terrain, konnte mich seine Organisation ungespitzt in den Boden rammen, ohne dass ein Hahn danach gekräht hätte.

Es sah ganz so aus, als hätte ich ein größeres Stück abgebissen, als ich hinunterschlucken konnte.

An den Tatsachen hatte sich natürlich nichts geändert. Einen Deal zu versuchen war immer noch meine einzige Chance. Und die war nicht verloren. Nur hatte Challese eben vor, mich umzubringen, sobald die Sache über die Bühne war. Das hatte ich in seinen Augen gelesen. Ich war nur noch am Leben, weil ich als einziger das Versteck der Briefmarken kannte. Aber sobald ich sie übergeben hatte, würde er mir den Schädel einschlagen und den Scheck wieder abnehmen, sobald ich eine Leiche war. Deshalb hatte er auf einem beglaubigten Scheck bestanden, denn dann konnte er ihn genauso gut wieder direkt auf sein eigenes Konto einzahlen, ohne dass jemand Fragen gestellt hätte.

Was blieb mir also übrig? Ich dachte beinahe eine Stunde lang über dieses Problem nach, während die karibische Sonne hernieder brannte und den Wagen in einen Schmelzofen verwandelte.

Ich musste bei der Übergabe verdammt geschickt vorgehen, sodass ich den Scheck einreichen konnte, bevor mich Challese daran hindern konnte: Das war das Einzige, was mir eingefallen war. Denn war der Scheck erst einmal auf der Bank, würde er sein Geld auf keinen Fall jemals wiederbekommen – und dann hatte es jedenfalls keinen praktischen Nutzen mehr, mich umzubringen.

Falls ich mich wirklich blitzschnell von der Insel verdrückte, mochte er zu dem Schluss kommen, dass es sich nicht lohnte, aus reiner Rachsucht ein paar Leute hinter mir herzuhetzen. Vielleicht.

Es stand ein verteufelt großes Fragezeichen hinter diesem Vielleicht.

26

Ich saß so lange da, bis mir beinahe die Sorgen ausgegangen wären.

Dann ließ ich den Wagen an, fuhr nach Basseterre zurück und fädelte mich durch die engen Sträßchen bis zum zentralen Platz in der Nähe der Zuckerverladestation – einem viereckigen Platz, der eigenartigerweise The Circus genannt wird. Wie die meisten karibischen Ortschaften ist Basseterre eine grelle Mixtur aus Alt und Neu, aus Reichtum und Armut. Von knorrigen alten Schwarzen geführte Buden in windschiefen Holzhütten klemmen sich neben Supermärkte aus Glas und Beton, die wiederum im Besitz sind von syrischen Einwanderern, deren Handel treibende Großväter sich im vorigen Jahrhundert auf der Insel angesiedelt hatten. Am Hafen findet schon seit Jahrhunderten täglich der Fisch- und Gemüsemarkt statt. Die Waren werden auf sonnengebleichten Holzkarren feilgeboten, auf alten Leichtern oder auch nur auf Fetzen schmutzigen und fadenscheinigen Segeltuches, die auf dem Strand oder dem entlangführenden Bürgersteig ausgebreitet liegen. In leuchtende Farben gekleidete Schwarze tummeln sich auf dem Marktplatz, preisen in einem schrillen Singsang ihre Waren an, und unmittelbar vor Einbruch der Nacht löst sich das ganze bunte Treiben binnen Minuten auf, wenn die Händler ihre Waren zusammenpacken und nach Hause gehen.

Der Circus selbst wird ebenfalls charakterisiert durch diese Mischung. Der kleine Glockenturm in seiner Mitte stand schon hier, als Admiral Hood 1780 die französische Flotte aus dem Hafen von Basseterre vertrieb. Aber heute wird er eingekreist von verbeulten Hillman Hunters und den zahllosen, vielfarbigen Autos der Taxifahrer in dieser Stadt. Ein alter, steinerner Arkadengang, der zu den Kaianlagen auf der Seeseite führt, wachte hier schon zu Zeiten der spanischen Herrschaft im 18. Jahrhundert über die Verschiffung ganzer Vermögen in Form von Rum, Baumwolle, Zucker oder Munition. Heute liegen all die historischen Bauwerke Seite an Seite mit den schmucken, modernen Bankgebäuden, die sich um den Platz drängen.

Es waren die Banken, die mich interessierten. Ich parkte den Wagen, versteckte meine bandagierte Hand sorgfältig in meiner linken Hüfttasche und versuchte, mein Hinken zu verbergen, als ich die Glastür der Barclays Bank drückte.

Der Schritt aus dem Glutofen draußen in das klimatisierte Innere war wie der Eintritt in eine andere Welt, eine Welt der Vernunft und Höflichkeit. Der Direktor, ein Weißer, zeigte sich hilfsbereit, aber offensichtlich erstaunt, als ich ihm sagte, dass ich ein

Nummernkonto bei einer ihrer Filialen auf den Cayman-Inseln eröffnen wollte. Wahrscheinlich bekam er hier in St. Kitts nicht viele derartige Anfragen. Die sonnigen Cayman-Inseln sind mit atemberaubender Geschwindigkeit dabei, der Schweiz und Liechtenstein ihren Ruf als Steuerparadiese und Geldwäschezentralen streitig zu machen. Aber St. Kitts gehört nicht gerade zu den größten Finanzplätzen der Welt, deshalb kamen solche Transaktionen in dieser kleinen Filiale wahrscheinlich nur selten vor. Er sagte mir, dass es ein oder zwei Tage brauchte, bis meine Kontonummer übermittelt wurde, es sei denn, es wäre sehr eilig. Dann fragte er mich, womit ich das Konto zu eröffnen gedenke. Ich sagte ihm, dass ich einen Bankscheck über eine sehr hohe Summe bei ihm einreichen würde und dass ich eine Fotokopie des Schecks bestätigt haben wollte, bevor ich ihn akzeptierte. Seine hochgezogenen Augenbrauen erreichten beinahe den Haaransatz, aber er sagte ja, das sei möglich, und ja, natürlich hätten sie ein Mufax.

Als ich hinausging, schaute er mir misstrauisch und nachdenklich hinterher, während ich schon wieder mitten in der Hitze stand.

Ich kehrte zu meinem Wagen zurück und merkte, dass ich beschattet wurde.

Es war ein riesiger Schwarzer, der einen verbeulten blauen Chevrolet fuhr und in etwa so unauffällig wirkte wie ein Alligator in der Badewanne. Er warf mir einen langen, harten Blick zu, als ich in den Avenger stieg, und hatte den Chevy schon gestartet, bevor ich mir überhaupt überlegt hatte, wo ich eigentlich hin wollte. Ich fuhr eine Weile ziellos in der Stadt herum, um sicherzugehen, dass er mir folgte. Dann begann ich, mich nach einem Hotel umzusehen. Blackpower lag nie weiter als 200 Meter hinter mir. Entweder wollte Challese mich merken lassen, dass ich verfolgt wurde, um mich nervös zu machen, oder der blaue Chevy war nur ein geschicktes Ablenkungsmanöver, während ein wirklich unauffälliger Beobachter mich aus dem Hintergrund überwachte. Ich bemerkte sonst niemanden, aber das wollte nichts besagen. Ich machte mir nicht vor, dass ich einen wirklich raffinierten Beschatter entdecken konnte, der noch dazu im Moment nichts anderes tun musste, als den Chevrolet im Auge zu behalten.

Ich beschloss, ihn nicht weiter zu beachten. An diesem Tag wollte ich ohnehin nur noch ein Hotel und ein paar Bissen zum Futtern finden. Warum also panikartig reagieren und ihn abzuschütteln versuchen? Was immer ich tat, ich war ziemlich sicher, dass sie mich aufspüren würden. Auf einer kleinen Insel wie St. Kitts konnte mich Challese binnen Minuten aufstöbern, wenn ihm danach war.

Meine Wahl fiel am Ende auf ein Hotel namens Ocean Terrace, das nicht weit vom Kasino entfernt lag. Es schien das beste und beliebteste Hotel der Insel zu sein. Der Standard interessierte mich nicht sonderlich, wohl aber die Popularität. Denn je mehr Leute in der Nähe waren, desto unwahrscheinlicher war es, dass mich jemand im Hotelzimmer über den Haufen schoss, hatte ich mir überlegt.

Blackpower sah mir zu, wie ich die Reisetasche ins Hotel trug, hing noch etwa zwanzig Minuten lang draußen herum, um sicherzugehen, dass ich mich nicht etwa nach einem kleinen Rumpunsch wieder verdrückte, dann ließ er den Chevy an und verschwand, um Bericht zu erstatten. Aus dem Fenster meines Hotelzimmers konnte ich sehen, wie der Wagen in einer Wolke aus Staub und bläulichen Abgasen davonraste, und dann schaute ich mich nach seinem Nachfolger um.

Ich konnte keinen entdecken, also tat ich das, was in dieser Situation das Vernünftigste war: Ich duschte, legte mich dann aufs Bett, rauchte Lucky Strikes und starrte zur Decke, bis es Zeit zum Abendessen wurde.

Während der nächsten drei Tage blieb ich im Hotel, schlief mich aus, ging früh zu Bett und machte mich die meiste Zeit rar, damit sich nicht allzu viele Leute an mich erinnerten. Am Freitag, dem Tag also nach meinem Besuch bei Challese, ging ich in die Stadt und kaufte zwei Rollen Bandagen, antiseptische Binden und noch eine Rolle Leukoplast. Dann fuhr ich mit dem Avenger zu der verlassenen Festung von Brimstone Hill und suchte mir eine stille, schattige Ecke, wo die Graffiti von Generationen von Touristen die steinernen Wände verzierten. Dort verbrachte ich eine schmerzhafte Stunde damit, die Bandagen an meiner linken Hand zu wechseln. Die Nähte sahen aus, als müssten sie bald gezogen werden, aber ich ließ sie drin. Ich wollte nicht, dass die Wunde wieder aufplatzte und ich eine Blutspur durch ganz St. Kitts zog, wenn ich mir die Hand irgendwo anschlug. Nachdem die Stunde um war, pochte meine Hand wieder, und ich schwitzte vor Schmerz, aber ich hatte alles wieder sauber zugepflastert, und es gab keine Anzeichen für eine Infektion. Ich nahm die schmutzigen Verbände mit zum Wagen zurück und benutzte den Rückspiegel, um das Pflaster an meiner Stirn zu entfernen und ein kleineres draufzukleben. Der Schnitt sah ein bisschen entzündet aus, aber mehr konnte ich im Augenblick nicht tun. Ich vergrub die blutigen Überreste in der weichen Erde unterhalb einer der massiven Steinmauern des Forts und freute mich, dass August nicht die Hochsaison für Karibikreisen ist. Brimstone Hill lag völlig verlassen da, eine Gespensterfestung, die in der Sonnenhitze glühte.

Als ich an diesem Abend ins Ocean Terrace zurückkehrte, hatte jemand mein Zimmer durchsucht. Sie hatten zwar alles wieder ordentlich aufgeräumt, aber sie waren äußerst gründlich vorgegangen. Ich hatte mir die Lage verschiedener Gegenstände genau eingeprägt, bevor ich den Raum verließ, und sie hatten wirklich jede Ritze untersucht. Sogar die Klimaanlage war aufgeschraubt worden.

Am Freitagabend rief ich Challese von einer Telefonzelle am Straßenrand aus an. Er sagte, dass er den Scheck am Montag früh morgens erwartete. Als ich die Telefonzelle wieder verließ, war mir kribbelig vor Unbehagen angesichts eines untätigen Wochenendes voller Anspannung.

Am Samstag schlenderte ich gerade eine Straße namens Liverpool Row entlang, als ich einen weiteren Schatten bemerkte. Er hatte sich bemüht, ebenso unauffällig Black Panther zu sein, aber er war immerhin wesentlich Furcht einflößender.

Diesmal war es Alberto.

Er hielt sich etwa fünfzig Meter weit hinter mir und starrte mich jedes Mal ohne das geringste Zwinkern mit Augen wie Revolvermündungen an, wenn ich ihn anblickte. Seine Anwesenheit war offenbar ein bewusster Versuch, mich nervös zu machen, und leider funktionierte es nur zu gut. Ich wurde schreckhaft wie eine Katze. Eine Zeit lang dachte ich darüber nach, ihn in eine verlassene Seitenstraße zu locken und ihm die Smith & Wesson über den Schädel zu hauen. Dann gab ich den Gedanken wieder auf, weil es erstens am Samstagmorgen keine verlassenen Straßen in Basseterre gibt, und zweitens – was viel wichtiger war – sah Alberto nicht wie jemand aus, der stillhielt, während ihm ein einhändiges Fliegengewicht irgendetwas irgendwohin knallte. Wahrscheinlich hoffte er sogar, ich würde etwas Derartiges unternehmen, damit er einen Grund hätte, mein Gesicht aufwändig umzugestalten. Ich fragte mich, ob Don Scipio von seinem Vorhaben wusste.

Nachdem ich etwa eine halbe Stunde lang vor Alberto hergestiefelt war, stieß ich auf die Norton Commando. Wie sie da auf ihrer Mittelstütze aufgebockt zwischen einem amerikanischen Taxi und einem hölzernen Leiterwagen stand, wirkte sie derart deplatziert, dass ich einen Moment stehen blieb, um sie zu betrachten. Der Besitzer, ein junger Westindier portugiesischer Abstammung, schaute aus einem Laden, und wir kamen ins Gespräch, wie es zwischen Motorradfahrer auf der ganzen Welt eben so üblich ist. Es sei die Einzige auf den Kleinen Antillen, und ja, er habe große Probleme mit der Ersatzteilbeschaffung. Während wir uns unterhielten, sah ich die Straße entlang und bemerkte Alberto, der sich gegen ein Schaufenster lehnte und mich beobachtete, und da hatte ich eine Idee. Es mochte die Zeit kommen, wo es von großem Nutzen war, über das schnellste Fahrzeug der ganzen Insel zu verfügen.

Als ich dem Westindier vorschlug, mir seine Commando für ein paar Tage zu vermieten, wollte er zunächst nichts davon hören. Aber als ich vierhundert Eastern Caribbean Dollar als Dreitagesmiete vor seiner Nase schwenkte, änderte er seine Meinung. Er steckte das Geld ein und fragte, ab wann ich sie haben wollte. Ich warf einen Blick auf Alberto und erwiderte, sofort. Also lief es darauf hinaus, dass ich ihn auf dem Sozius nach Hause fuhr. Wir vereinbarten, dass ich die Maschine am Flughafen deponierte, falls wir uns vor meinem Abflug nicht mehr sahen.

Alberto stand da und beobachtete uns, als wir an ihm vorbeifuhren und Gas gaben.

Ich setzte den Besitzer ab und machte mich mit dem Motorrad auf, die Insel zu erkunden. St. Kitts ist im Grunde nichts anderes als ein erloschener Vulkan, der steil aus dem Meer aufragt, und ein Großteil der Küstenstraße schlängelt sich in engen Windungen an den vulkanischen Steilhängen entlang. Die Commando war für diese Serpentinen und schlechten Straßenoberflächen ziemlich übermotorisiert, aber ich hatte es nicht eilig. Ich tuckerte einfach gemütlich dahin, genoss den selbst erzeugten Wind und das Gefühl, wieder einmal ein kraftvolles Motorrad unter mir zu spüren. Da ich die Kupplung nur mit dem Zeigefinger bedienen konnte und das etwas mühsam war, benutzte ich sie nur beim Anfahren und Anhalten und schaltete ansonsten ohne Kupplung. Auf ein oder zwei geraden Streckenabschnitten beschleunigte ich auf etwa neunzig Meilen pro Stunde, bevor es mir zu schnell wurde. Für eine Commando war sie ein klein wenig lahm, aber ich hatte dennoch keinen Zweifel, dass sie jedes andere Fahrzeug auf der Insel glatt stehen lassen würde. Ich konnte mir zwar nicht vorstellen, warum ich jemanden abhängen sollte, denn auf einer Insel von der Größe von St. Kitts gibt es keinen Ort, an den man flüchten könnte. Dennoch war die Gewissheit, es tun zu können, ein beruhigender Gedanke.

Am Sonntag ließ ich das Motorrad beim Ocean Terrace stehen und ging zu Fuß in die Stadt, um den Avenger zu holen. Ich kam gerade rechtzeitig zum Mittagessen zurück, dann verbrachte ich den Nachmittag mit Sonnenbaden auf dem Rasen vor der Bar. Mein Geld und die Smith & Wesson hatte ich in ein Handtuch gewickelt, das ich nicht aus den Augen ließ. Sollten Challese und seine Handlanger mein Zimmer doch so oft durchsuchen, wie sie mochten: Wenn sie so scharf darauf waren, ein paar Stunden lang misstrauisch mein Rasierzeug zu beäugen, sollte mir das recht sein.

Wie es sich herausstellte, verbrachten Alberto und Larry ihre Zeit lieber damit, mich misstrauisch zu beäugen. Alberto jedenfalls. Larry wirkte eher unglücklich und schwitzte wie ein Schwein. Ich vermutete, dass er sich einen besseren Zeitvertreib vorstellen konnte, aber entweder hatte Alberto ihn mitgeschleift, oder er war auf Challeses Befehl hier. Die beiden gingen zur Bar, einer filigranen, mit Palmblättern gedeckten Bambuskonstruktion ohne Seitenwände, setzten sich auf ein paar Barhocker, tranken Bier und ließen mich nicht aus den Augen. Als sie auftauchten, hatte sich mein Magen zusammengekrampft, und jeder Nerv in meinem Körper war angespannt, aber nach ein paar Minuten gewöhnte ich mich seltsamerweise an dieses Paar. Offenbar waren sie hier, um mich einzuschüchtern, doch ich hatte während der letzten Tage so viel Angst gehabt, dass dieser Auftritt nun auch nicht mehr so viel ausmachte.

Sie waren schon etwa eine halbe Stunde dagesessen, als ich aufstand, um mir selbst etwas zu trinken zu holen. Im Vorbeigehen warf ich ihnen meinen finstersten Blick zu. Alberto sah aus, als würde er gleich explodieren, aber Larry zuckte zusammen, als ich ihm geradewegs ins Gesicht starrte. Ich lehnte mich neben ihm an die Bar, und er wich angestrengt meinem Blick aus. Ich entdeckte glitzernde Schweißtropfen an seinen Schläfen. Diese Seite des Mafia-Lebens war anscheinend nicht seine Stärke.

Ich nahm meinen Drink mit zurück in die Sonne, streckte mich aus und legte eine Hand auf mein Handtuch.

Ein paar Minuten später erhoben sich die beiden. Sobald sie weg waren, kehrte ich schnell in mein Zimmer zurück und beobachtete sie vom Fenster aus. Sie gingen am Avenger vorüber, blieben kurz bei der Norton stehen, stiegen dann in einen großen schwarzen Buick und sausten davon. Ich atmete auf: Fast hatte ich erwartet, dass sie die Norton umstürzen würden, damit ich keinen schnellen fahrbaren Untersatz mehr hätte, aber vielleicht wollten sie im Augenblick noch kein unnötiges Aufsehen erregen.

Am nächsten Morgen musste ich Challese nicht anrufen. Als ich zum Frühstück herunterkam, händigte man mir an der Rezeption einen mit Wachs versiegelten Umschlag aus, auf dem mein Name stand. Darin lag die Fotokopie eines beglaubigten Schecks über eine Million zweihunderttausend Dollar.

27

Der Bankdirektor hatte mir von Anfang an nicht über den Weg getraut. Jetzt lag die Fotokopie vor ihm auf dem Tisch, und er sah aus, als ob ich ihm gerade eine scharfe Handgranate untergejubelt hätte. Seine hochgezogenen Augenbrauen verschmolzen beinahe mit der distinguierten grauen Haarlinie, sein sonnengebräuntes

Gesicht erblasste, und er musste mehrmals ansetzen, bevor er die Worte herausbrachte: »Sie … damit wollen Sie Ihr Konto eröffnen?«

Ich nickte. Was erwartete er denn sonst: dass ich ihn in der Pfeife rauchte?

Er schluckte nochmals schwer, und sein Blick wanderte unstet durch das Büro, als ob er nach einem Schlupfloch suchte, durch das er sich verdrücken konnte. In gewisser Weise konnte ich es ihm nachfühlen. Man musste nicht viel Fantasie haben, um auf den Gedanken zu kommen, dass mit einem Mann etwas ganz und gar nicht stimmen konnte, wenn der ein Nummernkonto mit einem so enorm hohen Scheck eröffnete, insbesondere, wenn der Scheck von einem anderen Nummernkonto kam. Es war reiner Zufall, aber nicht besonders überraschend, wenn man es recht bedachte, dass Challese ebenfalls mit einem Nummernkonto auf einer Bank auf den Caymans arbeitete. Meinem freundlichen Barclays-Direktor, der gegenwärtig wie ein Fisch auf dem Trockenen wirkte, war die Bedeutung dieser Tatsache nicht verborgen geblieben. Und jetzt fragte er sich offenbar, ob er etwas unternehmen und mit jemandem Kontakt aufnehmen sollte, bevor er diesen Scheck für die Filiale auf den Caymans in Empfang nahm.

Am Ende schien er zu dem Schluss zu kommen, dass er nur eines tun konnte, nämlich ihn auf ganz normalem Wege weiterzuleiten. Da hatte er Recht. Denn dass ich den Scheck bei seiner Filiale einreichte, bedeutete ja nicht, dass er mit der eigentlichen Transaktion etwas zu tun hatte. Das ging ausschließlich die Filiale auf den Caymans etwas an. Ich konnte sehen, wie sich seine Sorgenfalten ein wenig glätteten, während er die Sache durchdachte. Er hielt mich weiterhin für einen Gangster, bei dem er jeden Augenblick damit rechnen musste, dass er ihm eine blutige Leiche ins Büro schleifte. Aber er fühlte sich etwas besser, weil ihm klar geworden war, dass er beruflich auf der sicheren Seite lag.

Selbstverständlich, meinte er, natürlich könne er die Fotokopie bis zum frühen Nachmittag auf ihre Echtheit überprüfen lassen. Sobald er den Scheck habe, würde er ihn unverzüglich mit der Anweisung weiterreichen, dass die Dollars in englische Pfund Sterling umgetauscht und mein Scheckbuch an das Hauptbüro von Barclays in London in der Lombard Street geschickt wurde, wo ich es jederzeit abholen könne. Hier sei meine Kontonummer auf den Caymans, und nein, sie bewahrten keine Aufzeichnungen darüber auf.

Ich bedankte mich und ging. Er gab mir nicht die Hand. Hatte wahrscheinlich Angst, sich etwas Ansteckendes zu holen.

In der Schalterhalle der Bank bat ich um einen Umschlag und ein Blatt Papier und kritzelte eine kurze Nachricht an Jedrow, in der ich ihm die Kontonummer durchgab. Ich fand noch eine 35-Cent-Briefmarke in meiner Brieftasche, klebte sie auf und schob den Umschlag in meine Gesäßtasche, um ihn später einzuwerfen.

Als ich die Bank verließ, stellte ich fest, dass ich inzwischen einen doppelten Schatten hatte.

Der eine war Alberto, der in seinem riesigen schwarzen Buick auf der anderen Seite des Circus saß. Ich wusste, dass das nicht sein Ernst sein konnte, also suchte ich die Straße in beiden Richtungen nach meinem wirklichen Beschatter ab. Nachdem ich etwa fünf Minuten dagestanden hatte, glaubte ich, ihn ausgemacht zu haben – obwohl ich mir keineswegs sicher war. Der Verdächtige war ein sehr touristisch aussehender Herr in grellfarbenen Bermudashorts und einem kurzärmligen Baumwollhemd, der eingehend die Auslage eines Schuhladens studierte. Ein grüner MG-B stand am Straßenrand neben ihm geparkt.

Ich trat den Kickstarter der Norton durch, fuhr gemütlich um den Circus herum und sah mich um, um sicherzugehen, dass der Buick mir folgte, während ich langsam die Fort Street hinauffuhr, die Hauptausfallstraße von Basseterre. Keine Spur von dem

MG. Ich wartete, bis Alberto die engste Stelle der Straße erreicht hatte, dann wendete ich die Commando in einer engen U-Kehre und beschleunigte schnell an ihm vorbei in die entgegengesetzte Richtung. Ich erhaschte einen Blick auf sein wutverzerrtes Gesicht hinter dem Lenkrad, dann nahm ich eine Seitenstraße und bog noch mehrmals ab, bevor ich vor dem Postamt anhielt. Von Alberto oder dem MG war nichts mehr zu sehen. Vielleicht hatte ich mich getäuscht, was den Touristentyp anging. Ich hob das Motorrad mit laufendem Motor auf den Ständer, warf Jedrows Brief in den Luftpostschlitz und war innerhalb von 15 Sekunden wieder unterwegs.

Dann fuhr ich zum Flugplatz und buchte einen Nachmittagsflug der LIAT nach Antigua. Laut Flugplan ging er um sechzehn Uhr. Um diese Zeit würde ich bereits ein reicher Mann sein.

Oder ein toter.

Anschließend fuhr ich ziellos auf der Insel umher und holte das Letzte aus der Norton heraus, um meine gequälten Nerven zu betäuben. Ich fuhr die Ostküste hinauf, umrundete die Nordspitze der Insel und kehrte entlang der Westküste zurück. Die Entfernung betrug etwa 60 Kilometer. Abgesehen von den Straßen in Basseterre war dieser Rundweg die einzige halbwegs anständig gepflasterte Straße auf St. Kitts.

Um ein Uhr kam ich wieder im Ocean Terrace an. Ich war viel zu aufgedreht, um auch nur ans Mittagessen zu denken. Ich ging in mein Zimmer, suchte meinen Pass aus der Reisetasche heraus und steckte ihn in eine zuknöpfbare Weste. Der ganze andere Kram in der Reisetasche waren nur Klamotten und eine Reisezahnbürste, die ich gerne zu Gunsten größerer Beweglichkeit opferte. Ich zahlte meine Rechnung und schmiss die Tasche in den Avenger, wo ich sie wieder auflesen konnte, falls sich eine Möglichkeit bot. Dann fiel mir noch etwas ein. Ich ging zurück ins Hotel und rief die Werkstatt an, wo ich den Wagen gemietet hatte. Der Mann meinte, es sei ihm recht, den Wagen morgen früh beim Ocean Terrace abzuholen.

Damit gingen mir langsam die Ausflüchte aus, um noch mehr Zeit zu vertrödeln. Ich warf die Norton an und fuhr in die Stadt. Alberto klemmte sich sofort mit seinem Buick hinter mich, als ich auf die Hauptstraße einbog. Ich versuchte nicht, ihn abzuschütteln, aber ich fragte mich, wo mein wirklicher Verfolger denn nun eigentlich abblieb. Vermutlich noch in der Stadt. Erst danach würden sie ernsthaft an mir interessiert sein. Ich fühlte mich wie ein Mann, der seinen letzten Gang zum elektrischen Stuhl antritt. Mein Mund war ausgedörrt, die Knie schlotterten, und die nervöse Anspannung ballte sich in meinem Magen zu einem harten Klumpen zusammen. Ich nahm meine Umgebung höchst konzentriert wahr. Die Norton grollte gedämpft, ein schlafender Tiger, der jederzeit bereit war, loszubrüllen, wenn es nötig wurde. Die Smith & Wesson baumelte schwer in meiner rechten Hüfttasche. Der warme Fahrtwind presste mir das Haar dicht an den Kopf und zerrte an meinem Hemd. Selbst durch meine Sonnenbrille betrachtet, leuchtete der Hafen von Basseterre unglaublich blau und hell in der heißen Sonne, während ich vom Hügel herab in die Stadt rollte.

Diesmal war der Bankdirektor noch nervöser, als ob er meine wachsende Spannung angesichts des sich anbahnenden Showdowns spürte. Ja, er habe die Fotokopie durchtelegrafiert. Und ja, wenn ich den Scheck vorlegte, würde er eingelöst werden. Ich faltete die Kopie sorgfältig zusammen und steckte sie in meine Brieftasche, um sie mit dem Original zu vergleichen, wenn es so weit war. Dann sagte ich ihm, dass ich noch vor der Schließung der Bank um drei Uhr zurück sein würde. Da wurde er noch nervöser. Er schien in seinem Sessel regelrecht zusammenzuschrumpfen. Sein besorgter Blick folgte mir, als ich das Büro verließ.

Wieder einmal schlug mir die Hitze wie ein Glutofen entgegen, als ich aus der kühlen, klimatisierten Atmosphäre der Bank ins Freie trat. Der Schweiß sammelte sich an meiner Nasenwurzel und lief mir über die Gläser der Sonnenbrille, als ich den Platz überquerte und zu Albertos Buick ging. Ich hielt die rechte Hand auf die Waffe in meiner Tasche gepresst, als ich neben die Fahrertür trat. Albertos Gesicht wirkte teilnahmslos, doch ich konnte den Hass auf dem Grund seiner Augen glühen sehen. Eine Welle der Übelkeit, ausgelöst von purer Angst, durchflutete mich, während ich die letzten paar Schritte zurücklegte.

Es war dreizehn Uhr fünfundvierzig.

»Teilen Sie Ihrem Vater mit, dass ich ihn um vierzehn Uhr dreißig dort drüben vor Barclays treffe«, sagte ich zu Alberto. »Er soll den Scheck mitbringen, und ich tausche ihn genau dort gegen die Briefmarken aus.«

Alberto sah zu mir hoch. »Das macht er nicht, da drüben«, grollte er. »Er will die Briefmarken prüfen, bevor er den Scheck übergibt. Das geht nicht auf der Straße.«

»Oh doch, das geht. Wir tauschen die Briefmarken und den Scheck im selben Moment aus, und dann warte ich, bis er sie im Wagen überprüft hat. Anders läuft gar nichts. Jeden Gedanken, mich womöglich mit den Briefmarken in irgendein Gebäude zu locken, könnt ihr vergessen.«

Ich gab mir gar nicht erst die Mühe, ihm zu sagen, dass sein Vater alleine kommen sollte. Zwecklos, seinen Atem in der tropischen Mittagsglut zu vergeuden.

Einen langen Augenblick lang starrte Alberto zu mir auf, und die Muskeln unter seinem Hemd arbeiteten. Der Hass kochte in seinen Augen. Er hatte Recht: Das Arrangement würde Challese nicht gefallen. Bei hellem Tageslicht und mitten in der Stadt konnten sie mich nicht so leicht überfallen und sich den Scheck zurückholen. Und um mich auszuschalten, bevor ich ihn zur Bank brachte, mussten sie sich schon etwas ziemlich Drastisches einfallen lassen. Wenn ich ihn erst einmal in meinen kleinen, gierigen Fingern hielt, waren es schließlich nur noch drei Schritte bis zu Barclays. Ich würde Zeter und Mordio schreien, wenn sie etwas unternahmen, und dann wimmelte es in null Komma nichts nur so von Polizisten aus der Wache um die Ecke. Zumindest würde Challese dann einige unangenehme Fragen zu beantworten haben, was er hier eigentlich mit unregistrierten Briefmarken im Wert von über einer Million Pfund in der Tasche trieb.

Es stimmte schon, dass meine Methode Challese nicht viele Garantien bot, sollte ich die Absicht haben, ihm einen Haufen billiger Fälschungen anzudrehen. Aber er erwartete sicherlich nicht ernstlich, dass ich etwas Derartiges vorhatte. Es wäre so ähnlich gewesen, als ob man einem hungrigen Wolf einen Gummiknochen hinhielte.

»Machen Sie sich auf die Socken, und geben Sie ihm Bescheid«, sagte ich zu Alberto, wandte mich ab und humpelte davon.

Der Schweiß sickerte mir die Wirbelsäule hinab, wo sich seine Blicke immer noch in meinen Rücken bohrten, und ich fragte mich, ob er sah, wie meine Hände und Beine zitterten.

Der Buick sprang an und raste mit durchdrehenden und quietschenden Reifen davon, als ich die Norton erreichte. Ich hätte mich am liebsten in den Rinnstein gehockt und heftig übergeben.

Stattdessen trat ich auf den Anlasser und tuckerte langsam die Fort Street entlang, während meine Augen unablässig nach dem eigentlichen Beschatter Ausschau hielten, der ja irgendwo stecken musste, so viel war klar.

Doch ich konnte niemanden entdecken.

Die Norton brummte sanft vor sich hin, als ich auf der Straße Richtung Flughafen langsam aus der Stadt hinausfuhr. Komm schon, verdammt noch mal! Wo zum Teufel blieb dieser Verfolger? Ich rollte im zweiten Gang dahin, fuhr nicht schneller als 35 km/h, während meine Nerven vor Ungeduld kreischten. Sie wussten doch, dass ich jetzt die Briefmarken holen würde: Sie mussten mich einfach beschatten!

Aus der letzten Seitenstraße vor der Stadtgrenze kam der grüne MG gekrochen und ordnete sich in den zähflüssigen Verkehr in Richtung Flughafen ein.

Ich gab Gas, und die Norton schoss mit einem mächtigen Aufschrei davon. Der Tacho näherte sich der achtziger Marke, als ich an der Zuckermühle vorbeiraste und in den dritten hoch schaltete. Die hohen Zuckerrohrfelder zu beiden Seiten verschwammen zu einem konturlosen, verwaschenen Grün. Bei fünfundneunzig schaltete ich in den höchsten Gang und orientierte mich zur Straßenmitte. Diese Geschwindigkeit war selbstmörderisch für eine enge Straße zwischen hohen Zuckerrohrfeldern und mit karibischen Autofahrern unterwegs, aber ich wollte den MG nicht zu nahe herankommen lassen.

Ich schaute über die Schulter und sah, wie der Wagen kleiner wurde, also fuhr ich wieder ein wenig langsamer. Ich wollte ihn zwar nicht zu nahe an mich herankommen lassen, aber es war auch noch nicht an der Zeit, ihn abzuschütteln. Mit knapp über achtzig sauste ich an der Abzweigung zum Flughafen vorbei und sah gerade noch, wie ein hellblaues Taxi sich schwer in die Federn senkte und mit der Schnauze wippte, als der Fahrer auf die Bremse stieg. Einen Augenblick lang hoffte ich, dass er nach ortsüblicher Gepflogenheit anschließend sofort in die Kreuzung einfahren und den MG rammen würde. Das tat er natürlich nicht. Ich blickte abermals zurück und sah, wie der flache grüne Wagen an der Abzweigung vorbeischoss und unter dem hohen Tempo schaukelte. Er holte wieder auf.

Ich legte mich flach auf den Lenker, klemmte den Tank fest zwischen die Knie und gab Vollgas. Der Motor brüllte auf, und der Fahrtwind schwoll zu einem schrillen Heulen an. Trotz der Sonnenbrille begannen mir die Augen zu tränen, und ich zwinkerte, um wieder klar sehen zu können. Das Zuckerrohr raste an mir vorbei wie ein gesprenkelter, grüner Tunnel, und das Motorrad senkte sich unter mir in die Federung, als wir einen kleinen Hügel hinaufschossen. Dann machte das Fahrwerk ganz auf, und alles wurde schwerelos, als ich über die Kuppe jagte und betete, dass nichts entgegenkam. Auf der anderen Seite krachte die Norton herunter, und mir blieb fast das Herz stehen, als sie auf einem Stück schlechter Straße in der Senke ins Schlingern kam. Dann bremste ich hart und schaltete herunter, als die T-Kreuzung am Fuß der nächsten Senke auf mich zuraste. Jenseits der Kreuzung glitzerte und schimmerte die blaue See.

Ich hatte die Taille der Insel von Westen nach Osten in weniger als drei Minuten durchquert.

Beinahe hätte es mich aus der Kreuzung getragen. Der Hinterreifen quietschte, während ich so scharf bremste, wie ich es nur wagte. Im letzten Moment ging ich von der Bremse und legte das Motorrad nach links. Es rutschte auf einem Streifen Rollsplitt weg und fing sich erst auf der Gegenspur wieder, bevor ich mit aufheulendem Motor erneut beschleunigen konnte.

Dieses Tempo war mörderisch. Es war nur eine Frage der Zeit, bis mir jemand in der Straßenmitte entgegengebummelt kam.

Mein einziger Trost war, dass es für den Fahrer des MG noch schlimmer sein musste. Ich konnte mich mit der Commando vielleicht noch durch die Lücke quetschen, wenn es so weit kam: Mit seinem Auto aber hatte er nicht die geringste Chance.

Ich warf noch einen raschen Blick zurück, als ich die erste Kurve anbremste, die sich um den vulkanischen Steilhang herumzog. Der MG kam gerade mit quer stehendem Heck aus der Abzweigung gedriftet. Ein verdammt guter Fahrer.

Ich warf die Norton nach links, dann wieder nach rechts, wobei ich die Füße leicht nach außen drehte, um mit den Zehen die Straßenoberfläche ertasten zu können. Dann riss ich sie wieder in die Senkrechte, rumpelte dumpf über eine kurze Holzbrücke, die einen mit Felsbrocken übersäten Taleinschnitt zwischen den Hügeln überspannte, dann wieder nach rechts und voll aufs Gas. Das Motorrad schoss über die holprige Straße, die den Konturen des Berges folgte, und das Donnern des Auspuffs hallte im ganzen Tal wider.

Die in die steile Bergflanke geschnittene Straße knickte am Kamm des Hügels scharf nach links ab. Die Klippen ragten steil zu meiner Linken auf und machten die Kurve völlig unübersichtlich. Ich holte ganz weit nach rechts aus, dann legte ich die Norton auf der Ideallinie nach links in die Kurve, bis meine Schuhspitze über den Asphalt schliff. Im letzten Moment, als ich schon sehr schräg lag und scharf hätte beschleunigen müssen, hieß mich irgendein Instinkt Gas wegzunehmen und eine engere Linie zu fahren. Das Motorrad schlingerte heftig und protestierte dagegen, ohne Beschleunigung derart schräg in die Kurve gelegt zu werden, aber eine Norton ist nun einmal eine Norton, also schaffte ich es, mich im Sattel zu halten, und zog sie ganz nah an die Bergflanke.

Ein dahinkriechender Austin Cambridge tauchte kurz auf und war wie ein Blitz wieder verschwunden, wobei er beinahe meinen rechten Fuß gestreift hätte.

Eine Sekunde lang hörte ich das empörte Tuten seiner Hupe. Dann war ich auch schon wieder in der Ferne verschwunden, und das Hupen verlor sich im Knattern der beschleunigenden Commando. Der Schreck schnürte mir noch nachträglich die Kehle zu, und die gute alte Adrenalinpumpe kam verspätet in die Gänge. Das war vermutlich das achte meiner neun Leben gewesen.

Ich fragte mich, wie wohl der MG zurechtkam. Wahrscheinlich ohne Probleme, denn der Dreckskerl musste dem Cambridge auf der Geraden oder in der Rechtskurve davor begegnet sein.

Die Norton donnerte in den nächsten Taleinschnitt hinein, hüpfte und bockte um die holprige Rechtskurve an dessen Ende und jaulte dann im zweiten und dritten Gang auf, während ich an der Flanke des Gebirgsvorsprungs entlangflitzte. Dieses Mal war die Linkskurve um den Grat nicht ganz so eng und zog sich steil nach oben. Ich warf einen Blick auf die gegenüberliegende Seite des Tals, während ich die Kurve anbremste. Keine Spur von dem MG, der Cambridge hatte ihn wahrscheinlich kurz aufgehalten.

Dann war ich um die Kurve. Die Straße stieg etwa hundert Meter lang steil an, knickte dann wieder rechts ab und senkte sich in eine weitere Ebene mit Zuckerrohrfeldern.

Genau am Scheitelpunkt der Kurve mündete ein von Kokospalmen gesäumter Feldweg und führte den Hügel hinauf.

Das war es, worauf ich gewartet hatte. Ich legte die Norton in die Rechtskurve, dann stellte ich sie auf, als ich halb hindurch war, und bremste voll. Mit knapper Not schaffte ich es in den Feldweg hinein.

Ein verblasstes weißes Schild mit der Aufschrift »Povey's Estate« huschte vorbei, als das Motorrad auf der lose geschotterten Oberfläche wegzurutschen begann. Eine Commando ist auf grobem Untergrund nicht allzu einfach zu handhaben, aber die Angst half mir, sie unter Kontrolle zu bringen, und ich fuhr zwischen ein paar Kokospalmen hindurch vom Feldweg herunter.

Ich stellte den Motor ab und zerrte die Smith & Wesson aus meiner Tasche.

Und wartete.

Über der Einfahrt hing noch eine verräterische Staubwolke, die von meiner schlitternden Ankunft zeugte. Wenn der Mann im MG sie sah und abbog, musste er langsamer fahren als ich, sonst würde sich sein Wagen um einen Baum wickeln.

Und wenn er an mir vorbeikam, würde ich ihn erschießen.

Ein paar Sekunden lang herrschte eine summende, vibrierende Stille. Mir war, als hätte ich Wattepfropfen in den Ohren, wie es häufig vorkommt, wenn Lärm plötzlich verstummt.

Dann hörte ich das unverkennbare, kehlige Dröhnen eines beschleunigenden MG.

Von meinem Standort aus konnte ich die Straße nicht einsehen, aber ich konnte seine Fahrt anhand der Fahrgeräusche verfolgen. Der Motorenlärm verstummte einen Augenblick und heulte dann sofort wieder auf, als er schnell in den Zweiten herunterschaltete. Ich spannte den Revolver, setzte meinen linken Ellenbogen auf den Tank auf, legte meine Schusshand zur Stabilisierung auf die Linke und zielte in Kopfhöhe des Fahrers über den Feldweg.

Ich hörte ein dumpfes, beschleunigendes Grollen, ein kurzes Reifenquietschen, und dann entfernte sich das Geräusch des Wagens den Hügel hinab. Er schaltete in den Dritten, dann in den Vierten, wieder in den Dritten herunter und umrundete eine entfernte Kurve mit kreischenden Reifen. Dann, zuletzt, verklang das Geräusch in der Ferne.

Ich stieß einen sehr abgestandenen Atemzug aus. Meine Schusshand fiel kraftlos auf den Tank herab, und ich ließ das Kinn für einen Augenblick auf die Brust sinken, während ein galliger Geschmack in meiner Kehle aufstieg. Nach ein, zwei Sekunden steckte ich den Revolver wieder in die Tasche, schob die Norton zurück auf den Feldweg und ließ den Motor kommen, während ich die sanfte Neigung zur Straße hinunterrollte.

Ich war sehr dankbar für dieses Gefälle. Mir war nicht danach, den Kickstarter durchzutreten.

28

Ich warf einen Blick auf die Uhr, während ich die Norton in die Richtung zurücklenkte, aus der ich gekommen war. Es war vierzehn Uhr fünf. Ich drehte am Gasgriff, und schon waren wir wieder unterwegs, schnell, aber nicht mit dem selbstmörderischen

Tempo von gerade eben. Ich blickte immer wieder nach hinten, wenn ich die Commando auf den kurzen Geraden zwischen den Kurven beschleunigte. Keine Spur von dem MG.

Als ich die Kreuzung mit den Straßen in Richtung Flughafen und Stadt passiert hatte, hörte ich auf, mir über den MG Gedanken zu machen. Inzwischen musste Bermudashorts auch schon dahinter gekommen sein, dass ich ihn abgehängt hatte. Er würde sicher anhalten und nach mir fragen, da jeder Fußgänger blind und taub hätte sein müssen, um einen vorbeischießenden Meteoriten nicht zu bemerken. Aber die Erkenntnis, dass ich mich irgendwo seitlich in die Büsche geschlagen hatte, würde ihm nicht viel helfen. Es gab jede Menge Seitenstraßen den Berg hinauf, die ich eingeschlagen haben konnte, und an manchen Stellen hätte ich sogar mit dem Motorrad querfeldein fahren können. Das konnte er natürlich nicht wissen, doch wenn er den Zeitfaktor in Erwägung zog, blieb ihm eigentlich keine andere Wahl, als aufzugeben.

Aber um vierzehn Uhr dreißig war er bestimmt wieder in der Stadt zurück …

Ich erreichte Frigate Bay auf einer unbefestigten Straße, die an der Ostküste entlang nach Süden führte. Die neuen Straßen endeten immer noch im Nirgendwo und warteten auf ein Bauprogramm, das niemals kommen würde. Sie lagen jenseits eines flachen, buschbestandenen Hügels zu meiner Rechten, und von meinem Standort aus konnte ich die Stelle am nördlichen Hügel sehen, wo meine Straße endete, auch wenn ich die Straße selbst nicht erkennen konnte.

Ich hielt die Norton an, blieb ein paar Minuten lang sitzen und sah mich um.

Niemand da.

Kein Motorengeräusch.

Ich warf das Motorrad an, verließ den Weg und lenkte es vorsichtig zwischen den stacheligen Akaziensträuchern hindurch die

Anhöhe hinauf. Auf halber Strecke traf ich auf die Straße, bog ein und fuhr bis zu der Stelle, wo ich die Briefmarken vergraben hatte.

Immer noch niemand zu sehen.

Ich buddelte nach den Briefmarken und musste einen Anflug von Panik niederkämpfen, bis meine suchenden Finger endlich auf die Schatulle stießen. Mit schnellen Bewegungen zog ich vier stabile Umschläge aus meiner Gesäßtasche, öffnete die Schatulle, verteilte die Marken auf die Umschläge und klebte sie zu. Vier kleine, dicke Päckchen. Ich stopfte sie in die Hemdtasche, die nicht schon wegen des Reisepasses voll war, und knöpfte sie sorgfältig zu. Dann warf ich die Schatulle ins Gestrüpp.

Es war jetzt vierzehn Uhr dreiundzwanzig.

Ich ging zur Norton zurück, ließ sie auf dem Gefälle anrollen, steuerte sie um den Kreisverkehr in der Mitte von Nirgendwo und nahm die Abzweigung in Richtung Stadt.

Mein Mund war bis in die Kehle hinunter ausgetrocknet, und meine Knie schlotterten gegen den Tank. Ich fuhr weiter, und die glühend heiße karibische Sonne brannte auf mich hernieder.

Die übliche Ansammlung von Taxifahrern saß auf den Stufen zu Füßen des Glockenturms in der Mitte von The Circus herum. Ein paar Fußgänger schlurften in der Hitze lethargisch vorbei. Die Glastüren der Bank lagen zehn Meter entfernt: der Topf voll Gold am Ende des Regenbogens.

Die Commando stand startbereit mit eingeschalteter Zündung auf ihrer Mittelstütze aufgebockt am Rinnstein.

Es war vierzehn Uhr zweiunddreißig.

Niemand ließ sich blicken.

Voller Nervosität tigerte ich auf und ab. Ein oder zwei der Taxifahrer betrachteten mich neugierig. Einmal glaubte ich das besorgte Gesicht des Bankdirektors hinter den Glastüren seines klimatisierten Refugiums zu erkennen.

Niemand.

Vierzehn Uhr fünfunddreißig.

Meine Achselhöhlen und die Innenseiten meiner Ellenbogen waren schweißgetränkt. Das Wasser lief mir über Nase und Kinn und pappte mir das Hemd gegen den Rücken. Meine linke Hand pochte. Das Gewicht der Smith & Wesson lastete in meiner Tasche wie eine mittelgroße Kanone.

Vierzehn Uhr vierzig.

Der grüne MG kam langsam auf den Platz geblubbert und hielt auf der gegenüberliegenden Seite. Bermudashorts stieg aus, lehnte sich kauernd gegen den vorderen Kotflügel und behielt mich im Auge.

Furcht schwoll in meinem Magen an wie das Heulen einer Luftschutzsirene. Ich wollte mich übergeben.

Vierzehn Uhr vierundvierzig.

Alberto rollte heran und parkte gegenüber der Norton. Er blieb einfach in seinem Buick sitzen. Der schwarze Lack glänzte in der Sonne, als wäre er nass.

Ich fühlte mich an einen Leichenwagen erinnert.

Meine Beine wollten mich nicht länger tragen, also setzte ich mich auf die Norton.

Meine Zunge klebte mit einem ekelhaften Geschmack am Gaumen. Bermudashorts kletterte wieder in seinen MG.

Fünfzehn Uhr.

Scipio Challese kam nicht.

Eine verzerrte Gestalt hinter den Glastüren der Bank legte die Riegel vor, und ein Schlüssel drehte sich im Schloss.

Ich stand draußen auf der Straße, während eine Million Pfund meine rechte Hemdtasche ausbeulten.

Unvermittelt trat ich den Kickstarter durch, warf die Commando nach vorne von ihrem Ständer und gab schon Gas, während ich noch den ersten Gang einlegte. Das Vorderrad stieg in die Luft, während der Hinterreifen kreischend durchdrehte. Das Motorrad schlingerte bösartig, aber ich ging einen Moment vom Gas und bekam es wieder unter Kontrolle. Dann streifte die rechte Fußraste den Boden, während ich die Maschine rücksichtslos in die Kurve zum Marktplatz warf.

Aus dem Gewimmel der schwarzen Gestalten hörte ich protestierende Schreie, als ich zwischen den Ständen hindurchsauste, aber sie verloren sich im Donnern des Motors hinter mir, als ich in den zweiten schaltete und Vollgas gab. Wie auf kurzen Filmschnippseln sah ich Leute aus dem Weg springen und andere, die sich nach dem Lärm umdrehten. Und dann lag alles hinter mir.

Vor mir senkte sich die Straße in eine flache, betonierte Rinne, in deren Mitte Wasser floss: eine von mehreren Entwässerungskanälen, die von der Stadt zum Meer führen. Normalerweise bremst man ab und nimmt diese Hindernisse im Schritttempo. Ich kam mit etwa fünfzig an, hob auf der einen Seite ab und krachte mit dem Vorderrad zuerst gegen die gegenüberliegende Steigung. Die nächsten fünfzig Meter hatte ich alle Mühe zu verhindern, dass sich die Maschine aufschaukelte und mir aus den Händen glitt.

Beim nächsten Abflusskanal war ich vorbereitet. Ich fuhr mit ungefähr sechzig heran, gab im Zweiten Vollgas, dann stellte ich mich auf den Fußrasten auf und riss den Lenker hoch, als das Motorrad abhob. Das Vorderteil richtete sich auf, und das Hinterrad knallte auf der anderen Seite des Einschnitts sauber gegen den Beton. Ich blieb auf dem Gas, bis ich bei ungefähr fünfundsiebzig in den Dritten schaltete.

Ich warf einen Blick über die Schulter. Die Schnauze des MG stieg in die Luft wie der aufgerissene Rachen eines Krokodils, als er aus der ersten Rinne herauskatapultiert wurde.

Ich wandte mich wieder in Fahrtrichtung und warf die Norton nach rechts, vorbei an einem kleinen Denkmal mitten in einer Straßengabelung.

Ich war schon zuvor sehr hart gefahren, um schneller zu sein als der MG, aber nun wurde ich regelrecht zum Berserker. Als ich diesmal mit der Norton durch die Außenbezirke der Stadt raste, nahm ich immer die Ideallinie, als ob es keine anderen Verkehrsteilnehmer gäbe. Mein Schutzengel verlagerte den seltenen Gegenverkehr auf die kurzen Geraden. Ich wünschte mir wirklich nicht, dass Unschuldige zu Schaden kämen, aber ich betete darum, dass der MG mitten in einer Kurve vom Gegenverkehr überrascht wurde.

Er wurde es nicht.

Als ich aus der Stadt hinausdonnerte, lag der grüne Sportwagen etwa 300 Meter weit zurück.

Ich konnte das Auto problemlos abhängen, aber beim Anbremsen der Kurven war er mir über und holte auf. Zum Teil war das eine optische Täuschung – der Unterschied zwischen zwei Fahrzeugen, die ein Rennen fahren, basiert auf Zeit, nicht auf Entfernung, deswegen scheint sich die Lücke jeweils zu schließen, wenn sie beide bremsen, aber andererseits ist ein Auto einem Motorrad beim Bremsen in der Tat fast immer überlegen, weil man sich mit vier Rädern ein Wegrutschen erlauben kann, das man auf zweien lieber bleiben lässt. Außerdem war Bermudashorts ein erstklassiger Fahrer, und er kannte die Straße besser als ich.

Wir donnerten nach Norden, passierten die Abzweigung zum Kasino und gerieten wieder in eine Serie dieser verdammten Haarnadelkurven. Hinein in einen Taleinschnitt, dann scharf nach links. Die Fußrasten auf dem Boden schleifend, das Motorrad unruhig auf dem schlechten Belag, während die steile, mit Gestrüpp bewachsene Talflanke auf mich zuzuschießen schien. Vollgas auf der kurzen Geraden – ganz nach links rüber, dann das Motorrad scharf nach rechts werfen – die Kurve anschneiden – dann wieder nach außen driften bis hart an den Rand des Abgrundes und aus der Haarnadelkurve hinaus beschleunigen. Gleich wieder Vollgas – voll auf die Bremse – in die Linkskurve, dann ein Moment der Panik, als die Maschine auf einem Flecken Rollsplitt schlingert –

wieder aufs Gas – bremsen – nach rechts, am Scheitelpunkt der Kurve auf die Gegenfahrbahn hinüberziehen.

Und dann ein entgegenkommender, verbeulter Fünftonner-Lastwagen.

Es ging alles viel zu schnell, um noch an irgendetwas zu denken. Ich war auf der rechten Straßenseite gelandet und hatte mich so weit in die Kurve gelegt, wie es nur ging. Der Lastwagen fuhr eher in der Mitte. Die massive vordere Stoßstange und die hohe Fahrerkabine ragten über mir auf.

Ich fuhr weiter und schoss durch die Lücke auf seiner linken Seite.

Einen Augenblick lang sah ich die riesigen, grobstolligen Räder nur Zentimeter weit von meinem linken Ellenbogen entfernt. Dann ein lautes Zischen von seiner Druckluftbremse, während ich wie der Blitz an seinem Heck entlangschoss und Licht am Ende des Tunnels sah.

Dann war ich vorbei.

Die Augen tränten mir vom Schock, und ich war ein zitterndes Nervenbündel, während ich die Straße bis zur nächsten Kurve hochjagte. Ich zwinkerte heftig, legte die Commando nach links und warf dann automatisch einen Blick zu dem Lastwagen zurück, als ich wieder auf die Gerade sauste. Bis dahin war ich schon etwa vierhundert Meter weit entfernt.

Er hatte mitten in der Kurve angehalten. Ein Dutzend Arbeiter auf der offenen Ladefläche rappelten sich nach dem plötzlichen Bremsmanöver langsam wieder auf. Dann, noch während ich hinsah, wurden sie plötzlich wieder allesamt gegen die Rückseite der Fahrerkabine geworfen, während der Lastwagen einen Satz nach hinten machte. Er schien vom Boden abzuheben, mehrere Schritte durch die Luft zu fliegen und dann abrupt wieder herunterzufallen. Ich bremste automatisch ab und sah ungläubig zu.

Wie in Zeitlupe wickelten sich die zerfetzten Überreste des MG hinter der Schnauze des Lasters hervor, flogen über die Kante und verschwanden im Abgrund.

Eine grässliche Kombination aus Krachen und Knirschen drang gedämpft durch die Entfernung zu mir herüber, während die langsamer werdende Norton unter mir vor sich hin bullerte.

Einen Moment lang war ich wie betäubt. Ich lenkte das Motorrad um die nächste Kurve und sah eine längere Gerade vor mir liegen.

Ich fuhr ganz automatisch weiter.

Es hatte keinen Sinn, zurückzufahren: Die Arbeiter hinten auf dem Lastwagen waren sicher nicht verletzt, und der Fahrer, der ja hoch über dem aufprallenden MG gesessen war, sollte eigentlich auch in Ordnung sein, wenn ihm nicht unglücklicherweise das Lenkrad in die Quere gekommen war. Bermudashorts war vermutlich tot, aber der war mir ohnehin so etwas von völlig egal.

Ich fing an, mir Gedanken über mein weiteres Vorgehen zu machen.

Offensichtlich hatte Challese niemals vorgehabt, mit dem Scheck aufzutauchen. Er musste ihn besorgt haben, sonst hätte die Bank niemals die Echtheit der Fotokopie bestätigt, aber das hatte er nur getan, damit ich die Briefmarken aus ihrem Versteck holte. Und dann war ich Zielscheibe Nr. 1 für die Familie.

So viel zu meiner glänzenden Idee, mit denen einen Deal abzuschließen.

Das Einzige, was ich jetzt noch tun konnte, war, mich schleunigst zu verdrücken. Runter von der Insel, und zwar mit dem Vier-Uhr-Flug. St. Kitts ist ein kleiner Ort, und mir war nicht danach, ihn noch länger mit Challese zu teilen.

Trotzdem konnte ich nicht einfach umkehren und direkt zum Flughafen fahren. Da wäre ich an der Stelle vorbeigekommen, wo der MG seinen spektakulären Abgang gemacht hatte, und dort gab es sicher ein paar Leute, die sich gerne einmal mit mir unterhalten hätten. Vermutlich war es am besten, wenn ich einfach weiterfuhr. Ich war zu schnell an dem Lastwagen vorbeigefahren, als dass irgendjemand eine brauchbare Beschreibung von mir abgeben konnte. Es bestand natürlich die entfernte Möglichkeit, dass jemand die einzige Commando auf der Insel erkannt hatte, aber bei einer Wagenladung schwarzer Arbeiter hielt sich das Risiko wahrscheinlich in Grenzen.

Ich sah auf die Uhr, als die Norton durch das lang gezogene Hüttendorf rollte, das ich von den Stufen des Kasinos aus gesehen hatte. Viertel nach drei. Lediglich dreizehn Minuten waren vergangen seit meinem Start vom Marktplatz in Basseterre.

Nun gut, wenn ich nicht zurückkonnte, dann fuhr ich eben weiter. Ich hatte gerade noch Zeit genug, um die Insel herumzufahren und rechtzeitig zur Vier-Uhr-Maschine den Flughafen zu erreichen.

Falls Challese die Straße zum Flugplatz nicht überwachen ließ.

Ich beschloss, mir darüber Gedanken zu machen, wenn es so weit war.

Ich schaltete herunter und gab Gas. Das leise Bullern des Commando-Motors schwoll beim Beschleunigen zu einem brutalen Brüllen an. Ich blickte über die Schulter zurück, während ich schneller wurde.

Keine zweihundert Meter hinter mir kam Albertos Buick aus einer Kurve geschossen und neigte sich unter der Fliehkraft tief zur Seite.

Irgendwie war es mir bisher gar nicht in den Sinn gekommen, dass mich noch jemand verfolgen könnte. Aber dass ich nicht umkehren konnte, hieß natürlich noch lange nicht, dass Alberto nicht weiterfuhr. Wahrscheinlich hatte er ein paar Probleme gehabt, seinen großen Buick an dem Lastwagen vorbeizuzwängen, aber abgesehen von der rein technischen Schwierigkeit gab es keinen Grund, warum ihn der Unfall hätte aufhalten sollen. Er war nicht der Typ, der anhielt, um sich um seinen Kumpan im MG zu kümmern.

Im Grunde war es ziemlich gleichgültig. Solange ich die Commando einigermaßen schnell fuhr, sah ich keine Möglichkeit, wie er mich mit seinem Riesenschlitten einholen sollte, egal, wie gut er fuhr. Vielleicht vermutete er sogar, dass ich zum Flughafen wollte, aber er konnte nichts dagegen unternehmen. Meines Wissen gab es keine Straße, die quer durch das Inselinnere führte, sodass er mir auch nicht den Weg abschneiden konnte. Und sogar wenn er unmittelbar nach mir am Flughafen eintraf – was nicht geschehen würde, es sei denn, mein Vertrauen in die Norton Commando erwies sich als völlig unangebracht –, konnte er schlecht in eine belebte Abflughalle hineinmarschieren und mir vor einem Haufen Zeugen den Kopf wegblasen.

Ich stemmte mich gegen den Fahrtwind und raste mit über achtzig an den vereinzelten Hütten vorbei und betete, dass keiner der Bewohner gerade diesen Moment für einem Spaziergang wählte und aus der Tür trat. Der Buick fiel ein wenig zurück.

Vor mir knickte die Straße hinter einer Kirche rechts ab. Ich riss die Norton herum und krachte mitten in einen weiteren dieser verdammten Entwässerungsgräben hinein. Beim Aufprall schlug die Federung bis zu den Gummistoppern durch, und meine Zähne knallten knirschend aufeinander. Das Motorrad wurde auf der anderen Seite des Grabens hochkatapultiert wie ein Querschläger und landete in Schieflage mit dem Vorderrad zuerst. Einen Augenblick lang sah ich mich schon stürzen, aber dann zwang ich sie mit aller Kraft eben noch rechtzeitig wieder gerade, um zu verhindern, dass ich gegen eine der Hütten fuhr. Eine Gruppe von Schwarzen, die bei meinem Eintreffen erstarrt waren, schüttelten mir drohend die Fäuste hinterher und brüllten etwas, als ich wieder Gas gab und weiterfuhr. Vermutlich kannte Alberto diese Drainagerinne. Schade. Ich hätte gerne erlebt, wie er mit derselben

Geschwindigkeit wie ich soeben hineinfuhr. Danach hätte man ihn wahrscheinlich wegen unerlaubten Tieffliegens einsperren können.

Ein paar Sekunden später war ich aus dem Dorf hinaus und raste ein ziemlich gerades und übersichtliches Stück der Küstenstraße entlang. Dann verlangsamte ich vor dem nächsten Hüttendorf namens Halfway Village auf etwa siebzig. Ich konnte keine Spur von dem Buick entdecken, während ich die schnurgerade Hauptstraße entlangdonnerte und die Einwohner wie die Hühner zur Seite stoben. Ich nahm das gewohnte Winken und Fäusteschütteln zur Kenntnis. Vereinzelte Rufe verloren sich im Röhren der Maschine. Nach Halfway Tree kam eine langgezogene Linkskurve. Ich gab Vollgas und legte die Norton in eine extreme Schräglage, während ich beschleunigte. Neunzig, fünfundneunzig, hundert. Der Fahrtwind dröhnte in meinen Ohren, presste mir die Wangen gegen die Zähne und trug das Donnern des Motors mit sich fort. Das Motorrad kam auf ein paar Bodenwellen ins Schlingern, stabilisierte sich aber schnell wieder. Die Wälle von Brimstone Hill ragten zu meiner Rechten über mir auf, linker Hand und vor mir kräuselte sich die sonnenglitzernde See.

Etwa hundert Meter vor mir, hinter der Kurve gerade noch sichtbar, schob sich langsam ein langer weißer Wagen aus einer Seitenstraße.

Und blieb quer über der Straße stehen.

Ich riss die Norton in die Vertikale und bremste voll. Die Reifen kreischten auf, und das Heck begann auszubrechen. Alles schien sich mit dieser schrecklichen Langsamkeit zu ereignen, die man manchmal empfindet, wenn ein Unfall unvermeidlich ist.

Runter von der Bremse – ein grauenhaftes Schlingern, als das Hinterrad wieder fasste – nach links, um auf der Straße zu bleiben – dann geradestellen und wieder bremsen – das Quietschen der Reifen wie aus weiter Entfernung – das Vorderrad brach aus –

Intervallbremsen – Schlingern – geradewegs auf den Wagen zu – blockierendes Hinterrad – Rutschen.

Stillstand.

Staub hing in der Luft.

Der Wagen war noch einen guten Meter weit entfernt.

Die Norton stand in der Mitte der Straße, leicht schräg zum Straßenrand gerichtet. Irgendwie hatte ich es geschafft, mich im Sattel zu halten. Meine Muskeln waren der reinste Wackelpudding. Von irgendwoher kam ein Geräusch. Es war das Tuckern der Commando im Leerlauf unter mir. Ich hatte immer noch ausgekuppelt und hielt den Hebel mit dem einen guten Finger meiner linken Hand wie mit einem Schraubstock umklammert. Ich setzte den rechten Fuß wieder auf die Fußraste und trat mehrmals auf den Schalthebel, bis ich die Neutralstellung fand. Eine reine Reflexhandlung.

Die Fahrertür des weißen Autos ging auf, und ein schwarzer Schädel erschien über dem Dach.

Es war der Mann, der mich zuvor schon mit einem Chevrolet verfolgt hatte.

Dann sah ich die beiden anderen Männer, die mehrere Schritte hinter dem Wagen gewartet hatten. Wahrscheinlich hatten sie nicht im Weg herumstehen wollen, wenn die Norton einschlug. Einer davon war Larry.

Der andere war Scipio Challese.

Challeses Anblick riss mich aus meiner Erstarrung. Ich suchte verzweifelt nach einem Fluchtweg. Hinter mir ertönte das Quietschen von Reifen, Alberto war mit dem Buick angekommen. Der Abhang? Keine Chance. Auf beiden Seiten der Straße verliefen tiefe Gräben. Der einzige Ausweg war die kleine Seitenstraße zur Rechten, aus der der weiße Wagen gekommen war.

Zwischen dem Straßengraben und dem hinteren Kotflügel des Wagens war ein knapper Meter Platz.

Ich versuchte es.

Ich hatte keine andere Wahl.

Ich drehte den Gasgriff auf, ließ die Kupplung schnalzen und zwängte das Motorrad in die Lücke, wobei das Hinterrad erst durchdrehte und dann mit einem gewaltigen Ruck zu greifen begann. Die linke Fußraste streifte die Flanke des Wagens, das Motorrad wurde nach links geschleudert, und ich versuchte mich verzweifelt mit den Füßen abzustützen. Die Maschine schwang nach rechts und wäre mir beinahe entglitten. Dann hatte ich sie wieder in der Gewalt und donnerte den Hügel hinauf.

Endlich bekam ich die Füße auf die Fußrasten und schaltete in den Zweiten. Mit einem schnellen Blick nach hinten sah ich Alberto, der halb aus seinem Wagen herausgeklettert war und mitten in der Bewegung erstarrte. Challese stand bewegungslos da und deutete mit ausgestrecktem Arm auf mich. Der Arm ruckte, und ein kleines Rauchwölkchen stieg von seiner Hand auf. Ich sah wieder nach vorne und duckte mich über den Tank.

Die schmale Straße führte bergauf und kreuzte die Schienen der Schmalspureisenbahn einer Zuckerrohrplantage – und plötzlich wusste ich wieder, wo ich war. Der Weg führte empor zum Fort von Brimstone Hill. Ich erinnerte mich gerade noch rechtzeitig an einen Drainagekanal, um mich auf den Fußrasten aufzustellen und darüber zu springen. Und dann bremste ich verzweifelt die erste der unangenehmen kleinen Haarnadelkehren an, in denen sich die Straße die Hügelflanke entlang zum Fort hinaufwindet.

Ich glaube, die Fußrasten hatten in jeder einzelnen dieser Kurven Bodenkontakt. Ich weiß nicht, warum ich eigentlich weiterfuhr. Rückblickend wäre es wohl sinnvoller gewesen, mich am Fuß des Hügels in die Büsche zu schlagen oder einen der kleinen Feldwege zu nehmen, die auf dem Weg nach oben in die Zuckerrohrfelder hineinführten. Als mir diese blendende Idee kam, war ich aber bereits hoch oben und an allen Abzweigungen längst vorbei.

Und umzukehren, war das Letzte, was ich wollte. Ich wusste nicht genau, wie weit Challese hinter mir lag, und ich konnte gut und gerne darauf verzichten, die Straße wieder hinunterzudüsen und dabei direkt in Albertos Buick hineinzurauschen.

Also fuhr ich weiter und röhrte mit zur Balance seitlich weggestrecktem linkem Fuß um die Kurve mit dem Andenkenladen. Natürlich hatte er geschlossen. Nichts wäre mir in diesem Augenblick lieber gewesen als der Anblick einer großen Truppe kameraschwenkender Touristen. Aber es war eben keine Hochsaison.

Dann durchfuhr ich den Torbogen in der äußeren Umgebungsmauer der eigentlichen Festung. Das Wummern des Auspuffs wurde von den steinernen Wänden hallend zurückgeworfen. Runter in den ersten Gang – eine letzte, sehr steil aufwärts führende Linkskurve – dann nach rechts durch einen weiteren Torbogen – und schon befand ich mich auf der letzten Geraden, die mich zu einem kleinen Rasenparkplatz brachte. Ich lenkte das Motorrad um die Parkfläche herum und suchte nach einem Ausweg. Außer einem für mich nutzlosen kleinen Pfad, der zu einem Grashügel neben der Festung führte, gab es keinen. Das war's also gewesen. Ich kam rutschend neben einer Mauer zum Stillstand, lehnte die Norton dagegen und rannte eine steinerne Treppenflucht empor, die zum Hauptgebäude der Festung führte. Im Laufen zerrte ich die Smith & Wesson aus der Tasche.

29

Die Festung von Brimstone Hill war im frühen 18. Jahrhundert von den Briten erbaut worden. Sie liegt auf einem fast dreihundert Meter hohen, steilen Vulkankegel, der sich unvermittelt aus den sanften Vorhügeln von Mount Misery erhebt, dem zentralen Berg von St. Kitts. Es musste für die Sklavenarbeiter eine enorme Tortur gewesen sein, die riesigen dunklen Steinquader den Hügel hochzuschleifen. Die Soldaten damals machten keine halben Sachen, wenn sie eine Festung bauten. Sie leistete sogar ziemlich gute Dienste: Achttausend französische Soldaten mussten den Hügel im Krieg von 1782 beinahe einen ganzen Monat lang belagern, bevor sich die Briten ergaben.

Die Zitadelle, das Kernstück der Anlage, war ein fünfeckiges Bauwerk von etwa hundert Metern Durchmesser und lag genau auf der Spitze des Hügels. Die äußere Begrenzungsmauer, die etwa dreißig Meter unterhalb der Zitadelle verlief, umspannte ein wesentlich größeres Areal. Vermutlich begann man hier mit der Verteidigung und zog sich dann zum letzten Gefecht nach oben zurück, wenn die Dinge nicht so gut liefen. Die Konstruktion der Zitadelle folgte einem traditionellen Festungsentwurf: Gleich innerhalb der Mauern lagen die Brustwehren, auf denen die Kanonen standen und deren Mündungen zwischen den Zinnen hindurchschauten. Unter den Brustwehren befanden sich Pulverkammern, Schlafquartiere und was man in einer Festung sonst noch so brauchte. Die Räume hatten an Stelle von Fenstern kleine Schießscharten, sodass man den Kanonen Beistand leisten konnte, indem man vor dem Schlafengehen noch ein bisschen mit dem Gewehr auf den Feind ballerte. Alle Räume mündeten in einen zentralen, viereckigen Hof. Dieser lag etwa vier Meter unterhalb der Ebene mit den Brustwehren und war nach oben offen.

Der Zugang zur Zitadelle erfolgte innerhalb des äußeren Mauerrings über das letzte Stück Straße und dann die steinerne Treppenflucht empor, die ich soeben hinaufgerannt war. Der Blick von hier oben war atemberaubend. Man konnte die ganze westliche Küstenlinie von St. Kitts überblicken, und an klaren Tagen sah man sogar die Inseln St. Eustatius und Saba im Norden und Nevis im Süden.

Im Moment hatte ich allerdings kein Auge für die Schönheiten dieses Ausblicks. Der einzige Blick, der mich interessierte, war der auf die Straße weiter unten. Schweißgebadet erreichte ich den oberen Treppenabsatz und rannte zu einer der Zinnen. Sowohl der große weiße Wagen als auch der Buick kamen langsam heraufgefahren. Ich erstarrte auf meinem Beobachtungsposten und hoffte, dass mein Kopf aussah wie eine der Mündungen der restaurierten Kanonen, die hie und da auf den Brustwehren verteilt standen. Die Wagen hielten bei dem verlassenen Souvenirkiosk an. Challese, Larry und Blackpower stiegen aus dem weißen Wagen aus und begaben sich ohne Eile in den Schutz der Ruinen des äußeren Mauerrings. Alberto sprang aus dem Buick und gesellte sich zu ihnen.

Einige endlose Minuten lang geschah gar nichts.

Dann sah ich Challese zielstrebig durch den steinernen Torbogen in der Außenmauer schreiten. Larry hastete ihm hinterher. Die beiden verschwanden im Sichtschatten der oberen Hälfte der Auffahrt, die den unteren Teil verdeckte, bevor sie den Rasenparkplatz und die Steintreppe erreichte. Sie waren viel zu weit weg, um mit einem 38er-Revolver ein Spielchen auszuprobieren, selbst wenn ich als Schütze etwas getaugt hätte, was nicht der Fall ist.

Aber sie waren nahe genug, dass ich die Revolver in ihren Händen sehen konnte. Und auch das Walkie-Talkie, das Challese trug.

Jetzt wusste ich, wie sie mich in den Hinterhalt gelockt hatten: Alberto hatte den Herrn Papa einfach über Funk auf dem Laufenden gehalten. Und die Tatsache, dass Challese höchstpersönlich auf der nördlichen Ausfallstraße der Stadt Posten bezogen hatte, hieß, dass sie mindestens eine weitere Gruppe ausgeschickt haben mussten, um die Straße zum Flughafen zu überwachen. Und darüber hinaus vielleicht noch ein paar andere über die ganze Insel verteilt. Ausgesprochen ermutigend. Da sie den Rest der Bande mittlerweile sicherlich hierher beordert hatten, um beim Aufräumen zu helfen, sah es so aus, als könnte ich mir ebenso gut gleich die

Mündung der Smith & Wesson in den Mund schieben und mir die ganze Aufregung ersparen.

Da Alberto und Blackpower nicht mit Challese kamen, lag der Schluss nahe, dass sie außerdem Pläne geschmiedet hatten, um mir in den Rücken zu fallen.

Ich presste mich gegen meine Zinne und versuchte verzweifelt, mir etwas Konstruktives einfallen zu lassen. Die Sonne brannte hernieder und wurde von den Steinen des Forts reflektiert. Schweiß tropfte mir vom Kinn. Eine gelb-grüne Eidechse huschte über die Mauerkrone, bleckte mir indigniert die Zunge und verschwand über die Kante.

Mit kam keine Idee. Wenn ich nicht der Eidechse hinterher über die Mauer springen wollte, gab es als Ausweg nur die Treppe, über die ich gekommen war. Zu springen hätte bedeutet, zwölf Meter tiefer auf einem steilen, mit Buschwerk bestandenen Abhang zu landen. Selbst wenn ich das überleben sollte, konnte es nicht lautlos abgehen, und Challese würde wie eine Dampfwalze über mir sein, bevor ich wieder geradeaus schauen konnte. Vielleicht gab es ja noch einen anderen Ausgang auf der Rückseite der Zitadelle, aber da Alberto und Blackpower irgendwo frei herumliefen, dachte ich nicht daran, nach dieser Öffnung zu suchen.

Der Klang von Schritten hallte zu mir herauf.

Ich wich zu einer der Wände nahe dem Eingang zurück und warf einen Blick um den steinernen Eckpfosten am oberen Ende der Stufen. Challese und Larry bogen gerade keine sechzig Meter entfernt um eine Ecke. Mit Challeses Nerven schien alles in Ordnung zu sein, es musste ihm bewusst sein, dass ich hier oben mit einer Waffe auf ihn lauerte, aber seinem Schritt merkte man kein Zaudern an. Larry hing etwas zurück, er war offensichtlich beunruhigt, ohne Deckung hier heraufzusteigen.

Ich spannte die Smith & Wesson, schob sie um den Pfosten herum, zielte sehr sorgfältig und drückte den Abzug. Der Knall, mit dem die Waffe losging, hallte in der gesamten Zitadelle wider. Challese sprang zurück, als ein Staubwölkchen zu seinen Füßen aufstieg, dann flankte er über die niedrige Mauer an der Seite der Stufen und tauchte ab.

Sehr elegant. Das musste ihm schon als Fluchtweg vorgeschwebt haben, noch bevor er das Treppenhaus betrat. Larry erstarrte und blickte mit bleichem Gesicht zu mir herauf. Ich zielte abermals, feuerte und schoss immer weiter, während er mit vollem Karacho die Treppe hinunterrannte. Der Revolver bockte in meiner Hand, und der Donner der Schüsse rollte hallend durch die leeren Befestigungen. Noch ein paar Staubwölkchen stiegen aus dem Mauerwerk auf. Dann sprang er hastig um eine Ecke und war verschwunden. Das Echo der Schüsse verhallte und hinterließ eine summende Stille.

Ich rannte geduckt von meiner Wand zum Eingang in den Zitadellenhof zurück. Da ich jetzt auf niemanden mehr schießen konnte, hatte es keinen Sinn, noch länger oben auf der Treppe zu bleiben. Die wussten jetzt, wo ich war.

Schlitternd kam ich in dem kühlen, schattigen Torbogen des Eingangs zum Stehen und fragte mich, wo zum Teufel ich jetzt hin sollte. Der Hof lag vor mir, und alle Räume gruppierten sich um seine Flanken. Dorthin konnte ich nicht. Die reinste Mausefalle. Eine Steintreppe hinter einem Durchgang zu meiner Linken führte zu den Brustwehren empor. Ich lief hinauf, und meine schnellen Schritte hallten dumpf von den Wänden wider. Oben stürmte ich wieder in den Sonnenschein hinaus und fand mich auf der Hauptbrustwehr wieder. Hier gab es auch kein Versteck. Vor mir erhob sich ein gedrungener kleiner Wachturm, auf den eine enge Steintreppe hinaufführte.

Auch nicht gerade ein idealer Ort, aber es gab keine andere Möglichkeit. Ich rannte die Treppe hinauf.

Die Plattform des Wachturms war aus staubigem, sonnengebleichtem Stein. Die von Zinnen gekrönten Wände erhoben sich etwa 1,80 Meter über dem Fußboden. Ich duckte mich in eine Ecke, wo mich durch die Schießscharten niemand sehen konnte, klappte die Smith & Wesson auf und warf die abgefeuerten Hülsen aus.

Ich hatte alle fünf Patronen verschossen. Ich wühlte in meiner Tasche nach der Reservemunition. Es waren noch zehn Patronen da. Ich würde in Zukunft sparsamer sein müssen. Dreiunddreissig Prozent meiner gesamten Feuerkraft darauf zu verschwenden, dass Larry sich vor Angst in die Hosen machte, war strategisch nicht gerade auf Clausewitz-Niveau.

Ich klappte den Revolver zu, spannte ihn und harrte der Dinge, die da geschehen würden.

Nichts geschah.

Lange Zeit herrschte tiefe Stille.

Ein Kolibri kam zum Wachturm hochgeschwirrt und blieb eine Weile über mir in der Luft stehen, die Flügel verursachten einen unsichtbaren Wirbel. Dann verschwand er wieder. Eine Eidechse sauste raschelnd über den Steinboden.

Die glühend heiße Nachmittagssonne stach auf mich ein.

Das Mauerwerk, an dem ich lehnte, strahlte Wärme ab. Meine Kehle war staubig, und auf meiner Nasenwurzel sammelte sich der Schweiß und rann mir über die Sonnenbrille. Ich war am ganzen Körper erhitzt und verschwitzt und hatte überall auf dem Hemd dunkle, feuchte Flecken. Ich fragte mich, ob die Briefmarken in meiner Tasche unter dem Schweiß litten. Doch dies war nicht mehr von allzu großer Bedeutung. Meine linke Hand und der Schnitt an der Stirn pochten bösartig.

Die Stille vibrierte vor Anspannung. Ein paar gelbe Vögel piepsten in einem Flamboyantbaum ein wenig weiter unten am Hügel.

Und langsam begann ich der Tatsache ins Gesicht zu sehen,

dass ich hier auf diesem engen, staubigen Geviert unter tropischer Sonne sterben würde.

Diese Erkenntnis ängstigte mich nicht so sehr, wie ich es eigentlich erwartet hätte. Sie schien mich sogar eher ein wenig zu beruhigen.

In meinem Beruf setzt man sich wahrscheinlich mehr mit der eigenen Sterblichkeit auseinander, als die meisten Menschen es tun. Ich bin nicht besonders mutig, aber ich führte das Leben, das ich mir wünschte, und ich war bereit, dafür den Preis zu bezahlen und das Risiko in Kauf zu nehmen. Während der letzten Monate war mir der Preis ohnehin nicht mehr so hoch erschienen wie früher. Ich hatte immer gewusst, dass jeder Monat, jedes Jahr, das ich so weitermachte, meine Chancen, an Altersschwäche zu sterben, erheblich verringerte. Alle Flugschau-Piloten und Kunstflieger wissen das: Sie akzeptieren es, oder sie steigen aus. Harold Krier. Bevo Howard. Bei uns Johnny Dixon. Alles viel bessere Piloten als ich. Alle verunglückten sie in den letzten paar Jahren tödlich. Mit jedem Toten wurde uns bewusster, dass uns der alte Mann mit der Sense eine mehr als faire Warnung hatte zukommen lassen. Wir akzeptierten es und machten weiter. Nicht weil wir Helden waren, sondern weil wir eben etwas taten, was uns Spaß machte. Oder weil wir damit irgendeinen tiefen, inneren Hunger stillten. Ich konnte es nicht sagen.

Aber ich hatte nicht erwartet, so zu sterben: unter heißer Sonne auf einem staubigen Steinboden. Ich hatte eher mit einem panikartigen Augenblick gerechnet, gefolgt vom explosiven Aufprall eines Absturzes und dann einem Nichts. Und ich hatte mir vorgestellt, wie es wäre, in einem Krankenhausbett liegend in den Tod hinüberzugleiten, aber über diese Art des Sterbens hatte ich nie zuvor nachgedacht.

Nicht, dass es einen großen Unterschied gemacht hätte. Ich wünschte mir nur, es wäre nicht so heiß gewesen. Ich hielt die

Waffe vorsichtig zwischen Daumen und Zeigefinger der linken Hand und trocknete meine schweißnasse rechte Handfläche am Hosenbein ab.

Immer noch Stille.

Ich dachte an Janie. Es war fünf nach vier. Fünf nach neun Uhr abends daheim in England. Wenn die Dinge anders gekommen wären – wenn ich ein anderer gewesen wäre, hätten wir jetzt vielleicht gerade das Abendessen beendet. Oder wären im Zwielicht des Sommerabends am Flussufer spazieren gegangen, bevor wir in ein Restaurant gingen.

Wenn die Dinge anders gekommen wären. Wenn ... wenn.

Aber die »Wenn« ändern nichts. Ich war viertausend Meilen weit entfernt von England, war schmutzig, verschwitzt, sehr einsam und bereit, unter einer tropischen Sonne zu sterben. Ich schwor mir, Scipio Challese mitzunehmen, bevor alles vorbei war.

Der Klang eines ankommenden Wagens holte mich wieder in die Realität zurück. Ich kroch leise über den Boden des Wachturmes und schaute vorsichtig hinaus. Ein MG, diesmal ein blauer, hielt neben der weißen Limousine an. Zwei Männer stiegen aus und verschwanden hinter der Mauer. Ein paar Minuten später kam einer von ihnen durch den Torbogen der Ringmauer und folgte demselben Pfad, den Challese und Larry genommen hatten.

Der andere Mann arbeitete sich wahrscheinlich irgendwo um den Hügel herum, um die Flankenkräfte zu verstärken. Sie kamen mir beide ziemlich überflüssig vor.

Langsame Schritte hallten durch die hohlen Wände der Zitadelle. Ich kroch zu der Wand auf der Hofseite zurück und spähte dort durch den Schlitz.

Alberto hielt eine Automatik von der Größe einer kleinen Feldhaubitze in der Hand und kam vom gegenüberliegenden Ende des Hofes auf den Wachturm zu. Er blickte beim Gehen wachsam um sich und wandte den Kopf hin und her, um sicherzugehen, dass ich nicht hinter einer der Türöffnungen lauerte und ihn austrickste. Hin und wieder ließ er seinen Blick über die Brustwehr gleiten. Momentan konnte er mich nicht sehen, denn es hätte mehr als guter Augen bedurft, mich durch den schmalen Schlitz in der Mauer des Wachturms zu bemerken.

Ich hob den Revolver und nahm ihn fest ins Visier, wobei ich meine Hand am Boden der Schießscharte abstützte. Aber er war noch zu weit entfernt. Diese Waffe war ungefähr so zielgenau wie ich als Schütze, und ich wusste, dass ich keine zweite Chance bekommen würde, wenn ich erst einmal abgedrückt hatte. Wenn ich ihn dann verfehlte, konnte er in einen der Räume springen und aus dem Schussfeld meiner Scharte verschwunden sein, noch bevor ich den Hammer wieder gespannt hatte. Dann hätte ich meine Position umsonst verraten.

Also wartete ich und beobachtete ihn über Kimme und Korn.

In der Mitte des Gevierts blieb er stehen und sah sich mit der schussbereiten Automatik in der Hand um. Er war immer noch zu weit weg, als dass ich ihn auch mit Sicherheit hätte treffen können. Oder vielleicht hatte ich einfach nur Angst, die Stille zu durchbrechen.

Die Sonne brannte herunter wie eine Lötlampe.

Plötzlich hörte ich noch mehr Schritte, die dumpf in dem Durchgang zu meinen Füßen widerhallten. Scipio Challese kam von unterhalb des Turms in mein Blickfeld. Er ging zu Alberto in der Mitte des Hofes. Ich veränderte meine Schusslinie und zielte nun auf ihn.

Die beiden redeten eine Weile miteinander und schauten sich dabei immer wieder um. Meine Sonnebrille wurde von meinem eigenen Schweiß beschlagen. Ich schob sie ins Haar zurück.

Komm schon, Challese, nur ein paar Schritte in diese Richtung …

Er ging zur anderen Seite des Vierecks davon.

Alberto kam auf mich zu, dann wandte er sich nach links und verschwand aus meinem Blickfeld.

Ich verdrehte den Hals, um sehen zu können, wo er hinlief. Es ging nicht, also sah ich mich wieder nach Challese um. Er stieg eine Treppe zur Plattform der Brustwehr jenseits des Gevierts hoch. Oben angekommen, wandte er sich nach links und schlenderte langsam den breiten Sims auf dieser Seite entlang. Nach etwa zehn Schritten blieb er stehen und lehnte sich an eine Kanone. Was er da in der Hand hielt, sah verdächtig nach einer Schmeisser-Maschinenpistole aus. Die Bande knauserte zweifellos nicht mit den Waffen. Diese Schmeisser sind tödlich.

In der anderen Hand hielt er immer noch das Walkie-Talkie.

Von unten hallten Schritte herauf, und plötzlich begriff ich, was vorging. Alberto durchsuchte anscheinend die Räume, die an den Hof grenzten, während Challese ihm von oben Deckung gab.

Sie gingen gründlich vor. Wenn sie mit den Räumen unten fertig waren, würden sie sicher den Wachturm überprüfen.

Wie eine Ratte in der Falle.

Ich spähte abermals durch die Scharte. Challese schlenderte die Brustwehr entlang auf mich zu. Er ging zwei Kanonen weiter, dann lehnte er sich wieder an, die Schmeisser mehr oder weniger auf die gegenüberliegende Hofseite gerichtet. Es sah so aus, als ob er sich immer so weit auf der Brustwehr fortbewegte, dass er genau gegenüber von Alberto blieb, während der die Räume durchsuchte. Ein oder zwei Minuten später bewegte er sich wieder. Diesmal verlor ich ihn aus dem Blickfeld.

Wenn er das folgende Mal weiterging, sollte er selbst für einen lausigen Schützen wie mich in Reichweite kommen. Ich kroch zu der ihm nächstgelegenen Wand des Wachturms und lauschte aufmerksam. Wenn ich hörte, wie er sich wieder in Bewegung setzte, würde ich aufstehen, durch die nächstgelegene Schießscharte sorgfältig auf ihn anlegen und ihn erschießen.

Leider würden nach diesem Schuss Alberto und der Rest wie ein Rudel Wölfe über mich herfallen, ob ich getroffen hatte oder nicht.

Challese bewegte sich.

Ich zögerte und sah plötzlich noch einen Ausweg.

Challese befand sich zu meiner Linken, und die Stufen des Wachturms mündeten auf der Brustwehr zu meiner Rechten. Wenn ich mich also jetzt hinunterschlich, bevor er vor dem Turm vorbeiging, konnte ich vielleicht ungesehen in das Treppenhaus huschen, das von der Brustwehr zum Torbogen am Eingang führte. Challese konnte mich hinter dem Turm auf keinen Fall sehen. Schlimmstenfalls kam Alberto aus einem der Räume und sah gerade hoch, während ich die zwei Meter offene Strecke überquerte, die zwischen den Treppen lag. Wenn ich Glück hatte und es klappte, konnte ich mich vielleicht aus dem Fort schleichen und die Autos erreichen. Allzu viel Hoffnung setzte ich nicht darauf, aber es war auf jeden Fall besser, als in diesem Wachturm in der Falle zu sitzen.

So leise wie möglich schlich ich die engen Stufen zum Eingang des Turms hinunter. Automatisch warf ich einen Blick in den Hof, um nach Alberto Ausschau zu halten. Er war nirgends zu sehen.

Ich wandte mich um, um das kurze Stück bis zum Treppenhaus der Brustwehr zu rennen, und schaute direkt in Larrys Augen. Er stand etwa sechs Meter entfernt auf meiner Seite der Brustwehr. Er musste heimlich die Treppe heraufgeklettert sein, während ich Challese beobachtete. Seine Augen quollen vor Entsetzen aus den Höhlen, und er machte einen Satz nach hinten. Er versuchte zu rufen, bekam aber lediglich ein keuchendes Quietschen heraus.

Dann erinnerte er sich, dass er ja eine Waffe hatte. Er hob sie hoch. Noch so eine verdammte Schmeisser.

Ihr Donnern war nach der lastenden Stille ein Schock. Kugeln krachten ins Mauerwerk und pfiffen heulend davon. Ich feuerte wild, während ich auf das Treppenhaus zurannte. Ich sah einen weißlichen Schmierer auf einer Kanone neben ihm auftauchen.

Die Schmeisser verstummte, gerade als ich den Treppenabsatz erreichte. Ich bremste schlitternd ab. Larry stand ganz ruhig. Die Hand mit der Waffe sank langsam an seiner Seite herab. Er sah erschrocken an sich herunter auf seinen Bauch. Plötzlich quoll eine Menge Blut hervor, tränkte sein weißes Hemd und tropfte vom Saum.

»Querschläger«, dachte ich und starrte ihn verdutzt an. Er stieß ein entsetztes Quieken aus und hob langsam die linke Hand zu der furchtbaren Wunde. Hand und Unterarm glänzten augenblicklich blutrot.

Er taumelte ein paar Schritte vorwärts und ließ die Waffe klappernd zu Boden fallen. Seine Lippen bewegten sich, »Scip …«, murmelte er und richtete ganz instinktiv eine flehentliche Bitte an den stärkeren Bruder, wie er es wahrscheinlich sein ganzes Leben lang getan hatte. Er wandte sich Challese auf der angrenzenden Brustwehr zu und lief ihm entgegen.

Er gab keinen Laut von sich, als er über die Kante stürzte, und schlenkerte einen Augenblick lang wie eine Stoffpuppe, als er ins Leere trat. Dann war er verschwunden. Mit einem grässlichen dumpfen Knall schlug er auf dem Steinboden des Hofes auf.

Etwa zwei Sekunden lang herrschte völlige Stille. Dann brüllte wieder eine Schmeisser los, und es rollte wie Donnerhall durch die Zitadelle. Ich kam wieder zur Besinnung und ließ mich in den Treppenabgang fallen wie ein Kaninchen, das in seinen Bau taucht. Ich wusste nicht, woher das Feuer kam, und ich wollte es auch nicht herausfinden. Mit riesigen, todesverachtenden Sprüngen jagte ich die Treppe hinunter und schoss in den Eingangsraum hinaus.

Und kam rutschend an der gegenüberliegenden Wand zum Stehen.

Er stand im Rundbogen des Eingangs, und seine Silhouette zeichnete sich dunkel vor dem Hintergrund des blauen Himmels ab. Der Mann aus dem blauen MG. Die große Automatik in seiner Hand war unverwandt auf meine Brust gerichtet.

Meine eigene Waffenhand baumelte nutzlos an meiner Seite herab. Sehr vorsichtig und deutlich sichtbar öffnete ich die Finger, und die Smith & Wesson klapperte zu Boden.

Der Mann nickte. »Sehr vernünftig«, sagte er. Er hatte einen Akzent aus Tennessee. »Und jetzt legen Sie die Hände auf den Kopf und gehen richtig langsam auf den Hof da drüben.«

Die Mündung seiner Pistole gähnte groß wie ein Eisenbahntunnel. Ich legte die Hände auf den Kopf und ging richtig langsam auf den Hof da drüben.

30

Sie zwangen mich, in dem Geviert mit dem Rücken gegen eine Wand gelehnt und die Beine gerade vor mir ausgestreckt, hinzusetzen. Aus dieser Lage heraus kann man nur sehr schwer plötzliche Bewegungen machen. Die Sonne, die ihren allabendlichen Abstieg ins Meer begonnen hatte, schien mir prall in die Augen. Man meinte beinahe zusehen zu können, wie der Schatten der gegenüberliegenden Mauer über den Steinboden des Hofes auf mich zukroch. Aber er hatte immer noch einen langen Weg vor sich, bevor er mich erreichte. Also saß ich da und schwitzte, und Blut lief mir übers Gesicht. Meine Kehle war ausgedörrt, und ich hatte einen grauenhaften Geschmack im Mund. Der Mann aus Tennessee stand reglos wie eine Statue immer noch als eine dunkle Silhouette vor dem flirrenden Sonnenlicht.

Seine Waffe bebte nicht ein einziges Mal, selbst als er eine Lucky Strike herauszog und sie sich einhändig ansteckte.

In der gegenüberliegenden Ecke des Hofes knieten Challese und Alberto neben Larry. Der dicke Mann war noch nicht ganz tot, aber es war offensichtlich nur noch eine Frage von Minuten. Dann und wann stöhnte er leise. Ich konnte das Blut von hier aus erkennen. Als ich an ihm vorbei auf den Hof gekommen war, hatte ich ihn mir genauer ansehen können. Er hatte eine grauenvolle Bauchwunde: Meine Kugel musste von der Kanone abgeprallt sein und sich in Längsrichtung gedreht haben, als sie ihn traf. Keine gewöhnliche Kugel, nicht einmal ein Dum-Dum- oder Hohlspitzgeschoss konnte einen Menschen derartig zurichten. Seine Magengrube war über die ganze Breite des Körpers aufgerissen, und scheußlich aussehende Fleischklümpchen waren über seine Brust und Hosen verspritzt. Seine Gedärme quollen buchstäblich heraus.

Ich hatte mit einem sofortigen Kopfschuss gerechnet.

Stattdessen hatte mich Challese überhaupt nicht zur Kenntnis genommen und nur dem Mann hinter mir befohlen, dafür zu sorgen, dass ich mich an die Wand setzte. Dann war er direkt zu Larry gelaufen. Alberto hatte sich die Zeit genommen, mir einen Moment lang die Mündung seiner Waffe gegen die Schläfe zu pressen. Ich schloss die Augen und erwartete den Tod, sonst nichts mehr. Dann war der Druck plötzlich verschwunden. Ich schlug die Augen wieder auf. Er sah mich völlig ausdruckslos an, dann holte er ein paar Zentimeter weit mit der Automatik aus und schlug zu, sodass der Lauf mich knapp über dem linken Auge traf, genau auf den alten Schnitt. Sofort quoll Blut hervor, lief mir übers Gesicht und tropfte vom Kinn. Alberto zeigte keinerlei Regung, drehte sich einfach um und folgte seinem Vater.

Also saß ich da im Staub, wartete darauf, dass Larry starb, und wusste, dass ich als Nächster an die Reihe käme.

Es heißt immer, wo Leben ist, ist auch Hoffnung. Das stimmt nicht. Ich hatte keine Hoffnung mehr. Der große Mann aus Tennessee, der da in der Sonne stand, würde mich mit seiner großen, schwarzen Pistole erschießen, wenn ich auch nur den geringsten Mucks machte. Und wenn Challese und Alberto zurückkamen, würden sie mich so sicher erschießen, wie die tropische Sonne in der nächsten Stunde unterging.

Ich hatte keine Angst mehr. Furcht ist was für die Lebenden.

Endlich berührte der Rand der lodernden Sonnenscheibe die Zinnen neben dem Wachturm. Langsam sank sie tiefer, und die gezähnte Mauerkrone wurde schwarz vor dem leuchtend gelben Rund.

Der Schatten der gegenüberliegenden Wand erreichte meine Füße und kroch meine Beine empor, was mir etwas Linderung von der Hitze verschaffte. Der erste Baumfrosch des Abends begann irgendwo außerhalb der Zitadelle sein einsames Schnalzen.

Larry hustete ein ersticktes, blubberndes Husten in der Stille.

Dann starb er.

Challese und Alberto erhoben sich. Eine Minute lang blieben sie gebeugten Hauptes vor der Leiche stehen. Dann endete ihre Kommunion mit Gott, welcher Art sie auch gewesen sein mochte.

Gleichzeitig wandten sie sich um und kamen auf mich zu.

Challese kniete sich neben mich.

Ich hatte so halb damit gerechnet, dass er mir hier und jetzt die Schmeisser ins Gesicht steckte und das Gehirn wegpustete. Stattdessen übergab er Alberto die Waffe und das Walkie-Talkie und kniete sich einfach neben mir hin. Der Mann aus Tennessee blieb im schwindenden Licht, wo er war, und Alberto stellte sich auf meine andere Seite. Zusammen hatten sie drei Waffen auf mich gerichtet. Ich saß reglos da und blickte Challese unverwandt an.

Er sagte nichts. Er streckte die Hand aus, knöpfte meine Hemdtaschen auf und nahm die Briefmarken und den Pass an sich. Er verlagerte leicht das Gewicht, um seine Hände mit dem Körper vor Tennessees Blicken abzuschirmen, öffnete einen nach dem anderen die Umschläge und überprüfte sorgfältig die Briefmarken. Dann steckte er sie zusammen mit dem Pass in seine eigenen Hemdtaschen.

Vielleicht hatte er mich nur deshalb noch nicht erschossen. Er wollte nicht, dass die Marken Blutflecken abbekamen.

Endlich sprach er. Seine Stimme klang rau und kratzend in der abendlichen Stille. »Holland, Sie wissen, dass ich Sie töten werde?«

Ich nickte. Die Worte trafen mich nicht.

»Ich werde Sie heute Abend um sieben Uhr töten«, fuhr er fort. »Jetzt ist es ungefähr halb sechs. Sie haben meinen Bruder und mehrere meiner Männer getötet. Ich möchte, dass Sie im Voraus wissen, wie Sie sterben werden. Ich werde Sie zwischen hier und Antigua aus dem Flugzeug werfen.«

Ich blickte ihn einfach an.

Eigentlich hätte eine neuerliche Welle des Entsetzens über mir zusammenschlagen müssen. Wie die meisten Piloten hatte ich jene ureigene Angst vor dem Fallen während des Flugunterrichts kennen gelernt, aber sie zog sich in einen abgelegenen Winkel meines Bewusstseins zurück, während meine Erfahrung als Pilot zunahm. Jetzt hätte der Drache eigentlich wieder erwachen und sich regen müssen, aber er tat es nicht. Ich hatte keine Furcht mehr übrig. Ich war bereits tot.

Vielleicht würde ich um sieben Uhr anders darüber denken.

Challese betrachtete mich einen Augenblick lang, dann holte er plötzlich mit dem rechten Unterarm aus und schlug mir mit dem Handrücken ins Gesicht. Mein Kopf schnellte zurück und knallte gegen die Mauer. Wie aus weiter Ferne hörte ich den dumpfen Schlag, und die Welt begann sich zu drehen. Einige Sekunden war ich wie betäubt, dann kam ich mit dem Geschmack von Blut im Mund und tränenden Augen wieder zu mir. Ich zwinkerte. Meine Augenlider schienen sich langsam und unsicher zu bewegen, als gebe es zwischen Muskeln und Gehirn irgendwo einen Kurzschluss. Ich spürte meine Lippen anschwellen, wo er sie mir gegen die Zähne geschlagen hatte. Meine Nase fühlte sich riesig, verstopft und gefühllos an. Meine unteren Schneidezähne begannen wehzutun.

Challese stand inzwischen schon wieder auf seinen Beinen und hatte seine Waffe von Alberto zurückbekommen. Die drei sahen auf mich herab.

»Natürlich haben Sie die Wahl«, sagte er barsch. »Sie können bis dahin auch irgendeinen Befehl missachten, dann werden Sie auf der Stelle erschossen und sind tot oder halb tot, wenn wir Sie aus dem Flugzeug werfen. Das liegt ganz bei Ihnen.«

Ich nickte langsam. Irgendwo tief drinnen regte sich der Überlebenswille und setzte ein paar Gehirnzellen wieder in Gang. Der sadistische Mistkerl wusste genau, was er tat: Ich würde tun, was er sagte, um bis sieben Uhr am Leben zu bleiben, selbst wenn das Überleben nur die Aussicht auf den unmittelbar bevorstehenden Tod bot. Wo Leben ist, selbst wenn es keine Hoffnung mehr gibt.

Challese wandte sich an den Mann aus Tennessee. »Geh und hol den Chrysler vom Parkplatz«, befahl er. »Ich habe Johnny schon zu Christian zurückgeschickt, der bei den Autos ist. Sag ihm, er soll das Motorrad in die Stadt bringen und es am Circus stehen lassen. Christian kann ihm mit dem Buick nachfahren und ihn auflesen, dann sollen sie zurück ins Kasino. Sag Christian, er soll nicht zu nahe hinter dem Motorrad herfahren, und er soll Johnny ein paar Straßen weiter treffen, damit niemand sie miteinander in Verbindung bringt, verstanden? Erzähl ihnen nichts von Larry. Ich will nicht, dass noch jemand darüber Bescheid weiß. Bring das Spritzverdeck des MG mit her, wir müssen ihn in irgendwas einwickeln, sonst haben wir das ganze Auto voller Blut. Alles kapiert?«

Tennessee nickte.

»Also gut«, sagte Challese. »Hier, nimm das mit.« Er reichte ihm das Walkie-Talkie. Der große Mann nickte wieder und ging hinaus in die Düsternis.

Das Tageslicht war inzwischen in jenem schnellen Wechsel der Tropen von Zwielicht zu warmer Dunkelheit beinahe verschwunden. Das Zirpen der Grillen und das Schnalzen der Baumfrösche war zu seiner gleichmäßigen nächtlichen Lautstärke angeschwollen.

Als Tennessees Schritte durch den Torbogen hallten, wandte sich Challese an Alberto. »Wenn wir Holland und Larry in den Chrysler verfrachtet haben, schaffst du den MG zum Kasino und holst meinen Pass. Ich bleibe über Nacht in Antigua und nehme morgen früh eine Maschine nach New York. Ich will diese Briefmarken loswerden. Ich fahre mit Ed im Chrysler und passe auf Holland auf. Wir treffen uns dann am Flughafen. Okay? Dann melden wir uns nach Antigua ab und laden Holland und Larry später am Ende der Startbahn ein. Wenn wir uns beeilen, merkt niemand etwas davon. Wir müssen Larry zusammen mit Holland über Bord werfen. Das bedauere ich zwar, aber in seinem Zustand kann ich ihn nicht beerdigen lassen.«

Sein Bedauern schien sich in Grenzen zu halten. Er dachte einen Moment lang nach, dann fügte er hinzu: »Wenn du schon im Kasino bist, bring doch die andere Briefmarkenliste aus der Schreibtischschublade mit. Links, die zweite von unten. Ich möchte nicht, dass hier irgendjemand darüber stolpert, während ich die Scheißdinger in den Staaten verkaufe. Und pack uns ein paar Sachen für die Nacht ein. Du kannst morgen früh zurückfliegen. Verstanden?«

»Ja, verstanden.« Alberto klang abwesend, als ginge ihm etwas ganz anderes durch den Kopf. Eine Weile blieb es still.

Dann sagte er: »Armer alter Larry. Ich hab ihn nie besonders gemocht, aber ihn einfach so aus dem verdammten Flugzeug zu schmeißen, ist irgendwie nicht richtig. Könnten wir nicht …«

»Nein.« Challese unterbrach ihn barsch. »So, wie ihm die Eingeweide raushängen, können wir's uns nicht leisten, ihn zu beerdigen. Wir müssen die Leiche loswerden. Er würde das sicherlich verstehen.« Challese klang nicht so, als ob er sich viel darum scherte, was Larry verstanden hätte oder nicht. »Wir haben keine Wahl.«

Alberto gab nach.

Ich fand es auch nicht richtig, Larry aus dem Flugzeug zu schmeißen.

Ich fand es nicht richtig, überhaupt irgendjemanden aus einem Flugzeug zu schmeißen.

Ein paar Minuten später hörten wir die Norton unterhalb der Zitadelle jaulend zum Leben erwachen. Das Geräusch verklang, als Johnny, wer immer das auch sein mochte, sie langsam den Hang hinunterfuhr. Kurz darauf kam der Mann aus Tennessee, den Challese Ed genannt hatte, durch den Torbogen zurück. Es war inzwischen ganz dunkel. Seine Schritte verhielten auf der anderen Seite des Gevierts, und ich hörte das Rascheln von schwerem Gewebe, als er das Cabrioverdeck des MG neben Larrys Körper zu Boden fallen ließ. Dann erklangen die Schritte wieder, und Tennessees Stimme ertönte ganz in der Nähe. »Ich hab eine Lampe aus dem Wagen mitgebracht.«

»Gut«, brummte Challese. »Gib sie mir. Du und Alberto, ihr wickelt Larry ein und tragt ihn zum Wagen hinunter. Legt ihn in den Kofferraum. Passt auf, dass er nichts vollblutet. Und kommt zurück, wenn ihr fertig seid.«

Sie gingen. Challese schaltete die Taschenlampe ein und leuchtete mir direkt ins Gesicht. Ich wandte die Augen vor der plötzlichen Helligkeit ab.

»Wenn Sie sich rühren, erschieße ich Sie«, sagte er einfach.

Ich nickte. Ich glaubte ihm.

Es raschelte im Dunkeln, dann hörte ich Laute, wie sie Männer machen, wenn sie etwas Schweres und Unhandliches hochheben.

Das Geräusch entfernte sich. Ich beneidete sie nicht um die Aufgabe, Larrys hundert oder noch mehr Kilo die lange Treppenflucht zum Parkplatz hinunterzuschleppen. Dann änderte ich meine Meinung und dachte, dass ich sie doch beneidete. Ich hätte Larry alleine und einhändig hinuntergetragen, wenn ich damit Challeses Blick über diese Schmeisser hinweg aus dem Weg hätte gehen können. Ich saß im Lichtkegel der Lampe und dachte darüber nach, wie wohl der Tod ist.

Die Zeit, bis die beiden wieder zurückkamen, erschien mir endlos. Challese befahl mir, mit dem Rücken zur Wand aufzustehen. Ich gehorchte. Die Bewegung nach dem langen Stillsitzen verursachte einen siedenden Schmerz in meiner Hüfte und erinnerte meinen Kopf daran, dass er eigentlich auch allen Grund hatte wehzutun. Challese trat zurück, sodass mich das gelbe Lampenlicht einfing. Seine barsche Stimme drang aus der Dunkelheit hinter der Lampe. »Alberto, gib mir deine Kanone, dann geh und nimm seine rechte Hand. Die Finger, nicht das Handgelenk. Du nimmst seine linke Hand, Ed.«

Die zwei tauchten beiderseits von mir auf, ohne den Lichtkegel zu durchqueren, und taten wie befohlen. Alberto quetschte meine Finger brutal in seiner mächtigen Faust zusammen. So, wie unsere Finger verschränkt waren, hätte ich den Druck erwidern können, aber ich wollte ihn nicht provozieren. Ed war nicht ganz so brutal, als er meine linke Hand fasste, aber das war auch gar nicht nötig. Ich wurde auch so vor Schmerz fast ohnmächtig, als er die gebrochenen Finger packte.

»Okay«, sagte Challese. »Jetzt geht langsam zum Wagen. Ich werde direkt hinter Ihnen sein, Holland, also versuchen Sie's erst gar nicht.«

Ich nickte wieder. Mir fiel ohnehin nichts ein, was einen Versuch wert gewesen wäre.

Wir gingen los, und Challese ließ sich zurückfallen. Es gab ein

Geschiebe, als wir uns alle drei nebeneinander und gleichzeitig durch den Torbogen zwängten, aber wir schafften es doch noch. Wir schafften es auch ohne weiteren Zwischenfall bis zum Wagen. Ich bemühte mich besonders, auf den Steinstufen nicht auszugleiten. Ich konnte den Schweiß meinen Rücken herabrinnen fühlen, dort, wo Challeses Schmeisser hinzielte.

Wir hielten bei dem weißen Wagen an. Challese sagte: »Ed, geh und lege die Kindersicherung an den Hintertüren ein. Alberto, du hältst Holland fest.«

Ed ließ zu meiner großen Erleichterung meine linke Hand los, obwohl die Finger in Erinnerung an seinen Griff noch pochten. Einen Moment später ging die Innenbeleuchtung des Wagens an, als er die Hintertür auf der anderen Seite öffnete. Er fummelte einen Moment am Türschloss, schlug sie zu, öffnete die Vordertür, beugte sich hinein und versuchte den inneren Türgriff. Die Tür blieb geschlossen. Befriedigt wiederholte er den Vorgang an der mir zunächst gelegenen Tür und überprüfte sie auf die gleiche Weise, bevor er sie endlich aufschwang und zurücktrat. Ein vorsichtiger Mann. Er hatte sich sogar vergewissert, dass die Fenster geschlossen waren.

»Rein mit Ihnen, Holland«, sagte Challese.

Alberto gab meiner Hand einen letzten schmerzhaften Druck, ließ dann los und trat zur Seite. Ich zögerte einen Moment lang, und etwas Hartes krachte unmittelbar über dem linken Ohr gegen meinen Kopf. Ich taumelte halb betäubt gegen den Wagen.

»Einsteigen.«

Ich stieg ein.

Die Fahrt verlief ereignislos. Ed nahm das Steuer, und Challese verbrachte die ganze Fahrt schräg umgedreht auf seinem Sitz. Die Schmeisser zeigte unerschütterlich auf mich. Da die Kindersicherungen an den hinteren Türen eingerastet waren, hatte ich keine Möglichkeit, mich nach draußen in die Dunkelheit zu werfen, und in jeder anderen Bewegung würde mich Challese kalt erwischen und in Stücke schießen, noch bevor ich sie überhaupt machen wollte. Also saß ich sehr still und versuchte, wie betäubt auszusehen.

Wir fuhren durch die Außenbezirke von Basseterre, hinaus auf die Straße zum Flughafen und bogen nach links ab, kurz bevor wir die Gabelung erreichten. Dieser Straße folgten wir etwa anderthalb Kilometer weit, dann verringerte der Wagen sein Tempo. Ed schaltete die Scheinwerfer aus, und wir holperten langsam auf eine neue Piste, die im fahlen Mondlicht zu unserer Rechten auftauchte.

Nach ein paar hundert Metern erweiterte sich der Weg zu einer großen, hellen, ebenen Fläche. Ich fragte mich einen Augenblick, was es war. Als der Wagen dann auf die glatte Oberfläche fuhr, fiel der Groschen. Es war das eine Ende der im Bau befindlichen neuen Landebahn. Das helle Zeug war wahrscheinlich Tarmac. Am Ende der Baustelle in etwa zwei Kilometern Entfernung konnte ich das Flutlicht der Nachtschicht sehen. Das Brummen schwerer Maschinen driftete mit dem leichten Passatwind zu uns herüber. Ich erinnerte mich, dass sie dabei waren, den kleinen Hügel am anderen Ende der neuen Landebahn abzutragen. Einen Augenblick lang war das Geräusch eine freundliche Verbindung zum Rest der Menschheit.

Dann schwang der Wagen herum, setzte seitlich der Landebahn in eine kleine Fahrspur zurück, und die Lichter verschwanden hinter dem hohen Gras, das zu beiden Seiten aufragte. Ich drehte mich nach hinten – vorsichtig, um Challese nicht einen falschen Eindruck zu vermitteln – und sah den Anfang von zwei Reihen gelber Lichter am anderen Ende der Fahrspur. Einen Moment lang war ich desorientiert, dann wurde mir klar, dass ich die Lichter der schon vorhandenen Landebahn sah, die zu der im Bau befindlichen parallel verlief. Der schmale Feldweg wurde wahrscheinlich von den Bauunternehmen benutzt und verband beide Landebahnen miteinander.

Ganz perfekter Chauffeur, stieg Ed als Erster aus und kam herum, um mir die Tür zu öffnen. Der Eindruck wurde durch die große Automatik in seiner linken Faust leicht getrübt, aber er schwang die Tür auf, wie es ein Türsteher im Harrods nicht hätte besser machen können. Wenn man eine Tür bis zum Anschlag öffnet, hat der Gegner keinen Spielraum mehr, sie noch weiter aufzutreten und einen damit im Gesicht zu erwischen.

Ich bewegte mich langsam. Ich war halb aus der Tür, als ich aus dem Augenwinkel eine Bewegung wahrnahm. Eds Arm schwang hoch. Instinktiv versuchte ich mich zu ducken, dann krachte der Revolverlauf auch schon über meinem rechten Ohr herunter.

Ich fiel in den Wagen zurück. Die Welt drehte sich um mich, und in meinem Schädel läuteten tausend Glocken.

Ich war nicht ganz bewusstlos, aber ich schloss die Augen, atmete flach und gleichmäßig und versuchte auszusehen, als sei ich gründlich k.o. Das war nicht sonderlich schwierig. Vielleicht hatte keiner bemerkt, dass ich mich zu ducken begonnen hatte, bevor der Revolverlauf traf. Ich würde es bald wissen, dann würden sie mich wahrscheinlich herauszerren und mir zur Sicherheit noch einen Klaps geben.

Sie hatten nichts gemerkt.

Ed packte meine Beine, hievte sie brutal in den Wagen zurück und schlug die Tür wieder zu. Ich erinnerte mich gerade noch rechtzeitig daran, die Muskeln zu entspannen, damit mein Körper so über die Rückbank plumpste, dass ich auch wirklich wie ein Bewusstloser aussah. Anscheinend tat ich das, denn ein paar Sekunden später hörte ich, wie die Vordertür aufging, und fühlte, dass der Wagen sich leicht in der Federung hob, als Challese ausstieg.

»Passt auf ihn auf«, hörte ich ihn sagen. »Ich möchte nicht, dass er einen Spaziergang oder so was in der Art unternimmt.«

Ed gluckste. Sehr komisch.

Ein leichtes Scharren von Fußtritten, die sich vom Wagen entfernten. Challese auf dem Weg zu Alberto, vermutete ich.

Die Beifahrertür öffnete sich, der Sitz quietschte, und der Wagen senkte sich wieder in die Federung, als Ed einstieg. Ich lag auf dem Rücksitz wie ein Bündel mehr oder weniger auf der Seite, also öffnete ich sehr vorsichtig das untere Auge einen Spalt weit, um zu sehen, was er tat. Er saß schräg auf dem Sitz, die große Automatik ruhte auf der Rücklehne und zeigte direkt auf meine Brust, während er mich anstarrte. Gehörte definitiv zu den vorsichtigen Typen. Ich schloss das Auge und entschied, nicht mehr irgendwas sehen zu wollen, es sei denn, ich hörte, dass er wegging. Die Entscheidung fiel mir nicht schwer.

Ich versuchte verzweifelt, mir einen Plan zurechtzulegen, aber ich sah keine Möglichkeit. Solange Ed meine Bewachung so ernst nahm, blieb ich besser bewusstlos. Ich hatte keine Chance, mich schnell genug zu bewegen, um ihn zu überrumpeln. Selbst wenn ich es probieren würde, bekäme ich bestenfalls noch eins über den Kopf. Und dann würde es keine Fehler mehr geben. Ich wäre wahrscheinlich noch immer bewusstlos, wenn Challese mich aus dem Flugzeug schmiss.

Die Zeit zog sich in die Länge. Ich begann mich zu fragen, ob im Flughafen etwas schief gegangen ist. So lange konnte es einfach nicht dauern, durch Zoll- und Passkontrolle zu kommen, einen Flugplan nach Coolidge einzureichen und eine zweimotorige Bonanza anzuwerfen. Meine Nerven kreischten unter der Verzögerung.

Dann hörte ich es. Das unverwechselbare, heisere Rauschen eines Paares Strich-Sechs-Lycomings. Das Geräusch wurde lauter, als das Flugzeug zum Ende der Landebahn rollte, wo wir warteten. Dann war die Maschine sehr nah, und ein Motor schnaubte ungeduldig, als der Pilot sie in Startrichtung herumschwang.

Dann wurde das Geräusch zu dem typischen Rasseln, das ein Motor mit Propelleruntersetzung im Leerlauf von sich gibt, und über dem Knattern der Auspufftöpfe hörte ich eine aufgehende Klapptür und rennende Schritte auf dem Asphalt.

Ed hatte sich nicht ein einziges Mal gerührt.

31

»Okay?« Es war Challeses raue Stimme, die fragend aus der Dunkelheit kam.

»Okay. Er hat keine Spaziergänge gemacht.«

»Gut. Bleib da, und pass auf ihn auf. Wir nehmen erst Larry.«

Das Knarren des aufgehenden Kofferraumdeckels. Murren, dumpfe Laute und Schleifgeräusche, als sie Larrys Körper heraushoben und in die Dunkelheit davontrugen. Nach kurzer Zeit kamen sie mit eiligen Schritten zurück.

»Gib mir deine Kanone«, befahl Challese. Der Laut einer Bewegung kam vom Vordersitz, und der Wagen hob sich in den Federn, als Ed ausstieg. Ich markierte weiter den Bewusstlosen. Wenn ich alles recht bedachte, waren meine Chancen, zum Leben zu erwachen und unter den Augen der drei auszubrechen, gleich null. Besser, meine einzige Trumpfkarte, mein Bewusstsein, für eine spätere Gelegenheit aufheben. Hoffte ich zumindest.

»Ihr zwei schafft ihn da raus und ins Flugzeug. Ich folge euch, falls er irgendetwas versucht. Beeilt euch, die Leute im Kontrollturm werden schnell ungeduldig.«

Die hintere Tür öffnete sich zu meinen Füßen, jemand packte mich bei den Knöcheln und zog. Ich dachte noch rechtzeitig daran, schlaff zu bleiben, als ich aus dem Wagen flog und auf den Boden prallte. Mein schmerzender Schädel bekam einen weiteren Schlag an der Türschwelle ab. Dann spürte ich grobe Hände unter den Achseln, und die Welt schwankte, als sie mich hochhoben und auf das leer laufende Flugzeug zuschleiften.

Der Motorenlärm wurde lauter, und dann fühlte ich den kühlen Wind des Luftschraubenstrahls, der an meinen Kleidern zerrte, während sie mich um das Heck herumtrugen. Mein Kopf prallte gegen den Bauch desjenigen, der an meinem Kopfende ging, und ich wagte nicht, die Augen zu öffnen. Das Knattern der Auspuffanlagen wurde noch lauter, der Propellerwind nahm zu, dann stellten sie mich beinahe senkrecht, um mich ins Flugzeug zu hieven. Meine schlaff herabhängende linke Hand schlug gegen den Türpfosten und schürfte dann über Larrys improvisiertes Leichentuch. Endlich ließen die Hände meine Knöchel los, ich wurde um einen Sitz herumgezerrt und achtlos auf den Boden geworfen. Einige Sekunden lang kamen Geräusche von Bewegungen aus allen Richtungen.

Dann schloss jemand die Tür, und der Motorenlärm ließ plötzlich nach. Ich hätte mich fast angespannt, als sich ein Fuß auf meine Brust setzte, fing mich aber noch rechtzeitig. Wer immer es war, er stieg über mich hinweg und plumpste in einen nahe gelegenen Sitz. Ich hörte das Klicken des Sicherheitsgurtes.

Irgendwo im Kabinendach schmetterte ein Lautsprecher quäkend los.

»Drei-Zwei Romeo von Golden Rock, hören Sie mich?«

»Golden Rock, Drei-Zwei Romeo, empfange Sie Stärke Fünf. Wir sind jetzt startklar.« Albertos Stimme. Ich hörte ihn zwischen den Sätzen nach Luft schnappen.

»Roger. Drei-Zwei Romeo. Ihre Probleme sind behoben?«

»Bestätigung. Eines der Türschlösser ließ sich nicht richtig einrasten, aber jetzt haben wir es geschlossen. Haben wir Starterlaubnis?«

»Verstanden Drei-Zwei Romeo, Sie haben Starterlaubnis.«

Der Motorenlärm wuchs zu einem Brüllen an, und ich spürte

den Druck, als wir mit voller Beschleunigung losrollten. Die Kabine schaukelte wegen kleiner Überkorrekturen am Ruder hin und her. Alberto war kein Spitzenpilot. Ich merkte plötzlich, dass ich gerade dabei war, eine Gelegenheit ungenutzt verstreichen zu lassen, und öffnete die Augen. Niemand würde mich während des Starts beobachten, normalerweise schaut man zum Fenster hinaus.

Als Erstes erblickte ich Challese, der über mir auf einem Sitz in der rechten Hälfte des Rumpfes thronte. Ich hatte Recht gehabt. Er sah aus dem Fenster. Der Kabinenboden neigte sich, als Alberto das Flugzeug vom Boden abhob, und ich schlitterte ein paar Zentimeter zurück. Etwas bohrte sich schmerzhaft in meine rechte Seite. Ich blickte an mir hinab und erkannte im schwachen, reflektierendem Licht der Instrumente, dass es ein großer Betonklotz war. Dann blickte ich gerade rechtzeitig wieder auf, um zu bemerken, dass Challese den Kopf wandte. Ich schloss die Augen.

Ein leichtes Wimmern, gefolgt von einem doppelten gedämpften Schlag, erschütterte den Rahmen, als das Fahrwerk eingezogen wurde. Dann waren die Klappen dran, und das eindrückliche Donnern vom Start ließ nach. Alberto nahm Gas weg und ging in den normalen Steigflug über. Er tat es ungeschickt, fummelte lange mit der Propellereinstellung herum, und auch als er fertig war, waren die Maschinen nicht richtig synchronisiert. Statt des gleichmäßigen Grollens richtig angepasster Motoren kam ein Rerr-a-rerr-a-rerr, da die eine etwas schneller lief als die andere. Das Flugzeug vibrierte sanft im Rhythmus der Schwankungen. Jeder fähige Pilot hätte es binnen Sekunden gemerkt und eine kleine Korrektur vorgenommen, um die Propeller in Einklang zu bringen. Alberto schien es zu ignorieren. Vielleicht hatte er nicht viele Flugstunden in Zweimotorigen. Ich machte mir im Geist eine Notiz: Wenn er eine Menge Aufmerksamkeit für das Fliegen abzweigen musste, konnte mir das ein paar zusätzliche Sekunden verschaffen, wenn die Zeit für einen Versuch kam, seinen alten Herrn niederzuschlagen.

Das Radio erwachte knisternd zum Leben. »Drei-Zwei Romeo gestartet Golden Rock um Vier-Eins: Ihre Schätzung für Coolidge bitte?«

Alberto räusperte sich, dachte einen Moment nach und antwortete dann. Über dem Lärm der Motoren konnte ich nicht verstehen, was er sagte.

Vier-Eins. Das bedeutete einundvierzig Minuten nach sechs. Wenn Challese sich an seinen Fahrplan hielt, hatte ich noch neunzehn Minuten zu leben.

Ich versuchte, mir einen Plan zurechtzulegen.

Nachdem wir weitere zehn Minuten gestiegen waren, ging Alberto in den Horizontalflug über. Diesmal synchronisierte er die Maschinen besser, aber es war immer noch nicht ganz richtig. Challese wartete, bis er mit dem Justieren des Gashebels fertig war, dann stand er auf und ging nach vorne. Jedenfalls nahm ich das an. Ich hatte ihn aufstehen hören, und da er danach nicht auf mich getreten war, gab es nicht mehr viele Möglichkeiten, wo er hingegangen sein konnte.

Ich öffnete ein Auge einen Spalt weit.

Aus meiner Position konnte ich nur seinen Rücken sehen, der sich über Alberto beugte. Das rote Glimmen der Instrumente erleuchtete seine Silhouette. Alberto nickte zu etwas, was er gesagt hatte, dann richtete Challese sich so weit auf, wie es das Kabinendach gestattete, und drehte sich um. Ich schloss die Augen wieder. Gleich darauf kam sein Fuß auf meine rechte Brusthälfte herunter und glitt zum Arm ab. Er stolperte und fluchte, gewann das Gleichgewicht zurück und trat auf meinen Knöchel, als er den Rumpf entlangging.

Ich spürte, dass sich der Neigungswinkel des Flugzeugs geringfügig änderte. Alberto kompensierte die Gewichtsverlagerung. Gut, das hieß, dass es wahrscheinlich keinen Autopiloten gab. Alberto würde in der Kanzel bleiben müssen, während Challese das Hinauswerfen besorgte.

Aus dem Heck des Flugzeugs hörte ich Knirschen und einige leichte Schläge, als ob Challese etwas Schweres bewegte. Damit hatte ich gerechnet: Er musste erst Larry loswerden, da er weiter hinten lag. Angespannt wartete ich auf das Brüllen des Flugwindes, wenn er die Tür öffnete.

Nichts geschah.

Das Kratzen und Schlagen ging weiter. Plötzlich wurde mir klar, was er tat und wozu der Steinklotz diente, der sich in meine Seite bohrte. Natürlich! Er schnürte Larry in sein Leichentuch und befestigte etwas Schweres an ihm, damit er auch ganz sicher unterging. Er wollte natürlich nicht, dass unsere Leichen obenauf schwammen und am Ende irgendwo an Land gespült wurden.

Und wenn er mit Larry fertig war, würde er auch mich an den Betonklotz hängen.

Zuerst würde er also uns beide mit Gewichten beschweren, bevor er anfing, jemanden über Bord zu werfen. Denn es wäre unnötig, die Kabinentür zweimal auf- und zuzumachen.

Die Erkenntnis traf mich wie ein Keulenschlag. Ich hatte eigentlich vorgehabt zu warten, bis er die Tür öffnete, um ihn dann vielleicht hinausstoßen zu können. War zwar eine ziemlich geringe Chance, aber wenn erst ein gewaltiger Betonklotz an mir hing, war es völlig aussichtslos.

Panik stieg in meiner Kehle auf. Jede Minute musste er mit Larry fertig sein und nach vorne kommen.

Ohne mir Zeit zum Nachdenken zu lassen, griff ich nach oben, packte den nächsten Sitz und zog mich auf die Füße. Aus dem Augenwinkel sah ich Challese zu mir herumfahren. Dann riss ich den schweren Betonblock vom Boden hoch und stürzte damit nach vorne.

Hinter mir schrie Challese irgendetwas. Alberto drehte sich um und sah mich kommen, aber er war ein ganzes Leben zu spät dran. Ich schmetterte ihm den Block auf den Kopf. Er traf seinen Schädel mit einem Übelkeit erregenden dumpfen Laut, und ich sprang weg, als er hinter Albertos Sitz zu Boden fiel.

Er sackte ohne einen Laut nach vorne über den Steuerknüppel, und der Boden fiel augenblicklich unter mir weg, als sich die Nase der Bonanza in einen steilen Sturzflug senkte.

Ich griff wild nach der Rückenlehne seines Sitzes, bekam Alberto mit der Linken zu fassen und langte verzweifelt um seinen Körper herum nach dem Steuerknüppel. Alberto glitt nach links, während ich unter seiner Brust herumtastete. Der linke Flügel neigte sich scharf nach unten und hätte mich beinahe wieder aus dem Gleichgewicht gebracht. Endlich hatte ich einen Anfall von Vernunft, hakte meinen rechten Ellenbogen um Albertos Hals und zerrte seinen Körper vom Knüppel zurück.

Vom Druck auf das Höhenruder befreit, riss die natürliche Stabilität der Bonanza sie unvermittelt aus dem Sturz, und ich verlor Alberto unter der plötzlichen, mehrfachen Schwerkraft des Hochziehens fast aus dem Griff.

Die hellen Stecknadelköpfe der Sterne rasten die Windschutzscheibe herunter, während das Flugzeug sich in eine steile Steigflugkurve krallte. Ich erhaschte einen Blick auf den Geschwindigkeitsmesser, dessen Nadel gerade an der Zweihundertachtzig-Knoten-Marke vorbeifiel, und fragte mich, wann die Flügel abreißen würden. Die Maximalgeschwindigkeit einer Bonanza liegt bei zweihundertfünfzig, wir aber lagen noch weit darüber und mussten drei bis vier G aushalten. Die Motoren kreischten, als die Propeller die Geschwindigkeitsregler übersteuerten und die Drehzahl anstieg.

Indem ich mich fest an Alberto klammerte, griff ich mit der bleischweren linken Hand nach dem Steuerknüppel, packte ihn, stellte die Flügel horizontal und drückte ihn nach vorne, während die Geschwindigkeit zurückfiel. Die Sterne hielten an und kehrten um, um endlich in vernünftiger Geschwindigkeit die Scheibe hinaufzuklettern. Die Motoren gingen annähernd auf ihr normales Tempo zurück.

Als die unmittelbare Gefahr vorbei war, blickte ich in den Rumpf zurück.

Challese hangelte sich den Durchgang entlang nach vorne, hielt sich mit einer Hand an den Rücklehnen fest, während die andere die Schmeisser umklammerte. Als ich mich umsah, blieb er stehen und hob die Waffe.

»Nicht schießen!«, überschrie ich die Motoren. »Sie können das Ding nicht fliegen!«

Er zögerte, unendlich bedrohlich, und duckte sich im düsteren, roten Licht über die Waffe. Einen Moment lang dachte ich, er würde mich dennoch erschießen, und spannte meine Muskeln, um den Knüppel nach vorne zu drücken, dann schwankte die Waffe und senkte sich.

Ohne mich aus den Augen zu lassen, zog sich Challese zu den Pilotensitzen vor. Die Mündung des Gewehrs kam langsam hoch und bohrte sich unterhalb des rechten Ohres in meinen Schädel. Ich krümmte mich zurück. Challeses Gesicht war eine Maske des Hasses. Seine Augen glitzerten rötlich.

»Machen Sie nicht die geringste Bewegung«, sagte er langsam. Seine Stimme war tief und heiser vor Wut. Ich nickte kaum wahrnehmbar. Er stand am Rand eines Zornausbruchs. Eine falsche Bewegung, und er würde mir den Kopf wegpusten und zur Hölle mit den Folgen.

Die Motoren brummten ungleichmäßig. Wieder unsynchronisiert.

Für einen langen, angespannten Moment bewegte sich keiner von uns, während es auf der Kippe stand. Mit kleinen Drehungen aus dem Handgelenk hielt ich uns waagrecht und gerade. Schweiß brach unter meinem Ohr aus, wo sich der Gewehrlauf hineinpresste. Ein ungewolltes Frösteln lief mein Rückgrat entlang hinauf zu den Härchen in meinem Nacken.

Nach einer Ewigkeit ließ der Druck der Gewehrmündung langsam nach. Ich atmete aus. Challese wich zur Seite des Cockpits zurück. Die Kanone zielte immer noch auf meinen Kopf.

»Schaffen Sie Alberto aus dem Sitz«, befahl er grob.

Ich sagte: »In Ordnung, aber ich muss sie erst austrimmen, sonst geht sie wieder in den Sturzflug. Sie ist im Moment auf Ihr Gewicht im Heck eingestellt.«

»Okay. Tun Sie's langsam.«

Ich tat es langsam. Ich lehnte mich über Alberto, hielt ihn mit dem linken Ellenbogen zurück und griff mit der rechten Hand vorsichtig nach dem großen, weißen Plastiktrimmrad. Der Zug auf dem Knüppel ließ nach, als ich es zurückdrehte.

»Sie ist ausgetrimmt. Ich lade ihn jetzt um.«

Challese nickte.

Ich ließ den Knüppel los. Die Bonanza dröhnte weiter durch die laue karibische Nacht. Ich hakte Albertos Gurt auf, legte beide Hände unter seine Achseln und zog ihn seitlich aus dem Sitz. Es war ein schwieriges Manöver, denn er war sehr schwer. Sein Kopf rollte gegen meine Brust und hinterließ Blutflecken auf meinem Hemd, als ich ihn über den Buckel des Hauptträgers zwischen den beiden Pilotensitzen zerrte. Endlich schaffte ich es, ihn zwischen den Passagiersitzen im Gang abzulegen.

»Ist er tot?« Die Augen und das Gewehr ließen mich nicht los.

»Ich weiß nicht.« Tatsächlich aber wusste ich es: Wenn Alberto keine Methode gefunden hatte, mit eingedrücktem Schädel und ohne zu atmen weiterzuleben, dann war er sehr tot. Aber ich wollte nicht derjenige sein, der die Nachricht überbrachte.

Die Motoren fingen an, schwerer zu arbeiten. Ich sah hinaus und merkte, dass die Nase nach oben zeigte. Das war das Ergebnis der Verlagerung meines und Albertos Gewicht nach hinten. Die Geschwindigkeit fiel unter hundert Knoten.

»Ich komme besser nach vorne und fliege das Ding«, sagte ich. »Sie wird jeden Moment überziehen.«

Challese sah mich nur an, als hätte er mich gar nicht gehört. Ich blieb, wo ich war. Die Geschwindigkeit sank auf achtzig, dann fünfundsiebzig … Die Überzieh-Warnsirene heulte los.

Ich hatte sie erwartet, aber Challese zuckte zusammen, und die Waffe ruckte. Einen Moment lang dachte ich, er würde feuern, dann hatte er sich wieder im Griff. Die Bonanza begann zu rütteln, und zwar hart an der Grenze des Überziehens. Die Sirene kreischte im Dauerton. Ich machte mich auf das Durchsacken gefasst: Als Nächstes würde die Nase scharf nach unten wegkippen, und wenn das geschah, würde ich auf die Waffe losgehen.

»Okay«, sagte er plötzlich. »Setzen Sie sich.«

Ich stieg über Albertos Körper, beugte mich vor, schob den Steuerknüppel nach vorne und hielt ihn dort, während ich in den Sitz kletterte. Die Luftgeschwindigkeit nahm zu, und die Sirene ging aus. Ich setzte mich richtig hin, schloss den Gurt und trimmte die Maschine aus. Ganz automatisch griff ich nach dem Gasgriff und den Steigungshebeln, um die Motoren zu synchronisieren.

»Halt!« Challeses Stimme war ein tiefes, bösartiges Knurren.

Meine Hand verhielt mitten in der Luft.

»Was machen Sie da?«

»Ich will die Motoren synchronisieren. Sie laufen nicht im Gleichtakt.«

Ich wusste nicht recht, warum ich mich eigentlich darum kümmerte. Reine Reflexhandlung, nehme ich an.

Challese, der auf der Kante des rechten Sitzes, dem des Copiloten, saß, lehnte sich herüber, sodass sein Gesicht nur Zentimeter von meinem entfernt war. Die Schmeisser blieb auf seinem Schoß in seine rechte Hand geschmiegt und zielte auf meinen Magen.

»Okay«, sagte er leise. »Sie synchronisieren sie. Aber wenn Sie auch nur eine falsche Bewegung machen, erschieße ich Sie. Ich schätze, ich kann das Ding alleine landen, wenn es sein muss. Haben Sie das kapiert?« Ich nickte, schob den rechten Gasgriff ein wenig vor, um die Ladedruckanzeigen zur Deckung zu bringen, und machte dann eine winzige Korrektur an der Steigung des Propellers desselben Motors. Das Rerr-a-rerr-a-rerr glättete sich zu einem gleichmäßigen Brummen.

»Sie könnten sie nicht landen«, sagte ich ruhig. »Sie würden nicht einmal wissen, wo Sie anfangen sollen.« Ich schwenkte meine Hand – sachte, um ihn ja nicht aufzuregen – über die Schalter und Instrumente. »Es ist ein kompliziertes Flugzeug«, was nicht stimmte, aber für den Laien sieht jedes Cockpit einer Zweimotorigen kompliziert aus, »und Sie wissen nicht einmal, wie Sie das Fahrwerk ausfahren müssen. Im Übrigen bezweifle ich, dass Sie überhaupt einen Flugplatz finden könnten, geschweige denn, darauf landen.«

Während ich das sagte, war ich mir schmerzhaft bewusst, dass die Nadel des ADF – des Zielanfluggeräts, *automatic direction finder* – direkt auf die Coolidge-Peilung zeigte. Challese fiel nichts auf, genau wie ich gehofft hatte. Er sah durch die Windschutzscheibe in die tropische Nacht hinaus. Die einzigen Lichter in der Schwärze waren die Sichel des Mondes, die Stecknadelköpfe der Sterne und ein schwacher Schimmer auf dem Wasser, tausendsiebenhundert Meter unter uns. Challese schien zu begreifen.

Ein langes Schweigen breitete sich aus. Erst jetzt bemerkte ich den quälenden Schmerz in meiner linken Hand. Nun, sie hatte das Recht dazu, so wie ich sie geschunden und Zementblöcke damit durch die Gegend gehievt hatte.

Challese dachte offensichtlich nach.

Schließlich sagte er: »Okay, Holland, ich lasse Sie landen. Zurück nach St. Kitts. Sie können ihnen sagen, dass wir Motorschaden haben oder irgendwas und dass wir zurückkommen. Und keine Tricks, klar?« Seine Stimme war wieder ein tiefes Knurren. »Wenn Sie etwas machen, was mir missfällt, dann lege ich Sie um und gehe das Risiko ein. Kapiert?«

Ich nickte. Ich hatte das kapiert – und auch noch etwas anderes. Indem wir nach Golden Rock, unserem Ausgangsort, zurückflogen, würde sich Challese nicht mit herumschnüffelnden Zollbeamten abgeben müssen. Er konnte vielleicht nicht fliegen, aber ein Mann wie er musste sich ziemlich gut mit den Einreisebestimmungen für den Flugverkehr auskennen. Wenn wir in Golden Rock starteten und dann ohne Zwischenlandung dahin zurückflogen, würde es ein »Inlandflug« sein. Kein Zoll, keine Passkontrolle. Er konnte die Maschine absperren, warten, bis der Flughafen zumachte, und dann einen Wagen herbeipfeifen, um still und leise die Leichen einzusammeln.

Und eine dieser Leichen würde meine sein. Das war einfach so. Er hatte keinen Grund, mich freizulassen, und ganz offensichtlich auch nicht die geringste Absicht diesbezüglich. Sobald ich ausrollte, würde er mir mit der Schmeisser eine Kugel durch den Kopf jagen. Einen Schuss würde man über dem Motorenlärm nicht hören, und wenn doch, dann würde es nur wie eine Fehlzündung klingen. Da wir angeblich mit Motorschaden zurückkamen, würde sich niemand etwas dabei denken.

Mir brach wieder der Schweiß aus.

32

Challese schien auf etwas zu warten.

Ich sagte: »In Ordnung, wir kehren jetzt um«, und ging in eine sanfte Kurve. Eine sehr sanfte Kurve. Reinste Linienflugtechnik: zwanzig Grad Schräglage und kaum ein Zittern beim Ausrollen.

Die Nase wanderte langsam über die Sterne. Ich beugte mich vor, runzelte die Stirn über dem Kurskreisel, drückte und drehte den Rückstellknopf.

»Was tun Sie da?«

Er schien mir nicht zu vertrauen.

»Ich stelle den Richtungsanzeiger neu ein. Sie gehen ganz schön vor, wenn man einen Sturzflug macht wie wir eben vorhin. Er war völlig verstellt. Ich rolle jetzt auf 3300 in Richtung St. Kitts aus, sehen Sie?«

Ich deutete auf den Kurskreisel, als die Tragflächen in die Horizontale kamen. Er zeigte tatsächlich 330 Grad an. Ein Teil von dem, was ich über Kurskreisel gesagt hatte, stimmte – nur dass sie sich wegen eines einzigen Sturzfluges kaum verstellen. Und dieser hier war sicher nicht um über 900 fehlgegangen. Ich hatte ihn zwar zurückgedreht, aber nicht etwa auf den richtigen Kurs, sondern weit davon entfernt. Ich hoffte nur, dass Challese den magnetischen Kompass, der so weit wie möglich vom Störfeld des Senders entfernt am oberen Rand der Scheibe thronte, nicht bemerken würde.

Er merkte nichts. Er warf einen Blick auf den Kurskreisel und nickte nur.

Die Bonanza dröhnte weiter. Nord-Nord-Osten. Kein Land auf diesem Kurs vor Island. Ich brauchte Zeit zum Nachdenken, ohne dass St. Kitts auftauchte und meine Konzentration störte.

Einen Augenblick später langte ich mit der rechten Hand nach den Gashebeln.

»Ich nehme nur ein bisschen Fahrt heraus, um tiefer zu gehen«, sagte ich ihm. »Jetzt, wo wir in die Gegenrichtung fliegen, sollten wir eine andere Höhe haben. Wir befinden uns hier im Luftkorridor für den Verkehr in westliche Richtung.«

»Okay. Aber vorsichtig.«

Ich machte es vorsichtig. Das Schnauben der Motoren wurde zu einem tiefen Dröhnen. Challese sah auf die Drehzahlmesser, die übliche Reaktion eines Laien, wenn man sagt, dass man Gas zurücknimmt. Sie bewegten sich kaum, sanken von zweitausendsiebenhundert auf zweitausendfünfhundert Umdrehungen, als ich das Gas fast ganz herausgenommen hatte. Gleichlauf-Propeller verändern ihren Anstellwinkel, um die Drehzahl konstant zu halten, egal, wie viel Gas man gibt. Die Drehzahl sinkt nur, wenn man den Steigungswinkel verstellt oder die Motoren fast vollständig drosselt, so wie ich es gerade getan hatte. Neben den Drehzahlmessern sanken die verräterischen Ladedruckanzeiger auf fünfunddreißig Zentimeter Quecksilbersäule zurück.

Challese beachtete nur die Drehzahlmesser.

Die Luftgeschwindigkeit ging gegen achtundachtzig Meilen zurück. Das war VMC-Geschwindigkeit für die Bonanza: Velocity Minimum Control. Wenn man unter diese Marke zurückfällt, hat man nicht mehr genügend Ruderdruck, um das Flugzeug bei Vollgas stabil zu halten, falls ein Motor ausfällt.

Ich lehnte mich nach rechts über die Instrumententafel, öffnete eine kleine Klappe unter dem Funkgerät und studierte kurz die Reihe der Sicherungsschalter, ließ meine Finger darüber gleiten und knipste dabei den aus, der mit »Überziehen/Warnsirene« beschriftet war.

»Überprüfe das Fahrwerk-Warnlicht-System«, sagte ich. »Ich habe noch nie eines von diesen Dingern geflogen und wüsste gerne, wo es ist.«

Er blickte etwas misstrauisch, nickte aber wieder. Offensichtlich wusste er nicht, wovon ich sprach. Das war verständlich, ich hatte ja selbst keine Ahnung. Aber ich wusste, dass ich gerade die Sirene ausgeschaltet hatte, die vor dem Überziehen warnte. Das hieß, sie würde nicht losgehen wie vorher, als wir beinahe abgeschmiert wären. Ich wollte nicht, dass diese Sirene ertönte, denn Challese hatte jetzt eine Ahnung, was sie bedeutete.

Die Geschwindigkeit sank auf ungefähr achtundfünfzig Knoten. Ich schob die Hebel für die Propeller-Anstellwinkel bis zum Anschlag zurück und öffnete die Gashebel. Diese Einstellung mit voller Kraft bei niedriger Geschwindigkeit klang in meinen Ohren nicht gerade wie normaler Reiseflug, aber Challese würde ein paar Minuten brauchen, bis ihm etwas auffiel. Die Bonanza schlich knapp vor dem Überziehen dahin. Ich trimmte sie aus und ließ den Steuerknüppel los, dann beugte ich mich vor und fummelte an der Einstellung des Höhenmessers.

Mit der linken Hand, gedeckt von meinem Körper, suchte ich an der Seite des Cockpits herum und schaffte es schließlich, den Benzinhahn des rechten Motors zu schließen.

Ich lehnte mich wieder zurück.

»Jetzt ist der Höhenmesser auf QFE gestellt«, sagte ich ihm, »ich werde gleich St. Kitts rufen, sobald wir in Reichweite sind.«

Er nickte wieder. Die Pistole zielte immer noch auf meinen Bauch, aber er würde mich nicht erschießen, solange das Flugzeug normal flog und ich keine plötzliche Bewegung machte.

Ohne Vorwarnung fiel der rechte Motor aus.

Bei normaler Reisefluggeschwindigkeit hätte Challese vielleicht gar nichts gemerkt, denn wenn eine Zweimotorige erst mal auf Geschwindigkeit ist, ist ein Motorausfall gar nicht so auffallend, wie man denken möchte. Aber unter VMC-Tempo müsste man schon tot sein, um nichts zu merken: Der Motorenlärm verstummte wie mit einer Axt abgeschnitten, und die Bonanza rutschte ab und rollte nach rechts, dass sich einem der Magen umdrehte.

Die Sterne drehten sich vor der Windschutzscheibe wie verrückt – und Challese fuhr herum, um durch sein Fenster nach der ausgefallenen Maschine zu sehen. Eine andere Reaktion wäre unnatürlich gewesen.

Ich riss den Knüppel bis an den Bauch und gab volles rechtes Ruder. Dann griff ich mit der Rechten nach der Schmeisser.

Die Bonanza versuchte sich aufzubäumen, hing einen Augenblick senkrecht in der Luft, überschlug sich rückwärts und stürzte in ein heftiges Trudeln. Die Riesenhand der Schwerkraft schleuderte mich auf den Sitz zurück, als die Rotationen schier unglaubliche Geschwindigkeit erreichten. Ich hatte gewusst, dass das Flugzeug sich bei voll laufendem äußerem Motor und mit abgeschalteter zweiter Maschine schnell drehen würde, aber etwas Derartiges hatte ich nicht erwartet.

Ich bekam eine bleierne Hand auf den Lauf der Pistole. Challese schrie etwas und zog den Abzug durch. Sogar im ansteigenden Heulen des Fahrtwindes war der Knall ohrenbetäubend. Aber wenigstens hatte er die Schmeisser nicht auf Dauerfeuer gestellt, Gott sei Dank. Ich weiß nicht, wo die Kugel hinging.

Dann verdrehte er die Handgelenke, entriss mir die Waffe und packte meine Rechte mit seiner linken Hand. Die Pistole schwankte, als er sie gegen die Gewalt der Sturzspirale zu heben versuchte.

Ich sah zur Windschutzscheibe hinaus und schrie: »Ich hab sie!«

Er sah auch hinaus und erstarrte beim Anblick der wirbelnden Scheibe mondbeschienenen Wassers. Die Waffe sank wieder herab, und er ließ meine Hand los. Er wollte mich immer noch erschießen, aber erst sollte ich uns aus dem Trudeln herausbringen.

Ich warf einen Blick auf den Höhenmesser und schloss beide Gashebel. Die Nadel drehte sich wie eine verrückte Stoppuhr und fiel unter dreitausend. Noch viel Platz, wenn sich die Bonanza überhaupt jemals wieder abfangen ließ.

Ich gab volles linkes Ruder, wartete und stieß die Steuersäule mit beiden Händen nach vorne.

Das Trudeln hörte fast sofort auf, und wir stürzten mit rasend ansteigender Geschwindigkeit beinahe senkrecht nach unten. Ohne das Geräusch der gedrosselten Motoren wurde der Fahrtwind zu einem unheimlichen, an- und abschwellenden Heulen.

Ich zog den Knüppel zurück und fühlte, wie die Schwerkraft meine Wangen herabzog und ich von der steigenden Fliehkraft wieder in den Sitz gepresst wurde. Langsam kam die Nase hoch. Ich stieß eine schwere Hand zu den Benzinkontrollen hinüber und drehte den Steuerbordhahn auf »Haupttank«. Dann sah ich zu Challese hinüber. Seine beiden Hände lagen auf der Schmeisser, und er war bereit für den Augenblick, wenn wir wieder in den Horizontalflug übergingen.

Nun, das würde nicht geschehen. Ich hatte gehört, die Twin Bonanza sei ein sehr belastbares Flugzeug. Jetzt würde sie es beweisen müssen.

Als die Nase durch die Horizontale glitt, gab ich Vollgas. Die weit überdrehten Maschinen brüllten in einer mächtigen Explosion auf. Mit der ganzen Kraft meiner beiden Arme riss ich den Knüppel bis zum Bauch zurück.

Die Sterne schwirrten wie eine Hand voll fallender Diamanten an der Frontscheibe vorbei und begannen zu verblassen, als mir unter dem ungeheuren Andruck des Hochziehens schwarz vor Augen wurde. Ich war nicht beunruhigt, ich hatte das hunderte Mal gemacht, wenn auch noch nie in einer Zweimotorigen. Für Challese war das anders: Er würde wahrscheinlich lange vor mir ohnmächtig werden, und wenn nicht, konnte er sich unter dem Druck immerhin nicht bewegen. Ich machte mir nur Sorgen darüber, wie viel die Bonanza aushalten würde, bevor die Flügel wegknickten.

Und das war erst der Anfang gewesen.

Ich hielt die unsichtbare, schwarze Kraft aufrecht, bis die Motoren schwerer liefen und ich annahm, dass wir uns ungefähr am Scheitelpunkt eines Loopings befanden. Dann griff ich mit schwerer Hand nach den Gashebeln und zog den linken zu, trat voll ins linke Ruder …

Und schob gleichzeitig den Knüppel so weit es ging nach vorne.

Augenblicklich hob sich der schwarze Vorhang vor meinen Augen, als die Bonanza nach oben wegfiel, dass einem schlecht werden konnte. Der Gurt packte mich wie ein gigantischer Schraubstock um den Bauch, und mein Kopf versuchte, von den Schultern abzuheben.

Die Sterne unter uns schlugen einen Moment lang Purzelbäume, als wir kopfunter hingen und unter der Einwirkung des Ruders und des asymmetrischen Antriebs rotierten. Dann ging der rechte Motor aus, denn das Treibstoffsystem war nicht dafür gebaut, in Rücklage zu funktionieren, und die Nase peitschte mit enormer Kraft nach unten. Wir drehten uns wie ein Kreisel. Ein roter Schleier schob sich vor meine Augen, der übliche Red-out eines Manövers unter hoher, negativer Beschleunigung.

Wir waren vorher auch abgetrudelt, aber nicht so. Das erste Mal war es ein positives Trudeln gewesen: gewaltsam, Furcht einflößend, wenn man nicht wusste, was geschah, aber relativ ungefährlich.

Jetzt hingen wir kopfunter in einem Rückentrudeln.

Ich war angeschnallt und habe damit gerechnet.

Challese nicht.

Zu meiner Rechten gab es einen knirschenden Schlag, als die Bonanza in die erste Drehung um die eigene Achse peitschte. Ich konnte nicht sehen, was geschah, aber was immer es auch war, es musste reichen. Ich konnte mich nicht damit abgeben.

Ich war nicht sicher gewesen, ob die Bonanza überhaupt in ein Rückentrudeln gehen würde: Soviel ich wusste, hatte es vorher noch nie jemand in einer Zweimotorigen versucht.

Nun, es hatte geklappt.

Jetzt musste sich herausstellen, ob die Bonanza auch wieder herauskam.

Ich gab volles rechtes Seitenruder, wartete ungefähr drei Sekunden und zog den Knüppel zurück.

Nichts geschah. Jesus!

Der Fahrtwind jaulte. Die negative Beschleunigung und das Schwindel erregende Gefühl der Drehung stiegen. Das Blut rauschte in meinen Ohren, und der rote Schleier vor meinen Augen verdunkelte sich. Ich dachte daran, dass unsere Ausgangshöhe 1000 Meter gewesen war, sprach das einzige ehrliche Gebet meines Lebens und schob den Knüppel langsam und entschieden nach vorne und wieder zurück.

Das Flugzeug erzitterte, eine Riesenhand drückte mich nach links ...

Und das Trudeln hörte auf.

Ich stellte das Ruder gerade und zog weiter hoch. Ich wurde hart in den Sitz gepresst, als sich die Fliehkraft umkehrte. Der rote Schleier glitt herunter, und ich konnte wieder sehen. Wir zielten senkrecht nach unten. Der rechte Motor lief mit einem rauen Trompeten an, als er wieder Benzin bekam, und erstarb gleich darauf erneut, als ich das Gas herausriss.

Die glitzernde, schwarze See lag nur noch hundert oder zweihundert Meter unter uns.

Die Dünung und die Wellenkämme füllten, vom Schein des Mondlichtes erhellt, das gesamte Gesichtsfeld. Ich zog zurück, so hart ich konnte, und die Nase kletterte langsam höher.

Zu langsam.

Die Schwerkraft lastete wie eine Riesenfaust auf mir. Die Luftgeschwindigkeit schnellte über zweihundert. Keine Zeit, sich jetzt Gedanken über strukturelle Schäden zu machen.

Ich langte nach vorne und zerrte am Landeklappenhebel.

Der elektrische Klappenmotor rumpelte schwer in den Eingeweiden des Flugzeugs und protestierte dagegen, die Klappen bei mehr als achtzig Knoten über der maximal zulässigen Geschwindigkeit auszufahren. Sie kamen etwa halbwegs heraus, bevor der Motor aufgab. Aber es reichte. Die Nase streckte sich dem Horizont entgegen. Die Bonanza schlingerte schwer und vibrierte bei Hochgeschwindigkeit am Rand eines Überziehers. Die Wasseroberfläche schnellte scheinbar unter den Spitzen der Propellerblätter vorbei, als ich beiden Maschinen Vollgas gab. Der Klappenmotor rollte langsam wieder an, während die Geschwindigkeit fiel.

Und dann stiegen wir wieder und flogen frei in den Nachthimmel hinein. Ich stieß einen langen, zitternden Atemzug aus und ließ mich in den Sitz zurücksinken. Ich konnte es nicht fassen, dass ich es geschafft hatte. Das Flugzeug hätte ein Dutzend Mal auseinander brechen müssen.

Es dauerte eine halbe Minute, bevor ich mich überhaupt an Challese erinnerte.

Er war noch im Sitz des Copiloten, nur dass er jetzt verrenkt nach vorne gebeugt dasaß und sein Gesicht auf der Funkgerätetafel ruhte. Ob er ohnmächtig war oder sich das Genick gebrochen hatte, als er gegen die Decke geschleudert wurde, wusste ich nicht, es war mir auch gleichgültig.

Ich tastete mit dem rechten Fuß auf dem Boden herum, fand die Schmeisser und angelte sie zu mir herauf. Dann drehte ich sie um, sodass ich sie am Lauf hielt. Den Kolben schmetterte ich gegen Challeses linke Schläfe. Ich spürte, wie der Knochen unter dem Kolben nachgab.

Das war sicherer.

33

Eine Zeit lang flog ich einfach so dahin und zitterte heftig als Reaktion auf das Geschehene, war zu benommen zum Nachdenken. Ich steuerte das Flugzeug nur instinktiv, ohne zu wissen, wohin ich flog. Die Motoren stampften unsynchronisiert mit voller Startleistung, und die Landeklappen waren immer noch ausgefahren.

Die Stimme des Mannes im Tower von Golden Rock rief mich ins Leben zurück.

»Drei-Zwei Romeo von Golden Rock, schalten Sie jetzt auf Coolidge bei Eins, Eins-Neun, Komma Eins. Gute Nacht, Sir.«

Ich griff wie in Trance nach dem Mikrofon und merkte dann, dass ich es in meiner Hand anstarrte, als wüsste ich nicht, wozu es diente.

»Drei-Zwei Romeo Golden Rock, hören Sie mich?«

Ich gab mir einen Ruck. »Golden Rock von Drei-Zwei Romeo«, sagte ich, indem ich Albertos harten, amerikanischen Akzent nachzuahmen versuchte. »Empfange Sie Stärke fünf und schalte auf Coolidge. Gute Nacht.«

Ein verdrossenes zweimaliges Klicken war die Antwort des Mannes in Golden Rock. Ich hängte das Mikro ein und sah mich um. Zeit genug, Coolidge später zu rufen. Zunächst musste ich dieses Flugzeug aufräumen und es auf den richtigen Kurs bringen. Ich merkte, dass ich tausend Meter Höhe überschritt. Das genügte. Ich senkte die Nase, fuhr die Klappen ein, drosselte auf fünfundsechzig Zentimeter Quecksilbersäule und brachte die Hebel für die Propellersteigung wieder auf 2600 U/min. Dann, als die Geschwindigkeit sich einpendelte, synchronisierte ich die Motoren, trimmte, stellte den Kurskreisel nach dem magnetischen Kompass und kurvte auf die ADF-Nadel in Richtung Coolidge-Flughafen ein.

Ich schaute auf die Uhr im Instrumentenbord. Sie stand auf 00:01. Eine Minute nach Mitternacht, westeuropäischer Zeit.

Eine Minute nach sieben, Ortszeit. Ich war noch am Leben.

Ich rief Coolidge in meiner besten Alberto-Stimme, schwindelte ihnen irgendetwas über meine Position vor – da ich keinen Anhaltspunkt hatte, wo ich tatsächlich war – und sagte ihnen, ich würde noch ein wenig über dem Süden der Insel herumkurven, bevor ich einflog. Sie sagten okay, sie hätten zur Zeit sowieso keinen anderen Verkehr, und ich sagte danke, ich würde mich wieder melden.

Dann trimmte ich die Bonanza leicht kopflastig, wuchtete mich aus dem Sitz und zerrte Alberto nach hinten, wo er Larry Gesellschaft leisten konnte. Das letzte Stück fiel ich beinahe hinab, weil sich die Nase trotz meiner kopflastigen Trimmung steil nach oben stellte. Ich musste bergauf in die Kanzel zurückklettern, bevor die Maschine abschmierte. Jetzt reichte es mir langsam, ich war ziemlich luftkrank und schon zerschlagen genug. Ich konnte darauf verzichten, dass die Bonanza unter mir wegsackte, während ich im Heck war. Leben heißt Lernen: Ich würde Challese in kleinen Etappen befördern. Also trimmte ich das Flugzeug diesmal etwas kopflastiger, und natürlich waren wir schon in einem strammen Sturzflug, als ich ihn aus dem Sitz hievte und wegschleppte. Ich zog hoch, wartete, bis die Geschwindigkeit absank, ließ die Kontrollen los und zerrte den Körper zum Heck, doch wieder musste ich mich bergauf zum Cockpit kämpfen, um die Nase herunterzudrücken. Ich hatte es satt.

Mein Kopf dröhnte, mein Mund schmeckte nach Galle, und meine linke Hand pochte, als wollte sie abfallen. Ich ruhte mich ein paar Minuten im Pilotensitz aus. In der Ferne sah ich das flackernde Licht der Raffinerie von Antigua zu einem gelben Stecknadelkopf anwachsen und drehte die Bonanza ab. Nicht gerade sinnvoll, für den nächsten Akt in Landnähe zu kommen.

Zum dritten Mal trimmte ich kopflastig, stolperte aus dem Sitz und fand den Betonklotz, mit dem ich Alberto getötet hatte. Er maß etwa fünfzig mal dreißig Zentimeter, war fünfzehn Zentimeter dick und schien ungefähr drei Tonnen zu wiegen. Ich konnte ihn nicht einmal anheben. Gott allein weiß, wie ich ihn überhaupt hoch genug gebracht hatte, um ihn zu werfen, vermutlich reine Panik. Nachdem ich mich einige Sekunden abgekämpft hatte, bemerkte ich einen eingebetteten Eisenring, an dem ein Tauende angespleißt war. Natürlich, es war ein Festmacher für geparkte Flugzeuge. Ich packte das Seil und schleifte ihn nach hinten.

Dann zurück ins Cockpit, die Nase andrücken und wieder kopflastig trimmen. Wieder drunten im Heck, klaute ich Albertos Hemd, denn er hatte mehr mich als sich selbst voll geblutet. Ich durchsuchte die Leichen und knotete schließlich das Tauende an Challeses Knöchel und Albertos Handgelenk. Dann zerrte ich Larry herum, bis er in seinem improvisierten Leichentuch halb gegen die Tür lehnte.

Jetzt kam der schwierige Teil.

Ich setzte mich zurück in den Fahrersitz, reduzierte den Vortrieb, senkte das Fahrwerk in der vagen Hoffnung ab, es könnte bei niedriger Geschwindigkeit stabilisierend wirken, und trimmte leicht kopflastig zu einem sanften Sinkflug. Dann drehte ich die Seitenruder-Trimmung ein wenig nach links und die Querruder-Trimmung ganz wenig nach rechts, sodass die Bonanza in einen leicht schrägen Schiebeflug nach links überging, wenn ich Hände und Füße von den Kontrollen nahm. Das sollte den Sog der Gangwaytür ausgleichen, wenn ich sie öffnete. Nachträglich fiel mir noch etwas ein. Ich beugte mich vor und legte den Sicherungsschalter des Überzieh-Warnsystems wieder ein, denn ich konnte eine kleine akustische Vorwarnung brauchen, wenn die Maschine abschmierte, während ich in der offenen Tür stand.

Dann warf ich einen letzten prüfenden Blick um mich und ging wieder nach hinten.

Als ich das Heck erreichte, hob sich die Nase leicht und hielt dann inne. Das war in Ordnung, noch heulte keine Sirene los. Ich packte den Gurt des hintersten Sitzes fest mit der Rechten, lehnte mich über Larry und drehte den Türgriff.

Die Tür fiel auf, die Nacht heulte herein, und Larry verschwand augenblicklich. Die Nase senkte sich, als seine Last das Flugzeug verließ.

Flugplanvordrucke und Karten wirbelten im Sturmwind, der durch die Kabine brauste. Trotz meiner Vorsichtsmaßnahmen senkte sich der rechte Flügel, und die Bonanza drehte sich in den von der offenen Tür erzeugten Sog. Ich rannte beinahe hinunter ins Cockpit, brachte uns auf ebenen Kiel zurück und spielte eine Weile mit Trimmung und Gashebeln, damit das auch so blieb.

Dann, mit sehr vorsichtigen Bewegungen, machte ich mich zum letzten Mal auf den Weg durch den Rumpf, in dem man sich jetzt wie in einem Windkanal vorkam. Es dauerte eine Weile, bis ich Alberto mit leichten Fußtritten über die Kante befördert hatte, und dann hatte ich das Glück, dass sein Gewicht Challese mit ins Freie zog, ohne dass er sich in etwas verfing. Eine Weile lang dachte ich, ich würde die Tür nicht mehr zubekommen. Aber mit einem letzten verzweifelten Ruck an einem der Haltekabel, die vom Rahmen zum Oberteil der Tür liefen, bekam ich sie endlich frei, und eine halbe Minute später war sie geschlossen und gesichert. Trotz des unvermeidlichen Sturzfluges kam mir die Kabine nach dem vorausgegangenen Sturmwind plötzlich sehr still vor.

Ich zog mich müde in den linken Sitz und entdeckte die Schmeisser oben auf der Instrumententafel. Ich überlegte einen Moment, dann drosselte ich den linken Motor und schmiss sie aus dem kleinen Sturmfenster des Piloten. Wenn sie das Heck erwischte, dann war das eben Pech. Aber ich würde deswegen nicht noch einmal nach hinten in den Rumpf gehen. Es gab kein Geräusch, daher nehme ich an, dass sie daran vorbeiflog.

Dann schwenkte ich wieder auf die Lichter von Antigua ein. Zehn Minuten lang saß ich einfach nur so da, betrachtete die kleinen, rot leuchtenden Skalen der Instrumente und lauschte dem Grollen der Motoren. Dann endlich rief ich die Coolidge-Flugkontrolle und sagte ihnen, dass ich ihrem Laden jetzt einen Besuch abstatten wollte. Sie sagten, das sei in Ordnung, und ich versäumte, zu bestätigen.

Sie wiederholten ihren Spruch, und ich nahm das Mikro auf und sagte: »Ah … einige … leichte … Stö … Radio … hier«, wobei ich zwischen den Worten die Sprechtaste betätigte und hoffte, dass ich wie jemand klang, der Probleme mit dem Sender hatte.

»Drei-Zwei Romeo, Coolidge, wir machen Sie darauf aufmerksam, dass die Übertragung zusammenbricht, wiederhole, die Übertragung bricht zusammen. Sie haben Landeerlaubnis. Sie haben Landeerlaubnis. Over.«

Ich klickte zweimal mit dem Mikrofon, das universelle Signal der Empfangsbestätigung, und ein paar Augenblicke später flog ich die Bonanza über die Landebahnbegrenzung. Wir setzten mit einem Rums auf – nicht gerade meine beste Landung –, aber es war ein fremdes Flugzeug und ein fremder Flughafen bei Nacht, und ich war auch nicht gerade in Höchstform.

Als ich die Landebahn entlangrollte, öffnete ich das Sturmfenster wieder und streckte die hohle Hand hinaus, um ein wenig kühle Brise auf mein Gesicht zu lenken.

Der Fluglotse blaffte irgendetwas in dem Sinne, dass Drei-Zwei Romeo bei Zoll und bei Einreise halten solle, bevor er die Maschine über Nacht auf dem Parkareal abstellte. Ich rollte forsch – und in Funkstille – an einer glänzenden privaten Beech King Air vorbei, die vor dem Zollgebäude stand, und steuerte direkt zum hintersten und dunkelsten Eck des Parkgeländes. Der Fluglotse redete immer noch, als ich zum Stehen kam und die Bremsen einrastete. Ich schaltete ihn weg: Er würde dem Zoll Bescheid sagen, aber da er auch meine angebliche Funkstörung erwähnen dürfte, sollten die beim Zoll nicht gleich so nervös werden, um nachzusehen. Es sei denn, in den nächsten zehn Minuten oder so würde niemand aus dem Flugzeug bei ihnen vorbeischauen.

Natürlich würde niemand auftauchen, aber ich brauchte auch keine zehn Minuten.

Ich brauchte nur halb so lange, um über den Außenzaun zu

klettern und auf einem Pfad zu landen, der durch das Gestrüpp entlang des Flughafens führte. Das Gehen schmerzte, aber ich hatte ja nur noch etwa eine halbe Meile bis zum Sugar Mill Hotel.

Während ich dahinhumpelte, überprüfte ich sorgfältig den Inhalt meiner Gesäßtaschen. Alles war noch da. Mein Pass und der Umschlag mit den Marken in der linken, Brieftasche und Scheck in der rechten. Ich war überrascht gewesen, den Scheck in Challeses Brieftasche zu finden, als ich ihn nach den Briefmarken durchsuchte. Wahrscheinlich hatte er ihn nicht einfach so herumliegen lassen wollen.

Ein vorsichtiger Typ.

Vom Flughafen her kündete das charakteristische wimmernde Heulen eines Paares kleiner Turbo-Prop-Motoren den Abflug der King Air an. Das Flugzeug des reichen Mannes.

Jetzt konnte ich mir selbst eine King Air leisten, wenn ich wollte. Und eine Jungmeister. Und ein paar Weltkrieg-I-Replikas. Und einen Jaguar-D-Typ und einen GT-40 und ein großes Haus an der Themse …

Ich versuchte mir einzureden, dass der Gedanke mich glücklich machte. Er tat es nicht. Ich fühlte mich nur … einsam.

Die Nachtinsekten schrillten und zirpten, und der gewohnte Schmerz pochte in meiner linken Hüfte, während ich den mondbeschienenen Pfad entlangging.

Lecomber über Lecomber

Mein Name ist Brian Lecomber, bin fünfundfünfzig Jahre alt und Single. Ich lebe in Buckinghamshire, habe weder zu Politik noch zu Religion eine ausgeprägte Meinung und ich bin etwas weniger als durchschnittlich groß. Meine Erscheinung ist meist etwas zerzaust, weil ich fast immer gerade Wichtigeres zu tun habe, als die Haare zu kämmen oder die Socken zu wechseln. Von Beruf bin ich Autor und Kunstflugpilot.

Biografien sind immer langweilig, deswegen hier das Wichtigste in Kürze:

Ich verließ die Schule mit sechzehn (rausgeflogen) und begann eine Mechanikerlehre. Gab auf nach einem Jahr (aus Langeweile) und bekam einen Job als Reporter bei einer Nachrichtenagentur. Nach einigen Jahren bei verschiedenen Zeitschriften und Zeitungen (Höhepunkt meiner Karriere war die Stelle des technischen Redakteurs bei *Car Mechanics*) hängte ich 1970 den Journalismus an den Nagel (wieder aus Langeweile).

Ich lernte fliegen, wurde Fluglehrer und war einige Zeit Kunstflieger bei einem Flugzirkus. Das war zwar nicht langweilig, dafür hatte ich ziemlich oft Hunger. Der Zirkus war kein durchschlagender Erfolg – es gab Zeiten, da konnten wir entweder Benzin für die zwei Flugzeuge kaufen oder eine Mahlzeit für uns, aber nicht beides. Aber es hat Spaß gemacht. Ich glaube, ich war der Erste, der ohne Fallschirm von einer langsam und tief fliegenden Tiger Moth absprang. Wir alle (oder wenigstens alle anderen) dachten, das wäre doch ein verdammt guter Stunt, und so stopfte ich Berge von Schaumgummi in einen alten Fliegeranzug, zog den Riemen des Helmes straff an und probierte es aus. Beim ersten Mal kam ich ohne einen Kratzer davon – was gar nicht so unmöglich ist, wenn man bedenkt, dass das Flugzeug nur mit vierzig Knoten fliegt und man vielleicht drei Meter nach unten fällt. Doch beim zweiten Mal landete ich falsch und brach mir ein paar Knochen. Schluss beim Flugzirkus.

Während die Narben heilten (1971), bekam ich das Angebot, Chef-Fluglehrer einer Flugschule in Antigua zu werden. Es regnete in Strömen und war verdammt kalt, als der Brief ankam, drum reiste ich sofort los. Während der nächsten achtzehn Monate flog ich kreuz und quer über die Karibik und kam mir vor wie einer aus der Smirnoff-Reklame. Tatsächlich aber arbeitete ich sehr hart; ein durchschnittlicher Linienpilot darf auf maximal 750 Flugstunden pro Jahr kommen – ich flog in zwölf Monaten mehr als 1300 Stunden. Es ist nicht weiter erstaunlich, dass mir nach einer Weile schon beim Anblick eines Flugzeuges schlecht wurde.

Ich setzte mich also für drei Monate auf die Veranda meines tropischen Bungalows und schrieb einen Roman. Immer wieder werde ich gefragt: »Weshalb haben Sie zu schreiben begonnen?« Ich habe keinen Schimmer; vielleicht war es einfach eine Möglichkeit, mich nicht mehr mit Flugschülern rumzuschlagen und bis tief in die Nacht Motorenlärm in den Ohren zu haben.

Ich setzte mich also hin und schrieb eine Geschichte, die in einem Flugzirkus in England beginnt und sich dann mit einer Mafia-Familie verwickelt. Die Handlung war frei erfunden, doch die Flugzeuge, die Schauplätze und viele Personen existierten wirklich, vor allem der Mafia-Clan. Ich hatte mal eine kleinere Auseinandersetzung mit einem Typen dieses Schlags, und glauben Sie mir, die sind sehr real. Als ich mit dem Buch fertig war, saß ich auf dem Trockenen und nahm einen Job auf einer Charterjacht an. Ich segelte eine Weile rum und betrachtete die Karibik aus einem anderen Blickwinkel. Zurück in England, verdiente ich mein Brot für eine Weile mit dem Hochschleppen von Segelflugzeugen und dem Überführen von Flugzeugen – und dann, siehe da: »Turn Killer« erschien in England, und gleichzeitig kam ein gutes Angebot für die amerikanischen Rechte. Plötzlich war ich ein professioneller Autor. Seither habe ich zwei weitere Bücher geschrieben: »Dead Weight«, das vom Goldschmuggel mittels Flugzeugen in der Karibik handelt, und »Talk Down«, die Geschichte einer jungen Krankenschwester auf ihrem ersten Flug mit einer Arrow. Ihr Freund, der Pilot, hat eine Hirnblutung, und ihre einzige Überlebenschance liegt darin, die Landung zu übernehmen. Sie muss also »runtergeredet« werden.

Ich muss zugeben, dass ich mich in der literarischen Welt nicht sehr zu Hause fühle. Ich betrachte mein Schreiben nicht als Kunst oder so was. Ich glaube, die Aufgabe eines Schriftstellers ist klar und einfach: Er muss unterhalten, den Leser aus seinem eigenen Leben abholen und ihn für eine Weile etwas anderes erleben lassen. Ich kenne mich mit Flugzeugen und den Leuten um sie herum aus, Fliegen ist mein Spezialgebiet. Wenn ich die Leser in ein Cockpit mitnehme oder auf einen weit entfernten Flughafen, dann können sie sicher sein, dass es dort genau so aussieht. Wenn ich sage, dass ein bestimmtes Flugzeug nach Schmiermittel und Treibstoff stinkt und dessen Motor bei 48 Knoten abgewürgt wird, können die Leser sicher sein, dass dem so ist. Diese Genauigkeit ist mir wichtig; wenn man sich vornimmt, jemanden zu unterhalten, indem man ihn in seiner Fantasie reisen lässt, muss die Szenerie unbestreitbar stimmen. Wenn ich es dann sogar schaffe, dass der Leser den Motor hört und die Vibrationen durch den Sitz hindurch spürt – dann habe ich etwas erreicht, was vielleicht sogar der Mühe wert war.

Heute ist Schreiben nur ein Teil meines Lebens. Ich habe mein eigenes Flugzeug, eine Stamp SV4C. Es ist leuchtend orange, blau und weiß, und ich liebe es innig.

Nachtrag des Herausgebers: Brian Lecomber unterschlägt höflich, dass er im Februar 2000 mit dem »Sword of Honour« der ehrwürdigen »Guild of Air Pilots and Air Navigators« aus der Hand von Prinz Charles ausgezeichnet wurde – für seine Verdienste um den britischen Kunstflug. Wir gratulieren!

Bibliografie

Turn Killer (London 1975, dt.: *Letzter Looping*, Zürich 2000)
Dead Weight (London 1976, dt.: *Schmuggelfracht nach Puerto Rico*, München 1979)
Talk Down (London 1978, dt.: *Flug ins Ungewisse*, Düsseldorf 1979)

Der Übersetzer

Peter Friedrich, Jahrgang 1956, geboren und aufgewachsen in Caracas/Venezuela, studierte in Deutschland Theaterwissenschaft, Ethnogeografie, Kunstgeschichte und Sinologie/Japanologie. Jobs als Oldtimerrestaurator, Filmkritiker, Reporter, Skilehrer. Seit 1987 in Süddeutschland als selbständiger Filmemacher, Autor, Designer von multimedialen Museumsausstellungen und als Übersetzer aus dem Englischen.

»Übersetzer schaffen Internationalität. Ich bin dreisprachig aufgewachsen. Mein Bruder ist Angloaustralier, ich selbst bin Deutscher mit venezolanischem Pass. Oder umgekehrt. Der Fluch der Internationalität ist möglicherweise, dass man keine Heimat kennt. Aber ich sehe das lieber positiv: Man ist überall zu Hause.«